新典社研究叢書315

王朝物語の表現生成
——源氏物語と周辺の文学

末澤明子 著

新典社刊行

目　次

凡　例

一、作品本文引用は特に断らぬ限り『源氏物語』は新編日本古典文学全集（阿部秋生・秋山虔・今井源衛・鈴木日出男校注・訳、小学館）、和歌は『新編国歌大観』（角川書店）に拠る。但し、注釈内容、用例数を問題にしている関係で初稿発表時使用の本文のままにしているものもある。また、私に表記を改めた場合がある。その他の作品については引用の都度注記した。

一、表現を論ずるに当たっては本文異同に意を払った。『源氏物語』では池田亀鑑編『源氏物語大成』校異篇（中央公論社、一九五三〜一九五四）、加藤洋介編『河内本源氏物語校異集成』（風間書房、二〇〇一）、源氏物語別本集成刊行会編『源氏物語別本集成』（おうふう、一九八九〜二〇〇二）・『源氏物語別本集成続』（二〇〇五〜二〇一〇）の他、必要に応じて写真版、影印本をも参照した。

一、用例検索は『源氏物語』では、『源氏物語大成』索引篇に拠ったほか、新日本古典文学大系『源氏物語総索引』（岩波書店）、WEB上の古典総合研究所「語彙検索」をも参照した。和歌は『新編国歌大観』（CD-ROM版Ver．2）に拠ったほか、新日本古典文学大系『八代集総索引』（岩波書店）をも参照した。

一、古記録、古文書の用例検索には主としてWEB上の東京大学史料編纂所フルテキストデータベースを使用した。

一、引用文献のうち、初出後に単行書に収録された論文の出典注記は次の二通りの方式を用いた。

＊A　執筆者名「論文名」『単行書名』掲載頁（発行所、発行年、初出発行年）

＊B　執筆者名「論文名」（『誌名』巻号、掲載頁、発行年月→『単行書名』、発行所、発行年）

Aを基本とするが、研究史を問題にする場合はBを用いた。A、B両方式が混在しているのはそのためである。

一、既発表論文をまとめて一書とするにあたり、統一を図って表記等を改めたが、一部については発表当時を残すため、元のままにしている。

はじめに

物語、物語文学とは何か。

本書は筆者が『源氏物語』を中心に物語文学に関してこれまでに発表してきた論考の主要なものに加筆修正し、改めて一書として構成したもので、期間は二十代前半の最初の発表から近年のものまでと長期に亙っている。内容は、その時々の自らの関心に基づいたもの――それは意図せずしてその時代の研究動向と重なりもした――、論集や雑誌特集のテーマに応じたものなど、これも多岐に亙る。多岐に亙るのではあるが、そこには自ずと一つの中心的関心がある。物語の「表現」である。物語が、その物語内容を如何なることば、表現を用いて示したか、如何なる語り方によって示したか、何を選び取って語り、何を語らなかったか。そのような表現のありようの考察を通して物語の特性を追求しようとするものである。個別の語彙に着目する場合も、辞書的意味記述ではなく、語誌に留意しつつその語彙によって何が明らかになるかを探るのが目的である。

多岐に亙る内容を本書では四部構成にしている。Ⅰは「物語と和歌」＝物語文学と和歌の関係を問うもの、Ⅱは「物語に於ける見ること・聞くこと」＝物語の中の視線とその聴覚版としての〈聴線〉を問うもの、Ⅲは「品々の狭間の物語」＝『源氏物語』に於いて「上の品」と「中の品」（雨夜の品定め）の狭間が如何に捉えられ、表されているかを問うもの、Ⅳが『源氏物語』の飾りと隔て」＝『源氏物語』に見える「飾り」と「隔て」の関係を問うもの、である。

「I　物語と和歌」は研究史の中で常に問われてきた問題である。古今東西の文学について、韻文・散文・演劇の三分類、或いはこれに批評を加える四分類は共通した分類として認められるが、日本の＝日本語の古典文学に限定していえば、散文も演劇も韻文と分かち難く結び付いている。物語に関していえば、一首の和歌も含まぬ物語というものはなく、また、引歌の指摘は注釈のはじめであった。更には、何らかの留保をもって受取る必要があるにせよ、「源氏見ざる歌よみは遺恨のことなり」（『六百番歌合』）との評言を生み、そして梗概書を生むほどに、物語が和歌、連歌の原拠となった。研究史の前提である。が、それだけではない。物語が特定の一首の言語を繰返し用いることによって、一つの語の意味が限定されることも生ずる。換言すれば、歌ことばではない、物語のことばというべきものが成立するといい得る。また、和歌的言語から離れるようにみえて、なおその機能が働いていることもある。そのような種々相を追求し、物語の持つ和歌性とは何かを問う。それは同時に物語と和歌の差異に対する問いでもある。なお、現代の研究史の中で定着したといえる語に「歌ことば」がある。歌論書・歌学書に見える「歌詞《うたことば》」とも異なる、従来の「歌語」よりも範囲の広いこの語は、それ以前にも見られたが、多く使用されるようになったのは一九八〇年代からである。最新の『和歌文学大辞典』（同辞典編集委員会編。書籍版＝古典ライブラリー、二〇一四）でも立項されてはいないが、論文題目に書名に広く使用されている。契機となったのが片桐洋一『歌枕歌ことば辞典』初版（角川書店、一九八三）、小町谷照彦『源氏物語の歌ことば表現』（東京大学出版会、一九八四）であろう。（注）後者収録論文のうち、題名に「歌ことば」を冠しているのは「レトリックとしての歌ことば――薫の大君への求婚の形象」（初出一九八四・一）で、「歌ことばは源氏物語の作品形成にかかわる和歌・歌語・引歌など広く和歌的なものを包括する表現媒体や表現方法としての和歌言語と考えておきたい（267頁）」としている。同書に続く『古今和歌集と歌ことば表現』（岩波書店、一九九四)、『王朝文学の歌ことば表現』(若草書房、一九九七)では「歌ことば表現」にこの定義が与えられ、「歌語索引」も「歌ことば索引」となっている。本書でも重層的な和歌言語としての「歌ことば」は中心的課題の一つであるが、執筆時期により「歌語」を用いているものもある。敢て「歌ことば」に統一していない。

「II　物語に於ける見ること・聞くこと」は、視点・視線の問題として扱われてきた〈見る/見られる〉を〈聞く/聞かれる〉にも拡大して考察するものである。物語にあっては、通常、〈見る〉のは男主人公、〈見られる〉のは女主人公との図式が認められる。が、時に男主人公が〈見られる〉場合がある。その場合、几帳の隙間などから女主人公ではない女性が垣間見し、その主人公性を追認するような場面もあるが、主人公、更にはその領導する世界の人物が見られることにより相対化される場面がある。野分巻の夕霧による垣間見はその例として知られている。が、同時に〈見られる〉にも関わらず維持できる主人公性があるとすれば、それは何によるのか。本書では垣間見を〈見られる〉主人公から考察する。〈見られる〉主人公については、他の人物の心内語、草子地との関わり合いからも考える。〈聞く/聞かれる〉は実体を伴う音声としての〈声〉に関する問題である。〈声〉は作品により異なった様相を見せる。〈聞かれる〉意識が強く意識されると〈声〉のありようが規制される。見えないところで〈聞く〉ことに意識を集中させると〈聞く〉ことから物語が展開し、それは垣間見とも通ずる。〈聞く/聞かれる〉は〈見る/見られる〉に対応するものとして捉えられ、〈聞く〉意識の方向を〈視線〉に準えて〈聴線〉と名付けることができよう。〈視線〉は一九八〇年代、九〇年代以降の語り論の中で捉えられ、細かに発展して現在に至っている。〈聴線〉はより実体的である。物語展開の契機となる場合、〈聴線〉が捉えるのは和歌であることが多い。通常の会話とは声調の異なる詠歌の〈声〉が物語展開で担う役割は「物語と和歌」という問題とも連なる。現在の和歌研究でも〈声〉への注目が一つの傾向として認められる。

「Ⅲ　品々の狭間の物語」では、「上の品」と「中の品」の狭間にいる明石君と末摘花を採り上げる。明石君をめぐる研究は、明石君の物語から明石一族の物語へと、その論点の中心が移るという流れがある。即ち、明石君の形象性、呼称「明石御方」、「明石君」の示すもの、その「身のほど」意識の指摘、そこに現れる「中の品」の女性が「上の品」の世界に参画するときに何が起こるかの追求に始まった明石論は、やがて一九八〇年代以降、明石一族の物語として、『源氏物語』の大きな構造、大臣家から地方官へ、「上の品」から「中の品」に転落したとみえる明石一族が、明石中宮を通して自らの血筋を皇統に組み入れ、家門を回復させる物語の読み取りへと移っていった。本書明石論は第一の論考が前者の時代の執筆であり、以後のものも基本的には前者に属し、敬語の使われ方を含めた特徴的表現、何気ないかにみえる一齣の意味を問う。現在でも押さえるべきことがらであろう。同時にそこにも明石一族の物語との接点がある。末摘花についても特徴的語彙、語られ方を考察する。二つの品の狭間にいる女性の物語は対する光源氏の物語でもある。享受史、注釈史を辿ると、古注釈の中に「上臈しき」という語で源氏、末摘花の振舞いを評する一つの流れがある。既に青年ではなくなった源氏が「中の品」の明石君と関わる時には「上臈し」さを保つことが必要であり、零落した宮家の姫君末摘花の一つの態度が「上臈し」さによるとされる。古注釈、梗概書、近代注釈の中で、ある一つの「上臈し」さへの注目がどの程度受け継がれ、或いは強調され、また受け継がれなかったか。物語の読み取り、理解は読書史の問題としても考えられる。それは本文の問題と重なるかもしれない。明石君をめぐる特徴的語彙「なかなか」が、別本に分類される諸本の中では異なった様相を見せることがある。それについても若干の考察を試みる。

「Ⅳ　『源氏物語』の飾りと隔て」は、六条院建築に見られるような「飾り」、即ち豪華さによって住居の主の力を示すものと、建築の細部、御簾、几帳などの屏障具による「隔て」について、何が切り取られ語られたかを問う。

『源氏物語』の屛障具は、それを挟んで相対する男女の心的せめぎ合いの物語が集中して語られる。「隔て」論は一九九〇年代前半に集中したことがあった。本書論考の出発点もその時期のものであり、「隔て」を「飾り」と表裏の関係にあるものと考える。宇治十帖を通して「隔て」は一つのキーワードともなっている。宇治十帖で「隔て」が前面に出て来るのは何故か。行事や人生儀礼に用いられる屛風は屛障具であり、同時に主催者、祝賀を受ける人物の力を示す。そこに見られる「隔て」は如何なるものか。屛風は屛風歌を伴う。存在した筈の屛風歌はしかし、『源氏物語』には見えない。それは何を意味するか。「物語と和歌」の一つの側面でもある。「飾り」としては庭園美の眼目ともいえる池と遣水、舶載の調度品や文化をも採り上げる。そこでも存在したのに、或いは存在した筈なのに語られない事物がある。『源氏物語』の舶載の調度品＝唐物の所持者にはある傾向があるが、その中で瑠璃＝ガラスは異質である。また、諸作品を見渡せば、実体として具体性を持つ瑠璃が語られると同時に「金銀瑠璃」と仏典に基づく表現で語られる瑠璃もある。唐物をめぐる考察は、初稿時、王朝文学を東アジア、さらにはユーラシアの中で捉える近年の研究と連動して執筆したもので、その方向で発展させることもできよう。しかし、本書では、物語が現実＝物語内現実そのものの模写ではなく、その現実をさまざまな偏差をもって語る、その語り方の意味を問うものとして位置付けている。表現の問題もその面から考えるものである。

表現は固定したものではなく、動態の中にある。以上のような表現の諸相の考察を通して、『源氏物語』の内にある方向性を捉えたい。その方向性を表現の生成が紡ぎ出し、形を与えた、そのような様相がある。その点に『源氏物語』の特性が見えてこよう。『源氏物語』は、そして物語はそのようにして捉え得る。物語とは何かという最初の問いをこのように考えている。

注

二書刊行前後までの使用例として次の諸論考・論著がある。和歌に用いられていることばという点を共通項とするが、論点はそれぞれ異なる。

・関守次男「歌ことば「ふみかへされて」の解釈」(『国語国文』一九六九・一〇)
・高橋亨「五月まつ花橘の変奏譚—歌ことばと物語的想像力」(『古代文学研究』1、一九七六・八)、同「歌ことばと物語的想像力」(『国文学』一九七七・一)
・三角洋一「更級日記　歌ことば」(『国文学』一九八一・一)
・稲岡耕二・橋本達雄編『万葉の歌ことば辞典』(有斐閣、一九八二)
・坂倉篤義「〈講演〉歌ことばの一面」(『文学・語学』105、一九八五・五)

I

物語と和歌

一　和歌の解釈
――『伊勢物語』十四段その他 ――

1　はじめに ――『伊勢物語』十四段・解釈の揺れ

王朝文学が基本的に京の貴族社会の文学であり、その外にあるもの、すなわち鄙また貴族的美意識から外れるものへの蔑視があることは否定できない。その視線は時に対象の滑稽さを見せつけ、時に容赦ない責めを伴って現れる。貴族社会の外にいる民の姿を「あやし」と捉えることも同じ視線による。無論、本章の目的はその視線を断罪することではない。一々例は挙げないが、鄙や滑稽さなどの外部的なものが取り込まれていることが如何なる意味を持つか、それを問い、内部がいわば相対化されることを確認して来たのが従来の研究の成果であった。

今、問いたいのはそのような視線が和歌に現れた際に時に解釈の揺れを生ずることの原因である。その揺れには解釈する側の意識、鄙に向けられる視線に対する評価が反映しているようでもあるが、和歌自体に解釈の揺れを生む原因があると考えられる。その例として『伊勢物語』東国章段の終わり近く、十四段、「みちの国まですゞろに」行っ

た京の男が別れに際して陸奥国の女に贈った歌、

栗原のあねはの松の人ならば都のつとにいざといはましを

を考えたい。この歌は、京の男が鄙の女を揶揄した歌で、女はそれを理解せず、男が自分を思っているらしいと言っていた、というのが古注釈以来、現在に至るまで大方の解釈である。が、歌意自体の解釈には揺れがある。その揺れは、この和歌が物語の舞台に合わせて地名を読み替えた原歌、

小黒崎みつの小島の人ならば都のつとにいざと言はましを　（古今集・二十・東歌・一〇九〇）

にはない。和歌には表に現れた歌意とその裏にある歌意があることがある。揺れは地方の美しい景を愛でる原歌に裏の意味を付加したことから生ずる。女に対して言外に「だが……一緒に行こうとは思わない」或いは真意はともかく「だから……一緒にと言えないのが残念だ」と言う。「だが」か「だから」かで解釈の揺れがある。

物語中の贈答歌の中には相手を揶揄する歌がある。十四段の男の歌も大方の解釈でいえば揶揄する歌といえようが、この場合、揶揄がどこに現れているかという点で少々特殊である。和歌に籠められた揶揄はどこにあるか。他の揶揄する歌を考えることから始めたい。

2　人を揶揄する歌 ――『源氏物語』の場合

揶揄する歌について、『源氏物語』に例を取れば、近江君に対して姉女御の女房、中納言の君が代作した返歌（常夏巻）がその最たるものである。近江君の歌、

草わかみひたちの浦のいかが崎いかであひ見んたごの浦波　（三 249）

は「いかであひ見ん」を言うために、序詞を用い、歌枕を重ね、近江君自身は大いに気取ったが、常陸、近江、駿河と脈絡なく歌枕を並べている。対する中納言の君の、

ひたちなるするがの海のすまの浦に波立ち出でよ箱崎の松　（三 251）

は意図的に、念入りに脈絡なく歌枕を重ねる。言われてきたように、和歌だからこそ表現し得た揶揄である。しかし、この贈答が示す互いの挨拶、「いかであひ見ん」「立ち出でよ」は、女御側が儀礼的であるとしても間違いなく伝わっている。松―まつ―待つを歌意に含めてもよいだろう。それゆえ近江君をして「をかしの御口つきや。まつとのたまへるを」と喜ばせることになった。表の意味としての挨拶はそれ以外の解釈を生む余地がない。裏の意味としての揶揄は歌意にではなく、その詠みぶりにある。揶揄を理解できなかったのは近江君なればこそであり、理解しないこと

を見越しての歌である点に一層の揶揄、いうなれば意地の悪さがある。

玉鬘裳着の折、祝儀を贈って来た末摘花が「例の同じ筋の歌」すなわち「からころも」の歌を詠んできたのに対し、源氏が返す、

唐衣またからころもからころもかへすがへすもからころもなる　（「行幸」三315）

の揶揄はどうであろうか。この歌を見せられた玉鬘が『あないとほし。弄じたるやうにもはべるかな』と苦しがりたまふ」たように、歌意は明白である。源氏のこの歌は揶揄だけが内容で、歌意は取り違えようもないが、末摘花本人の反応は語られない。女房の代作でなく、末摘花と源氏の贈答歌が初めて成立した末摘花巻では、女房たちが自信を持って末摘花の歌の方をよしとしていた。末摘花の歌自体は「からころも」を繰返すことと、折に合わぬ点が問題なのであり、近江君の無知、無教養とは性格を異にする。末摘花の反応を採り上げようとすれば物語は別な展開を見せようが、近江君と姉女御の対面のような続く場がない以上、それは不要であり、この場は「ようなしごといと多かりや」との草子地をもって閉じられ、末摘花の反応も封じ込める。河内本諸本や青表紙本・別本の一部のように「ようなしごと」を「よしなしごと」とする異文によっても同様である。物語中、末摘花の歌はここで終わり、末摘花その人も以後直接登場することはない。揶揄する歌は一挿話以上ではない。

今一つ、和歌自体ではなく、和歌の解釈をめぐる揶揄について触れる。玉鬘巻、求婚にやって来た大夫監が帰りしなに詠みかけた、

君にもし心たがはば松浦なる鏡の神をかけて誓はむ　（三97）

に対し、大夫監の勢いに気圧されそうになり、震えながら乳母が「うち思ひけるまま」の思いを返した、

年を経ていのる心のたがひなば鏡の神をつらしとや見む　（三98）

の解釈である。監の歌は二句と三句がうまく繫がらないが、対する乳母の歌は「心たがはば」「鏡の神」を受け、贈答歌の体をなしてはいる。監は「まてや、こはいかに仰せらるる」と聞き咎める。乳母の歌の「たがひ」とは何と「たがふ」というのか。無論、乳母が玉鬘を都へ連れ帰りたいという願いであるが、監は自己の玉鬘への思いと受け取る。それをやや余裕を取り戻した乳母の娘たちが監との結婚を願ってのことと言いくるめる。

この人のさま異にものしたまふを。ひき違へはべらば、思はれむを、なほほけほけしき人の、神かけて聞こえひがめたまふなめりや　（三98）

娘の言う「この人のさま異にものしたまふを」と「いのる心」との関係については、現行諸注一致してはいないが、監との結婚がうまくゆくよう願っていると言いなしたとする点は諸説違いはない。それまでの経緯抜きに受け取れば、乳母の歌は監との結婚を厭うてはいないとの解釈も成り立ち得る。監がともかくも納得してしまうのは、都人の視線を理解していないからではあるが、直接には乳母の歌が二通り以上の解釈を許したからである。「たがひ」を乳母の

真意のように変えても、監の解釈のように変えても、贈歌の歌意をずらして切り返す恋の贈答歌と重なる。代理人により答歌が詠まれる恋の贈答歌の一種であり、贈答歌の性格を際立たせながら、それを逆手にとって揶揄が成立している[1]。

3　『伊勢物語』十四段の女の歌

『伊勢物語』十四段も揶揄する歌を含む章段とされている。

むかし、をとこ、みちの国にすゞろに行きいたりにけり。そこなる女、京の人はめづらかにやおぼえけん、せちに思へる心なんありける。さて、かの女、

　中〳〵に恋にしなずは桑子にぞなるべかりける玉の緒ばかり

歌さへぞひなびたりける。さすがにあはれとや思ひけん、いきて寝にけり。夜深く出でにければ、女、

　夜も明けばきつにはめなでくたかけのまだきに鳴きてせなをやりつる

といへるに、をとこ、京へなんまかるとて、

　栗原のあねはの松の人ならば都のつとにいざといはましを

といへりければ、よろこぼひて、「思ひけらし」とぞいひをりける。

『伊勢物語』中、「みやび」の用例が初段の一例のみであるのと同様、その対極の「ひなび／ひなぶ」もこの段にの

みある。京の男が陸奥国の女の「ひなび」たさまに耐えられなかったと解されているが、どこが「ひなび」ているかについて、現行注釈類は女の歌の詠みぶり及び男の歌に対する反応に認める。最初に述べたように、男の歌に関しては解釈に揺れがあり、また、女および女の歌に対する低い評価を見直すべきだとの論考もある。男の歌の解釈には当然ながら、それ以前の部分についての解釈が反映する。男の歌について考える前提として、女の歌A「中〳〵に」、「さすがにあはれとや思ひけん」、「夜深く出でにければ」、女の歌B「夜も明けば」につき、一渡り確認しておきたい。

女の歌Aについて。人となりは勿論のこと、「歌さへぞひなびたりける」という。『万葉集』歌「なかなかに人とあらずは桑子にもならましものを玉の緒ばかり（十二・三〇八六）」を利用して「なまじっか恋い焦がれて死ぬよりは蚕になったらよかった。ほんの短い間でも」というこの歌の何が「ひなび」ているかについては、平安朝の和歌には用いられず、京の貴族にはなじみのない「桑子」―蚕を詠み込んだからとされている。なぜ桑子かといえば、この段の解釈にあっては、多く蚕は夫婦仲がよいからとされており、更に雌雄が同じ繭にいて夫婦仲がよいというから、と解されることがある。近世以来の説で、「ひきまゆのかくふた籠りせまほしみ桑こきたれて泣くを見せばや（後撰集・恋四・八七四、藤原忠房）」が例に出されることもあるが、『万葉集』研究では『伊勢物語』に触れるものの雌雄云々には言及しないことが多い。また、最近の『伊勢物語』注釈でも「夫婦仲のよい」とはしても同じく繭については触れない傾向にある。[2]『古来風躰抄』がこの歌を『万葉集』歌に選ぶと共に女を「をかしくいはんとて」A歌を詠ませたとすることに注目する磯部勇は、「ひととあらずは」を「恋に死なずは」、「ならましものを」を「なるべかりける」へと抑制した表現からストレートな表現に改変した点に鄙びた感じが強調されているようだとした。[3]蚕は『万葉集』でも用例少なく、「桑子」は当該歌のみ、「蚕《こ》」も「たらちねの母が養ふ蚕の繭隠り」とそれに類する表現が三例（十一・二四九五、十二・二九九一、十三・三二五八）あるのみである。その一例、「たらちねの母が養ふ蚕の繭隠りいぶせくもあるか妹にあはずて（十二・二九九二）は『古今集』仮名序古注が上句を「たらちめのおやのかふ蚕のまゆごもり」と少し変えて「なずらへ歌」の例に挙げる。仮名序古注や『古来風躰抄』が採り上げた例は類型的表現だが、表現の多様な展開を見せない。「桑子」「蚕」は『万葉集』にあっても王朝和歌に通ずる意味で和歌的であったとはいえないだろう。(4)女の歌Aの「ひなび」た点はやはり第一に「桑子」に示されたと考えられる。一般に都鄙を分けるものとして表すのに和歌も含めた言語は効果的である。それが必ずしも現実の陸奥を反映するものではない(5)としても、十四段も言語によって「ひなび」を示している。なお、「なかくに」の用例・語義の変遷を検討し、女の歌が「ひなび」たとされている点からも「古今集前後の時代、宮廷貴族達にとっては、耳なれない古語または方言として、むしろ斥けられるべき言葉だったに違いない」とする見解がある。(6)これも言語に注目している。

「さすがにあはれとや思ひけん」はどうであろうか。この段と共通性のある六十三段で、「思ふをも、思はぬをも、けぢめ見せ」ず応ずる男の九十九髪の女に対する態度は「あはれがり」「あはれと思ひて」というものであった。両章段の「あはれ」は、妻が尼になって出て行く時になって「いとあはれと思」った例（十六段）、或いは一度絶えた仲が旧に復して「いにしへよりもあはれにてなむ通ひける」例（二十二段）とは「あはれ」の度合いが異なる。十四段の男は憐れんだのはなく、何かしら心を動かされたが、「思ひけん」との推察は本来ありそうもない「あはれ」であることを示す語り方である。

「夜深く出でにければ」は多く男が女に魅力を感じなかったからとされる。これに対し、女の歌Bにあるように鶏が早く鳴いたからだとする説がある。一番鶏の声に夜が明けたと思い違いした、作法通り一番鶏の声で帰ったなど一様ではないが、男の行動を薄情なものとはしない点で一致している。(7)作法説が男が女に心惹かれたか否かについては留保しているように、薄情でないのは行動の仕方である。作法説が一つの根拠とする「いかでかは鶏の鳴くらむ人知れず思ふ心はまだ夜深きに（五十三段）」のような、男が鶏の鳴くのを惜しむさまは語られない。絵画化された十四段は男が帰って行く場面を描くが、そこにも物語の読みが現れていよう。(8)

女の歌Bについては、現行注釈書では「きつ」は水槽の方言とする解が殆ど、「はめなで」は「はめなでおくべきか」の下の部分の省略で「はめずにおくものか」の意とする説と「はめてやろう」の方言とする説が相半ばする。「きつ」に比べ、「はめなで」が方言を正確に写している確証がなく、筆者は「はめずにおくものか」と解している。「はめなで」をいずれに解するにしても、鶏を罵って言う「くたかけ」と並んで乱暴な内容、表現の歌である。以上とは別に「きつにはめなで」を、「おくべきか」の省略ではなく、「なで」は和歌にもある「（……すればよいのに）……しないで」の意であり、「水槽に入れようと思っていたのに、鶏が早く鳴き過ぎて果たせなかった」と解されるとして、女が粗野であるとする通説を見直そうとする見解がある。(9)が、それらが例証とする「みるめなき我が身をうらと知らねばやかれなで海人の足たゆく来る（古今集）」等は「なで」の前後の動作主が同一であるのに対し、当該例が女、鶏と異なっている点で疑問がある。

以上を通してみるならば、一途ではあるものの都風の美意識からは遠い女、一度は応じたものの深い「あはれ」を感じてはいない男という構図は変わらない。古歌を利用した「栗原の」の歌はそれを前提に解釈される。

4　「あねはの松」

男が「京へなんまかる」と丁重な口調で別れを述べてから詠んだ歌「栗原の」は字義通りにはその地の名勝「あねはの松」を都へ持って帰りたいが、それも叶わぬという以外の意味を持たない。それが松ならぬ生身の人間である女に向けられた結果として言外の意味、裏の意味を読み取る必要が生ずる。この歌が掛詞や序詞等の技法により二つの意味を持たせているのであれば、人に向けられた意味の解釈も容易である。また、

須磨のあまの塩焼く煙風をいたみ思はぬ方にたなびきにけり　（古今集・恋四・七〇八、よみ人しらず）

のように、景物に託して心情を詠んだとの読みが重ねられてきた歌も、その積み重ねのゆえに人事に関わる意味は容易に解釈し得る。類歌「志賀の海人の塩焼く煙立ちはのぼらず山にたなびく（万葉集・七・一二四六）」は『万葉集』では雑歌中の「羇旅」に分類されているが、平安朝以降、恋歌と理解されるようになった。十四段の「あねはの松」にはそのような読みの歴史がない。男の歌をめぐる解釈の揺れは第一にはこれらの技法、読みの歴史がないことに起因する。

「あねはの松」に託された意味として、女がその松のようにすばらしくはないから、人並みでないから、連れて行けないとするのが大方の解釈である。「人ならば」を「人並みならば」とする現代語訳もかなりあるが、原歌の『古今集』歌の意味を考えるまでもなく、「人ならば」という表現自体は「人並みならば」という意味を持ち得ない。松と違って女はすばらしくないという説明を省いた、いわば意訳であろう。人並み説も「夜も明けば」に対する返しとみるかどうかも説が分かれる。一方、大方の解釈と異なる解が幾つかある。現行注釈書には、女が松と同じくその地を離れられないからという別れの挨拶とする説、また、女に対し、さあ一緒にと誘う歌だとの説もある。今、これらにつき少し考えてみたい。

土地を離れられないからの解では「美しいあなたがこの土地を離れられるなら、一緒に都へと誘うのだけれども」

の意となり、連れていけないのが残念だと言っているようにみえる。現行注釈書の土地説は渡辺実『伊勢物語』（新潮日本古典集成、一九七六）、鈴木日出男『伊勢物語評解』（筑摩書房、二〇一三）である。前者は男の「丁重な挨拶」は「都会的な礼儀」によるもので、「歌の言葉が必ずしも本心そのままの吐露でない場合があること」を女が理解できなかったとする（「解説」）。そこに辛辣を極めた「わらい」をみる同書に対し、後者も同じく挨拶の歌を女が曲解したとみるが、「物語じたいが創りだそうとしているのは、都鄙の区別をも超える男と女の普遍的なありように近づいているようにもみられる（57頁）」といい、捉え方は同じではない。

「人並み」を否定する立場で、男に対していわば好意的に「栗原の」歌を読んだのが磯部勇、河内修両説である。[10]前者は、「……の人ならば……ましを」「都のつと」を詠み込む和歌の伝統的技法を確認し、名勝「あねはの松」に女を喩えたのは、「女になみくならぬ愛着を懐いた」ので、女も「ならましを」から都へ伴われないことを理解した上で喜んだと解する。「そこからは女を軽侮し、貶める意味は全く汲み取れない」という。後者は、女がこの土地（家）を離れることができないことが前提、都へ連れ帰れないのが残念だ、と解する。そして、「誰に対しても差別しない優しい心を持つ『いろごのみ』である」男は人並み……のような気持ちを「歌に託すはずがない」という。もとより、『古今集』の「古」の時代、いわゆる国風暗黒時代に和歌を継承してきた「色ごのみ」たちに捧げられた激しい顕彰の書、さらには挽歌であったのが『伊勢物語』であり、『古今集』後に一回的に成立したとの見解[11]に立っての論であるが、「仮名序」のいう「いろごのみ」がそのような心であったかは別の問題ではないかと思われる。

「あねはの松」を人である女に当てはめた場合、土地を離れ得るならば、との意と解するのが妥当だと筆者も考える。先に確認したように、物語は男が女に深い「あはれ」を感じたような語り方をしていないと考えられる。たとえ女が土地を離れ得るとしても、男は「ひなび」た女を連れて行きはしない。都鄙の懸隔はやはり埋められない。「人並みならば」の解はことばには出さない男の心情を読み取ったものかもしれない。というよりも、松を詠んだ表の意味に対し、「土地を離れ得るならば」を裏の意味とすれば、それは口実で、「人並みならば」はその更に裏の意味であるといえる。「あねはの松」はあくまでも挨拶の歌である。その挨拶を優しさとみるかどうか。講談社文庫『伊勢物語』（一九七二）の現代語訳で「人並み」とした森野宗明は後に、男の歌に「外交辞令的挨拶の感」を見た上で「おのれの好悪の情だけで振舞うのではなく、相手の気持ちを忖度しいたわりながら行動する、心の寛く優しい社交性豊かな都の紳士とその真情をやみくもにぶつけるしか知らない野暮な陸奥の女の組み合わせをコミカルなタッチで描いた」ともした。[12]優しく振る舞うことと、真実優しいことは同じとは限らない。

なお、女が古歌を利用して「みやび振り」を披露しようとしたものの意味不明の歌になり、「みやび」の感じとれない「夜も明けば」に呆れた男が本歌の意味を変えることなく「東歌」を「みやび」な歌に変え、男の「みやび」性が強調された、との説がある。[13]『伊勢物語』作中歌に古歌を利用したものはあるが、筆者は十四段も含め、利用したのは多く『伊勢物語』であって、作中人物ではないと考えている。無論、語り方の問題としてである。そして、さあ、一緒にと女を誘う歌とするのは竹岡正夫で、[14]「あねはの松」讃歌に寄せて男の女に対する心情を「あねは（娘さん）」「都」「いざ」に表したとするものである。当時、地方の美しい風物を見て「都のつとにいざといはましを」と歌うのが「一つの型になっていたものであろう（326頁）」としても、「いはましを」をどうとるか、また、『伊勢物語』全体の傾向と合致するかどうか、疑問がある。

『伊勢物語』の「男」を好意的に読むことは、「いろごのみ」、また「みやび」の物語として物語全体を好意的に読みとろうとすることにもなろう。一方、女に対して容赦ない章段に本来の「みやび」の堕落と卑俗化、頽廃をみる野口元大「みやびと愛」の指摘も夙にあったところである。[15]次にそれらの章段につき少し触れたい。

5　男を離れた女を責める歌

ここで確認したいのは六十段、六十二段である。

むかし、をとこ有けり。宮仕へいそがしく、心もまめならざりけるほどの家刀自、まめに思はむといふ人につきて、人の国へいにけり。このをとこ、宇佐の使にていきけるに、ある国の祇承の官人の妻にてなむあると聞きて、「女あるじにかはらけとらせよ。さらずは飲まじ」といひければ、かはらけとりて出したりけるに、さかなりける橘をとりて、

五月まつ花たちばなの香をかげばむかしの人の袖の香ぞする

といひけるにぞ、思ひ出でて、尼になりて、山に入りてぞありける。（六十段）

男が「心もまめならざりける」とは、単に公務多忙だったというだけではなさそうである。だから女は「まめに思はむ」と言う人について行ったのであった。男が「女あるじにかはらけとらせよ」と言った理由について、『伊勢物語』は他の章段と同様に何の説明もしないが、女あるじが元の妻か確かめるためとしてよいだろう。男の歌「五月待つ」は古歌を口ずさんだとの説は、歌に詠まれたのは花橘、その場にあった肴が橘の実という違いがあるためであるが、物語が古歌に別の詠歌事情を与えたための齟齬と考えてもよい。いずれにせよ、男の歌によって女は尼になってしまう。『古今集』にあっては、夏歌とされる「五月待つ」は再会の歌ではなく、無論「昔の人」を責める要素はな

い。『伊勢物語』にあっては女に厳しい結末となる。勅使になるほど、いわば出世した夫から離れて地方に行った女を物語は愚かとしているようにみえる。

六十二段は更に女に対して容赦がない。「年ごろおとづれざりける女」が「はかなき人の事」について地方へ下る。女は「心かしこくやあらざりけん」とされている。やがて、元の夫が、人に使われ給仕する身となっている女を発見、夜呼び寄せる。

をとこ、「我をば知らずや」とて、

　いにしへのにほひはいづら桜花こけるからともなりにける哉

といふを、いと恥づかしと思て、いらへもせでゐたるを、「などいらへもせぬ」といへば、「涙のこぼるゝに、目も見えず、物もいはれず」といふ。

　これやこの我にあふみをのがれつゝ年月経れどまさり顔なき

といひて、衣脱ぎてとらせけれど、捨てて逃げにけり。いづち去ぬらむとも知らず。

「年ごろおとづれざりける女」は「心もまめならざりけるほど」と相似ているが、六十二段は女を愚か者とする視線が初めからはっきり現れている。男も女を夜来させ、「我をば知らずや」「などいらへもせぬ」と言う。歌も「いにしへのにほひはいづら」と容色の衰えを言い、追い打ちをかけるように「年月経れどまさり顔なき」と言う。一通りにしか解釈できない歌であろう。いわれているように「官人の妻」と「人につかはれ」るまで身を落とした女との身分的落差が六十段よりも女に容赦ない扱いを生んだ。「いづち去ぬらむとも知らず」という結びも同様である。似た内容の『今昔物語集』巻三十「中務大輔娘成近江郡司婢語第四」では男は女を責めず、「コレゾコノツヒニアフミヲイトヒツヽ世ニフレドモイケルカヒナシ（五407）」と詠んで泣く。それを聞いて女が息絶えたのを、「男ノ、心無カリケル也」と評する点、女に同情的である。『今昔』の方が原話であるなら、六十二段の容赦なさは一層際立つ。(16)

6　古歌利用と解釈の揺れ

離別の結果の女の零落に対して、男が哀惜のまなざしを投げる発想の習慣があるにせよ、(17)『伊勢物語』には六十段、六十二段のような女に容赦ない章段も含まれる。物語が女を愚かだとしていることは、実在の人物であるとした場合にそうであること、読者がそう捉えることとは当然ながら別である。諸注釈を眺めていると、両段の解釈は十四段の解釈と重なっている。六十段に対しては、男が懐かしんで詠んだ歌が意図せずして女を出家に向かわせたとする説が多いかと思われるが、六十二段についてはその残酷さを否定しない。しかし、あくまでも男に好意的な読みは六十二段に対しても好意的である。(18)

再び十四段についていえば、「ひなび」を低く見る視線は否定できず、「栗原の」歌もその視線を持っている。東国章段最後、十五段の「さるさがなきえびす心を見ては、いかゞはせんは」も、それを誰が誰の心を見ると解しても、そのような表現があるところに同様の視線がある。人を揶揄する歌との関係でいえば、近江君への返歌を裏返しにしたようなものともいえる。どちらも挨拶の歌である。近江君の場合は本人のみ理解できない揶揄が本人に似せた技巧の和歌に盛り込まれている。陸奥の女は表面に現れない真意は誤解したが、表面上の挨拶は文字通りに受け止めた。末摘花への「からころも」の歌はあからさまで、むしろ物語の遊びではないかと思われるほどである。大夫監とのやりとりも本人は言いくるめられたことに気付かないが、言外の意味があるのではない。「あねはの松」は、本来は一つの意味しか見出せない古歌を改作して別の意味を持たせたところに解釈の難しさがあった。原歌で表面に現されていない部分、裏の意味は多義的ともいえるが、注釈に於いては如何様に読んだか、一義的な解釈を示す。この歌の解釈の揺れの第一の原因は歌意が多義的に読めることだが、それを一義的に示すことで揺れが強調される。それと共に、「男」に対し、物語全体の視線に対し好意的或いは肯定的に読もうとする姿勢があるかどうかにもう一つの原因がありそうである。『伊勢物語』初冠本百二十五段の持つ視線は一様でないと考えられるが、「ひなび」を受け入れず、男から離れて行った女に容赦ない、そのような面があることは否定できない。丁重な挨拶の形をとりながら、男の本心は全く違うのであるが、女の一途さもまた確かに語られている。近江君の無教養さが誇張ではないかと思われるほどに語られていても、どこか愛すべき印象を読者に与え、玉鬘たちに徹頭徹尾嫌われる大夫監が生き生きして見えるのとどこか通ずる。しかし、それは男に好意的に章段を捉えることとは別である。

六十段の「五月まつ」も古歌の利用である。多分に恋歌的雰囲気があり、人を懐かしむ歌を再会の歌とした。男が懐かしんで詠んだのか、女を責めて詠んだのか。六十二段のようにあからさまではないが、懐かしんでいるかのようで、少なくとも結果として責める気持のある歌と受け取れる。

人を揶揄する歌、また、責める歌は十四段、六十段のような、一つの解釈しかなさそうな古歌を利用する形で物語化されることがある。あからさまな揶揄、責めとは異なる点に解釈の難しさがある。

※引用本文は、『伊勢物語』、『今昔物語集』が新日本古典文学大系（それぞれ秋山虔、森正人校注、岩波書店）、『古来風躰抄』は新編全集『歌論集』（小学館）により、一部表記を改めた。括弧内数字は巻数・頁数を表す。和歌のうち、『万葉集』歌番

号は『国歌大観』に拠る。

注

（1）論点は異なるが、松井健児「贈答歌の方法」『源氏物語の生活世界』（翰林書房、二〇〇〇、初出一九九二）は贈答歌のコミュニケーション機能を論じ、大夫監、近江君の贈答歌を取り上げている。

（2）小野寛『万葉集全注　巻第十二』（有斐閣、二〇〇八、410-402頁）に研究史が簡潔にまとめられている。最近では多田一臣『万葉集全解5』（筑摩書房、二〇〇九）が「繭の中に雌雄云々を「意識したものか（127頁）」と述べる。『伊勢物語』注釈では、蚕を夫婦仲のよいもののたとえとすることが多いが、一つの繭には必ずしも触れていない。『鑑賞　日本古典文学5』（角川書店、一九七五）で「蚕は雌雄一対ずつ同じ繭にこもるとされていた（86頁）」とした片桐洋一は最近の『伊勢物語全読解』（和泉書院、二〇一三）では夫婦仲云々も含め言及していない。また、松田喜好『伊勢物語』の「ひなび」について―十四段を中心に―」（『文学・語学』130、一九九一・六、74-84頁）も研究史を整理、蚕の実態に触れて夫婦仲説を否定している。

（3）『伊勢物語』の「ひなび」について（二）―第十四段の卑陋性の表現をめぐって―」（関東短期大学『国語国文』7、一九九八・三、1-22頁）。

（4）鈴木日出男「和歌における集団と個」『古代和歌史論』（東京大学出版会、一九九〇、初出一九八八）は、「たらちめの」三首を含め、母親が娘を管理するという類想、類同表現を持つ作者不明の三十首近い歌々は大和地方の下級官人ないしは庶民たちの歌々と思われるとした（9頁）。

（5）森野宗明『伊勢物語の世界』（放送ライブラリー、日本放送出版協会、一九七八）は、陸奥に養蚕指導の女性が派遣されたとの『日本後記』延暦十五年（七九六）の記事及び『延喜式』（九二七）で陸奥が絹製品を上納する国となっていないことから、陸奥では十世紀になっても養蚕はほとんど行われていなかったと考えられるとし、「桑子」を陸奥の娘と結びつけるのは、「実情に疎く先入観だけがこびりついている都人の思いちがいがあるよう（91頁）」だとしている。また、山本登朗「伊勢物語の「みちのくに」」『伊勢物語の生成と展開』（笠間書院、二〇一七、初出二〇〇六）は、古歌が平安時代の歌人にとっては「あまりにも素朴な、時代遅れの作品」で、「古歌をことさらに用いて意図的に作り出された、いわば虚構の『みちのくに』だったと考えられる（115頁）」とする。

（6）塚原鉄雄「「なかなかに」から「なかなか」へ」『国語副詞の史的研究』（新典社、一九九〇、増補版二〇〇三、58-89頁、初出一九五四）。「なかなかに」が仮名文学初期の『竹取物語』、『土佐日記』、『平中物語』に見られず、『古今集』では撰者達、紀貫之・紀友則の作にのみ見られることから、古語と化していた語を貫之たちが和歌復興の手段として復活させたのだとする。

（7）思い違い説は竹岡正夫『伊勢物語全評釈　古注釈十一種集成』（右文書院、一九八七、320頁）、作法説は五十三段の「夜深き」をも例にする磯部注（3）前掲論文、河内修「『伊勢物語』「東国物語（十三段・十四段）」注疏稿」（『東洋』43―1、二〇〇六・四、26-32頁）。

（8）絵画化された『伊勢物語』については、伊藤敏子『伊勢物語絵』（角川書店、一九八四）、千野香織編『日本の美術301（伊勢物語絵）』（一九九一・六）、羽衣国際大学日本文化研究所編『伊勢物語絵巻絵本大成』（角川学芸出版、二〇〇七）に拠る。十四段の図の多くは男が振り返りもせず帰ってゆく。その図柄を現存資料による限りで最初に表した小野家本『伊勢物語絵巻』、ならびに嵯峨本『伊勢物語』の構図がそれぞれ後代の絵巻・絵本に引き継がれたとされる。それらの図は男が女に惹かれていないと読み取られて来たことを示し、『伊勢物語』の語り方がその読みを促したといえるのではないか。なお、男が振り返る例外として知られる和泉市久保惣美術館蔵『伊勢物語絵巻』は別章段の絵ではないかとの説が文学・美術史両分野から出されている。五十三段もしくは二十二段とみる島内景二「『伊勢物語絵巻』は何を描いたのか」『伊勢物語の水脈と波紋』（翰林書房、一九九八、初出一九九四）、二十二段とみる相原充子『伊勢物語絵巻の探求―和泉市久保惣美術館本の分析』（山川出版社、二〇〇二）等である。男が振返っていることを最大の理由とする。但し、諸絵巻・絵本をなお見てゆくと、久保惣本のように女が見送り男が振り返る図をはじめ、女が見送るか否か、男が振り返るか否かにつき四通りの組合わせがある。絵画化の問題は別に考える必要があろう。

（9）近藤明「伊勢物語第十四段「きつにはめなで」考―「なで」を中心に―」（『解釈』一九九一・八、25-29頁）、磯部注（3）前掲論文。

(10) 磯部勇『伊勢物語』の「ひなび」について―第十四段の「栗原の……」歌をめぐって―」(関東短期大学『国語国文』6、一九九七・三、1-16頁)、河内修注(7)前掲論文。

(11) 河地修「「やまと歌」の系譜―総論としての『伊勢物語』作品論の試み―」・『古今集』論―「天皇の歌集」、もしくは「家集」の解体―」『伊勢物語論集―成立論・作品論―』133-150頁・151-165頁(竹林舎、二〇〇三、初出一九八七・一九九四)等。

(12) 注(5)前掲書94頁。

(13) 注(2)松田論文は「なかなかに」歌については、夫婦仲のよい蚕との解には無理があり、蚕のように大切にされたいという『万葉集』歌を「恋に死なずは」としてしまったために意味不明の歌になったとしている。

(14) 注(7)前掲書。

(15) 『古代物語の構造』(有精堂、一九六九、47-84頁)。

(16) 石田穣二『新版 伊勢物語』(角川ソフィア文庫、一九七九)補注に「話の細部と歌の間に必然的なつながりがある点から見て、この話の方が原話で、『伊勢物語』のこの段は、刈り込んだ再話であること明らかである(136頁)」と述べる。

(17) 後藤祥子「深草の里」(新日本古典文学大系『竹取物語　伊勢物語』月報、一九九七・一)。

(18) 竹岡前掲書は「女に同情し、失われた若かりし日の美しさを心から愛惜している男の気持がにじみ出ているのを十分汲みとるべきである(909頁)」とする。

二　引歌攷1

――物語のことばの成立――

1　はじめに

物語の中で引歌として用いられる表現とはどのようなものだろうか。引歌は、中世の古注釈以来問題にされ続けて来たことではあるが、また新しい視座からの研究も行われている。その方法はさまざまであるが、物語が和歌的な表現を抱え込んでいることとは別に、引歌に見られる歌語からその物語をも含めた表現の系譜を辿り、そこに物語のことばの特質を探ることにもまだ考察の余地があるように思われる。

引歌に限定しないならば、歌語の問題に関しては、『源氏物語』の作中歌のことばが中世和歌に多用されて歌語として定着していくとの指摘もある。(1) このことは、物語が歌語の形成に何らかの関わりを持つものであるとして注目できるのだが、やはり、物語よりは和歌の側の問題であろう。物語の問題として歌語に見る表現の系譜を考えることはできないだろうか。

さて、歌語は繰返し用いられることで歌語として定着する。物語など散文作品中に歌語、若しくは和歌に拠ることばの形成過程を求めようとすれば、作中歌と同様に引歌をも考えることができるのではないだろうか。繰返し引かれる和歌があれば、そこで、その和歌を示すことばは歌語として定着する。引歌によって定着した歌語は、散文中で繰返し用いられることによって、更には引歌と意識されぬほどに一般的なことばとなっていく。そのような過程を見出すことができるのではないだろうか。その過程は一様ではないだろうが、このような予測のもとに、多く引歌されたと考えられてきた和歌の中から一、二のことばに注目し、そのことばの表現の系譜、あることばがどのような意味を持たされ、散文中のことばとなっていったかを探りたい。その上で、物語と和歌の同質性、或いは異質性を見出したいのである。

右のようなことを問題とする以上、引歌についても歌語についても定義が必要かもしれない。定義如何によって対象となるものにも揺れが出よう。中世の古注釈がしきりと挙げる和歌がむしろ参考歌というべきものであることはよくいわれることであるし、また、近代以降、引歌の概念が、例えば、「作者が和歌を思い浮かべながら文を書いた場合のすべて(2)」に引歌を認めるといったように拡大したこともいわれている通りである。本章では、引歌については、散文中のある表現が先行する特定の和歌に直接結び付け得る場合と考えるが、ある表現が引歌と考えられてきたことをも問題としたい。また、歌語については、和歌の中である特定の心象を持たされた語とするが、更に、和歌で用いられたことばを広く対象としたい。

人の親の心は闇にあらねども子を思ふ道にまどひぬるかな　（後撰集・雑一[3]、藤原兼輔）

2　引歌されやすい和歌

右の和歌が『源氏物語』中、最も引歌されるものであることはしばしば指摘されるところである。一つの作品にはその好む引歌の傾向というものがある。各作品の引歌表現の検討を重ねていけば、それぞれの引歌の傾向、また、引歌されやすい和歌が見えてこよう。今ここで問題としたいのは、物語全体を通じて引歌されやすい和歌である。一つの作品に繰返し引かれるもの、幾つもの作品に共通して引かれるもの、それぞれ違いがなくはないが、出来るだけ両方の条件に適うものを、ほぼ三代集と平安朝の物語――実際には引歌の発達した『源氏物語』以降――に限定して、引歌とされているところを探せば、比較的多いものとして、次のような例が認められる。

（イ）　春の夜の闇はあやなし梅の花色こそ見えね香やはかくるる　（古今集・春上、凡河内躬恒）

①　闇はあやなく心もとなきほどなれど、香にこそげに似たるものなかりけれ　（源氏物語「匂宮」五34[4]）

②　まだ冬めきていと寒げに、大殿油も消えつつ、闇はあやなきたどたどしさなれど　（源氏物語「早蕨」五350）

③　闇の夜にも薫りかくれぬばかり、ととのへたまひたり。　（夜の寝覚・巻三237）

④　闇はあやなき御匂ひよりはじめ、人に紛ふべくもなき有様なれば　（狭衣物語・巻三257）

⑤　廿日あまりの月もなきほど、「闇はあやなし」とおぼゆるにほひにて　（とりかへばや物語108）

⑥　月の程ならねど、梅の匂ひをかしき程の空の気色に、「闇はあやなし」と珍しからねど、うち誦じて
（在明の別れ・巻一27）

『源氏物語』にはこの他にも用例がある。各作品に共通して引かれるものとなっているが、〝闇はあやなし〟という句を用いるのがほぼ全用例に共通する。

（ロ）　須磨のあまの塩焼く煙風をいたみおもはぬ方にたなびきにけり
（古今集・恋四、読人しらず）

①　女も、塩焼く煙のなびきける方をあさましと思せど
（源氏物語「真木柱」三389）

②　いかに思し漂ふぞ。風のなびかむ方もうしろめたくなむ
（源氏物語「浮舟」六169）

③　よしや、思ひの外なるしほやく煙は、我御心とある事にもあらずかし。
（浜松中納言物語・巻の五426）

④　心より外ならん藻塩の煙を、浅ましかりし、まぼろしのしるべならでは、夢にだにいかで見じ
（狭衣物語・巻二164）

⑤　方々つくしつる心の一方は、かく「塩焼くけぶり」に聞きなしつることを
（とりかへばや物語19）

現在指摘されているものの中から挙げてみた。それらの多くは、〝思はぬ方に（た）なびく〟ことを〝塩焼く煙〟として表す。〝塩焼く煙〟という語句は遡れば『万葉集』にもその例が見出せる。(5) また、〝藻塩焼く〟とする和歌も多く、片桐洋一『歌枕歌ことば辞典』（角川書店、一九八三）に立項されている。だが、恋の歌として意識され続けてきたのは、『古今集』歌であったであろう。引歌とされるものの中には例えば④の『狭衣物語』の場合のように〝藻塩

の煙〃と『古今集』歌にない語を用いるものもある。これらは、ことばの上では右の辞典が挙げ、『日本古典文学大系』補注に言及のあった、

風吹けば藻塩の煙うちなびき我も思はぬ方にこそ行け　（後拾遺集・羈旅、大弐高遠）

の方が近いかもしれないが、発想、意味からは、恋の部に収められた『古今集』歌がよりふさわしい。引歌、参考歌として指摘される所以であり、〃塩焼く煙〃が恋、心変わりについて用いられるときは、この一首に立戻ることが求められよう。

（八）紫のひともとゆゑに武蔵野の花はみながらあはれとぞ見る　（古今集・雑上、読人しらず）

①手に摘みていつしかも見む紫のねにかよひける野辺の若草　（源氏物語「若紫」一239）

②さもや、と思うたまへ寄るべきことにははべらねど、一本ゆゑにこそはとかたじけなけれど、あはれになむ思うたまへらるる御心深さなる　（源氏物語「東屋」六48）

③思ひやるかたもなくく〳〵まどはましこのひともとをたづねざりせば　（浜松中納言物語・巻の四381）

④むらさきの色に通はぬ草なれどなほ一本のなつかしき哉　（浜松中納言物語・巻の五399）

⑤いでや、武蔵野のわたりの夜の衣ならば、げに、かへりまさりもや思えまし　（狭衣物語・巻一50）

などは一見して『古今集』歌に拠るとわかる。この一首は和歌の世界でも展開してゆく。

武蔵野の草のゆかりときくからにおなじ野辺ともむつましきかな
（古今和歌六帖・二・雑の野）

がその一つで、

なほ世の常にはこよなかりし武蔵野の草の縁をひき違えん契りの恨めしさを、忘るる世なけれど
（在明の別れ・巻二165）

の如き表現を生む。〃草のゆかり〃、〃ゆかりの草木〃とあるときは、直接には右に拠るとみてよいかもしれないが、注釈に於ては『古今集』歌が指摘されることが多い。やはり、一つの心象がある一首から発展していったのだとみることができる。いずれの和歌に拠ったにせよ、それらの物語中のことばは和歌に立戻って解されるものであるし、その源泉は『古今集』歌であった。

（二）　わが心なぐさめかねつ更級やをばすて山に照る月を見て
（古今集・雑上、読人しらず）

①　慰めがたき姨捨にて、人目に咎めらるまじきばかりにもてなしきこえたまへり。（源氏物語「若菜下」四217）

②　さらに姨捨山の月澄みのぼりて、夜更くるままによろづ思ひ乱れたまふ。（源氏物語「宿木」五404）

③　さりとて恋しさのなぐさむやうはなく、いよく姨捨山の月を見ん心ちしてかなしきに
（浜松中納言物語・巻の四379）

④　今宵もいとさやかにさし出づる月の光、姨捨山の心地して、ひとやりならず、いみじく物思はし。（夜の寝覚・巻一41）

⑤　この人ゆゑこそ、もし姨捨ならぬこともやと、思ひ寄りきこえさせしか。（夜の寝覚・巻四423）

⑥　ほのか也し御腕の手当たりに似る物なきにや、姨捨山ぞ、わりなかりける。（狭衣物語・巻一63）

⑦　人を身給ふにつけても、姨捨山の月見けむ人の心地すれど（とりかへばや物語239）

心なぐさめられぬことを〝姨捨山〟によって表す。この一首に拠るものは物語だけでなく、和歌にも多いことは知られており、〝姨捨山〟が一つの心象を持ち、歌語として独立しているともいえる。その点で、引歌とされている表現は、必ずしも『古今集』歌自体に拠るといわなくてもよいかもしれない。しかし、〝姨捨山〟の持つ心象は初めの和歌に立戻ることを求めている。〝姨捨山（の月）〟が元来一つの心象を持っていたのではなく、引用（和歌に於いても）が繰返されることで一つの心象を獲得し、歌語として定着したからである。

以上のように比較的引歌されることの多いものを眺めてみると、ほぼ共通していえることは、一首の和歌が繰返し引かれ、和歌にあっても同趣のものが生み出されていくことにより、一つのことばがある固有の心象を持つようになる、そのことば――歌語といえる――を物語が用いているということである。やや異なる（イ）の例がしばしば〝やみはあやなしと〟と引用であることを示しているのはそのことと無関係ではないであろう。それらのことばは、しかし、〝塩焼く煙〟〝姨捨山〟に顕著に見られるように、それ自体としては特別の意味を持っていない。あくまでも和歌を離れないことで固有の意味が与えられる。（ハ）の例は引かれ方がさまざまであり、一つ一つのことばに意味があるようだが、それは比喩であり、やはり和歌によって支えられている。歌語であるか否か、いずれにせよ、一つの心象の系譜の上にこれらの物語は書かれている。その場合、引歌として指摘されるのは、その系譜の初めに立つ一首であったといえる。物語はその最初の一首を意識していたというより、或いはそこから発展してきた表現の系譜の中にある、そのような発想を物語も持っていたといえるのかもしれない。ただ、それらのことばが和歌によって意味を支えられている限りに於て、物語のことばもまた引歌と認められたのだといえよう。

以上のことは、物語の中にも和歌的な表現があるという当たり前のことでしかないかもしれない。が、すべての引歌について同じことがいえるかどうか。多く引歌されたものを更にみていきたい。

３　『後撰集』兼輔歌と〝心の闇〟

いくつかの作品を通じてみると、引歌指摘の最も多いのは、『源氏物語』と同じく、『後撰集』の兼輔歌であった。『源氏物語』に多いのも一因だが、他と比べてはるかに多い。伊井春樹編『源氏物語引歌索引』（笠間書院、一九七七）によれば、『源氏物語』でこの一首が引歌として指摘されてきた箇所は二十六例に及ぶ。そのいくつかを挙げれば、

①　見ても思ふ見ぬはたいかに嘆くらむこや世の人のまどふてふ闇　（「紅葉賀」一327）

②　などかう口惜しき世界にて錦を隠しきこゆらんと、心の闇晴れ間なく嘆きわたりはべりしままに　（「松風」二405）

③　本性の愚かなるに添へて、子の道の闇にたちまじり、かたくなるさまにやとて　（「若菜上」四22）

④ 世をすてて明石の浦にすむ人も心の闇ははるけしもせじ　（同四 108）

⑤ 帝と聞こゆれど、心の闇は同じことなんおはしましける。　（「宿木」五 476）

他の作品の例もみれば次のようなものが指摘されている。

⑥ 親の御心のやみは、あやまりて後の世の罪などもおぼしやられず　（浜松中納言物語・巻の二 246）

⑦ さすがにまたそむかれぬこの世のやみに侍れば　（浜松中納言物語・巻の三 271）

⑧ 心の闇にまどふといひながら、ゆくりなく、さは思ひ寄らぬことなれば　（夜の寝覚・巻四 360）

⑨ まして思へ五月の空の闇にさへかきくらされてまどふ心を　（夜の寝覚・巻四 406）

⑩ 御心の闇、類なきまゝに、をこがましく、人々の、いかに聞き侍らん。　（狭衣物語・巻一 61）

⑪ 人の惑ふなる道とは言ひながら、猶いかにぞや思ゆるは　（狭衣物語・巻三 246）

⑫ 人はなによりも、子の道の闇は思ひ返さるべきわざなるを　（とりかへばや物語 161）

⑬ さりとも、世におろかにはおぼされじと、心の闇にまどひはべりて　（とりかへばや物語 241）

⑭ いとうつくしげにおとなびたまへるさまを、御心の闇は、いみじうかなしうなん、見たてまつりたまひける　（とりかへばや物語 251）

引歌の指摘のあるものは他にもあるが、これらに共通するのは〝心の闇〟という語である。特に『源氏物語』より後そうである。兼輔歌の中心的な部分としては〝まどひぬるかな〟或いは〝子を思ふ〟ということになろうが、引歌されるに当たっては〝心の闇〞が採られた。一首の歌が引かれるとき、引歌提示部分がその和歌の物象叙述やそれに準ずるものであることが多いとの指摘がある。(6) 先にみた歌語にもそれは当てはまるだろう。

だが、〝心の闇〞という語は、他と同様の歌語といい得るかといえば、そうではないのではないか。歌語とは一首の和歌がもとになって本来無関係であった心象が付与されて出来た筈である。歌語が成立するには繰返し用いられることが必要ではあるが、最初の一首——特定できない場合もあろうが——のことばは、その使われる始めは、その心象とは無関係であったといえる。それに対してこの〝心の闇（心は闇に）〞という語句自体は、一首の意味と無関係ではなく、〝まどひぬるかな〞と共に歌意を成立たせている。〝心の闇〞はこのように単純には歌語といいきれぬ面を持つが、兼輔歌と全く切り離されて使われていたのでもない。無論、〝心の闇〞という語の使われた和歌は他にもある。それらは分別を失うという点で共通するが、その意味内容は一様ではなく、恋歌、釈教歌的なものがみられる。(7) だが、引用する物語の文脈からみるなら、親の子に対する情を述べた兼輔歌が重なるのである。

この兼輔歌は王朝物語作品に繰返し引かれたが、和歌の世界にも広げられる。『古今六帖』二・おやに収められたほか、『前十五番歌合』、『三十六人撰』、『深窓秘抄』にも採られた。編者藤原公任の選ぶところであったともいえるが、兼輔歌が好まれた一つの証左としてこれを認めることができる。『大和物語』四十五段は『後撰集』の詞書とは異なる内容を持つ。このことは、この一首が広く伝えられたことをも示すだろう。

〝心の闇〞は時代が下っても使われる。和歌以外の一例を挙げてみる。

うき世の色はをのつからすてはつる心ちすれと、なをはれかたき心のやみは、すまさんとする山水もかつにこるらんかし　（竹むきが記(8) 79）

このように、〝心の闇〟が多用されたということは、また、この語がそれ自体として独立、定着していたことを同時に示さないだろうか。〝心の闇〟は恋に関して、また更に広い煩悩を表すのにも用いられたが、親の子に対する情に限定する用い方が一方に於てあった、そのことの定着である。一つの一般的なことばとして定着したと考えてもよいだろう。その源を尋ねようとすれば確かに兼輔歌に辿り着く。〝心の闇〟に注釈をつけようとすれば多くの場合、兼輔歌を挙げる。しかし、それらのすべてが兼輔歌の引歌であることにはならない。いつの頃かは定めにくいが、既に一般語となっていた〝心の闇〟を用いた場合もあるわけである。それでもその〝心の闇〟が同歌に由来することは間違いなく、注釈はそのことを示すとみてよいだろう。作品の時代が下るほどいえることだが、注釈である一首を挙げることとそれが事実引歌であることとは同一ではない。『源氏物語』の場合は引かれ方がいろいろでもあり、引歌といえるだろうが、引歌を繰返したことは、結果としては、一般語への先がけとなったのだとみられる。〝この道の闇〟といういい方は、更にその語自体として意味を持っているが、やはり兼輔歌から創り出されたことばであろう。〝心の闇〟も含め、和歌とは密接な関わりを持つことばとしてそれらは位置づけられる。歌語とよぶなら、それを成立させたのは引歌による、同時に一般語ともなっていったということが考えられるのではないだろうか。(9)

4　『古今集』九五五番歌と〝ほだし〟

『源氏物語』に於て第二に多く引歌とされたのは、

世のうきめ見えぬ山路に入らんには思ふ人こそほだしなりけれ　（古今集・雑下、物部良名）

で、平安物語全体でも同様である。この一首は第三句を「入らんにも」として西本願寺本『三十六人集』の『信明集』に収められている以外は他に見えぬようである。『源氏物語引歌索引』によれば『源氏物語』には次の十九例が指摘されている。

① いみじう心細げに見たまへおくなん、願ひはべる道の絆に思ひたまへられぬべき　（「若紫」一237、古3近1）[10]

② うしと思ひしみにし世もなべて厭はしうなりたまひて、かかる絆だに添はざらましかば、願はしきさまにもなりなまし、と思すには　（「葵」二50、古4近1）

③ かかるついでにも、まづ思し立たるることはあれど、またさまざまの御絆多かり。　（「賢木」二98、古6近5）

④ 世のうき時は見えぬ山路をこそは尋ぬなれ。　（「蓬生」二335、古11近4）

⑤ 世のうき目見えぬ山路に思ひなずらへて、つれなき人の御心をば、何とかは見たてまつりとがめん。　（「初音」三152、古13近6）

⑥ さるまじきことに心つけて、人の名をも立て、みづからも恨みを負ふなむ、つひの絆となりける。　（「梅枝」三425、古1）

⑦ 女宮たちのあまた残りとどまる行く先を思ひやるなむ、さらぬ別れにも絆なりぬべかりける。　（「若菜上」四20、古1近3）

⑧ うちつづき世を去らんきざみ心苦しく、みづからのためにも浅からぬ絆になむあるべき

⑨　背きにしこの世にのこる心こそ入る山道のほだしなりけれ　（「若菜上」四40、古1近2）

⑩　まして、今は、心苦しき絆もなく思ひ離れにたらむをや。　（「若菜上」四75、古9近4）

⑪　親たちの御恨みを思ひて、野山にもあくがれむ道の重き絆なるべくおぼえしかば　（「若菜上」四126、近1）

⑫　さして厭はしきことなき人の、さはやかに背き離るるもありがたう、心やすかるべきほどにつけてだに、おのづから思ひかかづらふ絆のみはべるを　（「柏木」四289、古2近3）

⑬　宿世のほども、みづからの心の際も残りなく見はてて心やすきに、今なんつゆの絆なくなりにたるを、　（「鈴虫」四388、近1）

⑭　末の世に、今は限りのほど近き身にしても、あるまじき絆多うかかづらひて　（「幻」四525、近1）

⑮　見棄てがたくあはれなる人の御ありさま心ざまにかけとどめらるる絆にてこそ、過ぐし来つれ。　（「幻」四533、近1）

⑯　心苦しうてとまりたまへる御事どもの、絆など聞こえむはかけかけしきやうなれど　（「橋姫」五118、近2）

⑰　今はと世を遁れ背き離れんとき、この人こそと、とりたてて心とまる絆になるばかりなることはなくて過ぐしてんと思ふ心深かりしを　（「椎本」五200、古1近1）

⑱　今はじめてあはれと思すべき人、はた、難げなれば、見えぬ山路にも、え思ひなすまじうなん　（「宿木」五389、近1）

⑲　三条宮の心細げにて、頼もしげなき身ひとつをよすがに思したるが避りがたき絆におぼえはべりて　（「手習」六317、古16近6）

（「夢浮橋」六381、近1）

近1とあるのはすべて池田亀鑑編『源氏物語事典』下巻所収「所引詩歌仏典索引」（東京堂、一九六〇）である。右十九例からみてとれることは〝絆（ほだし）〟という語のあるときに多く引歌指摘のある点である。意味の上からも同歌に重なっているとしても、ことばの上からはそういえる。〝見えぬ山路〟では少ない。前項までにみた歌語に相当するものとしては、むしろ〝見えぬ山路〟の方が適当かもしれない。引歌指摘の例を更にいくつか挙げてみる。

⑳　いかならん見えぬ山路もがな　（浜松中納言物語・巻の四、343）

㉑　世の憂きめ見えぬ山路と思ひ入りて、つれづれとながむるを　（夜の寝覚・巻二、150）

㉒　さらずとも、「見えぬ山路に」とこそ、よからめ　（狭衣物語・巻一、92）

㉓　かく殊にもあらぬみづからの心にも、あはれにも、かたじけなくも思ひをき聞えんほだしとなり給はんよ。（狭衣物語・巻二、125）

㉔　やがて、「見えぬ山路」へも隠れなまほしきに　（狭衣物語・巻二、201）

㉕　「やがて」と、出で立ち侍る「見えぬ山路」も、なほ、「明朝は」と語らひ侍りし人に、言ひ置くべき事侍りしかば、　（狭衣物語・巻三、327）

㉖　いつまでと心ぼそくおぼゆる道のほだしにも、まづたれよりも、ひきとゞめらるゝ心地もしはべりつれ。（とりかへばや物語、39）

㉗　見えぬ山路尋ねまほしき御心ぞ、やうやう出で来にける。（とりかへばや物語、49）

これらは『源氏物語』とは際立った違いをみせる。〝ほだし〟に対する引歌指摘が少ない。右に挙げなかった例をも含めて、多くは〝（世の憂き目）見えぬ山路〟に対してのものである。これらの作品に〝ほだし〟なる語がなかったわけではなく、引歌と認定されることが少なかったのである。しかも、複数の注釈が共通して指摘することはない。それは〝ほだし〟の用い方に差があるのか、或いは注釈する態度が違うのか。そのことの確認のために、〝ほだし〟という語について少し考えておきたい。

〝ほだし〟は普通、馬の足をつなぎとめておく綱で、転じて人の心を束縛するものと注される。が、また、動詞〝ほだす〟の名詞化であるというのが今日各辞書の説明するところでもあり、〝ほだす〟は、〝ほださる〟というかたちで早く『東大寺諷誦文稿』平安初期点にその例のあることが知られている。(11)『歌枕歌ことば辞典』は後者の説に拠りつつ〝ほだし〟を立項する。ことば自体は古いもののようだが、この歌語的かとみえる〝ほだし〟が和歌や散文の中でどのように用いられていたか。平安和歌に例を求めようとすればあまり多くない。

a　あはれてふ事こそうたて世の中を思ひ離れぬほだしなりけれ　（古今集・雑下、小野小町）
b　山風の花の香かどふ麓には春の霞ぞほだしなりける　（後撰集・春中、藤原興風）
c　山里は春のほだしにとぢられて住みかまどへる鶯ぞ鳴く
　　（西本願寺本三十六人集・興風集、書陵部本は第二句春のかすみに）
d　なにかその霞のほだしにあらぬ身も君とまるべきこの世ならねば　（馬内侍集）
e　あぢきなく春はいのちのをしきかな花ぞこの世のほだしなりける　（和泉式部続集）
f　みかりする駒のつまづく青つづら君こそ我はほだしなりけれ

（読人しらず、拾遺集・雑恋、金葉集・恋下は初句み熊野に、第四句君こそわれが〈二度本〉・君こそまろが〈三奏本〉）

g　逢ふことのかくて絶えなばあはれ我よゝのほだしとなりぬべきよぞ

（一宮紀伊集、第二句かくてたになばを改む）

h　などやかくはかなき夢をのちの世のほだしとまでは思ひたどるぞ

（同、gに対する返歌）

このほか『千載集』雑下、源俊頼の長歌の中に〝思ふ人ほだしにて〟とある。一方、散文作品では多くの例が見出せる。これまで引歌指摘にみてきた作品の他に『落窪物語』、『蜻蛉日記』、〝ほだされて〟を含めば、『伊勢物語』、『多武峯少将物語』にも見られる。前掲⑨の『源氏物語』の例のように作中歌もあるが、和歌よりも散文の方がかなり多い。それらは何らかの意味で人の心を束縛するものとの意で使われている。そして、『源氏物語』を除いては引歌と指摘されることが少ないのであった。

5　〝ほだし〟と注釈 ―― 引歌の認定

前節冒頭の和歌――『古今集』九五五番歌が引歌と指摘された十九例をみると、もう一つ、古注釈よりも近代になっての指摘が多いこと――特に『源氏物語事典』――がいえる。今さらいうまでもないとしても、一つ一つを更にみていけば、同じような意味内容を持つ〝ほだし〟に対して同一の注釈書がすべてに引歌を指摘するのではないといったことも知られる。

『源氏物語』には二十八例の〝ほだし〟が見える。その殆どは出家や極楽往生の妨げになるものとの意味あいを持っている。いまその幾つかについて考えてみたい。

前掲4—①は、少女若紫の祖母尼が光源氏に対して言ったことばである。その数日後に尼は世を去る。幼い若紫が気がかりで極楽往生の〝ほだし〟となるという。〝ほだし〟の初出であるが、引歌指摘はあまり多くない。古注釈、近代の注釈ともに指摘の多いのは賢木巻の例（4—③）、若菜上巻の朱雀院の紫上への贈歌（4—⑨）である。後者は〝いる山みち〟という語もあるから、そのためもあって指摘が多かったのかもしれない。とすれば、前者を問題にすべきであろう。それは、桐壺院崩御後、〝去年今年とうちつづき、かかる事を身給ふに、世もいとあぢきなう思さる〟ようになった光源氏が、〝ほだし〟のために出家できないというものである。その内容は『古今集』歌とよく重なり、引歌指摘の多いのも肯けようが、ではこれと、葵上死後、〝ほだし〟がなければ出家しようものをという例（4—②）とどこが異なるか。異なってはいない。〝ほだし〟だけでなく、〝世のうきめ〟に類する語を伴う点からもそういえる。だが、両者ともに引歌を認めるものは少ない。③で『花鳥余情』の説を採って引歌を認める『岷江入楚』は、②にあっては「私不及引哥歟」とする。[12] しかし、また一方、引歌指摘をしなかったものが二つの例に差があるとしたとは限らない。阿部秋生・秋山虔・今井源衛訳注『日本古典文学全集』（『新編』も同）の頭注の如く、③にのみ引歌を挙げると同時に、そこで②のときも「絆」ゆえに出家がかなわなかったと注するものもある。当たり前のことではあるが、ある注釈を記さなかったことはそれを否定したことを意味しない。同じ注の重複を避けることもあり得る。殊に近・現代にあっては限られた紙幅で注するから、記される内容も自ずと制限されよう。

橋姫巻4—⑮は、宇治八宮が姫君たちゆえに出家できないことを述べたものである。この〝ほだし〟はやはり『古今集』歌に重なる。八宮は〝世のうきめ〟をたしかに見た人であった。その分だけ一層『古今集』歌と重なるが、引歌指摘は少ない。『源氏物語事典』、『日本古典文学全集』だけである。しかし、また、玉上琢弥訳注『角川文庫』ではこの部分に関して脚注で「出家または死に対して心残りなのである。あとに「ほだし」とあるから、ここは出家を思っているとわかる」とし、それが『源氏物語事典』にも反映されただろうが、玉上はまた、『源氏物語』で「ほだし」の語が出たときは、この歌を思い出してよいようである」とも述べるから、やはり、指摘のないことが『古今集』歌を読み取っていないことにはならない。八宮に関しては更に三回ほど〞ほだし〞が使用される。その一つ、

今日明日とも知らぬ身の残り少なさに、さすがに、行く末遠き人は、落ちあぶれてさすらへんこと、これのみこそ、げに世を離れん際の絆なりけれ（「橋姫」五158）

は、八宮が死を前にして薫に後事を託そうとするときのことばである。引歌指摘はない。この〞げに〞とは一体何か。必ずしも典拠のあることにはならないが、〞げに〞に注目すれば「なる程世間の言ふ通り」（池田亀鑑校註、日本古典全書）、「なる程「子は過去現在未来の三界の首かせ」と言う通り」（山岸徳平校注、日本古典文学大系）、「妻子など係累が出家往生の障害になるという、世間に言いふるされた言葉のとおり、の意か」（日本古典文学全集、『完訳』以降この注はなくなる）と解される。「子は三界の首かせ」といういい方自体は中世以降に出て来たようだが、妻子などが出家や極楽往生の妨げになるとする観念そのものは新しいものではない。問題は、それを〞ほだし〞という和語で表現することが『古今集』歌独自のものでそれに由来するか否かという点になる[14]。この〞ほだし〞が『古今集』歌に由来するものであるなら、〞げに〞は当然この『古今集』歌に目を向けることを要請しよう。古注釈に於ては、極楽往生よりも出家に関して引歌を求めようとする傾向があるかもしれない。しかし、この二つの違いが引歌の有無に関わるほどのものであるかはまた考えねばならないであろう。

〟ほだし〟に対する引歌の指摘が揺れを見せるのは、注釈がすべてを記さないこと以上に、〟ほだし〟という一語がこの一首と不可分の関係にあることがすぐには確認しえないことによる。引歌を指摘する場合もやや断定を避ける傾向もある。例えば先出の賢木巻の例で、『日本古典文学全集』は同歌を「引いた表現か」とする。これは他の作品にあっても同様である。

〟ほだし〟に対し、他の引歌が指摘されることもある。賢木巻、桐壺院崩御後、藤壺に近づいた光源氏が、

逢ふことのかたきを今日にかぎらずはいまいく世をか嘆きつつ経ん

御ほだしにもこそ　（二—112）

と訴えかける条がある。〟ほだし〟は多く出家または極楽往生を願う者の内側で〟ほだし〟と観ぜられるのであったが、この場合は、当人の思いではなく、外側で働くものが〟ほだし〟となってしまうというものである。『古今集』歌とは異なった用いようをしている。そのせいか、同歌の挙げられることはないが、『弄花抄』(15)、『紹巴抄』(16)、『岷江入楚』は、

みくま野に駒のつまづく青つづら君こそ我はほだしなりけれ　（4—f）

を挙げる。それぞれ多少歌句に異同があるようだし、また、『拾遺集』の方が古形であろう。読人しらずであるから恐らくは古いものであろう。〟ほだし〟の一つの古い用例として注意される。〟ほだし〟が元来、馬の足を縛る綱であ

るなら、この一首はそのことを念頭におくことで歌意が生きて来るものでもある。それはともかく、『源氏物語』のこの場面に引き当てるのにこの恋歌が最もふさわしいともみえない。だが〝ほだし〟について、物部吉名の一首の次に連想されていたという事実は認められる。『河海抄』[17]、『孟津抄』[18]のように、柏木巻の例（4―⑪）に挙げるものもある。『河海抄』は両歌を同時に挙げているが、この一首も確かに源氏物語の文章に引き当てられることが多かったといえる。

なお、『源氏物語』以外で指摘されにくいことは前に述べた通りである。『源氏物語』以前、『蜻蛉日記』には一例の用例がある。中巻、天禄元年（九七〇）七月、石山詣での条に〝死ぬるたばかりをもせばやと思ふには、まづこの絆おぼえて〟と道綱を〝ほだし〟と呼ぶ。柿本奨校注角川文庫本は『古今集』九五五番歌を挙げ、その「下の句のごとき気持。引歌とまでは考えない」とする。同歌を挙げないのがその他の注釈である。『夜の寝覚』に見える九例の〝ほだし〟も同歌と意味の上から重なるが、引歌とされることは少ない。

『狭衣物語』は『大系』、『古典全書』それぞれ二十三例の用例があるが、共通するとみてよい十八例のうち、両書を通じて引歌の挙げられるのは大系本一例（4―㉓）のみである。〝ほだし〟はこの物語でも出家や極楽往生の妨げという傾向を見せる。が、具体的な人物を指していうのではなく、一般論としていったり[19]、家族というほどに拡散した意味のものもある[20]。これらは『源氏物語』にもないではないが、その傾向が進んでいる。更にそれがあれば主人公狭衣が出家しないだろうと、逆に願わしいものとされることもある[21]。引歌の多いこの物語では、『源氏物語』と比べて逆にこの語の重さは減っている。

6　〃ほだし〃と古注釈

〃ほだし〃を含む和歌は、多く恋歌、または釈教歌的なものであった。いずれにしても人事に関する。その中で藤原興風の二首は異質である。このような用例が一方であることはどのように考えられていたか。『原中最秘抄』は『古今集』九五五番歌と『後撰集』の両方を梅枝巻で注する（4—⑥）。引歌で文脈を理解するというよりは用例を求めたもののようだが、[22] 両歌は並存している。が、一方、『後撰和歌集聞書注』には、

　か丶どふなど云詞おぼろげにて読むまじきなり。ほだしもうけられず。但《是脱カ》はいひなしがらなり。

とある。[23] 同歌の異質性を問題にしたともいえるが、それならば他の〃ほだし〃は特別でなかったことにもなる。和歌の側では〃ほだし〃は問題となる語ではなかったようである。『古今集』九五五番歌も同様で、少なくとも初期の歌学書、注釈で問題にすることはないようである。

古注釈をなお少し考えてみる。古注釈の本文も固定したものでないから、一本をもってものをいうのは危険だとしても何らかの傾向はみられよう。例えば、同じ一条兼良による『古今集童蒙抄』と『花鳥余情』[24]をみると、前者では〃ほだし〃を持つ二首ともに注をつけない。後者は賢木巻の一例に引歌を挙げるほかに〃ほだし〃を説明することはない。また、同じ里村紹巴の関わったものとして、『紹巴抄』と『狭衣下紐』をみると、『狭衣下紐』が古今九五五番歌を挙げるのは前掲4—㉒の箇所に「詞計を取也」とするのみである。[25] 同書はしばしば「引歌未勘」「引歌あるべし」

というが、この一首も〃ほだし〃もあまり注意を払われていなかったようである。『紹巴抄』の方も〃ほだし〃に引歌を注するのは前にもみた賢木巻の例の他は、若菜上巻の朱雀院歌のみである。

更に古注釈自体が〃ほだし〃という語を用いて注釈する場合もある。[26] 古注釈の成った時代には、出家や極楽往生の妨げという〃ほだし〃の語義そのものは殆ど注釈の対象とされることがなく、特別な語ではなかったのだとみえる。具体的に何が〃ほだし〃となるのかということの方が問題にされていたようである。

7　〃心の闇〃〃ほだし〃――物語のことばの成立

和歌から発して殆ど一般的なことばとなったものに〃心の闇〃があった。その由来は一にその原歌にあり、注釈はそこを問題にするのだが、他の歌語のように和歌によって新しい意味を獲得したものではない。逆に意味を限定したのである。それには引歌という繰返しが結果的に一つの推進力となっている。

〃ほだし〃はどうか。この語は注釈の対象とならぬほどの一般的なことばであった。和歌以上に散文で多く使われた語である。馬具としての〃ほだし〃も生き続け、『和名抄』以来の辞書の記すところだが、出家、極楽往生の妨げとしての〃ほだし〃も一つの表現の系譜として存在している。その源を特定の一首に求められるかどうか。注釈には揺れがあった。中世の古注釈の挙げる引歌が用例を求めたにすぎない場合もあるのも無論だが、『源氏物語』の〃ほだし〃に限っていえば、近代の注釈の方が積極的である。同時に対照的に消極的、或いは否定的な注釈が存在してもいる。[27] 確かなこととしていえるのは、『源氏物語』での用法が『古今集』九五五番歌に近いということである。『蜻蛉日記』のように少ない例では『古今集』歌との関連は確かめがたい。また、『狭衣物語』では意味が軽くなってきてはいるが、『源氏物語』を通り抜けることが必要なようである。『源氏物語』と同時代の和泉式部の例（4—e）は意味の幅が広い。〝ほだし〟の一つの用法が何に始まるか確認しえない以上、引歌ともいいにくいが、この『古今集』歌と『源氏物語』との間には緊張関係がある。引歌的とはいえるだろう。『源氏物語』以前に用例の少ないことからもそれはいえる。そして、〝心の闇〟同様、この語の一つの意味が限定され、一般的なことばに定着したのは、特に『源氏物語』が引歌的に繰返したからではなかったか。和歌の世界で繰返したためではない。

文字に残されているものがその時代の言語のすべてではないから、現存する作品をもとにあることばが一般的なことばであったか否かをいうのは或いは慎重を要するかもしれない。が、和歌に於けることばが散文の中で繰返されることで、歌語、更には和歌から切り離された一つのことばとして定着する過程はある程度確かめ得るのではないか。このことはまた、物語も和歌的なものを抱え込んでいるという当り前のことと殆ど同義のようでもあるが、あることばを和歌から切り離すのに物語の果たした役割も小さくない。

一般的なことばとなる和歌のことばには本来、その歌意と同傾向の意味を持つことが前提条件となろう。〝心の闇〟も〝ほだし〟もその条件をみたしつつ、ある一首の和歌に由来、またはそれとぎりぎりのところで緊張関係を持つ。引歌にもさまざまの位相がある。和歌的なものを取込むことで表現を拡げるということのほかに、和歌のことばを和歌から切り離すという一面も併せ持っていたのだといえる。そこに一つの表現の系譜をみることができる。

物語によって和歌のことばは一般的なことばへと変化した。それらの語は、それ自体、歌意と関わりのある語であった。それを物語が選んで引歌し、他の歌語にみるよりも引歌の例が多いところに物語のことばの一つの特質をみることができる。本章では『古今集』九五五番歌のうち、専ら〝ほだし〟を問題にしたが、〝見えぬ山路〟も比喩でなく歌意に関係があるという点で注意されよう。

注

（1）中世和歌への源氏物語の影響のうち、歌語に関しては例えば乾澄子「物語と和歌―源氏物語「花宴」巻の「草の原」を手がかりに―」（『名古屋大学国語国文学』54、27-35頁、一九八四・七）がある。

（2）玉上琢弥「源氏物語の引き歌（その一）―その種々相」『源氏物語評釈別巻１　源氏物語研究』300-314頁（角川書店、一九六六、初出一九五八）。

（3）以下、和歌の引用は、勅撰集、私撰集が『新編国歌大観』、私家集は『私家集大成』に拠る。但し、私に表記を改めた。

（4）以下、物語の引用は、『源氏物語』、『夜の寝覚』が新編日本古典文学全集、『浜松中納言物語』、『狭衣物語』が日本古典文学大系、『とりかへばや物語』が鈴木弘道『とりかへばや物語の研究　校注編解題編』（笠間書院、一九七三）、『在明の別れ』は、大槻脩『在明の別の研究』（桜楓社、一九六九）に拠る。それぞれ漢数字は巻数、アラビア数字は頁数を示す。現代の他の注釈をも参照し、できるだけ共通して指摘されているものを挙げた。但し、『狭衣物語』など本文の異同が引歌の有無に関わる場合もある。

（5）志賀の白水郎の塩焼く煙風をいたみ立ちは上らず山に棚引く（七・一二四六）。

（6）鈴木日出男「引歌の成立―古今集規範意識から仮名散文へ―」（『文学』43―8、一九七五・八）→『古代和歌史論』781-804頁（東京大学出版会、一九九〇）にこの〝心の闇〟が典型例として挙げられている。

（7）八代集に例を求めれば、

・かきくらす心の闇に迷ひにき夢うつつとは世人さだめよ　（古今集・恋三、在原業平）

・思ひきやくもゐの月をよそに見て心の闇にまどふべしとは　（金葉集・雑上、平忠盛。「殿上申しけるころせざりければよめる」との詞書がある。）

・きみ恋ふる心の闇をわびつつは此世ばかりと思はましかば　（千載集・恋五、二条院讃岐）

・日のひかり月のかげとぞ照らしける暗き心の闇晴れよとて　（千載集・釈教、蓮上）

・あはれなぞ心の闇のゆかりとも見しよの夢をたれかさだめん　（新古今集・恋四、藤原公経）

のような例が認められる。どちらかといえば恋歌が多いが、〝心の闇〟はこれ以後釈教歌に多く用いられる傾向があるようである。

（8）古典文庫の頁数。

（9）〝子ゆゑの闇〟という語も同様であろう。時代は下るが「アノお袋さまは、助六さんゆゑに子故の闇、わしはまた恋路の闇」（助六所縁江戸桜）、「子故の闇も二道に」（伊賀越道中双六）など、いつでも注されるとは限らぬが、兼輔歌に由来するには違いない。

（10）古注釈で指摘するもの3、近・現代の注釈で指摘するもの1の意。以下同じ。

（11）為下旦主過去両親羈二縻《カケホタサ》三途八難一、于レ今経廻上者令レ蒙二献華之十箇勝利一。勉誠社文庫による。

（12）源氏物語古注集成『岷江入楚』一～五（中田武司編、桜楓社、一九八〇～一九八四）に拠る。

（13）『源氏物語評釈二』賢木巻③の箇所。

（14）〝羈絆〟という語も人事に関しても用いられたようである。また、『大宝積経』第八十二郁伽長者会は、妻を繋縛、杻、械などと説く。但し、この一首の眼目は、詞書にあるように、「同じ文字なき歌」であることにあった筈である。

（15）平瀬家旧蔵広島大学国文学研究室本（伊井春樹校『翻刻平安文学資料稿』第一巻、広島平安文学研究会）の場合。内閣文庫本（伊井春樹編、源氏物語古注集成『弄花抄　付源氏物語聞書』の底本）は〝御ほたしもこそと〟を項目として挙げるものの注記はない。

（16）『翻刻平安文学資料稿』第二期1～10（稲賀敬二他校・解説、一九七六～一九八六、広島平安文学研究会）に拠る。初稿時未刊の総角以降は『源氏物語引歌索引』を参照した。但し、底本は異なる。

（17）『紫明抄　河海抄』（玉上琢弥編、山本利達・石田穣二校、角川書店、一九六八）に拠る。

（18）源氏物語古注集成『孟津抄』上中下（野村精一編、桜楓社、一九八〇～一九八二）に拠る。

（19）世を背きなんの本意、いと深くて年頃になりぬるを。絆などのあながちなるもなきものから（巻二213）など。

（20）むなしき空を身給へましかば、明日までもながらへ侍らで、おほやけに仕ふまつり、わたくしのあまたの絆も身給へざらましを（巻一50）など。

(21)『たゞ少しの絆に、おぼしとまりぬべからん人を、聞き出でてばや』と、唐国までも尋ねまほしげに思し騒ぐめる御祈りの験にや」と（巻四406）など。

(22)「つゐのほだしなりけりとは又行阿云、獄中の囚人の事に付てほだしと云詞、くびかせによせある歟」とあるあとに両歌が記されている（『源氏物語大成』に拠る）。

(23)芦田耕一「翻刻　島根大学付属図書館所蔵『後撰和歌集聞書』（上）」（『国文学研究ノート』14、71‐90頁、一九八一・一二）に拠る。

(24)それぞれ群書類従、源氏物語古注集成『松永本花鳥余情』（伊井春樹編、桜楓社、一九七八）による。

(25)続群書類集に拠る。物語本文に異同があるが、この場合は引歌の有無に影響しない。

(26)例えば、『岷江入楚』は若菜上巻の朱雀院歌の注の中で「死別のほたし」「世をそむく時のほたし」といういい方をする。また、4―⑮について「大君中君にほたされてと也」（『孟津抄』）とするような例もある。

(27)石田穣二・清水好子校注新潮日本古典集成では、〃ほだし〃に引歌を認めることはないようである。

三　引歌攷2
――引歌論をめぐって――

1　はじめに

引歌について、筆者はかつて次のように述べたことがある。

近代以降、引き歌概念は再び拡大し、玉上琢弥、さらに伊井春樹により引き歌集成も編まれた。以後も新しい注釈書や電子出版物、諸論考で修正意見が提出され続けている。引き歌という術語の可否、引き歌の定義・認定と表現効果、一定の視座による分類・体系化、引き歌による本文のとらえ直し等々。問題のかなりの部分は、引き歌と歌語あるいは歌ことばの境界が見極めがたい点に集約される。

（林田孝和・竹内正彦・針本正行・植田恭代・原岡文子・吉井美弥子編『源氏物語事典』339頁「引き歌」の項、大和書房、二〇〇二）

再び拡大というのは、知られるように、中世の注釈の指摘が単に用例を示したといえるほどに増大したのに対し、本居宣長の「古き歌によりていへる詞にて、かならず其歌によらではきこえぬ所」（『源氏物語玉の小櫛』「湖月抄の事」、『本居宣長全集』四巻182頁、筑摩書房、一九六九）という引歌の範囲を限定する見解が出され、それが意識されていたのが、「引き歌」という語が妥当か留保をつけつつ「読者が和歌を思い浮かべなくては本文が読みとれない場合ばかりでなく、作者が和歌を思い浮かべながら文を書いた場合のすべて」を引歌と認める玉上琢弥の見解[1]に代表されるように広く引歌を認定するようになったことをいう。宣長は直接には『湖月抄』の注釈態度について、即ち、「河海花鳥などに、引歌とはなしに、たゞ詞の例などに、古歌を引きたるをも、そのわきまへなく、引歌といふ物と、ひとつに心得て、かの点をかけたるとことの多き也」と、『湖月抄』が中世古注釈の用例指摘と引歌指摘を区別しないことを難じたのであった。

宣長はまた、『玉の小櫛』前項「引歌といふものの事」で、「物語の詞の中に、古き歌の、たゞ一句などを引き出て、またくその一首《ヒトウタ》の意をこめ、あるはその句のつゞきの詞の意をこめなどしたるを、引歌といひて、其歌は、大かた河海抄に引出されたり」と述べる。鈴木日出男「引歌の成立」[2]のいうところ、引歌の定義としてしばしば引用される「断片的な歌句の提示によって歌全体を想起させる」もこれに連なろう。「意をこめ」るのは作者の側といえようが、「想起」するのは読者の側である。読者は何を如何に想起できるだろうか。もとより、発想を共有する王朝言語社会の読者と現代の読者――研究的に読む読者に限定しても――とでは異なろうし、「引歌」という術語自体、『細流抄』等、中世古注釈で使用されるようになった語である。引歌とは読者の命名であり、引歌認定は読者の問題でもある。

引歌の範囲をどう捉えるか、宣長のように限定すべきだとする見解は現在に至るまで繰返し主張されている。繰返し主張されているということは、未だ解決していない、定説をみないということである。引歌と歌ことばの別は截然としたものではない。そこに引歌研究の持つ難しさがある。中世古注釈の用例指摘は別個の問題として扱うべきものとして除外し、以下、引歌と歌ことばの境界について、歌ことばになり得る表現と、前章で考察したような、物語のことばとなり得る表現の差異について、引歌というよりは和歌の引用といえそうな場合について考える。新しい事例を提出するのでなく、引歌論を整理して、引歌をどう捉えるかを今一度確認するものである。

2　引歌と歌ことばの境界

先行の論考を辿りながら考える。

古注釈の挙げる古歌には用例に過ぎないようなものもあるが、また、想起できる古歌があっても挙げない場合がある。後藤祥子「引歌表現の諸問題」(3)に「常套表現と引歌」と題する節がある。「特定の逸話や背景を持たず、用例に富み、歌語それ自体が歌から自立して確固としたイメージを結ぶ場合」が「最も認定基準の揺れる所である」として、古注釈が注しない例を挙げ、その理由を考える。「(花の)紐解く」やそれに類する表現は『源氏物語』中六例あるが、「百草の花の紐とく秋の野に思ひたはれむ人なとがめそ(古今集・秋上・読人不知)」を『源氏釈』以下の古注が引歌として挙げるのは薄雲巻の源氏のことば「前栽どもこそ残りなく紐解きはべりにけれ」のみである。それは、『釈』以下が「『(花)紐解く』の表現に、すでに日常化、散文化した弛緩を感じ、特定の原歌を想起するまでもないと判断したからではなかろうか」とする。右『古今集』歌は薄雲巻以外でも物語の文脈と重なるところがあるが、同趣の和歌は以後いろいろあり、「類想に事欠かない」という。『源氏物語』前に常套表現となっていたということであろう。また、琴の音と松風を重ねる表現七例についても二首（後撰集・夏・藤原兼輔、拾遺集・雑上・斎宮女御）の引歌認定が中世古注釈で三例に限定された理由を和歌の発想の原点に詩句「松声入夜琴」（「李嶠百詠」）があるからであろうと考える。引詩とは別のかたちで漢詩が踏まえられている事例である。

歌ことばは和歌の中で積み重ねられることで成立する。その源は特定の一首であることも、そうでないこともある。歌ことばが繰返し使われ常套表現になるのであれば、早い段階で使用する場合には引歌といえるだろうか。『源氏物語』と後期物語とでは違いも出て来よう。もとは特徴的であった表現を遡り、特定の一首に行き着くとき、直接には既に定着した歌ことばが使用されているのだとしても、注釈は歌ことばのいわば出自を示そうとする。「（花の）紐解く」は現存和歌の中では『古今集』歌が最古である。物語中に複数ある同趣の表現に対し、最初の用例に引歌指摘があるのは、内容の重なりも無論だが、出自を示す意味もあろう。引詩とは異なるかたちで発想の原点に漢詩がある琴の音と松風の例も、表現の直接の重なりの近い和歌は、やはり挙げる必要がある。野宮に六条御息所を訪う賢木巻の例「松風すごく吹きあはせてそのこととも聞きわかれぬほどにものの音どもたえだえ聞こえたるいとえんなり」に斎宮女御歌「琴の音に峰の松風かよふらしいづれの緒より調べそめけむ」が挙げられたのは、内容の重なりだけでなく、最初の用例としてであったと考え得る。歌ことばとの境界が見極め難い引歌は、最初の一首を無視できないところに特徴がある。

次いで、引歌を「かならず其歌によらではきこえぬ所」に限定することについて考える。上坂信男「源氏物語心象研究序説――引歌からの独立[4]」は、引歌概念の研究史を辿り、類想歌や故事等注釈的意味をもって引歌とされていたものは純然たる語釈として除外、「引歌」は「文脈の理解に不可欠のものに限るのがよい」として、『源氏物語』で広義に解されて来た引歌を、それぞれ重なり合う部分もあろうけれど、(1)（狭義の）引歌と(2)（本歌取とみられる）物語歌と(3)（歌語などを主たる対象とした）心象の三分野に解体して研究するのがよい」とする。心象とは上坂『源氏物語心象序説』（笠間書院、一九七三）が述べた「作者という一人の個性が、どのように事物の特質を捉えていたか、事物を現すことばをどのように受止めていたか、その捉えた内容、受止めた意味」のことである。そして、葵巻で引歌が指摘された六十四箇所につき、逐一検討し、「引歌とみるべきだろう」「引歌というに及ばない」などと認定する。しかし、中には少数ながら「引歌の範疇に入るか入らないかの境界線上のもの」、「本歌を知らなくても原典理解に支障はないが……無関係ではないかも知れない」とする例がある。引歌と歌ことばの境界を見極めるのはやはり難しいのだが、語釈と心象を分けることで引歌論の問題をきめ細かに論ずることになったといえよう。

　より新しい研究で宣長流に限定する見解に立ち、「引き歌」と「和歌的表現」を分けるのが片岡利博「引用論と本文異同」[5]である。作者が特定の一首を思い浮かべながら書いた蓋然性がきわめて高くても、その一首を知らなくても本文理解に支障がない場合は「和歌的表現」とすべきだとする。「和歌的表現」は従来の引歌指摘よりも広く捉えられるともいう。同論文は両者を厳密に区別すべきであるのは「引き歌認定における恣意性を排除するためにほかならない」とする。但し、それは同論文の初めに述べられているように、対象を『狭衣物語』にしているからだといえよう。先に既に定着した歌ことばを早い段階で引いた場合は引歌になるだろうかと述べた。『狭衣物語』が定着した歌ことばを使用しているのなら、引歌と認定しないことになろう。しかし、最初の一首を示すことと恣意性とは別の問題である。この片岡論を優れた見解とし、その上で「引用」の問題を展開するのが陣野英則『源氏物語論　女房・書かれた言葉・引用』[6]である。引歌と歌ことばの境界の見きわめがたさも引歌認定の恣意性に関わるとされているかにみえるが、境界の問題はすでに述べたように恣意性とは別のところにある。同書が展開する「引用」の論自体は「和歌的表現」を広く捉え、中世古注釈も挙げなかった「引用」を指摘、「ゆるやかな言葉のつながり、あるいは言葉のネットワーク」を見出そうとしている。

最初の一首から時には時代を隔てて[7]歌ことばとして定着するまでに何があるか。歌ことばが如何にして成立するか、そこに物語が如何に関わるか。筆者自身の関心はこの点にある。引歌をその中で捉えたい。物語が歌ことばの成立に関与する場合もある。引歌は物語の関与である。それは引歌の中でも特殊な、或いは際立った例かもしれない。が、引歌と連続している歌ことばがあり、そのような引歌があるならば、その事実は物語の特質を示しているといえよう。

3　歌ことば／物語のことば／和歌の引用

物語が歌ことばの成立に関与するのと似ているのが前章でみた〝心の闇〟、〝ほだし〟である。両語とも歌ことばとされてはいるが、〝心の闇〟の〝心〟が親心であり、〝ほだし〟が妨げるのが出家や極楽往生であるという具合に意味が限定されたのは、最初のもしくは最初に近い一首における意味を『源氏物語』が繰返し用いたからであった。和歌の中で意味が限定されたのではない。そのような意味合いで歌ことばというより物語のことばが成立したのだといえる。物語のことばはやがて一般的なことばとなり、〝ほだし〟は注釈の対象にさえならなくなる。また、〝心の闇〟は〝子の道の闇〟、〝子ゆゑの闇〟などの形をも生む。

『源氏物語』の中に見える〝心の闇〟という語は最初の一首の表現とは少し違う。この点につき、妹尾好信「人の親の心は闇か——『源氏物語』最多引歌考」[8]は、兼輔歌は、人の親の心は惑う、闇ではないが惑う、子を思う道に惑う、の意、紫式部は〝心の闇〟を兼輔歌の引歌表現にのみ用い、「それまでは、業平の『かきくらす……』歌を代表として激しい悲しみや心の乱れ・迷いを現す語であった『心の闇』を子を思う盲目の親心の意に特化して用いて、実に印象鮮明な歌語として再生せしめたのであった」と述べる。既に成語となっていた〃心の闇〃との指摘は首肯されるが、〃心の闇〃が物語のことばとして捉えられることを重視する筆者の論とは異なる。しかし、一つの意味が特定される過程はやはり確認できる。そして、それにとどまらない意味の生成過程を論ずる緑川眞知子の論(9)もある。

物語のことばとなり得る和歌表現はどのような性格を持っているだろうか。前章で歌意に関わると述べたことにつながるが、それは引歌部分が和歌の物象部分か心象部分かということに関係しよう。前掲鈴木日出男「引歌の成立」は引歌提示部分は和歌の物象叙述部分であると指摘、歌意と直接関わる部分を提示するのでは前後の文脈と脈絡を持つため、一首全体を想起する機能を果たさなくなるからであるという。更に、一首全体が心象叙述であるような歌も、最も歌意的な歌句は避けられ、おおむね名詞に焦点が結ばれるとして、〃心の闇〃を例に挙げる。〃ほだし〃も同様であるといえよう。元来は馬具である〃ほだし〃は物象のようでありつつ、束縛するという意を共通点として心象に関わる語として用いられている。

引歌として提示される物象叙述部分は本来、歌意とは関わらぬ語である。ある一首の中でその物象が心象と重ねられ、新たな意味が付与され、それが繰返し使用されて意味が定着したのが歌ことばである。新たな意味は一首の歌意を連想することで成り立つ。心象叙述部分によって一首を示す場合は、新たな意味を与えるのではなく、意味を限定する。〃心の闇〃が〃子の道の闇〃のような形をとることがあるのは、文脈上の必要性と共に意味の限定になお必要なものがあると意識されているからでもあろう。〃ほだし〃も歌意に関わる比喩として用いられ、さまざまな束縛するものがあり得る中で意味が限定された。短い一語で他の形のとりようもない〃ほだし〃は、それだけ和歌を離れた一般語として定着しやすい。繰返しになるが、注釈の対象とならないこともあるのは、一般語と意識されたからである。それにも拘わらず、〝心の闇〟、〝ほだし〟に最初の一首を読み取ることができるのは、意味の限定が専ら物語の中でなされ、物語の中でその意味が繰返されたからであった。引歌によって歌語というより物語のことばが成立するのは、このような、歌意に関わりある語、心象叙述部分により引歌がなされている場合である。

更には、ごく普通にある語句のようでありながら、特定の一首の和歌の表現と重なる例があるとの指摘がある。近藤泰弘「《文化資源》としてのデジタルテキスト――国語学と国文学の共通の課題として――」[10]によると、情報工学の手法を背景に、『源氏物語』と『古今集』のデジタルテキストを解析して共通文字列を取り出すと、従来引歌と認定されてきたものだけでなく、「これまでどの古注や現行の諸注釈書にもまったく見られない新規の『引歌』がこの手法により数多く見いだされてくる」という。全例ではなく、一部の例であるとして挙げられた九例を見れば、なるほど一致する表現が内容の上でも重なっていると認めざるを得ない。確かに「引歌概念に及ぶ」発見である。近藤論文はその中の「あかすらむ」、「おもひしりぬれ」、「くれなゐふかき」などの語句は、『源氏物語』中、それぞれ一例しかないきわめて頻度の低いもので、その意味にきわめて重みがあることを意味していると指摘する。

それらの語句は明らかに歌ことばではない。また、意味が限定された物語のことばでもない。これら文字列の一致は和歌の一部を提示して一首全体を想起させるという従来の引歌とは異なる。が、紛れもなく、ある特定の一首の中の語句であり、『源氏物語』がその一首と緊密な関係にあることを認め得るならば、それは引歌的である。和歌の引用といえばよいだろうか。引歌と同義のようでもあるが、注釈史の中で生まれた引歌という語と異なる点での呼び方である。これまで一度も引歌指摘がなかったのは、読者の誰もが気付かなかったことを意味しよう。特定の一首と『源氏物語』との関係を見出しながらも普通の語句であるという理由で指摘しなかったのではあるまい。それでは作者だけが知っていたということか。中には古歌の歌句に引き寄せられた無意識の引用があるかもしれない。確かにいえることは、物語中の表現に和歌との緊密な関係が見出せる、このような例があるということである。

4　和歌的表現の諸相

本章冒頭の『源氏物語事典』の中で、筆者は次のようにも述べた。

その上で考えると、引き歌は物語の和歌的表現といい替えるべきか、特定の一首との抜き差しならぬ関係を見出すべきか、この問題自体に『源氏物語』の表現上の特質があるといえる。

ここでいう「和歌的表現」は宣長流に引歌を限定する立場から引歌以外をいうものとは異なる。和歌と重なる表現全般をいう。「抜き差しならぬ関係」とは、右に述べた緊密な関係を指す。それは「其歌ならではきこえぬ所」とは限らない。特定の一首に基づき、未だ歌ことばとして、或いは〝心の闇〟〝ほだし〟のような物語のことば――物語とも言いうる――として、更には一般語として定着していない段階の表現である。ごく普通の語句と見えながら確かに特定の一首に基づく表現もある。特定の一首と物語との関係は固定したものではない。作品毎に、その和歌の表現が物語の中で生成するどの段階で用いられたかにより、緊密さの度合いに違いが生ずるのではないか。

和歌的表現に何らかの分類を施す場合、最初にすることは特定の一首が文意の理解に必要かどうかで線を引くことであろう。引歌を広く認定する玉上論が(11)「引歌」という術語に留保をつけたのは、「作者が思い浮かべながら文を書いた場合」を「引歌」と呼ぶことは妥当でないかもしれないが、他に適当な呼び方がないので、ひとまず「引歌」と呼ぶとしたものであった。ある和歌を思い浮かべるのが読者か作者か、両者の違いを認めた上で、あわせて考察の対象とするものであった。先に述べたように引歌認定は読者による。作者が思い浮かべて書いた場合も、確かに作者によるのではあっても、また、その蓋然性が追求されるのではあるが、そう判断するのは読者である。作者が、読者がという玉上流のいい方は、引歌であると一見して明確に認定できるか、そうではないが、物語中のある表現が特定の一首に基づくと考え得る、そう考えることで文意がより奥行きの深いものとして理解されることであるか、といい替え得よう。そして、宣長流に限定しても、引歌であるか歌ことばであるか、完全に線を引くことは難しいのは指摘されている通りである。

それならば、完全に線を引くのが難しいことを前提に、むしろ、緊密さの度合いを問題にすることで和歌的表現の性格を考えたい。大まかに三段階を考えている。

第一は、緊密度の高い和歌的表現である。緊密度が高いのは、形の上では「其歌ならでは聞こえぬ所」がまずは挙げられる。但し、鈴木「引歌の成立」に分析されている『うつほ物語』、『落窪物語』の例のような、引用形式を伴う比較的単純な例も含む。形の上ではと述べる所以である。加えて、内容的には歌ことばとして定着してゆく過程での和歌的表現、和歌中の一語の意味を特定させ、物語を成立させてゆく過程での表現がある。デジタルテキスト解析で発見される表現、和歌の引用もここに含まれる。物語中のある表現と和歌の一対一の関係を考えるのでなく、歌群として捉えられる場合(12)も該当しよう。

第二は、その周辺にある、歌ことばとしてほぼ定着しているが、最初の一首に基づくことが明らかである表現である。和歌の世界でも使用が積み重ねられ、その段階で用いられた表現であるが、注釈では必ず指摘される。形の上ではそこから生まれた類歌の方が一致度が強くても、発想の重なる最初の一首が指摘されることもある。前章で述べた

「須磨のあまの塩焼く煙風をいたみおもはぬ方にたなびきにけり（古今集・恋四、読人不知）」がその例である。

第三は、更にその周辺にある、歌ことばとして、或いは物語として定着、類似の表現も生まれた段階およびそれ以降の表現である。注釈にあっては最初の一首は必ずしも指摘されず、また、参考歌、類歌が挙げられることもある。

物語中に、或いは散文中に和歌的表現が見出されるとき、それが右の三段階のどれなのかを考えたい。『源氏物語』は第一の段階も多く、物語語を成立させた。一作品中の引歌のありようを分類する場合[13]も同様である。引歌と歌ことばの境界が見極めがたいのは、同一の表現であっても、段階により緊密度が異なるからである。緊密度の見極めは恣意的になるだろうか。そうならぬためには、同時代の和歌的表現を視野に入れる必要があろう。

以上、引歌論をめぐって、引歌をどう捉えるか、引歌と歌ことばの境界の問題を中心に考えてみた。最初の一首が意識される点で、引歌の語で呼び得るのは第二段階までとしてよいのではないか。

注

（1）「源氏物語の引き歌（その一）―その種々相―」『源氏物語評釈別巻　源氏物語研究』300-314頁、角川書店、一九六六、初出一九五八。
（2）『古代和歌史論』781-804頁、東京大学出版会、一九九〇、初出一九七五。
（3）『和歌文学論集』編集委員会編『和歌と物語（和歌文学論集3）』65-90頁、風間書房、一九九三。
（4）王朝物語研究会編『論集　源氏物語とその前後5』335-393頁、新典社、一九九四。
（5）『異文の愉悦　狭衣物語本文研究』283-307頁、笠間書院、二〇一三、初出二〇〇二。
（6）勉誠出版、二〇一六。特に同書Ⅲ『『引用』と言葉のネットワーク」第四章（『白氏文集』引用における変換の妙―「篝火」巻の場合―、309-331頁）でこの問題が論じられている。

（7）　例えば、「おもほえず袖にみなとのさわぐかなもろこし船のよりしばかりに」（『伊勢物語』二十六段）に基づく「袖の湊」は、『新古今集』前後から和歌に多く詠まれるようになった。時代を隔てて成立、定着した歌ことばといえる。本書Ｉ—七「『とはずがたり』と『伊勢物語』—歌物語の〈影響〉覚書—」で言及している。

（8）　森一郎・岩佐美代子・坂本共展編『源氏物語の展望十』119－164頁、三弥井書店、二〇一一。

（9）　「源氏物語におけるトポスの確立と変容—「闇」の語をめぐって—」（早稲田大学大学院中古文学研究会編『源氏物語と平安文学』４、137－157頁、早稲田大学出版部、一九九五）。

（10）　『国語と国文学』二〇〇〇・一一、127－139頁。

（11）　注（1）に同じ。

（12）　近年の研究としては藪葉子『『源氏物語』引歌の生成　『古今和歌六帖』との関わりを中心に』（笠間書院、二〇一七）がある。前掲後藤論文中の「構想の核としての引歌」にも言及があり、小嶋菜温子「源氏物語と和歌—古今集・雑下の構造から」（『物語研究』三、一九八一・一〇→「「宇治十帖」から『古今集』巻十八（雑下）へ—千里『句題和歌』『源氏物語批評』有精堂、一九九五）が引用されている。歌群との関係にも諸相があるが、和歌的表現、発想の問題について、先行和歌との一対一の関係からは見えないものがあることがわかる。

（13）　①巻別引歌の傾向、②登場人物別・場面別傾向、③伝本別傾向などがあろう。①には引詩と合せて考察する山田利博『源氏物語の構造研究』（新典社、二〇〇四）などがあり、②は①と重なる部分もあるが、伊東祐子「源氏物語の引歌の種々相」（源氏物語探究会編『源氏物語の探究十二』31－63頁、風間書房、一九八七）、前掲後藤論文中の「よそおう文体・かしこまる文体」、藪葉子前掲書などがある。③は前掲近藤論文で可能性に言及がある。

四　幻巻の哀傷と述懐

1　はじめに――二つの幻論

幻巻を論ずるにあたってしばしば引用されて来た論文が二つある。すなわち、

(1)　小町谷照彦「「幻」の方法についての試論――和歌による作品論へのアプローチ」(『日本文学』一九六五・六→『源氏物語の歌ことば表現』209－223頁、東京大学出版会、一九八四)

(2)　阿部秋生「六条院の述懐」「六条院の述懐(二)」「六条院の述懐(三)」(『東京大学教養学部人文科学科紀要』、一九六六・一二～一九七二・五→『光源氏論――発心と出家』、東京大学出版会、一九八九)

である。阿部には関連する論文として、

(3)「今年をばかくて忍び過ぐしつれば」（山岸徳平先生をたたへる会編『中古文学論考』有精堂、一九七二→同右）

がある。(1)、(2)いずれもかなり前に書かれたものであるが、現在書かれている幻論は多く両論文を意識している。修正することはあっても何らかの点でこれらを受継いでいるといってよい。現在の幻論は二つの論文から始まるといえよう。

しかしながら、この二つの論文は互いに重なり合ってはいない。むしろ幻論の読みをどこかで二分してしまうようにさえみえる。といって必ずしも対立するのではない。両論文は同時に引用されてもいたのであった。今更紹介するまでもないものだが、論を進める都合上敢て述べれば、(1)の小町谷論文は歌ことば――「和歌・引歌・歌語など和歌的なものを一切含んだ和歌言語」の「豊かな造型力によって導き出された作品世界を解読する」(『源氏物語の歌ことば表現』あとがき) 一連の研究の始発に位置する。物語の終焉を紫上の死に対する哀傷というかたちで描くにあたり和歌が選ばれる。それは「抒情に溺れたのではなくて、抒情を逆手にとって物語を作り出して行く方法」であるという。幻巻が筋の展開を散文によってではなく、きれぎれの和歌や歌ことばによって書かれていることを、物語の方法として、積極的な意味を見出そうとした点でこの論は注目されたのだと考えられる。

一方の阿部論文は、光源氏の実際に口にしたことばを丹念に読み、源氏が己れの生涯を振返って憂愁に満ちたものであったと述べたことに注目、それが遡れば御法巻、若菜下巻にも見出され、更には薄雲巻の藤壺、御法巻の紫上も同趣のことを口にしていることを論じた。長い期間に亙って書かれた論考であり、一言にまとめにくいが、そのような〝六条院の述懐〟は確かに光源氏の物語の行き着く方向を示して重みがある。阿部論文では、その述懐が更に物語作者の人生観、平安貴族の権門の人々の意識にも結び付けられてゆくのだが、今、三つの巻に於ける光源氏の述懐だけに問題をしぼるならば、それが物語本文に沿って、ていねいに、いろいろな読みの可能性を吟味しながら論じているだけに、否定し得ぬ読みとして納得されるのである。その読み全体を如何に解釈するか、意味づけるかはまた別の問題であるように思われる。阿部論文が引用されるときも――阿部論文が書継がれたどの時点での引用であるかにも関わるが――直接にはこの〝六条院の述懐〟そのものについての部分が対象となったようである。

さて、この述懐は、藤壺や紫上の述べたものをも含めてみな散文で表されている。幻巻に於ける多くの和歌や歌ことばとは別のところに述懐があることになる。散文による述懐と和歌による表現、この二者の関係はどう考えればよいか。どちらも否定できぬもののようにみえながら散文と和歌という異なるものがそれぞれ幻巻の重要なものを担っている。それを何と解釈すべきか。幻巻は全体としてどのように読めばよいのか、或いは読み得るのか。そのことを改めて問題としたい。

勿論、両論文以後の幻論は何らかの点でその問いに答えている。意識的にそれを目指していないにせよ両論文を統合したところで以後の読みが出されて来たといってもよい。しかし、それらは多く、哀傷と述懐――二つの論をこのようにまとめてしまうのは正確さを欠くが、和歌と散文の担ったものを取敢ずこう呼んでおく――のいずれに重点をおくか、或いは両者を統合するかといった読みであって、それらを担う和歌と散文の二つの関係、若しくは述懐が散文によってなされたことの意味を問うたものではなかったようである。幻巻で重要な役割を果たす和歌と散文の関係を正面から問う試みは必ずしもなされていなかったのではないか。この問題を考えてみたいのである。その前に従来の研究をもう少しみておく。

2　幻論の歴史

幻論の歴史をここで逐一辿ることは避けたいが、さまざまの幻論の中に、幻巻の光源氏像から哀傷→孤独→述懐→絶望という道すじを読みとる一つの流れを認めることができる。鈴木日出男「光源氏の最晩年――源氏物語の方法についての断章」（『学芸国語国文学』8、一九七三・六）は小町谷、阿部両論文の他、幻巻に至って宗教性という物語の主題の底が全面に押出され、物語が解体するとした藤井貞和の論をも受け[1]、光源氏の最後の姿に救済のない絶望を認めた。そこでは和歌にもまた述懐・絶望が読みとれるとされている。〝絶望〟の内容が論者によって差のあるものの、この論もまた以後の幻論を形成していったようである。

一方、必ずしも絶望を読みとらぬ論もあった。それらは幻巻の光源氏物語を閉じる巻としての面を強調する。その一つ、神野藤昭夫「晩年の光源氏像をめぐって――幻巻をどう読むか」（今井卓爾博士古稀記念論集編集委員会編『物語・日記文学とその周辺』、桜楓社、一九八〇）は、光源氏物語の愛の物語としての閉じめと絶望と、この二つの読みを止揚しようとした試みで、そこから二つの相異なるものを同時に持つ『源氏物語』そのものの特質へと向かう。幻巻の和歌については『拾遺集』哀傷歌の配列をも引いて述べ、哀傷の問題、愛の問題に属するとみたようである。絶望を否定しないにせよ哀傷をより強調する神野藤の見解は「雲隠巻と『雲隠六帖』」（秋山虔・木村正中・清水好子編『講座源氏物語の世界七』229 - 238頁、有斐閣、一九八二）に於ても述べられた。

哀傷の和歌が作中に多くあることと光源氏の絶望、若しくは非救済は矛盾するわけではない。鈴木の論も和歌を論じていたし、また、秋山虔編『源氏物語必携』（学燈社）の「巻々の梗概と鑑賞」のうち幻巻の部分は小町谷の筆になるが、旧版（一九六七）と『別冊国文学』版（一九七八・一二）とを比べてみれば、後者に(3)の阿部論文が引かれていることからもそれはいえる。小町谷論文に疑問を呈し、死の叙述の様式を持たなかった仮名散文が、『万葉集』の挽歌、勅撰集の哀傷歌のような和歌による表現を選んだのだとする今西祐一郎「哀傷と死――源氏物語試論」（『国語国文』一九七九・八→『源氏物語覚書』137-172頁、岩波書店、一九九八）にしても、人が死と向き合うことを如何に描くかを問題にしており、哀傷から孤独、絶望へと向かうものを読みとる論とは矛盾はしないだろう。

その後の幻論のうち、以下述べようとすることがらに関わるもののみ一、二触れる。宮川葉子「幻巻の一視点――幻巻は紫上の追善願文か」（『平安文学研究』78、63-70頁、一九八七・一二）は、基本的には哀傷を強調する読みと思われるが、和歌の新しい捉え直しでもある。幻巻が紫上の追善願文の様式を持つとし(2)、和歌は願文が四六駢儷体で書かれていることに照応するというが、述懐部分は願文の書式には対応させられなかったようである。

野村精一「源氏物語作中歌論（二）――〝紫上挽歌〟をめぐって」（紫式部学会編『源氏物語の思想と表現　研究と資料（古代文学論叢11）』253-278頁、武蔵野書院、一九八九）は光源氏―紫上の贈答・唱和歌を辿り、幻巻に至って「既に生前から、うたのやりとりの形ちで、コミュニケーションをとりとめようとすることが不可能になったことへの、ほとんど焦立ちに近い無意識的な行動」として数々の歌を詠む、「幻巻はそのことを直叙したにとどまる」という。これも幻巻の和歌についての新しい読みかとも思われる。哀傷とは別のものが読みとられているが、どこかで述懐と接点を持つ。同論文では述懐が散文で述べられたことにも触れているが、論は和歌を中心とするものである。

幻巻ではさまざまな読み、問題が提出されているが、以上みてきた幻論の歴史からすると次のようにいえるかと思われる。幻巻の行着くところを宗教的な意味での非救済とするか、絶対的な孤独、或いは絶望とするかは必ずしも同じではない。が、それらを読みとる論全体を通じていえることは和歌が哀傷だけを担うのではなく、散文と同じ方向を向いているということである。哀傷を強調する読みがあるにしても、〝六条院の述懐〟は無視できない。

幻巻の和歌と散文がそれぞれ何を担っているのかは、それではもう解決されているのであろうか。幻巻の和歌についての新しい捉え直しが出されていることは幻巻を今一度読み直す必要を示すかと思われるが、光源氏が紫上の死を悲しみ、絶望的な孤独を感じ、それが若菜以来の述懐とも重なってゆくとの従来の読みも自然なことといえる。しかし、幻巻以前から繰返し散文によって述べられてきたことが、和歌的な表現の合間に置かれたことはそう自然なことなのだろうか。散文による述懐が突出したように見えないのは何故なのか。哀傷の和歌が次第に絶望へ、もしそうでないのなら自己浄化そして出家へと深められていく中に述懐が置かれているからなのか、或いはそれまで散文で繰返し述べられてきた述懐を和歌によっても表現しているからなのか。それがこれまでの幻論でもあったのだが、個々の和歌が前後につながることなく配列されることと散文で述懐を表現することとは、かたちの上ではなお距離があるのではないか。哀傷と述懐――それは哀傷と絶望ということと同義ではない。が、和歌は哀傷から出発し、そして絶望は第一に散文の述懐から導き出されてきたものである。述懐は出家へ向かおうとしている。ここで述懐とはそれらを含めたすべてを呼ぶ。〝六条院の述懐〟を念頭におくのは無論だが、後述するように和歌の世界での述懐との関連も含めたいからである。再びいえば、今ここで問おうとするのは絶望の内容ではなく、哀傷と述懐が幻巻の文章の中に如何に置かれているか、換言すれば和歌と散文がどのように置かれ、また関わり合っているか、という問題である。その道筋として幻巻の構成を特に和歌を中心として一わたりみてゆきたい。

3　哀傷の文脈・述懐の文脈

春一月、悲しみにくれる光源氏を螢兵部卿宮が年賀に訪う。そこでの贈答歌、

①　わが宿は花もてはやす人もなしなににか春のたづね来つらん

②　香をとめて来つるかひなくおほかたの花のたよりと言ひやなすべき　（四521）

は挨拶のうたでもあるが、この贈答、特に①は哀傷そのものといってよい。〃花もてはやす人もなし〃が哀傷を表している。①以下、哀傷に関わるものに〰〰を、述懐に関わるものに――を付す。

次いで紫上を嘆かせた過去、特に女三宮降嫁の折が回想される。夜もすがらの思いの翌朝、降り積もった雪にいよいよ降嫁の日が思い出され、独詠歌、

③　うき世にはゆき消えなんと思ひつつ思ひの外になほぞほどふる　（四524）

となる。いうまでもなく、〃ゆき〃は〃行き〃と〃雪〃との、〃ふる〃は〃経る〃と〃降る〃の掛詞であるが、これらはその場の情景、また光源氏の回想に照応している。出家することもかなわず今まで来てしまったというこの独詠はさまざま指摘されてきたように哀傷と同時に述懐を含んだものとして認められる。

右に続いて召人であった中納言君、中将君などを相手に述懐がなされる。

a　「独り寝常よりもさびしかりつる夜のさまかな。かくてもいとよく思ひ澄ましつべかりける世を、はかなくもかかづらひけるかな」と、うちながめたまふ。我さへうち棄ててば、この人々の、いとど嘆きわびんことのあはれにいとほしかるべきなど見わたしたまふ。（四524）

b　この世につけては、飽かず思ふべきことをさをさあるまじう、高き身には生まれながら、また人よりことに口惜しき契りにもありけるかなと思ふこと絶えず。世のはかなくうきを知らすべく、仏などのおきてたまへる身なるべし。それを強ひて知らぬ顔にながらふれば、かくいまはの夕近き末にいみじき事のとぢめを見つるに、宿世のほども、みづからの心の際も残りなく見はてて心やすきに、今なんつゆの絆なくなりにたるを、これかれ、かくて、ありしよりけに目馴らす人々の今はとて行き別れんほどこそ、いま一際の心乱れぬべけれ。いとはかなしかし。わろかりける心のほどかな。（四525）

〝六条院の述懐〟と呼ばれるものはbの方だが、aもまたほぼ同趣のことをいっているだろう。紫上を失った悲しみも述べられるが、それを突抜けて出家へ向かおうとするものであることはみてとれる。ここで③の独詠歌に戻ると、それもほぼ同様のことをいっているのが確認できる。このうたは出家への希求(3)、或いは寂寥の心(4)ともいわれるが、直接には女三宮降嫁を回想することによって喚び出されたものであったため、哀傷のうたの一つとされていたと思われる。だが、同時にそのまま述懐へつながる内容があり、それがことばの上でも重なることは注意してもよいのではないか。和歌中の〝うき世〟〝ほどふる〟は、傍線のように述懐の中に重なる表現を見出せる。そして、この述懐を聞く相手の中納言君、中将君を、召人としてではなく、ここでは紫上が特に重んじた女房として目をとめるとすることで話は再び哀傷へと戻っていくわけである。続いて感情に溺れて出家したと言われぬよう人々との対面を避けて過ごすさまが散文によって描かれる。

時は進み、紫上が大切にしていたからと二条院の西の対に咲く紅梅を世話する幼い匂宮の姿が出て来る。二月になり、その紅梅に鶯がやって来たところで独詠歌、

④　植ゑて見し花のあるじもなき宿に知らず顔にて来ゐる鶯　（四528）

が詠まれる。これはまた哀傷のうたである。紫上のいないことの悲しみが述懐には直接につながっていない。その先の物語の舞台が二条院か六条院かは今は措く。山吹、花桜、樺桜、藤といった景物が春を愛した紫上に相応しく置かれ、紫上から託されたと桜を心にかける匂宮の姿が散文によって叙される。独詠歌、

⑤　今はとてあらしやはてん亡き人の心とどめし春の垣根を　（四530）

はそのあとに置かれる。出家を前にした心境を述べてはいるが、①、④と同様、紫上を示すことば〝亡き人〟が詠み込まれる。このうたもより多く哀傷に根差しているといってよい。

次に六条院の人々との関わり合いが出て来る。最初に訪問した女三宮には失望させられ紫上がいよいよ思い出される格好になっており、続いて訪れた明石君との対話で述懐ｃｄが口にされる。

c　人をあはれと心とどめむは、いとわろかべきことと、いにしへより思ひえて、……今は限りのほど近き身にても、あるまじき絆多うかかづらひて今まで過ぐしてけるが、心弱う、もどかしきこと（四533）

d　故后の宮の崩れたまへりし春なむ、花の色を見ても、まことに『心あらば』とおぼえし。……幼きほどより生したてしありさま、もろともに老いぬる末の世にうち棄てられて、わが身も人の身も思ひつづけらるる悲しさのたへがたきになん。すべてもののあはれも、ゆゑあることも、をかしき筋も、広う思ひめぐらす方々添ふことの浅からずなるになむありける（四535）

このあたり散文が続いているが、〝何ばかり深う思しとれる御道心にもあらざりしかど（四531）〟とされる女三宮のあとに出家の問題は自然につながっていく。その直後に置かれる贈答歌、

⑥　なくなくも帰りにしかな仮の世はいづこもつひの常世ならぬに

⑦　雁がゐし苗代水の絶えしよりうつりし花のかげをだに見ず（四536）

は、光源氏の贈歌⑥に〝仮の世〟〝常世〟など述懐的なことばが詠み込まれる。対する明石君のうた⑦、雁を光源氏に、苗代水を紫上とする解釈に従えば、このうたは述懐から哀傷へ戻る役目を果たしている。受取る光源氏は紫上をまた思い出すことになり、哀傷の文脈となっていく。

夏四月、これ以降散文が少なくなっていく。衣更の日の花散里との贈答、

⑧　夏衣たちかへてける今日ばかり古き思ひもすすみやはせぬ

⑨　羽衣のうすきにかはる今日よりはうつせみの世ぞいとど悲しき　（四537）

は、花散里の贈歌⑧を、懐旧の情が進む、つのると解するにしても、今日だけはその思いが涼む、おさまると解するにしても、或いはまた花散里に対する気持ちを思い出すと解するにしても、いずれにしても哀傷の文脈である。対する光源氏のうた⑨は〝うつせみの世〟と述懐に属するうたとなっている。

六条院の女君たちとの贈答ののち賀茂祭が記される。召人であった中将君とのそこでの贈答歌、

⑩　さもこそはよるべの水に水草ゐめ今日のかざしよ名さへ忘るる

⑪　おほかたは思ひすててし世なれどもあふひはなほやつみをかすべき　（四538）

は、〝あふひ〟という語から連想されたものか、確かに他の部分とは異質であり、この部分をどう位置づけるか問題のある箇所である。〝思ひすててし世〟が男女の仲だけでなく〝うき世〟をもさしているならば述懐も残っていることになるが、うた全体としては述懐から一歩退いたものとみえる。(5)

五月、ここはやや長い散文部分も夕霧との唱和歌も哀傷を表している。

⑫　なき人をしのぶる宵のむら雨に濡れてや来つる山ほととぎす

⑬　ほととぎす君につてなんふるさとの花橘は今ぞさかりと　（四541）

冥界に通う鳥であるほととぎすを素材とし、〝なき人〟、〝君〟、〝ふるさと〟などのことばが連ねられる。この唱和歌の背後にあるとされる先行歌「死出の山越えて来つらん郭公こひしき人のうへかたらなん（拾遺集・哀傷、伊勢）」、「なき人の宿にかよはば郭公かけて音にのみなくと告げなむ（古今集・哀傷、読人しらず）」、「五月待つ花橘の香をかげば昔の人の袖のかぞする（古今集・夏、読人しらず）」などが二人の唱和に哀傷の色を濃くしている。(6) 続く、〝女房などの多く言ひあつめたれどとどめつ〟との草子地は、哀傷の世界がなお広がっていたことを示している。

六月はごく短く、蓮、蜩、撫子という季節の景物をいう中に二首の独詠歌が置かれる。

⑭　つれづれとわが泣きくらす夏の日をかごとがましき虫の声かな

螢のいと多う飛びかふも、「夕殿に螢飛んで」と、例の、古言もかかる筋にのみ口馴れたまへり。

⑮　夜を知る螢を見てもかなしきは時ぞともなき思ひなりけり　（四542）

長恨歌の一節を間に挿むこの二首はやはり哀傷一色になっている。確かに一月の螢兵部卿宮への贈歌①よりも落ち着きがあり、それだけに深い孤独を表すようになってはいるが、和歌も、また散文も同じ内容を表している。なお、この前に自身に子どもの少ないことを「みづからの口惜しさ」と言っているが、必ずしも述懐に結び付いていない。

七月、七夕では、相逢う二つの星とは異なる我が身の悲しみをうたう独詠歌が置かれる。

七月七日も、例に変はりたること多く、御遊びなどもしたまはで、つれづれにながめ暮らしたまひて、星逢ひ見る人もなし。……

⑯　七夕の逢ふ瀬は雲のよそに見てわかれの庭に露ぞおきそふ　（四543）

〝星逢ひ見る人もなし〟を含め、哀傷の世界が広がっていることを散文も示している。

八月、正日の中将君との唱和にはやはり哀傷のことばが重ねられている。

⑰　君恋ふる涙は際もなきものを今日をば何の果てといふらん

⑱　人恋ふるわが身も末になりゆけど残り多かる涙なりけり　（四544）

紫上一周忌が記される中、簡略にこの唱和―贈答が置かれている。この二首も――ということは光源氏の思いも――外界と切離されており、いわれてきたように悲しみ以上の孤独を表しているといえるのだが、語彙自体は哀傷である。ここで光源氏の孤独を読みとるとしたら、それは和歌によってではなく、散文があることによってである。その散文もやはり哀傷の文脈に属している。

九月、重陽の日、歌日記的な中に独詠歌、

⑲　もろともにおきゐし菊の朝露もひとり袂にかかる秋かな　（四544）

が置かれる。ここではふつう孤独が読みとられており、〃ひとり〃という語にもそれが表れているが、哀傷に根差した孤独といってよいであろう。

〃神無月は、おほかたも時雨がちなるころ〃と始まる十月は、和歌に於ても時雨と共によく詠まれる紅葉は登場することなく、雁―幻という連想から独詠歌、

⑳　大空をかよふまぼろし夢にだに見えこぬ魂の行く方たづねよ　（四545）

が出て来る。巻名の由来となるこのうたには、紫上が夢の中にも現われない孤独がみえ、しかも独詠歌としてただ一つ置かれているだけに一層その孤独が際立つし、それを絶望ととることもできよう。だが、なおここは哀傷の文脈にある。

十一月になり五節の記事が置かれる。

五節などいひて、世の中そこはかとなくいまめかしげなるころ、大将殿の君たち、童殿上したまひて参りたまへり。……思ふことなげなるさまどもを見たまふに、いにしへあやしかりし日蔭のをり、さすがに思し出でらるべし

㉑　宮人は豊の明にいそぐ今日ひかげも知らで暮らしつるかな　（四546）

この部分に関し、五節との関わりを、光源氏の藤壺との初めての逢瀬を象徴的に表すと捉え、それを回想する光源氏

の苦しみの深さが極度に抽象的な幻の文体を形成するとの説が提出されている。(7) 今これについて論ずるゆとりはない。但し、そのように解釈し得るならば、このうたは先の散文による述懐にも通ずる筈である。今は表面に見えたところを辿れば、〝世の中そこはかとなくいまめかしげなるころ〟、〝思ふことなげなるさまどもを見たまふに〟というい方は、周囲とは反対の光源氏の孤独を表しているとはいえるだろう。五節には恋の要素がなくはない。事実ここでは〝いにしへあやしかりし日蔭のをり、さすがに思し出でらるべし〟と過去が回想されるのだが、それとも無縁になったという点ではやはり哀傷の文脈にあるといい得る。そしてうたは哀傷を突抜けた孤独を表してもいる。うたが孤独を表していても全体が哀傷の文脈であるのは、これまでみてきたところと同様である。そしてその独詠のあとに述懐eとでもいうべきものが置かれる。

e　今年をばかくて忍び過ぐしつれば、今はと世を去りたまふべきほど近く思しまうくるに、あはれなること尽きせず。……近くさぶらふ人々は、御本意遂げたまふべき気色と見たてまつるままに、年の暮れゆくも心細く悲しきこと限りなし。（四546）

ここは会話でも心中表現でもないから述懐というのは正確ではないが、出家へ通ずることから述懐に準ずるものとして扱いたい。そう考え、㉑に述懐を認めれば、これまでの述懐a～dがそれぞれ述懐的なうた及び女三宮という出家の姿に先行されていたのと同じ仕組みがここにあるといえるのである。この点についてはなお考えたいが、そしてまた、このあたりから再び散文が長くなってくることに気付かされる。

続いて十二月、紫上の文を焼く場面が置かれる。そこでの独詠歌、

㉒　死出の山越えにし人をしたふとて跡を見つつもなほまどふかな　（四547）

は哀傷のうたであると同様に〝まどふ〟という語がある。それが救済されざる光源氏を示すとされたところでもあるが(8)、この〝まどひ〟は現世執着を表している。続く、

㉓　かきつめて見るもかひなし藻塩草おなじ雲居の煙とをなれ　（四548）

は無理にもそれを断ち切ろうとしたものである。紫上の文そのものを素材にしている限りに於てやはり哀傷の文脈の中に置かれているが、それが同時に出家へ向かう道筋にもなる。しかし、そのことは、その前の述懐eといい、長くなってきた散文といい、より多く散文によって担われているものではないだろうか。

ついでの御仏名の記事、

例の、宮たち上達部など、あまた参りたまへり。梅の花のわづかに気色ばみはじめてをかしきを、御遊びなどもありぬべけれど、なほ今年までは物の音もむせびぬべき心地したまへば、時によりたるもの、うち誦じなどばかりぞせさせたまふ。

まことや、導師の盃のついでに、

㉔　春までの命も知らず雪のうちに色づく梅を今日かざしてん

御返し、

㉕　千代の春見るべき花といのりおきてわが身ぞ雪とともにふりぬる
　　人々多く詠みおきたれど漏らしつ。（四549）

でもやはり〝なほ今年までは物の音もむせびぬべき心地したまへば〟と光源氏の孤独を表しているとはいえよう。が、それは哀傷に根差している。導師との贈答㉔、㉕の方が哀傷を通り越したものとみえる。哀傷を表すことばは二首のうたには特に出て来ない。その前後に〝まことや、導師の盃のついでに〟とあり、〝人々多く詠みおきたれど漏らしつ〟とある。〝まことや〟はしばしば指摘されるように特徴的に使われる語であって、それまで語られてきた物語の流れとは少し離れたところにあり、しかも重要なことがらを呼び起こす語である。この贈答が周囲のはなやかさとは異なる内容であることをそれは示している。あとの、〝人々多く詠みおきたれど漏らしつ〟という草子地は、この贈答の外に別な世界――やって来た〝宮たち上達部など〟の梅の花をめでたものなど――があることを示すといえるだろう。この二つの短い一文によってこの贈答が浮かび上がってくる。しかし、それは完全な浄化をなし得たということではない。晦日に至り、

　　年暮れぬと思すも心細きに、……

㉖　もの思ふと過ぐる月日も知らぬ間に年もわが世も今日や尽きぬる（四550）

の〝年暮れぬと思すも心細きに〟がそれを表していよう。最後の独詠歌㉖は、〝もの思ふと〟の語によってなお哀傷

を響かせつつそこから離れようともしている。

4　述懐と和歌

以上みてきたところからは、幻巻に於ける和歌それ自体は基本的に哀傷のうたであるといえる。述懐的な内容を含むとはいえ、個々の和歌に哀傷をあらわす語が多く詠み込まれている。その中で巻末の㉔、㉕は哀傷よりは多分に述懐の要素が強いとみえる。それはどう考えるべきなのか。

述懐は多く散文が担っていた。そのやや長い散文は哀傷の文脈に入り込むには先に見たように手続きが必要であった。最初の述懐ａｂを喚び出すのが和歌③であるのは述懐を散文が担うことと矛盾するようであるが、③は前段からの続き具合からすれば哀傷の文脈に続するものなのであった。幻巻中の和歌にはこれ以外にも述懐に触れるものがあることは当然なのだが、それらは触れるというにとどまる。あくまでも哀傷の文脈の中にあるのであって、述懐が展開していくわけではない。⑥、⑨、⑪、㉒がそれといえる。㉑もそうかもしれない。そうしてみると和歌③は述懐という点で重みを持つことになるのではないか。

再び述懐の和歌である㉔、㉖を③と共に考えてみたい。和歌③の先行歌として、現代の注釈ではそれほど指摘されていない（『源氏物語事典』「所引詩歌仏典」と日本古典集成本のみ。『源氏物語評釈九』には指摘がない。大島本に傍書ありとして参考歌とするのは『源氏物語注釈八』、梅野きみ子・乾澄子・嘉藤久美子・田尻紀子・宮田光・山崎和子、風間書房、二〇一〇）が、古注釈には多く指摘された（異本紫明抄、河海抄、孟津抄、紹巴抄、岷江入楚、書陵部本源氏物語引歌。伊井春樹『源氏物語引歌索引』に拠ったものもある）ものがある。

うき世には行きかくれなでかきくもりふるは思ひのほかにもあるかな

（拾遺集・雑上、加階し侍るべかりける年えし侍らで、雪の降りけるを見て、清原元輔）

である。このうたは確かに③と重なる。元輔歌はいわゆる述懐の和歌、すなわち自分が世にいれられぬこと、官位昇進がかなわなかったことの不満、嘆きを詠んだものである。光源氏の述懐とはもとより違うが、この場合、ここで述懐の和歌が引かれ、次の散文の述懐につながるのは注意してよいだろう。和歌で述懐をあらわすには先行歌を踏まえることが有効であったということであろうか。

㉔について、この前の散文部分に〝雪いたう降りて、まめやかに積りにけり〟とある。これについて、巻頭の春の部分と重ね合わせる読みが示されている。(9) その双方に、

年の内につもれるつみはかきくらしふる白雪とともに消えなん

（拾遺集・冬、延喜御時の屏風に、紀貫之）

が更に重ねられている。(10)『貫之集』によれば御仏名のうただが、雪と救済を重ねることは和歌③を想起させる。㉔は述懐的なうただが、それはこのような歌々の重なり合い、響き合いの中に置かれたことで成り立っていたのではないか。

更に最後の㉖についても③と重ね合わせることができる。㉖はいわれているように、

物思ふとすぐる月日もしらぬ間に今年はけふにはてぬかときく

（後撰集・冬、御匣殿の別当に年をへていひわたり侍りけるを、えあはずして、その年のしはすのつごもりの日つかはしける、藤原敦忠）

の上句をそのままとって来たものである。冬に分類されているが恋の嘆きが内容となっているこのうたと㉖は重なっている。しかし、ここに③を重ねることもできるのではないか。

③うき世にはゆき消えなん――㉖年もわが世もけふや尽きぬる

③おもひの外になほぞほどふる――㉖過ぐる月日も知らぬ間に

という類似によってである。

以上みたように、述懐的な色合いの濃い三首のうたは互いに関連しあっている。それは、幻巻で和歌が基本的に哀傷を担い、述懐は散文が担っていたことから来るのではないか。勿論、紫上死後、出家へ至る一年を描くものとして、巻末で述懐へ収斂していくようにみえるのは自然である。だが、右の三首、そして前節に述べたような和歌と散文の関わり合いは、哀傷と述懐を自然なものとしてつなげる仕組みが幻巻の文章そのものの中にあることを示すといってよいのではないか。そのようにして述懐を置くことが逆にその重さを示しているだろう。それはまた散文の重みということにもなるかと考えられる。

5　述懐を担うもの――物語と和歌

述懐の和歌といったが、和歌史に於ては哀傷と述懐は対等ではない。哀傷は勅撰集の部立となっているが、述懐は雑の部に含まれる。それだけ述懐は和歌からはみ出しかねないものを持っているともいえる。いわゆる述懐歌がしばしば百首歌のかたちをとり、また『拾遺集』の例にみられるように長歌ともなることと幻巻の述懐とは関連づけられないだろうか。それは単に長さを問題にするのではない。物語で引歌されることが多いのが雑歌であり、(11)雑歌が和歌説話を生みやすいとすれば、(12)雑歌はより散文的、物語的要素を含んでいるといえる。述懐歌の長さはその上で問題となるのである。哀傷と述懐という問題を、和歌史の観点から、様式の問題としてではなく、今度は内容の問題として考えていくならば、和歌と物語の文章にどのような質的な差異があるのかという問題に行き当たる筈である。物語は歌ことばを多く含むとはいえ、『源氏物語』の幻巻のような最も和歌的な巻に於てさえ、和歌と物語の異なることが読みとれるのではないか。だが、今は殆どそれは予測である。稿を改めて考えたい。

注

（1）「光源氏物語主題論」（『国語と国文学』一九七一・八→『源氏物語の始原と現在』、三一書房、一九七二。『源氏物語の始原と現在　定本』、冬樹社、一九八〇→『源氏物語論』岩波書店、二〇〇〇）。

（2）宮川も引用した渡辺秀夫「願文研究の一視点―『本朝文粋』所収願文を中心に―」（『リポート笠間』27、一九八六・一〇）は平安期に於る哀傷文学の一形式としての願文に注目する。渡辺はまた、哀傷文学の表現基盤としての願文を評価すべきことを述べ、『源氏物語』葵巻を例に挙げている（「願文の世界―追善願文の哀傷類型と『文選』」、『解釈と鑑賞』一九九〇・一〇)。

(3)　玉上琢弥『源氏物語評釈九』(角川書店、一九七八)は文中にみえる「なごりなき御ひじり心」のうたであるという(125頁)。

(4)　日本古典文学全集本頭注。『新編』も「寂寥の降雪の風景を描き、なおも現世を絶ちがたい哀憐の情を、絶望的にかたどった歌である」とする。また木船重昭「光源氏終焉の歌歌」(『源氏物語の探究九』139－160頁、風間書房、一九八四)は「便便とこの世に生きながらえていることの、虚しさ悲しさ」と評する。

(5)　注(4)木船論文。

(6)　拾遺集歌の指摘は木船論文にある。

(7)　松井健児「幻巻の十一月―光源氏と五節舞姫」(『国語と国文学』一九八九・一)→『源氏物語の生活世界』201－225頁(翰林書房、二〇〇〇)。

(8)　藤井前掲論文。

(9)　高橋文二「「幻」巻における光源氏の自己救済をめぐって」(紫式部学会編『源氏物語の思想と表現　研究と資料（古代文学論叢11)』139－170頁、武蔵野書院、一九八九)。

(10)　同右高橋論文および木船前掲論文。

(11)　平安物語に多く引歌された和歌六首を挙げたことがあるが、そのうち四首が雑歌である(「引歌攷1―物語のことばの成立―」、本書I―二)。

(12)　哀傷歌も説話を多く生んだが、題しらず、読人しらずの雑歌の場合とはまた異なるだろう。

五　「橋」の記憶と成語「夢の浮橋」

1　はじめに――巻名＝夢浮橋

幻巻に対し、和歌の殆どない巻からは何が見えるだろうか。成語「夢の浮橋」の和歌性を問うことで考えたい。『源氏物語』最終巻、夢浮橋巻には和歌が一首しかない。前巻、手習巻で多くの和歌を詠んだ浮舟は沈黙する。その意味を含め、宇治の巻々と和歌の関係については既に種々の論がある。「ゆめ・の・うきはし」と二語を「の」で結ぶ七音の成語、巻名となった「夢の浮橋」には和歌的響きがある。が、『源氏』以前に「浮橋」を詠み込む和歌は『後撰集』『朝光集』に各一首あるものの、「夢の浮橋」なる語はなく、巻中にもない。「橋」を詠む歌も限られる。「夢の浮橋」に和歌性、歌ことば的なものは認められるだろうか。松風巻で古注釈が指摘する古歌「世の中は夢のわたりの浮橋かうち渡りつつものをこそ思へ」が、夢浮橋巻でも踏まえられているのか、「夢の浮橋」の語義自体についても議論のあるところであった。巻中、「夢」の語は数回使われる。「浮橋」に意味はなく、「夢」にこそ意があるとした『河海抄』の説は現在ではあまり受け入れられていない。「浮橋」に歌ことば的なものを認めるか否か。歌ことばは和歌史上の記憶の上に成立つ。最近は「夢の浮橋」の語義が問われることもないようだが、物語最終巻の巻名が和歌的言語によって表されているとすれば、この物語と和歌との関係について改めて考える余地があるだろう。

周知のように、「夢の浮橋」との句が和歌に詠まれるのは定家の「春の夜の夢の浮橋途絶えして峰に分かるる横雲の空」に始まるが、定家以前、『浜松中納言物語』と『狭衣物語』に既にこの句が使われている。(1) いずれも引歌のように使われており、夢浮橋巻に拠るかと思われるが、後の用例を参考に語義を考えるのは慎重を要する。今「夢の浮橋」という成語を考えるに当たり、『源氏』後の用例は対象としない。

「夢」「浮橋」と重ねる和歌は『源氏』と同時代にある。『実方集』には、

宇治にて、水に浮きたるはしに、うたゝねに寝たるに、よぶかき月にこゑをかしくて
うぢがわのなみの枕に夢さめて
よるはしひめやいもねざるらむ

という短連歌がある。「水に浮きたるはし」が舟を並べた上に板を渡した橋であるとすると、「うたゝね」の場としても落着かぬようであるし、宇治の物語の内容とは重なることもなさそうな歌であるが、夢を詠み込み、しかも宇治の浮橋を舞台とする歌である点は注意しておきたい。宇治川、宇治橋には「憂し」との掛詞、網代、氷魚などの景物、長く続く、続かないなどの心象が和歌と共に積み重ねられて来た。また、「宇治橋」には恋の「中絶え」のイメージがあると指摘されている。(2) 右の短連歌には「はしひめ」の一語により、宇治にまつわる心象が確かに含まれる。が、

波で目覚めたと言う源宣方に対し、実方が橋姫も眠れないだろうかと続けて機智を見せたもので、その趣は重くはないと思われる。作者の造語かともされる「夢の浮橋」に和歌的なものを読み取るためにはもう少し手続きが必要であろう。

以下、川や橋をめぐる和歌を通して「夢の浮橋」の意味を考えてみたい。『源氏』の橋の和歌が「夢の浮橋」に関係するのではないか、との見通しに立つものである。

2　川を渡る文学

二つの地を隔てる川と隔てられたものを結ぶ橋、これらをめぐる和歌を考える手がかりとして歌枕がある。今、試みに現存『五代集歌枕』によって数えてみると、「河」八四箇所、「河原」一三箇所が挙げられている。これに対し、河に架けられる「橋」は一三箇所を数えるのみである。「不載之」とする「宇治橋」を加え、舟を渡す「渡」九箇所を加えても「河」の数には及ばない。

無論、個々の歌集でそれらの川や橋がすべて詠まれているわけではなく、また「山川」のような表現もある。多く詠まれる川・橋は限られる。『万葉集』と三代集に限定していえば、川については『万葉集』で目立つものとして明日香川、宇治川、佐保川、初瀬川がそれぞれ一〇首以上あるが、それ以上に多いのは天の河である。三代集でも最多の川は天の河で、実在の川ではない「涙川」がそれに次ぐ。この中で天の河は渡ることが詠まれる中心となるが、地上の川で渡ることを詠む歌は少ない。一方、橋については、どの歌集も突出して詠まれるものはない。久米路の橋、長柄の橋がやや多いかという程度である。そして『古今集』以降、個別のものであれ、一般的なものであれ、川や橋にそれぞれ心象が形成されるようになった。個々の川、橋に時代を超えて共有される心象や伝承があるならば、それらを記憶と呼ぶことができるが、川と橋の記憶は同じではない。文学の中での両者の性格がかなり異なるであろうこと、種々の例から容易に見当がつく。川は名所歌枕となって歌ことばを呼び、和歌を呼んだが、橋をめぐる記憶は和歌とは異なるところからも発生している。

さて、実際に川を渡るとなると、特に橋のない渡しでは時に困難もあった筈で、和歌的なものとは異なる捉え方がされる。『蜻蛉日記』を例に、川を渡る記事について和歌的発想という問題を考える。上巻、安和元年（九六八）の初瀬詣での記事に宇治川、泉川を渡るに際し、

車さしまはして、幕など引きて、後なる人ばかりをおろして、川にむかへて、簾まきあげて見れば、網代どもさしわたしたり。行きかふ舟どもあまた、見ざりしことなれば、すべてあはれにをかし。……破籠などものして、舟に車かき据ゑて、行きもて行けば、贄野の池、泉川などいひつゝ、鳥どもゐなどしたるも、心にしみてあはれにをかしうおぼゆ。かいしのびやかなれば、よろづにつけて涙もろくおぼゆ。（89）

とある。宇治の景物である網代は、「見ざりしことなれば」と、知識が体験となって初めて見る光景に新鮮さを覚えたことを示す。「舟に車かき据ゑて」も川を渡る場合に起こる具体的なことを記している。車を乗せたと書き留めたのは、それが新鮮な体験であったからであろうが、川を渡るのが容易ではなかったことが前提にある。時姫腹超子が女御代となる大嘗会御禊後に一緒にと言う兼家を振り切っての初瀬詣で決行で、初めての自然に対する感興にとどまらず、「もともと心内にわだかまる思念を強調的に引き出していることになる(3)」のではあるが、川を渡ることの困難

を捉えていることに目を留めたい。復路では迎えに来た対岸の兼家との間で網代、氷魚という宇治の景物を詠込む歌が交わされる。往路との色調の差には心内のありようが関係していよう。中巻、天禄二年（九七一）の初瀬詣での記事も往路では「頭のいたさもまぎれぬれば……をかしく見ゆることかぎりなし（161）」、復路も「まだ見ざりつることなれば、いとをかしう見ゆ。来こうじたる心ちなれど、夜のふくるもしらず見入りてあれば（164）」と鵜舟を見ての感興を歌枕を介さずに捉える。『蜻蛉日記』は、自然は見慣れた洛中では「引歌表現、歌言葉じたい」、日常的生活圏を超えた洛外への物詣ででは「作者自身の経験にもとづく情理」により文脈が展開するとの指摘がある。(4) 川に関しては、平安京の人々にとり最も身近な鴨川は歌枕的には捉えられず、やや近い宇治川は歌枕と経験の両様の捉え方がされていた。中巻の初瀬詣でに先立つ石山詣での記事中には「河原には死人もふせりと聞けど、おそろしくもあらず（120）」とある。誰にも知らせず突然徒歩で出かける異常さと関連し、「ありふれた光景」であることも一因とされるが、(5) 和歌が選ぶことのなかった素材に目を留めたもので、実際に川を渡り、河原を通る時にあり得たことであった。

経験が捉えたものにより記事が展開してゆくときに採り上げられるのが実際に川を渡るときの困難、大がかりであること、和歌では題材とならないことどもであった。右の他に『更級日記』上洛の記の太井川、大嘗会御禊の日に大方の流れに逆らって京を出た初瀬詣での際の宇治の渡しなど、川を渡ることが時と場合により容易ならざることが見える。時代が下り、例えば、古典引用の夥しい『うたたね』の長良川を渡る記事は引用なしに『蜻蛉』より具体的に「見慣れ」ぬ光景を「恐ろし」という語を重ねて捉える。そして、川を渡ることに伴う困難その他は新たな説話を生む。説話を生むという点で、川を渡ることは橋と似た面があるといえようか。

先述のように和歌を多く生む橋は多くはない。久米路の橋、長柄の橋が三代集以後も例として挙げられる。いずれも説話を伴う。久米路の橋は、一言主神の故事を踏まえつつ和歌では恋の途絶え、中絶えの喩えとして詠む。説話を記憶しながらも歌ことばを重ねてゆくものといえる。長柄の橋は、「ながらへて」を導く序詞として用いる歌よりも、橋が朽ちたか否かを詠む歌の方が多い。屛風歌題材にもなり、『古今集』仮名序の解釈をめぐる二条家と京極・冷泉家の対立など橋自体が和歌の関心事となった。和歌の外にも広がる。(6)三河国八橋は「橋のかたもなく、何の見所もなし」と言い切った菅原孝標女を含め、東海道を通る者が一言せずにはいられぬとみえる。杜若への言及も多い。「蜘蛛手に思ふ」などの表現を呼び出す歌ことばとしての「八橋」があり、中世日記・紀行に見るような、業平の故事を念頭にその場を実見して詠まれる和歌が同時にある。業平伝説は和歌、更には杜若を素材に能や絵画にも広がった。業平をめぐる八橋の記憶は強固なものとして種々の作品に現れている。これらの橋は、その場を流れる川については和歌の題材とならない。久米路の橋はそもそもが川に架けられた橋ではなく、長柄の橋も橋だけが和歌に詠まれた。八橋も和歌としては「蜘蛛手」である水の流れではなく、橋だけが詠まれている。

一方、宇治は、宇治の地にまつわる景物と心象を伴って川も和歌に詠まれたが、橋と川は異なっている。『五大集歌枕』が「不載之」とした宇治橋には橋姫説話がある。「さむしろに衣かたしき今宵もや我を待つらん宇治の橋姫」(古今集・恋四、よみ人しらず)につき、「家刀自を思ふ」に分類する『古今和歌六帖』から「宇治の橋姫」を「内の愛し姫」とする竹岡正夫説もあるが、(7)地名は背後の説話を想像させる。『奥義抄』以下の歌学書・注釈書は橋姫のもとへ通う神をめぐる伝承や一人の男と二人の妻をめぐる「橋姫物語」を伝える。片桐洋一は宇治十帖の頃から一般的であった、この歌を宇治と結びつける享受の一方で、「内の愛し姫」と解する説も続いていたのだとした。(8)この歌が本来的にどのようなものであったかは今は不明とするが、説話を呼び起こす歌であるといえよう。そして、橋をめぐる説話は和歌以外で展開してゆく。(9)なお、早くから交通の要衝であった宇治には貴族別業も多く、遊興の地でもあった。平安後期、特に頼通時代に川に遊び、両岸を行き来する貴族男女に着目、文化交流・発信の拠点としての宇治を考える論もある。[10] 異なる視座を提供するが、一時代後として今は措く。

今井源衛『宇治橋』の贈答歌について――宇治十帖の主題――」は高橋亨、廣川勝美の「中絶え」説を受けて橋の和歌を辿り、『万葉集』のころでは恋人のもとへ通う通路とみるものが多いが、「後撰集時代から、不安の色を濃くしてきた「橋」のイメージは、源氏物語を通過する事によって、確実に男女間の不安定な関係、とだえを意味するものとなりおおせた」とした。[11] このような現象が一方で認められるが、個々の橋をめぐる和歌と説話のありようからは、川を渡ることはかなり現実的に捉えられていることが確認できる。

3　『源氏物語』の「はし」と「ふみまどふ」和歌

『源氏物語』に於ける川と橋はどのようなものか。

川を渡ることの困難が現われやすい初瀬詣では『源氏物語』に五例あるが、困難は特に問題とされない。玉鬘巻では霊験あらたかなることを願っての「徒歩より」の困難が語られるが、宇治川を渡ることへの言及はない。椎本巻冒頭、匂宮が初瀬詣での中宿りとしたのは「川のをち」にある右大臣夕霧別業であったが、川を渡ることに関しては言及がない。宿木巻、薫が初めて浮舟を見たのは初瀬からの帰途、宇治橋を渡って来る姿であった。


下人も数多く頼もしげなるけしきにて、橋よりいま渡り来る見ゆ。（五487）

舟ではなく、橋を渡っている。これより前、総角巻には「宇治橋のいとものの古りて見えわたさるるなど、霧晴れゆけば、いとど荒ましき岸のわたりを（五282）」、浮舟巻にも「宇治橋のはるばると見わたさるるに（六145）」とある。それぞれ、匂宮と中君、薫と浮舟の間で宇治橋を詠み込む贈答歌が交わされ、宇治橋が存在していたと読める。ほぼ同時代の実方の浮橋の短連歌もあり、この時代の宇治橋の実態は不明である。宇治橋を渡るのが浮舟一行だけであることは注意されるが、(12)ここは舟でなく、橋を渡ること、及び渡ることの困難がないことを確認しておきたい。初瀬詣での他二例の一は手習巻、巻頭に初瀬よりの帰途発病した横川僧都母一行が登場するが、渡ること自体は問題になっていない。今一例は浮舟を亡き娘の代わりに得たと喜ぶ妹尼が願ほどきに行く例であるが、浮舟が同行せず、小野に残ったところで物語が展開するのであるから、渡ることはここでも問題とならない。なお、宿木巻、前述の場面に続き、

泉川の舟渡りも、まことに、今日は、いと恐ろしくこそありつれ。この二月には、水の少なかりしかばよかりしなりけり。（五490）

という浮舟女房のことばがあるが、背後に置かれている。

川に架けられた橋ではなく、殿舎と殿舎をつなぐ「はし」に関しては、渡ることの困難、危うさがある。桐壺更衣に対する他の女御・更衣たちによる、

参上りたまふにも、あまりうちしきるをりをりは、打橋、渡殿のここかしこの道にあやしき態をしつつ（一20）

という迫害、頭中将の車を見ようとする夕顔の宿の女房についての惟光の報告、

打橋だつ物を道にてなむ通ひはべる、急ぎ来るものは、衣の裾を物にひきかけて、よろぼひ倒れて橋よりも落ちぬべければ、「いで、この葛城の神こそさがしうおきたれ」とむつかりて（「夕顔」一150）

などである。後者は危うさともいえないが、一種の滑稽があり、和歌的ではない。宿木巻の女房の言う「恐ろし」も主人公ではなく、周辺にあり、これらはむしろ例外である。

『源氏物語』に於ては渡ることの困難は見られない。「はし」は総角、浮舟両巻の宇治橋を含め、以下の和歌に詠み込まれ、宇治十帖に集中している。

a　妹背山ふかき道をばたづねずてをだえの橋にふみまどひける（「藤袴」三341）

b　雪ふかき山のかけ橋君ならでまたふみかよふあとを見ぬかな（「椎本」五209）

c　つららとぢ駒ふみしだく山川をしるべがてらまづやわたらむ（同）

d　中絶えむものならなくに橋姫のかたしく袖や夜半にぬらさん（「総角」五284）

e　絶えせじのわがたのみにや宇治橋のはるけき中を待ちわたるべき（同）

f　宇治橋の長きちぎりは朽ちせじをあやぶむかたに心さわぐな（「浮舟」六145）

g　絶え間のみ世にはあやふき宇治橋を朽ちせぬものとなほたのめとや（同六146）

紀伊の「妹背山」、陸奥の「緒絶橋」と二つの離れた歌枕を詠み込むaは、玉鬘を姉妹と知って恨み言を言う柏木の歌。「まどひ」―「まよひ」の異同があり、現行注釈は多く「まどひ」を採り、玉上琢弥『源氏物語評釈六』（角川書店、一九六六）及び『新大系』は「まよひ」を採る。柏木と玉鬘の仲を表す「妹背山」に対し、遠く離れた「緒絶橋」を重ねるこの歌は紀伊／陸奥、更に山／橋＝川と思わぬ場所に行き着いてしまったことを示していよう。現代の諸注の中に「遠隔の地の歌枕二語の使用が、希有な体験のとまどいを表象（『新編全集』頭注）」とするものもある。その上で「踏み―文」の掛詞を使う柏木歌のいうところは「まどひ」である。一般的な男女の仲が「絶え」るのとは違う点で歌枕緒絶の橋の詠まれ方とも異なるが、「まどひ」を表す橋は渡るのが困難な橋といえよう。ここでは川に架かった橋を実際に渡るのではなく、恋の迷い、惑いを表すものとして詠まれている。

b・cは大君と薫の贈答歌。大君の歌bにある「山のかけ橋」は桟道であって川に架かる橋ではないが、答える薫の歌cには「山川」を「わた」るとある。『新編全集』頭注も引く『細流抄』説の如く、「上句は艱難なる道をいひたてたる」のであり、「川をわたるとは、人にあふ事をいへり」ということになる。

dに「橋」の語自体はないが、「橋姫」により宇治橋とわかる。「心より外ならむ夜離れ」を言う匂宮―中君（d・e）、薫―浮舟（f・g）の贈答歌は「絶え（d・e）」「はるけき（e）」、「長き（f）」「朽ち（f・g）」「絶え間（g）」とそれぞれ相似た語が用いられている。流出と再建が繰返されたらしい宇治橋にまつわる心象としての語である点で、歌枕的に詠まれているといってよい。

「かけはし（橋）」をも加えた橋の歌はそれぞれ恋を表し、和歌的な語を用いている。以上のことを念頭におき、改めて夢浮橋唯一の和歌、

h　法の師とたづぬる道をしるべにて思はぬ山にふみまどふかな

を考えてみたい。横川僧都を仏法の師として山へ行ったのに、その山道をしるべとして、思いがけずも恋の山に「ふみまどふ」という薫のこの歌はａに似ている。「ふみまどふ」この歌は浮舟への文の中に書かれている。踏み—文の掛詞ととる必要はないだろうし、柏木と薫とでは状況が全く異なるが、ことばの類似性が注意される。この類似は既に高橋亨「光と闇の変相——源氏物語の世界」が指摘、「歌の系譜」と親子関係にも触れたが[13]、薫が柏木の子であることは今は問題としない。ｈに「橋」は詠み込まれていないが、「はし」には「かけはし」もあり、ｂのような歌もあった。

「ふみまよふ（ひ）」「ふみまどふ（ひ）」を含む歌を『新編国歌大観（ＣＤ-ＲＯＭ版Ｖｅｒ．２）』により検索すると、重出歌を除き五八首、二四首となる。この中にはａ、ｂも含まれ、多くは『源氏』以後のものである。「ふみまよふ」「ふみまどふ」の用例の少ないことは既に『評釈』に指摘があるが、本文異同の問題として扱われている[14]。ここでは「橋」の和歌との関連で考えたい。右用例から『源氏』以前の恋歌を取り出せば、

ｉ　道しらぬものならなくにあしひきの山ふみまどふ人もありけり　（朝忠集）
ｊ　しらかしのゆきもたえにしあしひきの山ぢをたれかふみまどふべき　（朝忠集）
ｋ　いくたびかふみまどふらむ三輪の山杉ある門は見ゆるものから　（うつほ物語「藤原の君」）

がある。

ｉ—ｊの贈答は、ｉ三句を「みよしのの」、ｊ二句を「ゆきかきこえて」として『敦忠集』にも収める。『朝忠集』

詞書によれば朝忠から他の女に宛てた手紙が誤って大輔のもとに届き、大輔が「道しらぬ」を贈り、朝忠が「しらかしの」と返したというもの。『敦忠集』もほぼ同様のことを伝える。この贈答歌は橋ではなく、山路を「ふみまどふ」もので、「踏み」「文」の掛詞を用いる。手紙の行き違いを題材としたもので、本当の意味での恋の迷い、惑いを詠んだものとはいえない。

kはあて宮求婚者の一人、平中納言の歌で、返事をしないあて宮に思いを訴える。恋ゆえの惑いとはいえるが、この場合の「ふみまどふ」には、前後に「聞こえ初めては久しくなりぬれど、おぼつかなきは、いかなるにか」「度々のは、いかがなりけむ」とするように、「文」が「まどふ」、即ち、自分が「文」を何度か送ったのに何故返事がないのいか、「文」はどこへ行ったのかというところに意があろう。i・jと同じく「踏み」「文」の掛詞が「ふみまどふ」という語を必要としたのだといえる。

恋に関わらぬものは「雪ふりて道ふみまどふ山里にいかにしてかは春のきつらん（後拾遺集・春上、平兼盛）」の一首のみである。詞書に「山寺にて正月に雪のふれるをよめる」とあり、「ふみまどふ」に特別な意味はない。

これらのことを考えると、aとhの類似がやはり注目される。hには川に架かる橋はないが、山があり、「かけはし」を連想することができる。薫は浮舟を求めて宇治ではなく、横川を訪ね、小野という山里に小君を遣わす。川に架かる橋ではない。山の「梯」を踏むのである。現実の「梯」ではなく、喩えとしての「梯」である。夢浮橋巻唯一の和歌と不安定さを思わせる語「夢の浮橋」は意外に近いのではないか。後述するようにhと「夢の浮橋」を関連させる説は他にもあるが、aを介在させることを重視して考えたい。

4　巻名＝夢浮橋と和歌

それでは「夢の浮橋」は薫と浮舟の距離を表し、橋を渡るのは薫なのであろうか。しかし、これ以前、『源氏物語』の中では男女の間、特にその距離を橋の語で表すことは前節に引いた和歌を除いてはなかったのではないか。源氏が「夢のわたりの浮橋か」と言いつつ訪ねた大堰山荘は大堰川の手前にあった。八宮山荘も宇治川の手前、京側にあったし、現実の川に隔てられていた男女はいなかったのだから、当然とはいえる。が、宇治十帖では男女間の距離が前面に出ている。男女の物理的、心的距離は「隔て」という語やモノに表された。大君、中君にも「隔て」が繰返される。御簾や几帳は男女を隔てるものであり、また、それを挟んで男女を向き合わせるものであった。[15] そのような意味での「隔て」は身分差のある浮舟にとり、薫との間にも匂宮との間にも存在しない。が、浮舟の周囲には別の「隔て」があり、「隔て」の問題は改めて問われる。

手習巻、小野僧庵で来し方を回想する浮舟が母、乳母について折々思い出すのは「よろづ隔つることなく語らひ見馴れたりし右近（六303）」であった。浮舟にとっては「隔て」は男女間のものとは別のものである。横川僧都妹尼の婿であった中将が小野を訪ね、浮舟に関心を示す。その折の妹尼と浮舟のやりとりにも「隔て」の語がある。

・心憂く、ものをのみ思し隔てたるなむいとつらき。今は、なほ、さるべきなめりと思しなして、はればれしくもてなしたまへ　（六309）

・隔てきこゆる心にもはべらねど、あやしくて生き返りけるほどに、よろづのこと夢のやうにたどられて　（六310）

素性を明かさぬ浮舟の態度は妹尼には「隔て」と受け取られ、妹尼も中将から「隔て」ていると言われる。出家してしまった浮舟に対する「行く末の御後見」をと言う中将は、浮舟を探す人はいないのかと尋ね、

さやうのことのおぼつかなきになん、憚るべきことにははべらねど、なほ隔てある心地しはべるべき（六353）

と言う。浮舟の周囲には「隔て」が張り巡らされている。自身の一周忌法要のための小袿を見た浮舟が「あまころも」の和歌を書いた後、素性が知れた時のことを思い、過ぎ去ったことはみな忘れたと言うのに対し、妹尼は、

さりとも、思し出づることは多からんを、尽きせず隔てたまふこそ心憂けれ。（六361）

と言い、重ねて行方知れずの浮舟を心配している人があろうにと言う。対して、母とは言わぬものの、浮舟が一人の人のことを、

なかなか思ひ出づるにつけて、うたてはべればこそ、え聞こえ出でね。隔ては何ごとにか残しはべらむ（六362）

と「言少なに」答える。右近との例を除き、これらの「隔て」は妹尼に対して言われたものをも含め、どれも素性を明かさぬことを言っている。物理的「隔て」はなく、人物相互の心的なものであり、浮舟は「隔て」を責められる。

それらは多く「心憂し」という語を伴う。夢浮橋巻に至っても、「隔て」の語は続く。横川僧都の手紙により、薫との仲を知られた浮舟が顔を赤らめ、「もの隠ししけると恨みられんを思ひつづくるに、答へん方なくて（六385）」いると、妹尼はここでも、

「なほのたまはせよ。心憂く思し隔つること」と、いみじく恨みて　（同）

と落ち着かずにいる。続いて僧都の手紙を持った小君が到着すると、

この君は、誰にかおはすらん。なほ、いと心憂し。今さへ、かく、あながちに隔てさせたまふ　（六387）

と「責め」る。「隔て」の語は浮舟により、小君により繰返される。

・げに隔てありと思しなすらむが苦しさに、ものも言はれでなん。　（六388）

・思し隔てて、おぼおぼしくもてなさせたまふには、何ごとをか聞こえはべらむ。　（六391）

浮舟は「隔て」と思われたくないと言い、小君は「隔て」があっては何も言えないと訴える。浮舟は「隔て」を保つことで過去を絶とうとするが、それも殆どかなわぬほどの危うい「隔て」であった。そのような「隔て」の末に浮舟の前に出されたのが薫の「法の師と」の和歌である。

薫の「法の師と」の和歌は先にみたように、山の梯を踏み迷う如き趣の歌である。「隔て」を保ち得なくなった浮舟に近付こうとする薫は「思はぬ道を踏み惑」っている。「夢の浮橋」が二人の間に架けられたものであるとしても、それは「うちわたりつゝものを思」うようなものではないのではないか。浮舟は山里小野にいるが、宇治を物語を代表する地として、「浮橋」は川に架けられたものと見做し得る。二者を隔てる比喩としての川でもある。薫は惑いつつ橋を渡ろうとする。松風巻の源氏が大堰の明石君のもとを訪れたように薫は小野の浮舟のもとへ行けるか。二巻の「浮橋」は同じではない。松風巻では不安定ながらも隔てを越えることができた。夢浮橋巻の「浮橋」は一層危うい。

以下、先行の夢浮橋巻論、橋論を振り返りながら「夢の浮橋」の意味、夢浮橋巻の和歌の問題について見渡したい。「夢」にのみ意味を認めた『河海抄』の影響を離れた一九八〇年前後からの夢浮橋論は、中心となる問題として「浮橋」が何を繫ごうとするのかを問い、その際に歌ことば性を採り上げるか否かがもう一つの問題としてある。

「夢の浮橋」は何を何と繫ぐ橋か。物語の展開からすれば、薫と浮舟という男女であり、物語の結末からいえば、非情に不安定な、繫ぐことが困難な橋であろう。これを「夢の浮橋」ということばの問題として考えるならば、宇治十帖の前提として、「橋姫」「宇治橋」などが『源氏物語』の時代に恋の「中絶え」と関連していたことは、大方に受け入れられていよう。「宇治橋」が名所歌枕であったかはともかく、和歌によって積み重ねられた心象があったと認められる。「中絶え」説を受ける前掲今井論文は、「夢の浮橋」は男女の仲を危険な橋にたとえた古歌「夢のわたりの浮橋か」により、男女の道の「とだえ」を暗示するものとした。森朝男「夢の浮橋」は、「橋」を恋の通い路を指す歌ことばと捉え、「橋→浮橋→夢の浮橋と、歌ことばの成熟してゆく過程」を見る。「夢の浮橋」は「薫大将と浮舟との男女主人公との間に通じそうで通じぬ、恋の通い路」とする。「夢」については「橋と同じく渡り難き彼岸への此岸からの通い路」であり、「浮舟の住む宇治川の彼方の山は、ある種の異界、霊界、神仏の地なのであって、浮舟は仏身とみてもよいのだ」という。[16] 不安定な、更には「中絶え」する男女の仲とするのが一つの流れである。やはり男女の間にある「浮橋」としながらも、益田勝実『夢の浮橋』のイメージ」は、「夢の浮橋」は記紀に見える「天の浮橋」であり、「夢の中での、もしくは夢のようであったところの、二人の交情の永遠の喪失の嘆き」が託されたもので、「浮舟を喪った薫の側に立って」の命名とし、川に架けられた「橋」としない。[17] 益田「夢浮橋再説」は更に「夢」を宋玉「高唐賦」にある夢の中での神女との交渉、「夢浮橋」を「日本神話・中国文学的な伝統をふまえた象徴的用法」とする。[18] これらの説は「途絶え」「中絶え」と捉え、何らかの歌ことば性を見ているといえる。

橋の対岸に着目すれば救済の問題に繋がる。夢浮橋巻が語ろうとしたものの一つが救済であることは否定できない。「橋」が仏教的済度の喩えとされたことを踏まえ、鷲山茂雄『夢の浮橋』考」は、「夢の浮橋」は横川僧都が二人の間に架け、薫を此岸から彼岸へ渡そうとした「橋」がきわめて不安定なものであることを象徴するとした。[19] 同説は薫の「法の師の」の歌からすると、僧都の渡した橋も「あやうく、漂うがごときであり、それ故にまた〝憂き〟もの」でもあり、巻名異名「法の師」も「夢の浮橋」に近いとする。沢田正子「横川僧都――聖と俗の間――」も定家夢浮橋詠の峰から離れてゆく雲を止めることができないように、薫が彼岸に去ろうとする浮舟を求めて浮橋を渡ることはできないが、横川僧都がなおも二人の架け橋になろうとしたとみる。[20]「夢の浮橋」を救済の問題と結び付ける諸説は、それぞれ同じではないが、もう一つの流れとしてある。[21]

架橋不可能性を中心とする前掲高橋論文は、「夢」が魂の通路たりえなくなり、幻巻のような歌ことばの物語的機能も停止したのが夢浮橋巻で、「夢という浮橋が、もはや男と女を架橋しえぬものだということはいえる」、「歌ことばらしくみせかけて〈作者〉がしくんだアイロニーであるのかもしれない」とした。架橋の不可能性と共に和歌の問題を論じたものであった。架橋不可能性という点では葛綿正一「階と橋」[22] も『源氏物語』全体を見渡した上で、「階は人と人を垂直の構図に位置づけ、葛藤を可視化してくれるものであり、橋は人と人を水平に結びつけるかにみえて、実は人を宙に迷わせてしまうものであった」とし、「法の師」の歌にも言及した。

「夢の浮橋」が薫と浮舟を近づけるものであるよりは両者の距離を示していることは各説とも共通する。此岸と彼岸を結ぶのが「橋」であるとしても、「人の隠し据ゑたるにやあらん（六395）」と疑う薫は彼岸からは遥かに遠い。出家したものの、浮舟も彼岸にいる、彼岸に近いとはいえない。両者の距離の何に着目するかによって「夢の浮橋」の解釈も異なってくる。本章は、「ふみまどひ」とある和歌から、惑いつつ薫が渡ろうとしていることを捉えようとするものである。浮舟は「隔て」を置こうとし、そこへ「夢」を見ているような思いを抱いて薫がやって来ようとしている。僧都の手紙を還俗非勧奨と解するとしても、薫の庇護下で出家生活を続けること(23)は浮舟の願うところとはいえない。物語のいうところ、浮舟が手紙をそのように理解したとしているかも不明である。浮舟の意思に反して「隔て」は殆どなくなろうとしている。代わって置かれたのが「橋」だが、両者間になお距離があることが示される。その「橋」も危うい「夢の浮橋」である。浮舟は登場のはじめに「橋」を渡って薫に近付いて来たが、今度は逆である。二つの「橋」の性格は異なっている。

『源氏』以前に例のない「夢の浮橋」は歌ことばといえるか。実在の「橋」は説話を生みやすいものであった。川と橋について、『源氏物語』は川を渡る困難には殆ど触れず、橋も含めて和歌的な捉え方をしているようにみえる。だが、物語最後に置かれた「橋」は渡ることの困難なものであった。今、「夢の浮橋」という成語に和歌的なものを見出すのは、和歌史と共にある記憶の故ではなく、「法の師の」の和歌が「夢の浮橋」と密接な関わりがありそうであり、類似する特徴的な表現の橋の和歌が既に藤袴巻にあると考えるためである。「夢の浮橋」は「惑い」を含意する。記憶は物語内和歌にある。歌ことばか否かということではない。物語最終巻唯一の和歌が巻名の意味を説く手掛かりを与えるのであれば、物語の行き着いた地点でも和歌がなお機能していたといい得るのではないか。

※本文引用は今西祐一郎校注『蜻蛉日記』、吉岡曠校注『更級日記』他、日記文学は新日本古典文学大系（岩波書店）、『浜松中納言物語』、『狭衣物語』は日本古典文学大系（それぞれ松尾聰、三谷栄一・関根慶子校注、岩波書店）、『五大集歌枕』は『日本歌学大系　別巻二』（風間書房）に拠った。それぞれ括弧内の数字は頁数を示す。

注

（1）わづかに夕暮のまぎれ、よひのほど〳〵は、夢の浮橋の心ちして、あはれに思し出でらる（『浜松中納言物語』巻の三、300）。
「かけても思ひよらず、とばかり聞くだにも、むつかしう煩はしかりつる御あたり、いかにたどり寄りつる『夢の浮橋』と、「現の事」とだに思されず（『狭衣物語』巻二、140）。

（2）高橋亨「宇治物語時空論」『源氏物語の対位法』168－193頁（東京大学出版会、一九八二、初出一九七四）、伊藤博「宇治橋の長き契り」『源氏物語の基底と創造』315－330頁（武蔵野書院、一九九四、初出一九八四）、廣川勝美「源氏物語・宇治時空試論―その基層と表層―」（『日本文学』一九七五・一一、11－20頁）などに始まる。伊藤論文は薫と浮舟の「宇治橋」の贈答歌の「中絶え」を「心の断絶」と読み取る。『実方集』の短連歌については高橋論文が「いわば教養主義的な機智に遊んだ」とする。

（3）鈴木日出男「『蜻蛉日記』の物詣での自然」（木村正中編『論集　日記文学―日記文学の方法と展開』235－249頁、笠間書院、一九九一）。

（4）注（3）に同じ。

（5）注（3）に同じ。

（6）片桐洋一『歌枕歌ことば辞典　増訂版』（笠間書院、一九九九）は、全国各地に分布する人柱伝説に地名「長柄」が登場、能「長柄」(廃曲) と共に歌枕が民間伝承と結びついた例として注意すべきだとする。
(7) 『古今和歌集全評釈　下』右文書院、一九七六。
(8) 『古今和歌集全評釈　中』講談社、一九九八。
(9) 嫉妬した女が宇治川に浸って鬼となったのを「宇治橋姫」と呼ぶ例(『平家物語』剣の巻、『曽我物語』巻十一) など。
(10) 和田律子「宇治殿につどう女房たち―宇治川を渡る四条宮下野―」(久下裕利編『王朝の歌人たちを考える―交遊の空間―』205-228頁、武蔵野書院、二〇一三)。津本信博「城南別業と歌人―後冷泉朝歌壇の宇治殿・富家殿・伏見邸―」(平安文学論究会編『講座平安文学論究一』137-157頁、風間書房、一九八四) を承ける論である。
(11) 『紫林照径　源氏物語の新研究』191-207頁 (角川書店、一九七九、初出一九七八)。注 (2) 高橋、廣川論文を受ける。
(12) 安藤徹「境界のメディア」『源氏物語と物語社会』245-256頁 (森話社、二〇〇六、初出一九九三)、吉海直人「宇治橋の史的考察―『源氏物語』背景論として―」(伊井春樹・高橋文二・廣川勝美編『源氏物語と古代世界』256-282頁、新典社、一九九七) など。後者は、現実的な橋が機能している間は文学化されず、『古今集』以来、歌枕として確立していたか疑問視せざるを得ないとする。なお、増田繁夫「宇治八宮の山荘」『源氏物語と貴族社会』183-201頁 (吉川弘文館、二〇〇二、初出一九六六) は、橋があっても、都の貴族には船で渡るのが風流だと考えられていたらしい、とする。
(13) 注 (3) 前掲書2-30頁、初出一九八〇。
(14) 大島本ではaに「まよひ」とあり、対する玉鬘の返歌が「まどひ」とあることから「ふみまどひ」とありたいとする。但し、返歌は影印版『大島本源氏物語』(角川書店、一九九六)、伊井春樹『CD-ROM　角川古典大観　源氏物語』(角川書店、一九九九) 並びに室伏信助「大島本『源氏物語』(飛鳥井雅康等筆) 本文の様態」(新日本古典文学大系『源氏物語　三』、一九九五)、『源氏物語大成　校異編』によれば「まよひける」の「よ」を消し、「と」と傍書したもので、大島本の最初の本文では、贈歌、返歌とも「まよひ」で対応していたことになる。
(15) 末澤『源氏物語』の飾りと隔て」(本書Ⅳ―一)。
(16) 『古代和歌と祝祭』133-139頁 (有精堂、一九八八、初出一九八四)。
(17) 『日本文学』一九七八・二、1-10頁。

(18)『日本文学誌要』、一九八九・二。鈴木一雄監修・野村精一編『源氏物語の鑑賞と基礎知識　夢浮橋』117－134頁（至文堂、二〇〇五・一二）に再録された。
(19)『源氏物語主題論―宇治十帖の世界―』（塙書房、一九八五）。
(20)注（17）前掲書143－155頁。
(21)近くは青井紀子「夢の浮橋を渡る人々―『白氏文集と』―」（中野幸一編『平安文学の風貌』武蔵野書院、二〇〇三）など。
(22)『源氏物語のテマティスム　語りと主題』53－69頁（笠間書院、一九九八、初出一九八六）。
(23)今西祐一郎『『横川僧都』小論」（『論集日本語・日本文学　中古』261－277頁、角川書店、一九七七）、三角洋一「横川の僧都小論」『源氏物語と天台浄土教』110－127頁（若草書房、一九九六、初出一九九三）など。

六　『夜の寝覚』の歌ことば

1　はじめに

歌ことばという観点から『夜の寝覚』を考えたい。長い心理描写を特徴とするこの作品に於いて歌ことばは何を担ったのだろうか。かつて永井和子は「寝覚の場合は、素材や文章がいくら和歌的であっても、内容は、和歌的なものからはみ出し、のがれ、ついには拒否してしまっているように私には考えられる」と述べた。(1)和歌的なもの、歌ことばとの近さと遠さが併存することは誰しも認めるところであろう。その意味を改めて考えたい。問うべき問題はまだ残っているように思われる。この作品と和歌、歌ことばとの関係に関して、個々の面については既に種々の論がある。歌ことば「ねざめ」への注目はその始めといえよう。「ねざめ」は『夜の寝覚』『夜半の寝覚』『寝覚』と伝えられた題名の検討に続き、必然的に主題論を導くことになった。関根慶子の論に始まるそれら諸論考は「ねざめ」の定義を土台とし、「ねざめ」がどこまで主題を担っているのかという問題を中心に置いていた。それはこの物語と和歌との関係を問うことにもなる。(2) 関根論考は『夜の寝覚』の「引歌表現・和歌的背景の密度の濃さ」をも指摘した。引歌は、古くは『浜松中納言物語』を併せ見て作者論へと進み、以後も引歌の傾向から何らかの点で作品の成立基盤を問うものは多い。(3) 他方、和歌数の少ない理由、(4) 贈答歌が成立しないことなど(5) この物語に於ける和歌の比重の変化についても論が重ねられている。現存本を見れば、例えば男女主人公の間で贈答歌が成立しにくいことは一読して気付かれ、そこには両者の心的齟齬が示されている。一方で、作中には引歌を含めた歌ことば、内部引歌も確かに存在し、その中には欠巻部分を受けるものもある。歌ことばが歌ことばとして機能するには、共通の和歌的発想を持つ世界を要する。それは作品内外、即ち作品と読者の間にあり、また、作品内部、即ち作中人物間、また語り手と作中人物の間にある。これから扱おうとするのは作品内部に於ける共通の発想である。歌ことばの持つ発想は誰の視線に沿っていたのか、さまざま齟齬のある視線の中で歌ことばが用いられたとき、そこで発想を共有したのなら、それは何を意味するのか、それらを考えたい。

2　類型的な歌ことば

およそ物語であれば和歌的なものを含まぬものはない。歌ことばも類型的常套句としての使用であれば、特に問題にするには当たらない。『夜の寝覚』にもその一面がある。形式化した引歌との指摘もあるが、(6) 類型的な歌ことばをまず確認しておく。なお、巻一から巻四までを合わせて扱うので、本節では男女主人公を中君、権中納言のようには呼ばず、女君、男君と呼ぶ。

第一部が男君の視線に沿って語られるとき、「ねざめ」を始め、歌ことばも概していえば同様の傾向を示す。歌ことばは男君の心内や行動を表わす場合に多く用いられる。例えば、九条の一夜が明け、「後瀬の山を頼めおきて、霧深くたちこめたる有明の月に紛れて、立ち出でたまふ（巻一33）」では歌枕「後瀬の山」が、相手が誰かと悩む「今宵もいとさやかにさし出づる月の光、姨捨山の心地して、人やりならず、いみじく物思はし（巻一41）」では「わが心慰めかねつ更級や姨捨山に照る月を見て（古今集・雑上、読人しらず）」に由来する「姨捨山」がという具合に出て来る。

　が、「後瀬の山」が「後も逢う」の意であることは共通しても、必ずしも特定の一首に戻し得ず、(7)これも歌枕の「姨捨山」が元を辿れば『古今集』に行き着くとしても、和歌や物語で繰返し使用される語であるように、いずれも既に一つの心象を持つ語、類型的な歌ことばとして、種々の和歌的表現と共に用いられている。数は少ないが、女君の場合も同様である。姉大君と男君の結婚後、その内面が語られ始めた新年、賑わい華やぐ大君側に対し、ひっそりした中で女君が「いかで、人の見ざらむ巌のなかにもと、思ひなりにたる（巻一83）」とあるのは「いかならむ巌のなかに住まばかは世の憂きことの聞こえざらむ（古今集・雑上、読人しらず）」に拠る。広沢へ移るところでは、秘密を知る少将へ男君が送る消息の「世の憂きめ見えぬ山路をなん尋ね出でたる（巻二195）」が「世のうきめ見えぬ山路に入らんには思ふ人こそほだしなりけれ（古今集・雑下、物部吉名）」に、女君を迎えた父入道の「君のいといたく屈じたまへる御心をも、世の憂きよりはと、おぼし慰めさせむ（巻二202）」と言うことばは「山里はもののわびしきことこそあれ世の憂きよりは住みよかりけり（古今集・雑下、読人しらず）」に拠るように、女君の周囲の人々のことばの中で折に適った歌ことばが重ねられている。折に適ったとは歌ことばとして定着したということでもあり、類型的な歌ことばと言い換え得る。右の入道の語の後、女君の様子を語る「さすがに、姨捨山の月は、夜更くるままに澄みまさるを、めづらしく、つくづく見出だしたまひて、ながめ入りたまふ（巻二205）」にある「姨捨山」も折に適うが、先の男君の場合とは関連がない。第三部にあっても類型的な歌ことばがそれぞれの場で別個に用いられる傾向が多いことは変わらず、それは贈答歌が成立しないこととも重なる。発想の共有という点でいうならば、これらの歌ことばは作中人物の心内に沿った地の文に多く、作品と読者の間の共有である面が強い。会話や消息にもあるが、女君に近づいた帝が故関白長女の内侍督に関して言う「草のゆかり（巻三309）」、事件に関して恨みごとを言う男君に対して女君が言う「忍もぢ摺（巻四357）」なども、特別な発想の共有ではなく、やはり類型的な歌ことばが用いられているといえよう。なお、歌ことばの淵源を示す引歌指摘は『古今集』が多い。作中歌には『後拾遺集』以降に見える歌語や歌材が多いとの指摘もあり、乾澄子は観念化、題詠の発達に向かう和歌の動向と作中歌の伝達の具としての表現力衰退との関連を見る。(8)歌語・歌材の変化も和歌と物語と読者が発想を共有することに連なる。

出典未詳の、従って、類型的とはみえない、歌ことばが繰返される場合はどうだろうか。「何なり袖の氷とけず」がその例である。

「作者愛用の句（大系）」「この物語の好みの表現（新編）」「よほど重要な表現だったと考えられる（校注）」などとされるこの表現は改めて採上げるまでもなさそうにみえるが、物語内での発想共有という観点から今一度考えたい。この句は、現存本で三例あるほか、巻三冒頭③の直前、中間欠巻部にもあったことが想定されている。出典については種々論があり、袖が凍るという表現も多かったようであるが、(9)出典追求は措く。

①　はかなくて君に別れし後よりは寝覚ぬ夜なくものぞ悲しき

なになり、袖の氷とけずは」と、格子に近く寄り居てひとりごちたまふ気色を聞きつけて、胸つぶれて顔引き入れたまひぬるに　（巻一76）

②　これさへ、けはひなつかしくしめやかに、ことわりかなと聞こゆばかりうち言ひて、涙落とす気色、いとことわりなるに、え恨みも果てられず、さすがにいと聞かまほしく、問ひ聞かれて、なになり袖の凍りもやらず、流れ添ふほど、夜中ばかりにもなりぬらむかしと思ふ。（巻二212）

③　「なになり袖の氷とけず」と、嘆き明かしたまひてし朝より（巻三229）

冬の夜、女君に逢えない男君の嘆きを表わす点で共通する。九条の一夜での相手が同じ邸内にいる義妹だと知った時の①及び老関白死後、広沢に女君を訪うた時の③と、二人の仲が大君側で噂となって広沢へ移った女君を訪ね、姫君誕生以来の連絡役である乳母子の少将に向かって言う②とは表現に少し違いがある。袖の氷―涙が凍る、凍らないという違いである。凍る間もないほど涙が流れ続けるという②は、嘆きを強調しているようだが、「けはひなつかしくしめやか」と感じられた少将から女君の様子を聞くことは、逢えないことの代償でもあった。この出典のある表現、歌ことば的な発想をするのは誰なのか。現存本を見る限り、すべて男君の側である。和歌に添えて男君が言う①は格子の内側で女君や対の君が息をひそめて聴いている緊張した場、意味は理解しているわけだが、女君の側でそれを用いることはない。中間欠巻部に推測される例も女君には聞こえていたと考えられ、そのことを受ける③は語り手が男君の心情に沿っていうものである。やや違う②も男君の心情に沿ったものとなっている。『校註』は「問ひ聞かれ」を受身、少将がとする。敬語としては軽いが、男君がとしておく。歌ことばが男君の側にのみあるのが「なになり袖の」である。逢えない嘆きであるから当然のようでもあるが、発想の共有はない。出典があるに違いなく、しかも特定できたとはいえず、それゆえ「好みの表現」などとされる「なになり袖の」だが、類型的な歌ことばの例と似た傾向であることが確認できる。ある時期までは出典が知られていたであろうこの表現は、作品内部でも作品の内と外の間でも理解はされたが、作品内部では閉じられた表現となっている。

3　作中歌の引用――言ひしばかりの有明・すみはつまじき契り

『夜の寝覚』では作中歌が引かれることがよくある。「言ひしばかりの有明」「すみはつまじき契り」「見しながらなる」など、和歌の一部を直接引くのだが、現存本二例の「言ひしばかりの有明」は中間欠巻部を承けることが推測されている。

④「かの、言ひしばかりの有明の月に、尽くし果てむと思ひし残りのことも、浜の真砂の数言ひ知らぬつらさ、恨めしさも、『逢ふ夜もあらば』とのみ思ひわたりつれど、今日この御事を聞きたまへるに、よろづみな覚めぬ。（巻三314）

⑤「げに今始めたらむことならねど、かの『言ひしばかりの有明』のままに、心強くかけ離れ入り居なましかば、人を憂しと思ひ分く節もなく、我が世に知らぬ名をも流れで、いかに残りある心地して目やすかべかりけり」と、もののみ悔しきに（巻四415）

④は帝闖入事件直後、登花殿に赴き、寝覚上の寝所で内大臣が述べることば、⑤は生霊事件に苦しみ、広沢に移ったのを内大臣が追って来た時の寝覚上の心内語である。④からは、月のもとでの二人の対面から登花殿のこの日までに長い年月を経ていたこと、⑤からは、その久しい以前の対面で、寝覚上が何か言葉を残して内大臣から離れたことが

推測できる。その対面は双方の側から「かの言ひしばかりの有明の月」として捉えられている。「かの」の指す両者共通の記憶は中間欠巻部、老関白死後に内大臣が広沢の寝覚上を訪ねて物越しの対面をした折のことであろうとされる。中間欠巻部、老関白死後の二人の対面は現存資料から二度が確認されている。一度は『拾遺百番歌合』十番右に見える内大臣の歌「限りとて命を捨てし山里の夜半の別れに似たる空かな（上108）」が詠まれた秋。この箇所は近年発見された『夜寝覚抜書』にも採られている。もう一度は、現存巻三冒頭近く、即ち中間欠巻部終わり近く、「なになり袖の氷とけず」と嘆き明かした夜。「なになり袖の」で③直前とした例である。いずれの場合も寝覚上は応じないが、季節から「かの」の指す対面は前者かとされている。中村本では二句「命を捨てし」を「命をかけし」と変え、寝覚上が「かくばかりめぐりあふ夜もありけるをかぎりと見えし山の葉の月」を返し、『いでや、かくながらふる身の、人めもつゝましくて、まめやかに此程をすぐして、きこえさせん』と、いとなつかしげにの給ひて」奥へ入ったことになっている（巻四510）。「此程」とは関白長女の参内だが、その返歌は原作ではどうであったのだろうか。贈答歌の一方がほぼ同じであるから、『校注』もいう如く、寝覚上の歌も中村本と大きな違いはなかったと思われる。それでは「かの言ひしばかりの有明の月」は直接には何を指すのだろう。作中歌であろうとは主に⑤から推測される。寝覚上の詠ともされるが、むしろ、「此程をすぐして」も態度を変えない寝覚上を恨む男君の歌であった可能性がある。中村本では物越しの対面の後、恨みの歌とその返歌があり、冬の夜も男君は「うらめしげ（巻五516）」であった。引歌として「今来むと言ひしばかりに長月の有明の月を待ち出でつるかな」（古今集・夏、素性）が考えられてもいるが、[10]空頼みを信じてしまったというこの歌は寝覚上の心情、態度とは離れ過ぎてはいないだろうか。例えば、『拾遺百番歌合』や『風葉和歌集』に見える散佚物語『朝倉』の作中歌「今来むと言ひて別れし君により有明の月を幾夜見つらむ」のような歌であったとは考えられないか。[11]詞書から『朝倉』は男を待つ女の歌ではなく、出家した父を恋う娘の歌とわかるが、会えない嘆きであることは変わりない。「言ひしばかりの有明の月」は和歌の一部ではあろう。欠巻部であり、中村本も省略、或いは歌を変えたかして、確かなことは不明である。けれども何であれ、男君は恨み、女君は離れようとする、同じ出来事の記憶を別な時にではあるが、それぞれ同じ歌ことばで回想している。

更に欠巻部にも同様のことがある。次の内大臣の歌「限りとて」、そして恐らくは寝覚上の歌もそれぞれ同じ過去を回想している。老関白との結婚直前、広沢で二人が過ごした数日間である。「年久しく絶へて後、巡り逢ひ給へる秋」と始まる『拾遺百番歌合』詞書とほぼ同内容の『夜寝覚抜書』を引く。(12)

月はいみじうきりわたり、むしのこゑ〴〵みだれあひたるに、とがめがほなるかぜのをとなひも、山ざとにて「すみはつまじき」ときこえしほど、わかれいでにし夜の心地おもひいでられて、こよひもいとなか〳〵なるこゝろづくしなり。人やりならぬ涙にくれて

かぎりとていのちをすてしやまざとの夜半のわかれににたるそらかな　(22)

『拾遺百番歌合』が「すみはつまじき」詠を「いし山」とするのは言われるように西山の誤り、中村本には男君の「夜とゝもにしぐるゝ空の月影のすみはつまじき事ぞかなしき（巻二408）」を含む二組の贈答歌がある。

「すみはつまじき契り」の再度の回想は巻五、寝覚上の出家を止めようと内大臣が入道に一切を打明けた後の場である。子どもたち、乳母、女房たちも二人を取り囲む。端近く、御簾を巻き上げ、

⑥「すみ果つまじき契りなりけむ」とながめわび別れし暁など、所も変はらず、空の気色なども同じながらなる

に、その折の心尽くし、今さへ胸ふたがりつつ、泣きみ笑ひみとかいふにも尽きせぬ御仲、あはれなり。

古里に面変はりせでめぐりあへる契りうれしき山の端の月　（巻五487）

満ち足りた思いの内大臣に対し、寝覚上は故関白を恋い、「我は我」との思いで「山の端の心ぞつらきめぐりあへどかくてのどかにすまじと思へば（巻五489）」を詠む。「つらき」という語が内大臣に対する違和の強さを示す[13]この歌は心中詠であろう。[14]ありふれた掛詞ではあるが、この「すまじ＝澄まじ＝住まじ」は「すみ果つまじき契り」を承けているだろう。物語は寝覚上にも同じ和歌を思い出させている。その和歌は「かの言ひしばかりの有明の月」同様、これも記憶、歌ことばの共有である。

なお、「すみはつまじき」を含む歌が『夜寝覚抜書』に見える。中間欠巻部、仲のよい姉妹であった頃を思い出しての広沢での女君の独詠を『風葉和歌集』『夜寝覚抜書』が「咲きにほふ花もかすみもみやこにて見しながらなるはるのあけぼの」とし、『拾遺百番歌合』は第三句を「もろともに」とするが、『夜寝覚抜書』にはその次に、

あはれなどかげをならべて山のはにすみはつまじき契りなりけん　(21)

を置く。伊井春樹は石山姫君を思っての詠としたが、[15]『寝覚物語欠巻部資料集成』は『拾遺百番歌合』詞書、『抜書』前掲部分から「本来は別の場面で詠まれたものか」とし、編者の一人、米田明美に論がある。[16]米田によれば、文字の大きさから「あはれなど」は次の広沢での逢瀬の場面の初めに置かれたと考えられるという。共有される記憶「すみはつまじき契り」が広沢での逢瀬をいうのとも合うが、この「すみはつまじき」については判断を留保しておきたい。

「見ながらなる」は巻四で回想される。

4　歌ことばの呼応 ―― 野中の清水1

「なになり袖の氷とけず」、「言ひしばかりの有明の月」は繰返されることで目立つが、その性質は同じではない。前者は共有されざる歌ことばであり、後者は回想され、作中人物間に共有される歌ことばであった。「すみはつまじき契り」も共有された。

典拠を特定し難い前二例に対し、典拠が明らかな歌ことばの中で注意したいものに「野中の清水」がある。『古今集』雑下の読人しらず歌「いにしへの野中の清水ぬるけれどもとの心をしる人ぞくむ」に基づく。引歌としてこの歌は諸注で五箇所指摘され、四回までは一続きのものである。よく知られ、歌学書にも採上げられることの多い歌であるが、引歌となることは多いとはいえない。『源氏物語』一例があり、以後も『平安後期物語引歌索引――狭衣・寝覚・浜松』[17]、『鎌倉時代物語集成』別巻所載「引歌表現索引」を眺めても『狭衣物語』『とりかへばや物語』各一例の指摘があるのみである。しかも、後期物語では一作品で一首に五回の指摘があることは多くはなく、特に目立つのである。

数からいえば、「世のうきめ見えぬ山路に入らんには思ふ人こそほだしなりけれ（古今集・雑下、物部吉名）」の指摘八回の方が多く、「人の親の心は闇にあらねども子を思ふ道にまどひぬるかな（後撰集・雑一、藤原兼輔）」五回もあるが、これは『源氏物語』の引歌最多及びそれに次ぐのものと重なり、他作品とも重なる傾向である。各注釈が何を引歌と認定するかはそれぞれ違いがあり、回数だけで単純に比較することはできない。「世のうきめ」の歌に関していえば、「ほだし」という語のあるときに指摘の多い『源氏物語』に対し、「ほだし」には指摘がなく、「見えぬ山路」

があるときに指摘される後期物語という違いがある。その違いには理由があるが、[18]多くの物語に引かれる和歌は確かにある。『狭衣物語』とも各五回指摘される「もの思へば沢の蛍も我が身よりあくがれ出づる魂かとぞ見る（後拾遺集・雑六・神祇、和泉式部）」も「身に添そふ魂もなくなりにけるにや（巻三311）」など身から遊離する魂をいうときに指摘される場合があるのであり、右の歌はその代表ともいうべきもの、これが唯一の典拠というわけではない。他の歌が指摘されることもある。『源氏物語』にも「物思ふ人のたましひはげにあくがるゝものになむありける（「葵」二36）」など数例あり、古くから文学の題材であった。和泉式部の一首はそれを蛍と結び付けたところに眼目があるが、引歌指摘は蛍以外の句でなされている。以上を考えると「野中の清水」はやはり注意される。

⑦　女も、憂しと思ひきこえたまへる心まどひの名残こそは、「いかがはせむ」と、のどまりつれ、「それなりけり」と思ひ出づるには、いと恥づかしく、「身の濡衣を、いかが聞きやしたまひつらむな。よにあらじとはおぼさじものを。あはつけう、憂かりけるものに思ひ果てられて、負けじばかりに、野中の清水あらためても、あいなかるべく」など、思ひ解きゆくには、心の慰むべきかたなく、濡らし添へたる袖の気色、心苦しげなり。（巻三311）

帝闖入から逃れた後、寝覚上は退出も許されず、まさこ君と登花殿の寝所にいる。そこへ潔白を知りつつも嫉妬に苦しむ内大臣が近付く。近付く男が帝でないとわかって安堵する寝覚上は「うち鎮むる心も、我ながら他人なりけり」と思うのだが、その様子を内大臣は「あはれ」と見、「ただまづめづらしく、夢の心地のみして、水も淀まぬに、多くまさる心地して」すぐには言葉も出ない。「水も淀まぬ」は引歌未詳とされる。右の引用はそれに続く部分である。両者互いに相手の心内を推測するが、その方向は同じではない。寝覚上の様子を「あはれ」と見、「心苦しげ」と受け止めるのは内大臣だが、内大臣を頼む心に驚きつつも、自己の苦しみがその人ゆえだとの寝覚上の思い、それを内大臣が理解しているわけではない。内大臣を頼み、二人の仲が復活、寝覚上はそれを肯定してではないが、「野中の清水をあらため」るとして捉えた。かくして石山以来久方ぶりの逢瀬となる。

　歌ことば「野中の清水」は寝覚上の心内に沿って、旧き恋を表わすものとして使われた。第三部の二大事件の一、帝闖入のあと、寝覚上を「女」と呼び、恋のクライマックスであることを示す場で、旧き恋をいう「野中の清水」が寝覚上の側から使われている。第一部の歌ことばがどちらかといえば内大臣の心内に沿って用いられていたのとは逆である。彼女を理解しているわけではない内大臣の側ではこの語は未だ使われない。「水も淀まぬ」云々の方は、やっと逢えたとき、涙が止まらぬのが古歌のいう以上だとの意であろうと、ひとまず考えておく。なお、よく似た既出の表現に「見ても淀まぬ」がある。巻一、妻大君洗髪の間に女君のもとに忍び入った男君の心内語、『見てもよどまぬ』とは、まことなりけり（100）」で、両者に共通の引歌があり、また、「見ても」でなく、「水も」が本来の形であるともいう[19]。巻一の例は司召での大納言昇任に続く記事、季節は春になる。帝闖入も二月二十五、六日の月影の下での事件であった。袖の涙が凍る季節ではない。逢えなければ涙が凍り、逢えれば涙が流れ続けるのは季節のためでもある。久しぶりの逢瀬は男女それぞれの歌ことばで受け止められた。

⑧　御宿直所におはしまして、おぼしつづくるに、「えもいはず、をかしうなりまさる、人の御けはひ、有様かな。これを、ほのかに御覧じたらむ人の御心まどひ、げにいかならむ」と推し量りやるに、今の間もうしろめたければ、御文書きたまふ。

　水草ゐし野中の水をむすびあげて雫ににごる今のわびしさ

女君は、いとどもの恥づかしさをさへ添へて、今日は、督の君の御行方も知らず、ありつるままに、やがてうづもれ臥したまひて、御返りもきこえたまはず。（巻四331）

⑧の和歌は⑦の後朝の歌である。⑦と⑧の間には心情を共有しない二人のさまが辿られた。寝覚上の歌はなく、ここでも贈答歌は成立しない。だが、歌ことばは呼応している。

内大臣の歌は、先の『古今集』歌と「むすぶ手のしづくににごる山の井のあかでも人にわかれぬるかな」（古今集・離別、紀貫之）を踏むが、「野中の清水」が「野中の水」と変わっている。「野中の水」については後藤康文に論があり、『夜の寝覚』と『狭衣物語』の特徴的共有表現に直接の交渉を見て、そこから『狭衣物語』、『夜の寝覚』の順に成立した可能性、特に流布本系『狭衣物語』を考える。⑧の歌もその一例で、『狭衣』巻四の「立ち返り下は騒げどいにしへの野中の水は水草ゐにけり」「今さらにえぞ恋ひざらむ汲みもみぬ野中の水の行方知らねば」との直接交渉を想定する。「野中の水」は『源氏物語』『浜松中納言物語』等にない表現、内大臣の歌は『狭衣物語』の二首と「水草ゐ」「今」という古今歌にない語を共有するというものである。[20]確かに共通するところが多いが、ここでは作品内部での発想の共有に絞って考える。なおいえば、和歌史を辿れば、「野中の水」という表現自体は『狭衣』以前、『中務集』、『大斎院前御集』、『相模集』にもあり、「水草」を併せ含む例もあった。[21]

内大臣の歌は「野中の水」と形を変えてはいるが、寝覚上の心内に沿って語り手がいう「野中の清水」と共通している。同じ事態に対し、二人の受け止め方は違うにもかかわらず、ここに至って同じ歌ことばが用いられた点に注意したい。一つの意味として旧き恋を表わすこの語は、二人の仲の復活をいうために使われ、三度繰返される。

5　歌ことばの重なり ―― 野中の清水2

次に繰返されるのは⑧に続く、寝覚上に会わせよとの帝の手紙に困惑する督の君の姿を挟んだ場である。

⑨　いと苦しげにおぼしたるを見るも、御心ときめきの、胸の隙なくなりまさる心地のみするに、野中の清水は、暮らしも果てず、流れ寄りたまへるを、さのみはうけばり持て出でて、受け取るべきものとはおぼされねど（巻四332）

「野中の清水」は次の夜も「暮らしもはてず」訪れる内大臣を指す。語り手が寝覚上の心内と内大臣の歌を引き取ることにより、物語内に於ける歌ことばの持つ意味が定位されたのだといえる。次の例は生霊事件のさなか、次兄新中納言が訪れた場である。

⑩　昔よりの有様を名残なく知りたまひにしも、恥づかしう、まばゆくて、野中の水の後よりは、殊にこまやかに対面し、ものなどもきこえたまはでのみあるを、今宵ぞ、ものなどきこえたまひて（巻四403）

「野中の水」により、内大臣との仲の復活を示す。これは語り手の表現であるが、寝覚上の側に立って用いられている。

⑦以来の二人は決して心を一つにはしていないが、歌ことばは双方の側でそれぞれ用いられた。⑦は寝覚上の側で、⑧はその心情を知らない内大臣の側で用いられ、⑨、⑩は⑦、⑧の結果だが、受け止める寝覚上の側の思いが述べられる。繰返される歌ことばは、個別に旧き恋をいうのではなく、一続きのものとして内部引歌的に置かれ、二人の間を行き交う。他の繰返される歌ことばが、たとえば二例ある未詳の引歌「枝さしぐめる」が一度は大君へ通うことの（巻二168）、もう一度は⑧の後、それでも女一の宮の存在ゆえの（巻五502）途絶えをと、それぞれ別個にいうのとは違う。三例の「釣舟」の典拠は定め難い(22)が、寝覚上参内の手段の意であることは共通するものの、内大臣の会話中で（巻三314）、帝の心内に沿って（巻四366、巻五534）用いられ、寝覚上の側では使われないのとも異なる。心の懸隔を見せつつも山場で歌ことばによる発想の共有があることをどう考えるべきか。それを考える前にもう一つの例を見ておきたい。

⑪　こはいかにきこえさせたまへるぞ。もとの心はきこえさせはべりにきな。（巻五507）

内大臣の父入道への告白、懐妊も加わり出家は果たせず、寝覚上は京へ連れ戻された。以後、内大臣は公然と寝覚上を訪う。⑪はそれを難ずる大皇宮が女一の宮に宛てた手紙を見て内大臣が宮に言うものである。「もとの心」は諸注「いにしへの」の『古今集』歌を踏むとする。『全釈』及び『文庫』、『大系』は女一宮が内大臣の心を「汲み」とることを求める意を指摘する。「もとの心」は歌ことばと見えるだろうか。和歌を離れて理解し得るようにもみえる。事実、中古和歌に於ける「もとの心」はさして多くはない。『新編国歌大観（ＣＤ-ＲＯＭ版Ｖｅｒ．２）』からは「もとのこころ」の句を持つ中古和歌三十首が検出されるが、諸歌集での重出もあり、実数は物語作中歌二首を含む十六

首である。「いにしへの」の他には、これも『古今集』の、

・いそのかみふるから小野のもとかしはもとの心は忘られなくに　（雑下、読人しらず）

・秋萩のふる枝にさける花みればもとのこころはかはらざりけり　（秋上、躬恒）

があり、この三首がさまざまな歌集、歌学書に採られてゆく。『源氏物語』蓬生巻の一首及び先述の『狭衣』の作中歌を除けば他はすべて『夜の寝覚』以後のものであり、「いにしへの」、「秋萩の」を踏む歌もある。それらは恋歌とは限らないし、(23)歌学書が問題にしたのも歌枕「野中の清水」である。一見、普通の語とも見えた「もとの心」は、⑦〜⑩を経て来たとき、内大臣と寝覚の上に関して使われるので、やはりかの『古今集』歌が連想される。⑪で引かれる句が⑦〜⑩と異なるのは、⑩以前にも女一宮に向かって「今始めたることにもはべらず（巻五479）」言ったように、結婚前からなのだ、「もとのこころ」なのだと強調しているからである。

「もとの心」はもう一例ある。⑩より前、内大臣が九条の女性が妻の妹と知った時のことを広沢で入道に話す場面である。

⑫　夢のやうに聞きつけたてまつりても、今はいかがは、みだりがましく、「さは、これなりけり」と、もとの心をあらはし出づべきにもはべらざりしかば、ただはかなかりける契りを恨み思ひたまへしに　（巻五454）

これも二人の仲を内大臣の側から言うものであるが、⑦以下とは時期を異にし、また「いにしへ」というほど時を

経ているわけでもない。引歌としては『全釈』、『文庫』が「いそのかみ」を例に挙げ、「古歌の背景がある」とする。文脈からすれば、「忘られなくに」はこの場に合ってはいよう。「もとの心」を持つ和歌は人事を詠み、背後にあるものを想像させもするが、他の注釈で指摘がないことは、「もとの心」が和歌とは関わりない語と理解されたということでもある。そのことを考えたとき、⑪の「もとの心」と⑦〜⑩が共に踏まえる和歌の『夜の寝覚』に於ける力が改めて確認される。

6　「野中の清水」の和歌史

歌ことば「野中の清水」の担って来た意味はどのようなものであったのか。既に野中春水による名所の位置を含めた広汎な論がある(24)が、ここでは問題を恋との関連に絞り、改めて考えたい。『古今集』雑下という部立は、この歌が恋の歌とは考えられてはいなかったことを示す。「野中の清水」は寓意、雑下の前後の配列からは老いの身を譬えると見られる。この歌を採る『新撰和歌』では巻四恋・雑、「各又対偶」(序文)という配列からこれも雑であり、『古今和歌六帖』では第五雑思・むかしある人、『和漢朗詠集』では「懐旧」にと、恋ではないというのが古くからの理解であるといえよう。『古今集』以後の和歌に詠まれた「野中の清水」を探してみる。

a　我がためはいとゞ浅くやなりぬらん野中の清水深さまされば　(後撰集・恋三、読人しらず)

b　いにしへの野中の清水見るからにさしぐむものは涙なりけり　(同、読人しらず)

詞書にaは「元の妻」に帰り住んだ男へ、bは「心にもあらで」別れた「あひ住みける人」からの手紙を見てとあり、いずれも旧き恋をいう。新たに意味が付与されたといえる。八代集のもう一つの例、

c　汲みみてしこゝろひとつをしるべにて野中の清水わすれやはする　（詞花集・恋下、藤原仲実）

は康和二年（一一〇〇）四月二十八日『宰相中将国信歌合』の十一番右（遇不逢恋）、「こえなれし逢坂山のなぞもかくこひぢになりてまどふなるらむ」（隆源）と番えられ、勝となった。判（宮内庁書陵部蔵桂宮本）に『左歌、めづらしからねども、文字つづきなどいひなれて、きよげに侍めり。右歌は、恋の心ぞすくなけれども、歌がらのいま少しをかしうよまれたり』とて、右の勝にさだめられぬ」とある。「恋の心ぞすくなけれども」は、この歌合時点での「野中の清水」と恋の結び付きの強くないことを示す。但し、否定はしない。和歌史に於ける「野中の清水」「野中の水」は旧き恋を詠むばかりではない。が、『詞花集』前後までの例を探すと、

d　見し人よめぐりだに来ばありへても野中の清水むすぶとや見ん　（好忠集）

e　しめゆはぬ野中の清水にごりなく澄むらむ月の影ぞゆかしき　（経信集）

f　昔見し野中の清水いかにしておもひのほかにたえはそめしぞ　（江帥集）

g　待つことはあさからねどもほととぎす野中の清水たえだえぞなく　（待賢門院堀河集）

がある。dは「ひとよめぐり」を詠み込む物名歌だが、恋として「野中の清水」を詠み、e、f及び注（21）前掲中

務、相模の例も恋歌であり、『後撰集』前後には恋が詠まれるようになっていたといえる。gは夏歌、『大斎院前御集』は叙景歌とみられるが、全体に恋の方が多い。以後の例を見ると、恋以外になる傾向は『詞花集』後に特に多くなるようである。「野中の清水」は『詞花集』に少し先立つ、

h　たちとまる人もなけれど印南野の野中の清水月はすみけり　（為忠家後度百首）

が詠まれた頃には名所となったとされる。[25]この歌は確かに印南野の名を挙げ、「立ちとまる」とも言い、特定の場所との結び付きが既に周知のこととなっていたと思わせる。名所、歌枕としての定着に伴い、恋との結び付きにも変化が見られる。『為忠後度百首』より前、先の『宰相中将国信歌合』判詞もそうであった。また、元永元（一一一八）年六月二十九日『右兵衛督実行歌合』、寄泉恋、十四番左、源経兼、

i　岩代の野中の清水むすべども恋をば消たぬものにぞありける

は、「岩代の野中の清水心得ず。……野中の清水は印南野にありときこゆれ」として負となった（『袋草紙』所引判）が、判者顕季は印南野でなく、岩代としたことを問題にしており、恋の心の有無は問わない。続いて元永二年七月『内大臣忠通歌合』、尋失恋、五番右、藤原基俊、

j　おもひかね清水汲みにと尋ぬれば野中古道しをりだにせず

も「右歌、なにごとにか恋と云ふことは見えずなむ。水汲みにとて、野中の道にまどひたるとなむ見ゆる」と負となった。乙本（静嘉堂文庫本）に付された再判も「いかにも心えがたき歌なめり」とし、どちらも「野中」、「清水」だけでは恋の心を表現できないとしていることになろう。本来は普通名詞的に使われたと考えられる「野中の清水」が印南野という特定の場所と結び付くことで、恋との結び付きが再び弱くなってゆくかにみえる。歌合の右三例はしかし、すべて恋題に出された。結び付きは弱くなっても失われてはいない。歌合を離れた場でも『江帥集』に見たように恋を表わすものが詠まれた。以後、「野中の清水」を採上げた歌学書の初めの『奥儀抄』、『和歌童蒙抄』は専ら歌枕として扱い、恋には触れない。『詞花集注』で仲実歌について「ノナカノシ水トハ、モトノメヲ云トイヘリ」と簡単に述べた顕昭は『袖中抄』で、『能因歌枕』の現行本文には見えない「野中のし水とはもとのめ（元の妻）を云」説に対し、「今案云、そのゆゑなくもとのめを野中の清水と云ふべきにあらず」とし、比喩的に詠んだ『古今集』歌が本歌であるからだというわけで、『古今集』歌を踏まえた和歌を並べる。橋本不美男・後藤祥子編『袖中抄の校本と研究』（笠間書院、一九八五）はこの項で先の「忠通歌合」判を引き、「言葉たらずもあろうが、「元の妻をいふ」の前提が周知でなかったことによるか（227頁）」と注する。が、歌枕として定着する以前は「もとのめ」、旧き恋としての用法は、一般的というには数が少ないが、むしろ普通であった。類似の句を持つ和歌、例えば先述のｊのような歌をも視野に入れる必要があるが、以上のようにいえるのではないか。『能因歌枕』云々は「もとのめ」理解が抜き難かったことを同時に示している。『顕注密勘』が能因に加え、「ふるき先達も、さこそ被㆑申侍しか」とすることからも窺える。

「野中の清水」の和歌は『古今集』の一首の影を負いつつ詠まれた。歌枕は特定の場所に特定の意味を与えるが、この場合、既にあった意味を再び変え、拡げたといえる。恋の要素が弱くなってからは、やはり『古今集』の影を見せながら懐旧、羇旅、釈教などの歌が詠まれてゆく。恋もなお詠まれ、「むかし見し野中の水にたづねきて更に袖をもぬらしつるかな」（『長秋詠藻』）は「思旧女恋」との題に適う歌として歌会に出された。詞書「二条院の御時」から永万元年（一一六五）以前の作である。後の時代も含め、『夜の寝覚』の歌ことば「野中の清水」はそうした歴史の中で繰返されたのであった。

『夜の寝覚』の時代は歌ことば「野中の清水」が旧き恋の意を担っていた。他の物語の中ではこの歌ことばはどう用いられているだろうか。用例が少ないことは、使用できる場が限られることにもよる。旧き恋を思い出し、復活させる場が必要となる。『狭衣物語』の一例は、帝となった狭衣の物思わしげな独り言を聞いて、女二宮を思っているのではないかと中宮が怪しむ歌、及び手習いのその歌を見つけた狭衣の返歌である。『夜の寝覚』との関係が言われもする例だが、歌ことばとしての意味は同じである。『源氏物語』での指摘は蓬生巻に一例ある。荒れた屋敷の前を通りかかった源氏が常陸宮邸と気付いて入って行き詠む歌、

たづてもわれこそとはめ道もなく深き蓬のもとの心を　（二―348）

は真淵『源氏物語新釈』のみの指摘[26]、「野中の清水」を詠む他の歌とは歌句が異なる。『源氏物語』中、「もとのこころ」という表現はこの一例のみで、確かに旧き恋を述べているが、歌ことばとしての力は弱い。『とりかへばや物語』では女君（女大将）と会えぬのを嘆く大納言（権中納言）に対して妻吉野中君が言うことばの中にあり、桑原博史全訳注『とりかへばや物語』（講談社学術文庫）は『江帥集』歌をふむとする。

男女が何らかの事情で離され、時を隔てて再会する物語で歌ことば「野中の清水」は殆ど使われない。『住吉物語』の現存本何本かを見ても、再会の場に「野中の清水」という語は出て来ず、再会の前に帝闖入まである『しのびね物語』も同様である。恋歌を呼び起こすこの語は物語の中では極めて限られた使われ方をしている。

7　『夜の寝覚』の歌ことば

作中歌引用は記憶を呼ぶ手懸りである。一つの出来事は作中歌の歌句によって示された。男女主人公は同じ歌ことばによって記憶を共有している。内的には懸隔があっても、双方にとってその出来事は重要であった。それを歌ことばで示すところに『夜の寝覚』の一つの特徴がある。歌ことばは記憶を呼出すために必要な装置として置かれており、同時に二人の溶け合わない心をも示している。双方が同一の歌ことばで捉える。恋歌としての歴史が背景にある「野中の清水」も引歌として、内部引歌として、ある部分で集中して繰返され、同様の役割を果たしている。物語の中では類型的とはいえない歌ことばであることもこの語の役割の重さを示すといえよう。

『夜の寝覚』の特徴は何よりも長い心理描写にある。また、巻五、内大臣の告白の場に見るように、各人物が出来事をその捉えたところから述べ連ねるという特徴もある。歌ことばの右のような特徴は、それらと並ぶ一方法として歌ことばもまだ有効であったというべきか、より独自の方法であったというべきか。作品内部での発想の共有という最初の問いを考えたとき、歌ことばは注意すべき重さを持っているのではないか。現存本では男女主人公の懸隔が目に付くが、根本的には変わらぬとしても、欠巻部分にはやや違う面があったと考えられる。中間欠巻部での広沢での逢瀬、「言ひしばかりの有明」の時には贈答歌がある。末尾欠巻部、偽死事件後の「泣きみ笑ひみ」という再会の場は『無名草子』の非難からすれば、表面的であっても両者間に共有するものが置かれていたと想像できる。近年新資料の発見が相次いでいるものの、欠巻部分についてはなお不明の点が多い。欠巻部分の断簡であるかということ自体が問題になっている古筆切もある。[27] が、『夜の寝覚』はそうしたもの、発想、記憶の共有をも含み込む作品であったのではないか。現存本に見える歌ことばの特徴はその表われといえる。

※『夜の寝覚』本文は鈴木一雄校注・訳、新編日本古典文学全集（『新編』と略）に拠る。カッコ内は巻数・頁数。引用した他の注釈は藤田徳太郎・増淵恒吉『校註夜半の寝覚』（中興館、一九三三。但し、復刻版〈クレス出版、一九九九〉に拠った）を『校註』、関根慶子・小松登美『寝覚物語全釈』（學燈社、一九六〇、増訂版一九七二。後者に拠る）を『全釈』、関根訳注・講談社学術文庫『寝覚』を『文庫』、阪倉篤義校注・日本古典文学大系『夜の寝覚』を『大系』、石川徹『校注夜半の寝覚』（武蔵野書院、一九八一）を『校注』とそれぞれ略記した。中村本は市古貞次・三角洋一編『鎌倉時代物語集成』（笠間書院、二〇〇一）に拠った。

和歌関係の引用は『拾遺百番歌合』が樋口芳麻呂『王朝物語秀歌選』（岩波文庫）、歌合は萩谷朴『増補新訂平安朝歌合大成三』（同朋舎出版、一九九六）、歌学書は『日本歌学大系』に拠った。

注

（1）「題名をめぐって」『寝覚物語の研究』97‐98頁（笠間書院、一九六八）。

（2）関根慶子「主題としての「ねざめ」考」（『寝覚物語全釈』17‐26頁）は冒頭の「ねざめ」が主題を示すと指摘。続いて第三部末尾「よるの寝覚」に主題を見る阪倉篤義「「よるの寝覚」と「よはの寝覚」」（『国語国文』一九六四・一〇）、第一部から第三部への「ねざめ」用例の変化に主題深化を見る永井和子注（1）論考など。より新しくは心理描写と独詠が物語世界を領導する第三部では歌語「寝ざめ」の駆使を必要としないとする河添房江「『夜の寝覚』と『源氏物語』―

「寝ざめ」の表現史」（『解釈と鑑賞』別冊『文学史上の『源氏物語』』、一九九八・六→『源氏物語時空論』261―278頁、東京大学出版会、二〇〇五）がある。他に増田繁夫「歌語「ねざめ」について」『人文研究』41―4、209―231頁、一九九〇・一）、橋本智美「「寝覚恋」題考」（『国文』91、97―107頁、一九九九・八）も関連する。

（3）石川徹「『夜の寝覚』出典考」『王朝小説論』363―421頁（新典社、一九九二、初出一九八五。以下「出典考」と略）は「作者菅原孝標女の読書経験」を探るとし、後藤康文「『夜の寝覚』と『狭衣物語』―その共有表現を探る―」（『論叢狭衣物語2　歴史との往還』267―302頁、新典社、二〇〇一）も二作品の影響関係を論ずる。

（4）石埜敬子「『夜の寝覚』の和歌覚書」（『跡見学園短期大学紀要』15、23―31頁、一九七九・三）は物語と和歌の近接融合現象を認めつつ唱和歌が除かれ、贈答歌や独詠歌に込められた心情が散文の中により詳細に描かれるようになっていったために和歌が大きく減少した、とする。このことは『源氏物語』の宇治大君が独詠歌を詠まないことと相似たところがあるが、必ずしも同じではないだろう。大君の場合については井野葉子「大君　歌ことばとのわかれ」『源氏物語　宇治の言の葉』100―127頁（森話社、二〇一一、初出一九九七）がある。

（5）乾澄子「夜の寝覚―作中詠歌の行方―」（糸井通浩・高橋亨編『物語の方法―語りの意味論』101―112頁、世界思想社、一九九二）は成立しない贈答歌をコミュニケーション不成立を示す方法と考える。

（6）伊井春樹「『浜松中納言物語』と『夜の寝覚』の引歌」（『論集中古文学4・平安朝物語―物語と歴史物語―』85―102頁、笠間書院、一九八二）。

（7）三例ある「後瀬の山」（他に巻三281、巻四327。いずれも帝のことば）について、『新編』以外は「かにかくに人は言ふとも若狭道の後瀬の山の後も逢はむ君（万葉集・四、大伴坂上大嬢）」を指摘する。それが古い例だが、加えて右に返す大伴家持「後瀬山後もあはんと思ふにぞしぬべきものをけふまでもあれ」、『古今和歌六帖』や『源氏釈』に見えるそれらの異伝を挙げる『校注』、「出典考」もある。対象を他の物語に拡げれば坂上大嬢以外の指摘は増える。

（8）「後冷泉朝の物語と和歌―『狭衣物語』『夜の寝覚』の作中詠歌―」（後藤重郎先生算賀世話人会編『和歌史論叢　後藤重郎先生傘寿記念』163―177頁、和泉書院、二〇〇〇）。

（9）『全釈』以外の諸注は出典未詳としつつ『校註』の指摘する「思ひつつ寝なくに冬の夜の袖の氷はとけずもあるかな

（後撰集・冬、読人しらず）」を紹介、加えて『全釈』、『文庫』はこの歌を踏む歌か諺があったかとし、『大系』は「涙川ながす寝覚もあるものをはらふばかりの露やなになり（後撰集・恋三、読人しらず）」、『校注』、「出典考」は「唐衣たち慣らしてし百敷の袖凍りつる今宵何なり」（『うつほ物語』蔵開中）を挙げる。注（3）後藤論文は日本古典全書『狭衣物語』の指摘する作中の「袖の氷解けず」に注目する。

（10）『大系』補注。

（11）『朝倉』を例に出すのは作者を考えてのことではない。但し、同時代という点で意味はあろうかと考える。

（12）田中登・米田明美・中葉芳子・澤田和人編『寝覚物語欠巻部資料集成』（風間書房、二〇〇二）に拠る。

（13）女君は「ありしにもあらず憂き世にすむ月の影こそ見しにかはらざりけれ（巻二205）」を始め、帝闖入事件、生霊事件でも自己の立場を「憂し」と受け止めることが多く、男君は「この世には、つらかりける御契りを（巻一131）」を始め、二人の仲、女君の態度を「つらし」と受けとめ、「恨む」ことが多い。二語に二人の違いが見える。

（14）末澤「「聞く」ことの機能」―『夜の寝覚』の「声」」（本書Ⅱ―四）。

（15）「『夜の寝覚』散逸部分の復元―新出資料『夜寝覚抜書』をめぐって」（『国語と国文学』二〇〇〇・八、15-28頁）。

（16）「『夜寝覚抜書』の新出和歌の周辺―中間欠巻部の広沢での逢瀬と別れ―」（藤岡忠美先生喜寿記念論文集刊行会編『古代中世和歌文学の研究』263-279頁、和泉書院、二〇〇三）、「『夜寝覚抜書』の性格」（片山亨編『日本文学論叢』133-148頁、和泉書院、二〇〇三）。

（17）堀口悟・横井孝・久下裕利編、新典社、一九九一。

（18）子ゆえに惑う親心としての「心の闇」、出家や極楽往生の妨げとしての「ほだし」は、『源氏物語』がこの二首により、引歌的に繰り返したことで意味が定着、更には引歌と意識されないほどに一般的な語となった（末澤「引歌攷1―物語のことばの成立―」本書Ⅰ―二）。

（19）「見ても」を「水も」の誤りかとするのはA『校註』、B『全釈』・『文庫』、C「出典考」。Bは両者共通の古歌を踏むかとし、A、Cはそれぞれ「涙のみ淀まぬ川と流れつつ別るる道ぞ行きもやられぬ」（狭衣物語）、「真菰刈る淀の沢水雨降れば常より異に増さる我が恋」（古今集・恋二、貫之）を参考歌として挙げる。

(20)　注(3)前掲論文。
(21)　「見る人のそでをあやなくぬらすかな野中の水のふかきばかりに」(中務集)、「とびわたるかげをうつせばいとどしく野中の水はぬるみますらむ」(大斎院前御集)の他、『相模集』は夫と疎遠になったことを詠む長歌、その中に「影見きとのみ　あさましく言ひもらしけることのはに　野中の水もいとどしき水草のみゐて絶えぬれど」とある。『中務集』には水草はないが、詞書中に「知りたりける人」とある。
(22)　参考、一つの例としてのものも含め、「波にのみ濡れつるものを吹く風の便り嬉しきあまの釣り舟」(後撰集・雑三、紀貫之)(『校注』、「出典考」)、『源氏物語』明石巻「ただ行く方なき空の月日の光ばかりを古里の友とながめはべるに、うれしき釣舟をなむ」(『新編』)、「みるめ刈るかたやいづこぞ棹さして我に教へよ海人の釣舟」(伊勢物語・七十段)(『校注』、「出典考」)などが指摘されている。
(23)　「いにしへの」を踏むものとしては「いにしへの野中の清水よにいづるもとの心はいまこそはきけ」(後葉集・雑五、読人しらず)、「つららゐる野中の清水ゆきつみてもとの心もいかがくむべき」(教長集)があり、前者は釈教歌、後者は「雪埋寒野」題である。
(24)　「歌枕・野中の清水」(『平安文学研究』56、16-24頁、一九七七・一〇)。散佚歌枕書にあったであろう「もとのめをいふなり」の影響をも論ずる。同著者の『歌枕神戸』172-179頁(和泉書院、一九八七)でも言及がある。
(25)　久保田淳・馬場あき子編『歌ことば歌枕大辞典』(角川書店、一九九九)「野中の清水」の項。佐々木孝浩執筆。
(26)　伊井春樹編『源氏物語引歌索引』(笠間書院、一九七五)に基づく。
(27)　二〇〇〇年以降報告された全十一葉の伝後光厳院筆切について、末尾欠巻部断簡と見る仁平道明「『夜の寝覚』末尾欠巻部断簡考―架蔵伝後光厳院筆切を中心に」(久下裕利編『狭衣物語の新研究―頼通の時代を考える』209-243頁、新典社、二〇〇三)等、それに対し、否定的若しくは慎重である田中登「物語古筆研究覚書」(久下裕利・久保木秀夫編『平安文学の新研究―物語絵と古筆切を考える』、新典社、二〇〇六)・「『夜半の寝覚』欠巻部資料覚書」(横井孝・久下裕利編『平安後期物語の新研究』7-24頁、新典社、二〇〇九)、大槻福子『『夜の寝覚』の構造と方法　平安後期から中世への展開』、笠間書院、二〇一一)等一連の論考があった。更に新出の十二葉目切が『夜寝覚抜書』所収歌と同一の和歌を含むことが横井孝『『夜の寝覚』末尾欠巻部断簡の出現―伝後光厳院切の正体―」（横井孝・久下裕利編『王朝文学の古筆切を考える―残欠の映発』、武蔵野書院、二〇一四）により報告されたが、すべての切を同一物語断簡のツレと断定するかはなお慎重な大槻『『夜の寝覚』末尾欠巻部分と伝後崇光院筆切」（同書55‐74頁）もあり、未だ結着を見ていない。一連の切からは本章と関連しそうな表現は見出せないが、欠巻部断簡の可能性がある古筆切は野中直之「伝冷泉為秀筆未詳物語断簡考―『夜の寝覚』中間欠巻部分の可能性について―」（『汲古』66、25‐30頁、二〇一四・一二）など、なお報告があり、今後も続くかもしれない。歌ことばの特徴についても新たに確認できる可能性はある。

七　『とはずがたり』と『伊勢物語』
――歌物語の〈影響〉覚書――

1　はじめに

『とはずがたり』に様々の先行作品の跡が見られることは既に指摘されている。その具体的な箇所は諸注釈書に一通り出揃っているし、今なお指摘は続いている。(1・補1)それらをそのまま〈影響〉と呼ぶべきかは今は措くが、『とはずがたり』と先行作品の関わりについて更にいおうとすれば何を問題とすべきであるか。これまで『とはずがたり』の先行作品の享け方の傾向及びその一覧を扱ったものとして、鈴木儀一「『とはずがたり』典拠詩歌考」(富倉徳次郎先生の古稀記念論文集編集委員会編『古典の諸相』399-420頁、一九六九)、渡辺静子「『とはずがたり』における和歌摂取の位相」(『大東文化大学紀要』10、104-134頁、一九七二・三、続・同13、149-175頁、一九七五・三)などがあり、更にこの作品の虚構性と関わって、福田秀一「中世文学における源氏物語の影響」(『中世文学論考』明治書院、一九七五)という論がある。次いで、清水好子「古典としての源氏物語――「とはずがたり」執筆の意図――」(紫式部学会編『源氏物語及び以後の物語研究と資料（古代文学論叢七）』141－175頁、武蔵野書院、一九七五）は先行作品との関わりを通してこの作品が何のために書かれたのかを探るものであった。類似の箇所、典拠の指摘の次に来るものは当然ながら、それによって作品の性格を明らかにすることであった。

しかし、他の作品と比べて比較的短いこの作品の研究の歴史全体からすれば、この問題は必ずしも中心にはないようである。注釈的なことがら――典拠とは別の――と並んで、何のために何が書かれたかがやはり中心であったかと思われる。この作品をどう捉えるかは前半部と後半部の関係をどうみるかに関わって来るが、それがやはり、今なお考えるべき基本的な課題なのではあろう。

そのようなとき、『とはずがたり』と先行作品との関わりについて考えることは如何なる意味を持つのか。先の『源氏物語』との関係は、それを取扱った論である。典拠等の指摘からその意味を問い、『とはずがたり』が何を書いたかを問うとき先ず問題になるのは『源氏物語』である。そう呼ぶことが適当であるならば〈影響〉を与えたものとしては、『源氏物語』が群を抜いており、それが単なる詞句の類似ではなく、作品生成そのものに於て、無視することができないものがあるからである。〈影響〉を論ずるなら正面から『とはずがたり』を論ずることができる典拠作品の方が適当であるかもしれない。

しかし、今ここで敢て『とはずがたり』と『伊勢物語』という問題を採り上げるのには理由がある。それは『伊勢物語』が歌物語であるということによる。歌物語の〈影響〉には他の物語の〈影響〉とも又、うたの〈影響〉とも異なるものがあると思われる。これから考えてみたいのは〈影響〉を受けた側と同時に与えた側の問題である。従って、以下に述べることは必ずしも『とはずがたり』論とならないかもしれない。一つの作品が後代の作品に〈影響〉を与えてゆく、そのありようを『とはずがたり』という先行作品の〈影響〉の著しい作品によって探ろうとするものである。それが或いは〈影響〉を受けた側の問題ともなろうかと思われる。

〈影響〉と引用は決して同一のものとはいえないが、ここでは〈影響〉の一つの相である引用を主として問題にしていきたい。〈影響〉を与える側を問題にするときは、引用を問うことも何らかの有効な手段となるであろう。『伊勢物語』に拠ると思われる箇所は、既に一通り指摘されているところではあるが、それらを再確認するところから始めたい。

2　『とはずがたり』の『伊勢物語』引用

『伊勢物語』に拠った箇所について述べる。

巻一。

(1)　御所の御かはらけを大納言に給はすとて、「この春よりは、たのむのかりも我がかたによ」とて給ふ（18②）

日記冒頭、後深草院が、久我雅忠に向かってその娘である二条を求める条で、『伊勢物語』十段の、

みよし野のたのむの雁もひたぶるに君が方にぞよると鳴くなる。(3)

による。『伊勢物語』で語られる状況と『とはずがたり』の場合がどう重なるか。共通するのは求婚者と娘の親との

やりとりである点である。『伊勢物語』のうたの内容と全く同じである訳ではない。贈答の方向が逆のようでもあるし、院と父との約束に関しては、二条は〝なにごととかはいかでか知らむ〟ということになっている。その点を呉竹同文会の『とはずがたり全釈』（風間書房、一九六六）は、「父大納言が思う所あって、かねがね作者のことを院にとりもっていたのであろう」とする（5頁）。そうであったかもしれないが、少なくとも求婚のことばが、『伊勢物語』の歌句を用いた表現になっている点は確認できる。このうた自体が詠まれたのが十段の伝えるようなものではなかったかもしれないことは考えられる。しかし、ここで『とはずがたり』の用いた歌句は娘の親が重なることで、うただけでなく、その背後の物語とも何らかの重なりを見ることはやはり可能となる。

『とはずがたり』の出発点、全体の構成からするとその節目となるところでこのうたが引かれた。院のことばとしてそれを置くことで状況を際立たせている。

(2)　あさましく思はずなるもてなしこそ、振分髪の昔のちぎりも、かひなきここちこそすれ　(22)

『伊勢物語』二十三段を踏まえること、いうまでもない。二条にとっては、御所で院のもとで育ったとしても〝昔のちぎり〟とはいえないが、院の心情に即していえば、幼なじみという点からこの表現は適当である。それが院の口から発せられていること、前と同様である。但し、振分髪は二十三段全体をおおうものではない。筒井筒の贈答だけを取り出したものである。

なお、この少し前にある〝十とて四つの月日〟について、十六段にもやはり〝十とて四つ〟という表現があるといわれてもいるが、十四歳、四十歳という違いもあり、ここでは問題としない。また、〝十とて四つ〟を含むうたもまた、あまりこの場に関わって来ない。ただ、年月の長さを強調しているとはいえようか。

(3)　今よりや思ひきえなん一かたに煙のするゑのなびきはてなば　(23)

初めて院を迎えた翌日、雪のあけぼのよりの贈歌である。これが『伊勢物語』百十二段の、

須磨のあまの塩焼く煙風をいたみ思はぬ方にたなびきにけり

に拠るかどうかについては諸注一致していない。松本寧至訳注『角川文庫』の脚注は、『古今集』恋四・七〇八を同時に挙げる（上18頁）。同じうたを、『古今集』で題しらず、読人しらずとしながらも恋の部に収め、仮名序古注が〝たとへ歌〟に挙げるのが『伊勢物語』とほぼ同様の解釈をしたことになるのはいわれている通りである。〝思はぬ方〟で恋を思わせるのだろうが、『万葉集』にみえる類歌、

しがの白水郎の塩焼く煙風をいたみ立ちはのぼらず山にたなびく　（七・一二四六）

は羈旅作とする。〝右件歌者古集中出〟とあるところから、このうたは古くから伝えられていたもので、うた自体からは必ずしも恋を読みとる必要はない。『古今集』、『伊勢物語』によって、恋—女の心移りを塩焼く煙がたなびくというい方で表すようになった、その延長線上に雪のあけぼののうたはある。これが『伊勢物語』に拠るかどうかは

ともかく、雪のあけぼののうたが同趣のうたであることは確かである。そして、このうたは二条によって繰返される。返歌、

しられじな思ひみだれて夕煙なびきもやらぬ下のこころは　(23)

及び、新枕後に、

「思ひきえなん夕煙、一かたにいつしか、なびきぬ」としられんも、あまり色なくやなど思ひわづらひて　(24)

と雪のあけぼのを気にかけるところである。これらはもはや『伊勢物語』に拠るとはいえないが、『伊勢物語』にみえる歌句がこの日記の重要な部分――院と並ぶ雪のあけぼのとの間柄――をなすところで繰返し用いられていることはおさえておきたい。

右に続く〝下ひぼの〟の歌に関して、『伊勢物語』三十七段、百十一段のうたが挙げられもするが、『とはずがたり』と共通するのは表現だけであり、背後の物語は異なる。この表現が『伊勢物語』独特のものでない限り、『伊勢物語』に拠るという必要もないであろう。また、翌朝、院に御所へ連れ出されるところで〝昔物語めきて〟とあるのは、『伊勢物語』にも女を盗む話があるが、全体からみれば『源氏物語』が最も適当なものとしてこの場の状況と重なる。

(4)　泣きみ、笑ひみ、よもすがらいふ程に、あけ行くかねのこゑきこゆるこそ、げに逢ふ人からの秋のよは、言葉

のこりて鳥なきにけり。　(46)

父の死で籠もっている二条を雪のあけぼのが訪れたところである。これは『伊勢物語』二十二段の、

秋の夜の千夜を一夜になせりともことば残りてとりや鳴きなん

にある表現と重なる。〃げに〃とあることで何かに拠っていることは知られる。但し、仲の絶えかけた男女が再び愛を取戻す二十二段の状況とはここは違っている。二十二段の贈答歌は恋歌には違いないが、仲が絶えていたかどうかはこのうた自体からは出て来ない。愛する者には長い秋の夜も如何に短いかということがわかるのであって、『とはずがたり』が引くのもその点である。短く感じられる時をいうものとして〃言葉のこりて鳥なきにけり〃をもって来るのであった。そして、これは先の場合と違い、二条自身のことばとして置かれている。又、このことばによって話が新たに展開するものでないことも前と異なる。

(5)　四条おもてと大宮のすみのついぢ、いたうくづれのきたる所に、さるとりといふうばらを植ゑたるが、ついぢのうへへはひ行きて、もとのふときが、ただ二もとあるばかりなるを、「このつかひみて、『ここには番の人侍るな』といふに、『さもなし』と人いへば、『さてはゆゆしき御かよひぢになりぬべし』といひて、このむばらのもとをかたなして、きりてまかりぬ」といへば、　(49)

(6)　御さとゐのひまをうかがひて、忍びつつ入りおはしたる人もあらば、ついぢのくづれよりうちもねななむとて

もやあるらん。　(53)

(5)は、父の四十九日が過ぎて四条大宮の乳母の家に里住みしている頃、家人と雪のあけぼの（と一応とっておく）の使いとのやりとりを聞いたところである。そして〝心の外の新枕〟へと続いてゆく。その翌日、乳母たちの会話の中に(6)がある。どちらも『伊勢物語』五段を想起させる。(5)が、ことばの上で一致するものは「かよひぢ」という歌語のみであるが、「ついぢのくづれ」という点も重なる。人目を忍ぶ恋、禁じられた恋を表すものとして、このうたと章段は用いられている。「ついぢのくづれ」が持ち出されるのも伊勢的である。実際の事実はどうであったのか。築地に崩れがあったので『伊勢物語』が引かれたのか、或いは『伊勢物語』に合わせて描写したのか。それはわからない。しかし、うたとその詠まれた状況を伝える物語がこの場に引かれており、雪のあけぼのの使いや乳母の夫など他者の語として置かれていることはいえる。このうたは『古今集』にあってもほぼ同様のことを伝えている（恋三、巻一三・六三二）。このうたが『伊勢物語』や『古今集』の詞書を離れてうただけとなってもやはりそこから読みとるものは大体同じであろう。『とはずがたり』にあっては、〝築地のくづれ〟をも取り込むことで、うただけでなく章段全体を取り込んだいい方になっていることがわかる。そして、状況と共にうたが周囲の他者のことばの中に引かれたところが、この作品の新しい展開をなすところであったのは、(1)～(3)と同様である。

巻一の柱となっているのは院と雪のあけぼのの二人の男性との交渉である。その始まりに於て『伊勢物語』のうたが引かれている。状況が重なり合うことで章段全体を引いているものがある。それと響き合い、又、繰返されることで、それぞれの章段全体も『とはずがたり』の中に入り込んでいるといえる。そこに二条と二人との間柄が示されている。二条ではない他者のことばによってであった。結果として、そのことも一層効果的となっているといえる。他に『伊勢物語』に拠るであろう箇所もあるが、それは二条自身のことばとして出され、また、『伊勢物語』からうただけを引いているかにみえる。巻一と『伊勢物語』の問題としては二つの面がある。

巻二には『伊勢物語』に拠るとみられる箇所はない。この巻は御所での出来事を中心とし、その間に有明の月など新しい展開がみられる。『伊勢物語』には尼のうたはあるが法師のうたはない。有明の月との関わりを『伊勢物語』を持ち込んで始めることはふさわしくなかったのかもしれない。

巻三の場合。

(7)　おなじ世になき身になしたまへとのみ申すも、神もうけぬみそぎなれば、いかがはせん。(139)

有明の月のことばである。『古今集』恋一、巻一一・五〇一の、次のうたから来ている。

恋せじとみたらし川にせし禊神はうけずぞなりにけらしも　(題しらず、読人しらず)

『伊勢物語』六十五段にあっては下句を〝神はうけずもなりにけるかも〟とする。ここが『古今集』歌に拠るとされたり『伊勢物語』に拠るとされたりするのは、ここで引かれているのが六十五段という章段全体ではなく、直接にはこのうたであるからである。題しらず、読人しらずのうたが六十五段では他の四首のうたと共に一つの状況を与えられている。ここで有明の月のことばとその状況とはどれほど重なり合うところがあるか。このうたは思い切ろうとしても思い切れない恋のうたで、今、有明の月のことばとしては、このうただけで十分であるようにみえる。六十五段と重なるところがあるとすれば、〝おほやけおぼして使う給ふ女〟という点と、男の詠んだ〝思ふには忍ぶることぞ負けにける逢ふにしかへばさもあらばあれ〟が有明の月の態度に通ずることで、後半は関わって来ないようにみえる。ここを注するのに『古今集』歌のみを挙げるのはそのためである。『伊勢物語』のうたでなく、『古今集』歌であったとしてもここに引くことができるのである。

しかし、なおここに『伊勢物語』の影がみえる。具体的説明はないが、福田秀一校注『新潮日本古典集成』の頭注には、「このあたり『伊勢物語』の影響がある（162頁）」とする。六十五段の男のうたに有明の月に通ずるところがあっても、〝在原なりけるおとこの、まだいとわかゝりける〟と性助法親王自身とはあまり重ならない。『伊勢物語』を想起させるものは別にある。六十五段の最後には、

水の尾の御時なるべし。大御息所も染殿の后也。五条の后とも。

とある。有明の月のことばの少し前に――時間的には何日かの距たりがあるが続いて記されている――染殿の后は登場する。それは、

柿の本の僧正、染殿のきさきの、もののけにて、あまた仏菩薩の、ちからつくしたまふといへども、つひには、これに身を捨て給ひにけるこそ。

という伊勢的ともいえない一文であるが、ことばの連想により、『古今集』歌から『伊勢物語』を読みとってゆくことができる。更に続いて、〝へだつる関の心ち〟という『伊勢物語』に拠るとみられる句が、〝神もうけぬみそぎなれば〟のすぐあとにある。実際のところは、『古今集』歌に拠ったのかもしれない。ただそれが、このようなことばの中に置かれたとき、六十五段もまた見えて来るのである。

(8)　時なりぬとてひしめけば、うしろのさうじよりいでぬるも、へだつる関の心ちして　(139)

(7)のあと、二条が有明の月のもとを立去る時のことを記した箇所である。『伊勢物語』九十五段に、

　彦星に恋はまさりぬ天の河へだつる関をいまはやめてよ

のうたがある。このうたは他の歌集にはみえぬようであるから、このうたに拠るならば『伊勢物語』に拠るには違いない。しかし、この章段の、〝このうたにめでて〟男女が逢ったということはあまり重なって来ない。(7)と同様、『伊勢物語』を離れてこのうただけを取り出してもかまわぬようにみえる。また、『角川文庫』は『伊勢物語』ではなく、

　相坂の名をば頼みてこしかども隔つる関のつらくもあるかな　（新勅撰集・恋二・七三一、読人しらず）

を挙げた（上122頁）。渡辺静子が『伊勢物語』に拠るとしながらも同時に右のうたを挙げ、(4)『新潮集成』の頭注が〝隔つる関〟を九十五段のうた以来の歌句であるとし、『新勅撰集』の同じうたをやはり例として挙げた（162頁）のはそのゆえであったかと思われる。『伊勢物語』のうたに拠るというより〝へだつる関〟という表現が問題なのである。(補2)それにも関わらずここに『伊勢物語』を読みとるのは(7)と相俟った一連のことばの連想による。

(9)　こまやかに書き書きて、「さとゐのほどの関守なくば、みづからたちながら」とあり。（142）

雪のあけぼのが二条の里下がりしているところに寄こした消息の中のことばに関守とある。巻一(5)(6)と同様、『伊勢物語』五段のうたに拠るが、巻一のような築地の崩れというものもない。ただ人目を忍ぶ、許されぬ恋を表している。だから、これがうたを引くのか章段全体を引くのかといえば、うただけを問題にしてよいかもしれない。引用がなくともその背後にあるものは読みとれよう。しかし、引用がないことによって背後にあるものを離れ得るともいえるのではないか。『伊勢物語』だけでなく『古今集』にも同様のことを伝えるこのうたは、その伝えられるところを切り離してみたとき、やはり恋のうたとして成り立っている。それを引用するのは表現、語彙の選択の問題となる。この場合の雪のあけぼののことばは恋の一つの状態を表すものとして用いられている。それだけをみるならば『伊勢物語』との関わりはやや違っているのだが、巻一と同様のことばが同じ人物に対して繰返されることで巻一と重なる。そのとき、この箇所も『伊勢物語』五段の章段全体と関わってゆく。

(10)　いにしへのことも、おほやけ・わたくし忘れがたき中に、後嵯峨の院の宸筆の御経のをり、面々のすがた、さ

さげ物などまで、かずかず思ひいでられて、うらやましくもかへる波かなと、おぼゆるに（150）

有明の月との間が院に知られ、しかも院がそれを勧めるようになったあと、有明の月の胤を宿した二条が法輪寺に籠もったときの思いを述べたもので、

いとゞしく過ぎゆく方の恋しきにうらやましくもかへる浪かな

という『伊勢物語』七段のうたに拠る。『後撰集』羈旅歌に於てもやはり似た詞書を伴っている。とり返そうとしてもとり返すことのできない昔を恋しいと思うときにこのうたが引かれた。東へ下ったときという状況を離れて〝うらやましくもかへる浪かな〟という表現が存在している。そのゆえに、ここは『伊勢物語』七段の章段というよりも、そこに収められたうたと重ね合わさるべきものであろう。〝京にありわび〟た『伊勢物語』の男と〝つねの年々よりも心ぼそさもあぢきなければ〟法輪寺に籠もった二条がどこかでつながるとしても。

巻三は巻一とはやや異なった傾向を見せている。巻一では、新しい展開を始めるにあたり、詞句の引用だけではなく、『伊勢物語』の章段に拠っていることが一つの特徴となる。これに対して巻三では、新しい展開ではなく、その状態を表すのに『伊勢物語』が用いられている。そのとき、『とはずがたり』が踏まえるのは直接的には『伊勢物語』の章段というよりはそのうたである。

『伊勢物語』のうたは表現の問題として『とはずがたり』と関わっている。ある心の状態をあらわすときに『伊勢物語』のうたを用いる（巻二で引用がないのは法師にふさわしくないからといたが、巻三の有明の月のことばの中には引用があ

る。しかし、その引き方が巻一と異なることで矛盾はしていない）。最低必要なところはうたのことばであったといえる。その上で『伊勢物語』がうたから章段へとひろがりをみせたのであった。

巻四の場合。

⑾⑿　八橋といふ所につきたれども、水行く川もなし。橋も見えぬさへ、とももなき心ちして
　　我はなほくもでに物を思へどもその八橋はあとだにもなし　(194)

⒀　富士のすそ、浮島が原にゆきつつ、たかねには、なほ雪ふかく見ゆれば、五月のころだにも、かのこまだらには残りけるにと、ことわりに見やらるるにも　(195)

⒁　さても宇津の山をこえにしも、つたかへでも見えざりしほどに　(195)

⒂　ことの葉もしげしときさしつたはいづらゆめにだにみずうつの山ごえ　(196)

⒃　はるばるきぬる旅ごろも、思ひかさぬるこけむしろは、夢をむすぶほどもまどろまれず。　(197)

⒄　業平の中将、都鳥にことひけるも思ひいでられて、鳥だに見えねば、
　　たづねこしかひこそなけれすみだ川すみけんとりのあとだにもなし　(212)

これらはいずれも『伊勢物語』九段に拠るが、新しい展開をなすとか、表現の問題とかではなく、他の紀行の書と同様、歌枕として九段のそここが扱われている。従って、ここではうたのことばが問題になるのではない。巻一も巻三も引かれたのは、章段全体を含むにせよ、うたであった。ここでは〝水行く川〟〝とももなき心ち〟〝五月のころ

だにもかのこまだらに〝つたかへで……〟といった具合にうたでない部分を引くようになる。(補3) 既にあった歌枕としての伝統がここにもみられるというのが適当であろう。⒂はうたの一部を引くが、意識されているのは歌枕である。うたそのものを引く⒃は〝はるばるきぬる旅ごろも〟が〝思ひかさぬるこけむしろ〟とならんで二条の心情をあらわすことばとなっている。歌枕とは別のものである。

これらの間に〝恋せじと……〟のうたが再び引かれているが、『伊勢物語』に拠るとはいえない。

最期のやまひのをり、神馬をまゐらせられしに……にはかにこの馬死ににけり。おどろきて、在庁が中より、馬はたづねてまゐらせたりけると聞きしも、神はうけぬいのりなりけりとおぼえしことまで、かずかず思ひ出でられて　(194)

熱田を通ったときに、いつも神馬を奉納し、その年も奉って亡くなった父を思い出しているが、ここで久我雅忠と恋とは重なって来ない。〝神はうけぬいのりなりけり〟とうたの下句だけがとられている。『伊勢物語』ではなく、『古今集』に拠るとみられることがあるのはそのためである。『伊勢物語』の章段はここでは必要とならない。題しらず、読人しらずの『古今集』歌からも〝恋せじと〟がとり去られ、〝神はうけぬいのりなりけり〟が残っている。状況は全く事なるが、表現を受けついだ例としてみることができる。

三島神社を通ったときに、

故ある女房の、壺装束にて行きかへるが、苦しげなるを見るにも、我ばかり物思ふ人にはあらじとぞおぼえし。

とあるのは『伊勢物語』二十七段の、

我許物思ふ人は又もあらじと思へば水の下にも有りけり

に拠るといえるだろうか。諸注一致していないが、ここで共通するのは、″我ばかり物思ふ人は（またも）あらじ″という歌句のみである。そしてその歌句は『伊勢物語』のうたに拠らない二条自身のことばであったとしても不思議ではない。加えて意味の違いある。〝物思ふ人にはあらじ〟という言い方は、『新潮集成』の頭注が指摘する（232頁）ように、物思うのは自分一人ではないとの意であろう。同注は「あるいは……踏まえるか」として必ずしも否定していないが、やはり『伊勢物語』とは逆である。

⒅　この川のむかへをば、むかしはみよしののさとと申しけるが、（212）

〝みよしののさと〟はこの場所ではないらしい。それをここにおいたのは、『伊勢物語』十段にみえることから九段の連接に引かれて近接地点としたのであろうと富倉徳次郎訳注本の補注に述べる（429頁）。言われているようにこれは巻一巻頭で十段の、

みよし野のたのむの雁もひたぶるに君が方にぞよると鳴くなる

のうたによって院が〝この春よりは、たのむのかりも我がかたによ〟と言ったことと重ねて解することができる。〝みよしのの里〟は確かに十段にある。だが、十段を媒介にしてここで読みとられるのは巻一の巻頭であり、それは、『伊勢物語』の歌句を繰返してその置かれた位置を表した、巻一の引き方――〝今よりは思ひきえなん一かたに煙のするゑのなびきはてなば〟のうたが二条によって繰返されたのと似る。『伊勢物語』を媒介にはするが、それ以上に、かつての院のことばとそれによって表される状況が想起させられるものである。

歌枕として『伊勢物語』を引くのでなく、『伊勢物語』のうたから取ってくる場合、その章段を離れたうたのことばとして成り立ち得る。それがまさしく『伊勢物語』のうたであるようにみえるのは、東下りの一連の記事の中に置かれ(16)、又、『伊勢物語』の章段と重なるものを繰返す(18)ことによる。これらの歌枕を成立させた源流は『伊勢物語』乃至『伊勢物語』が生んだ業平伝説には違いないが、用例数は少ないながら他にも逢坂の関、関の清水、鳴海潟、清見が関、浮島が原と東海道の一連の歌枕がある。ここは『伊勢物語』というよりも歌枕であることにより多くの意味があろう。

《追補》

この後の部分につき、新たな指摘が二、三箇所についてなされている。一つが、

よもすがらあそびて、「あけばまことにたち給ふやは」といへば、「とまるべきみちならず」といひしかば、か

へるとて、さかづきするゐたる折敷に書きつけて行く。

我が袖にありけるものを涙川しばしとまれといはぬちぎりに　(213)

の部分である。鎌倉出立前夜、夜を徹して共に続歌をした飯沼左衛門尉が、帰りしなに歌を「さかづきするゐたる折敷に書きつけ」た行為が『伊勢物語』六十九段の斎宮が歌の本を盃の皿に書いたという叙述による（新大系188頁）、連想させる（新編451頁）という指摘である、『新大系』は更に「あけばまことにたち給ふやは」は六十九段の「明けば尾張の国へ立ちなむとすれば」によるとする。左衛門尉は更に旅の衣を贈り、

きてだにも身をばはなつなたび衣さこそよそなる契りなりとも

と詠む。都風の文化から遠い鎌倉の地で、殆ど唯一の風流の士である飯沼左衛門尉とは　度々集まり、続歌などをしていたことから二人の仲を疑う人々もいた。右の「よそなる契り」や二条の返歌、

ほさざりしそのぬれ衣もいまはいとど恋ひん涙にくちぬべきかな　(214)

にある「ぬれ衣」等の表現は六十九段と直接重なりはしないが、「渡れど濡れぬえにしあれば」を連想することもできよう。が、この部分が確かに六十九段を踏まえているとするには、折敷に歌を書き付ける行為が稀なものであったことを確かめなくてはならない。『とはずがたり』には、折敷に歌を書く行為はもう一例見られる。巻四冒頭から間

もなく、赤坂の宿で、あるじの遊女が、出家姿に似合わず涙を湛えている二条を見て、「さかづきするゑたる小折敷に書きてさしおこせたる(192)」場面がある。この箇所については『新大系』のみが六十九段によるとしている(170頁)。紙でなく、折敷に書く行為がどれほど稀なのか確認できず、六十九段との関係については今は留保しておきたい。

新しい指摘のもう一つは、院に召され、伏見御所を訪れた折の、

世を宇治川の川浪も、袖のみなとによる心ちして　(235)

の「袖のみなと」が二十六段の、

おもほえず袖にみなとのさわぐかなもろこし船のよりしばかりに

に拠るというもので、初稿後の注釈の殆どが指摘する。松村『校注』は同歌以来の歌語であるとし(222頁)、同歌が『新古今和歌集』恋五に読人しらず歌として採られていることは、次田『学術文庫』が指摘する(下321頁)。「袖のみなと」を『伊勢物語』に由来とするのは比較的新しい指摘で、それ以前は、松本『角川文庫』(下46頁)、次田『古典全書』(414頁)が、

影なれてやどる月かな人しれずよなよなさわぐ袖の湊に　(続後撰集・恋二・七三四、式子内親王)

を挙げるにとどまっていた。

だが、辞典の中には『伊勢物語』との関係を早くから指摘するものがある。『岩波古語辞典』（初版一九七四・補訂版一九九〇）は「そで（袖）」の小見出し項目「袖に湊の騒ぐ」の用例に「思ほえず……」を挙げ、「新古今集以後、右の歌を本歌にした歌が多くなり、「袖の湊」という成句が生れた」とする。『伊勢物語』以後に「袖の湊」若しくは「袖に湊の騒ぐ」を含む歌を探すと、『式子内親王集』に二首、『隆房集』に一首あるのが古い例となる。以後、『千五百番歌合』に三首見え、うち二例は「もろこし舟」をも詠み込み、判詞も「思ほえず」に言及する。『新古今集』を経て、『宝治百首』では「寄湊恋」題中に七首が見え、二首は「もろこし舟」をも詠む。

『新古今集』前後から「袖の湊」が詠まれるようになったのは確かであり、時代の新しい表現といえる。当初の「思ほえず」を本歌とする意識がどこまで続いたかは今確認し得ていないが、「世を宇治川の」歌は、『伊勢物語』から章段の状況ではなく、「袖のみなと」という表現を採り入れた。「袖の湊」との表現は『伊勢物語』から出ているが、『とはずがたり』は時代の表現としての「袖の湊」を用いたとも言い得よう。（補4）その他も含め、『伊勢物語』を源泉とする歌語、歌ことばを如何に捉えるかが問題となる。

巻五では西国への紀行、後深草院その他の人々の死などが書かれるが、『伊勢物語』による表現はない。『源氏物語』にしろ、『新古今集』にしろ、一体に紀行編ではとられることが少ないとはいえ、巻五に至っても引用はある。ここで『伊勢物語』と関わりそうな場面はあるだろうか。少なくとも、院たちとの間柄を『伊勢物語』のうたによって示し、それを繰返して増幅するこれまでのような引き方をすることはないといえるだろう。

3　物語の『伊勢物語』引用史

ここで他の作品と『伊勢物語』ということに問題を転じてみたい。

『伊勢物語』が多くの作品に引用され、取り込まれていたことはいうまでもない。引用乃至それに近い表現に限れば、引かれる章段はさほど多くはないと思われる。今、試みに幾つかの物語をみたとき、しばしば引かれているのは四段、七段、二十二段、六十五段などである。指摘されている例を挙げると、(5)

四段

・秋やはかはれる、あまたの日数も隔てぬ程に　（源氏物語「椎本」）
・まして春や昔のと、心をまどはし給ふどちの御物語に　（同「早蕨」）
・例の言ぐさの、「春や昔の」とのみ、うちながめられたまふに　（夜の寝覚・巻三）
・霞める空も鶯の音も、春や昔のとのみ思ひまがへたるにも　（浜松中納言物語・巻の一）

七段

・なぎさに寄る波のかつ返るを身給ひて、「うらやましくも」を、うち誦し給へるさま　（源氏物語「須磨」）
・かへる波にきほふもくちをしく　（同「若菜下」）
・添へてける扇の風をしるべにて返る波にや身をたぐへまし　（狭衣物語・巻一）
・なにの折も、世とともに嘆かしかりつる年ごろの、この曙は恋しきことぞ、返るらむ波よりしげきや

二十二段

・夜のあくるほどの久しさは、ちよを過ぐさむこゝちし給ふ　（夜の寝覚・巻四）

・千夜を一夜になさまほしき夜の、何にもあらで明けぬれば　（源氏物語「夕顔」）

・まいて、近き程のけはひなどをば、千夜を一夜になさまほしく　（同「若菜下」）

・「千夜を一夜にまぼり給ふとも、飽く世はいつか」と身給ふも　（狭衣物語・巻一）

（同・巻一）

六十五段

・「みそぎと神は如何侍りけむ」など、はかなき事を聞こゆるも　（源氏物語「朝顔」）

・みたらし川に禊せまほしげなるを　（同「浮舟」）

・御手洗川に禊せさせ給はん事のみ思し召さるゝ　（狭衣物語・巻二）

ここで引かれているのは、『伊勢物語』のうたのことばである。〝春や昔の〟〝返る波〟〝千夜を一夜に〟といった歌句が諸作品に繰返されている。そこでの物語は『伊勢物語』の章段とは必ずしも重ならないであろう。うたのことばが章段を離れて他の作品の中に入っていったとみてはよくないだろうか。『伊勢物語』はそのようなことばを提供している。

うたを引くとき、同じうたを含む他の作品が問題となる。例えば、

つひにゆく道とはかねて聞きしかどもきのふけふとはおもはざりしを　（古今集・哀傷・八六一、業平）

は『伊勢物語』にもある。このうたに拠るものがあったとき、注釈に於てしばしば『古今集』と『伊勢物語』が同時に挙げられる。また、一つのうたのことばがあるときは『古今集』に拠るとされ、あるときは『伊勢物語』に拠るとされたりもする。右に挙げた例の中にも同様のことがあった。伊藤颯夫『『伊勢物語』の享受に関する研究』1～3（桜楓社、一九七五～一九七七）が、各作品の『伊勢物語』と重なる表現を列挙しながら、その多くを『伊勢物語』のみに拠るとするのをためらったのも、引用がうたの引用であったことによる。初冠本『伊勢物語』の成り立ちと『古今集』の関係を考えるならば、どちらの影響かを問うのは意味のないことかもしれない。が、章段を離れても成り立ち得るうたが、ほかならぬ『伊勢物語』の引用であるためには、やはり歌句の引用とは別の手続きを要する。

4　歌物語の引用と〈影響〉

『伊勢物語』のうたが、後代の作品に取り込まれたとき、それが単に一つの表現であるのではなく、『伊勢物語』のうたそのものであるには、その章段全体の物語の状況に重なり合うところがなくてはならない。『とはずがたり』の『伊勢物語』を典拠とする箇所の考察に於て、状況が重なるか、章段を離れてのものであるかを問題にしてきたのはそのためである。『とはずがたり』は、ことばとして『伊勢物語』のうたを用いることに加えて、章段をも取り込んで基本的なモチーフを形成したかたちになっている。それらは多くが、一条ではない、周囲の他者のことばとして記されているが、その他者のことばがきわめて適切なところに置かれているのをみることができる。その配置は日記作者の手になるものといってよいであろう。

『伊勢物語』は歌物語である。歌物語の後代の作品の表現に与えたもの、それを〈影響〉といってしまうならば、歌物語の〈影響〉はうたの〈影響〉であったといえる。そのことは相当に重要なことではなかろうか。『源氏物語』などの物語の作中歌が引かれても、それは引用の一部でしかないし、その引用も『源氏物語』という背景を離れることは簡単にはできない。『源氏物語』から単に語句だけを借りたにすぎない場合でもその語句はやはり『源氏物語』の語句である。別の作品の語句とはならないからである。

物語を離れて存在し得るうたの〈影響〉は、他の、歌物語 のではないうたの〈影響〉とどこが異なるか。それは、その歌が再び物語に戻り得る点である。必ずしも『伊勢物語』のうたでなくともよいうたを『伊勢物語』に戻すのは〈影響〉を受けた側のはたらきである。歌物語の〈影響〉の特徴である。『とはずがたり』の『伊勢物語』の引用はそれをなしていた。

引用は〈影響〉の一部であろう。これまで述べて来た点からは、例えば『源氏物語』若紫巻と『伊勢物語』という関わりは見えて来ない。『とはずがたり』にもまた考えるべきところがあろう。しかし、歌とも物語とも異なる歌物語の〈影響〉のありようは、引用（やそれに近い表現）を問題にすることでその一面が知られる。勿論、引歌、引用の問題としても本章の見方はかなり表面的であろう。以上に述べたことを一つの手がかりとして、物語に於ける〈影響〉を考えることとしたい。

注

（1）松本寧至「『夜の寝覚』の『とはずがたり』への影響」（『古代文化』32―11、一九八〇・一一、45 - 51頁）。
（2）岩波文庫『とはずがたり』（玉井幸助校訂、一九六八）の頁数。以下同じ。

（3）　大津有一校注、岩波文庫『竹取物語』に拠る。以下同じ。
（4）　渡辺前掲論文（続156・162頁）。
（5）　引用本文は、『源氏物語』が角川文庫、『狭衣物語』、『浜松中納言物語』が日本古典文学大系（岩波書店）、『夜の寝覚』が日本古典文学全集（小学館）。主としてそれらの注するところをあげた。

補注

（1）　使用本文の岩波文庫の他、初稿発表時に参照した注釈は中田祝男監修・呉竹同文会編『とはずがたり全釈』（風間書房、一九六六）、次田香澄校註日本古典全書『とはずがたり』（朝日新聞社、一九六五。使用したのは一九七五刊第九刷）、富倉徳次郎訳『とはずがたり』（筑摩叢書、一九六九。一九六五刊同名書の新版）、松本寧至訳注『とはずがたり』上下（角川文庫、一九六八）、福田秀一校注新潮日本古典集成『とはずがたり』（一九七八）。
初稿発表後に刊行された注釈としては以下を参照。井上宗雄・和田英道注・訳全訳日本古典新書『とはずがたり』（創英社、一九八四）、次田香澄『とはずがたり　全訳注』（講談社学術文庫、上一九八七・下一九九九）、松村雄二編『校注とはずがたり』（新典社、一九九〇）、久保田淳校注・訳『とはずがたり』完訳日本の古典（一九八五）・新編日本古典文学全集（一九九九）、三角洋一校注新日本古典文学大系『とはずがたり　たまきはる』（一九九四）、西沢正史・標宮子編中世日記紀行文学全評釈集成『とはずがたり』（勉誠社、二〇〇〇）。これら注釈書には後の研究成果により、『伊勢物語』引用も新たな指摘がある。巻四に二、三箇所あるその指摘については後述する。その他、近年の研究では、新しい注釈の他、例えば田渕句美子「『とはずがたり』と同時代歌壇」（『国文学研究資料館紀要』27、二〇〇一・三）、高木周「『とはずがたり』後編と西行――月の歌の影響を中心に」（『西行学』5、二〇一四）のように、より後代の作品との関係を見ようとする一つの傾向がある。
（2）　新しい注釈の中には〝内も外も人さわがしければ、引き立てて別れたまふほど、心細く、隔つる関と見えたり〟（『源氏物語』「帚木」）を指摘することがある。その早い例は、朝日古典全書では指摘しなかった次田香澄による『とはずがたり全訳注（下）』、で、右の「帚木」の箇所を「意識している（43頁）」とする。その他、新日本古典文学大系に指摘がある

（119頁）。「帚木」では障子を〃引き立てて〃源氏が空蝉と別れるもので、この方が『とはずがたり』の状況に直接には重なる。とはいえ、「帚木」の表現自体が遡れば『伊勢物語』に辿り着くものであった。

（3）⑿に関して、新しい注釈の中には「恋ひせんとなれるみかはの八橋のくもでに物を思ふころかな」（古今和歌六帖・二田舎・くに、続古今集・恋二）を指摘するものもある（完訳日本の古典二13頁・新編日本古典文学全集427頁、新日本古典文学大系171頁）。「くもでに物を思ふ」という表現の早い例であり、和歌の中で積み重ねられたものではあるが、この一首に限定し得るかどうか。参考歌というべきか。いずれにせよ、『伊勢物語』に基づき、⑿の和歌もまたその流れを汲む。

（4）『新古今集』所収「思ほえず」について、久保田淳『新古今和歌集全注釈六』（講談社、一九七七）は「後代に愛された歌で、影響作も少なくない」として、道行く人がこの歌を口ずさんだのを耳にして詠んだとする『隆房集』の「何とかは濡るるたもとにおどろかむ袖にみなとのさわぐなる世に」を引いている（265頁）。同新版である『新古今和歌集全評釈六』（角川学芸出版、二〇一二）では、更に『隆房集』が歌物語風であり、「主人公が『伊勢物語』の男を気取り、その行動をなぞっている」とする（37頁）。『隆房集』も『伊勢物語』を意識していた。なお、「もろこし舟」を詠む他の和歌は次の通りである。

『千五百番歌合』

なくちどり袖のみなとを問ひこかしもろこし舟のよるのねざめを　（藤原定家）

うとかりしもろこし舟もよるばかり袖のみなとをあらふ白波に　（惟明親王）

『宝治百首』

おなじくはもろこし舟もよりななんしる人もなき袖のみなとに　（後嵯峨院）

しらせばや袖の湊の波にのみもろこし舟のこがれわたると　（後鳥羽院下野）

なお、別稿でも歌ことばと本歌取、引歌の関係について述べた。末澤明子「歌ことば「袖の湊」」（『福岡女学院大学紀要人文学部編』29、二〇一九・三）

II

物語に於ける見ること・聞くこと

一　物語の主人公

1　はじめに

物語の主人公が主人公であること、主人公性が何によって保証されるのかを考えたい。

物語の作中人物の評価は、作品内部に於ける場合、その評価は作品内存在としての語り手[1]によるもの、他の作中人物によるもの、当の作中人物自身によるものがある。無論、語り手と語り手以外による評価を分別することが困難であることは、後述するように前提として認められる。それでもなお、物語は基本的に主人公の側に立ち、主人公の立場に沿って語られるものであるから、主人公は物語によって全面的に肯定される。主人公を非難したり貶めたりするようなことを言う作中人物がいても、それは愚かであるとされる人物であったり、また、いわば敵役の人物であったりするから、彼等の言は主人公の美質を傷つけはしない。例えば、難題、龍の頸の玉を採ろうとして暴風雨に遭い「かぐや姫てふ大盗人の奴」と言う『竹取物語』の大伴御行、源氏の母桐壺更衣を迫害し、事事に源氏を呪う弘徽殿女御、離れた所から紫上を悪く言う式部卿宮北方等々。求婚譚の敗者や継母の言はその役回りとしてのもので、主人公を相対化する性格のものではない。弘徽殿女御―大后は右大臣と共に源氏を一時失脚させるだけの力を持っているが、それも物語の大枠として必要な部分で、むしろ主人公が主人公であることを示しているといってよい。

が、ことはそれほど単純ではない。全面的に肯定される主人公とはいえ、相対化されるかのような叙述や場面がある。以下、それを二つの方向から、一つは草子地について、もう一つは垣間見について考察する。

2　草子地

草子地は物語の語り手の物言いであるが、更に限定するならば物語叙述に対する物言いである。過去に遡る場合を含め、物語を進行させるのが物語叙述であるとして、その叙述自体に対する何らかの物言いである。草子地という述語をこのように考えておく。

主人公を相対化するかにみえる草子地には例えば、『源氏物語』で空蟬の寝所に忍び入った時、或いは軒端荻だけがいた時の傍線部、

(1)　いとほしけれど、例の、いづこより取う出たまふ言の葉にかあらむ、あはれ知るばかり情々しくのたまひ尽くすべかめれど　（「帚木」一100）

(2)　かのをかしかりつる灯影ならばいかがはせむに思しなるも、わろき御心浅さなめりかし。　（「空蟬」一125）

がある。源氏に対して否定的に見える語り手の物言いは、いわれるように先回りして読者の非難を封じることにもなる。草子地でない部分の「情々しく」や空蟬や軒端荻を垣間見する場での「まめならぬ御心（一122）」もある種の相対化といえなくはない。が、空蟬が二度目以降源氏を拒んだのは人妻になっていたからであり、源氏その人を厭うてはいない。帚木三帖自体が夕顔巻末にいう「など帝の御子ならんからに、見ん人さへかたほならずものほめがちなると、作り事めきてとりなす人（一196）」に対する「隠ろへごと」の暴露という格好をとっているのであった。その枠内での物言いである。

玉鬘十帖に目立つ草子地はどのように考えられようか。源氏の玉鬘に対する態度は、

(3)　いとさかしらなる御親心なりかし。（「胡蝶」三187）

(4)　かやうの気色はさすがにすくよかなりとほほ笑みて、恨みどころある心地したまふも、うたてある心かな。（同三191）

(5)　まことのわが姫君をば、かくしももて騒ぎたまはじ、うたてある御心なりけり（「螢」三200）

(6)　関守強くとも、ものの心知りそめ、いとほしき思ひなくて、わが心も思ひ入りなば、繁くとも障らじかし、と思しよる、いとけしからぬことなりや。（「常夏」三235）

(7)　「……なよ竹を見たまへかし」など、ひが耳にやありけむ。聞きよくもあらずぞ。（「野分」三281）

(8)　この「音無の滝」こそうたていとほしく、南の上の御推しはかり事にかなひて、軽々しかるべき御名なれ。

(9)　かくさすがにもて離れたることは、このたびぞ思しける。げにあやしき御心のすさびなりや。（「行幸」三289）

（「真木柱」三394）

と評されるのは古注以来の指摘通りであり、同じ語彙が草子地以外でも用いられる。

(10)　あやしの人の親や。まづ人の心を励まさむことを先に思すよ。けしからず　（「玉鬘」三131）

(11)　心の中に、人のかう推しはかりたまふにも、いかがはあべからむと思し乱れ、かつはひがひがしうけしからぬわが心のほども、思ひ知られたまうけり。　（「胡蝶」三184）

(12)　いといたう心して、そらだきもの心にくきほどに匂はして、つくろひおはするさま、親にはあらで、むつかしきさかしら人の、さすがにあはれに見えたまふ。　（「螢」三198）

「さかしら」(3)・(12)、「けしからず」(6)・(10)・(11)、「あやし」(9)・(10)の語が見える。(10)は六条院に引き取った玉鬘を訪れ、「めやすくものしたまふを、うれしく思し」た源氏が「この籬の内好ましうしたまふ心乱りにしがな」と言うのに対する紫上の言、「けしからず」は(11)のように源氏自身も認めている。この「けしからぬわが心」は語り手の観察であると同時に源氏の自己評価でもある。

(12)の「むつかしきさかしら人」は語り手の評であるが、その前にある「かく心憂き御気色見ぬわざもがな（三197）」、即ち源氏から逃れられるからと兵部卿宮の手紙に目をとめる玉鬘自身の思いとも重なる。「さすがにあはれに見えたまふ」とは語り手の判断であるが、「見えたまふ」のは玉鬘の代筆をしている宰相の君の眼にであり、訪れた兵部卿宮の眼にである。(4)、(5)、(8)と繰返される「うたて」も各作中人物の心内に即して語られ、また、作中人物の口から

発せられる。その中には玉鬘の源氏に向ける困惑した思いも何度かあるが、結局は、

⒀　姫君も、はじめこそむくつけくうたてとも思ひたまひしか、かくてもなだらかに、うしろめたき御心はあらざりけりと、やうやう目馴れて、いとしも疎みきこえたまはず（「常夏」三235）

という態度をとり、

⒁　憎き御心こそ添ひたれど、さりとて、御心のままに押したちてなどもてなしたまはず、いとど深き御心のみまさりたまへば、やうやうなつかしううちとけきこえたまふ。（「篝火」三256）

ことにもなる。玉鬘の源氏に向ける「うたて」は⒀以後にもあるし、草子地⑹は⒀の直後に置かれているが、光源氏の物語である以上、源氏の美質は傷つかない。

桐壺巻、若紫巻、澪標巻の三つの予言の実現に向かって進む第一部の巻々では、主人公はその枠内で多角的に捉えられる。玉鬘に向ける源氏の思いを見抜き、源氏をして「うたても思しよるかな」と「わづらはし」（「胡蝶」三184）く思わせた紫上、野分巻で垣間見する夕霧など、玉鬘十帖には多角的に捉えることが始まっていることは言い古されている。それでもなお、主人公以外が担う主題性とでもいうべきものは、光源氏の物語に収斂される。

語彙についていえば、地の文の個々の語彙は語り手が発しているが、同時に作中人物の誰かの位置に立ち、その心内に添ってもいる。このことは、早く敬語と垣間見に関連して玉上琢弥が指摘し、それが『源氏物語評釈』にも反映

されているが、一九七〇年代以降、物語の語りのありよう、語り手と作中人物の位置関係＝視点がどのようになっているのか、視線が誰から誰へ向けられているのか、それらのことどもが追求される過程で明らかにされてきた。草子地に限らず、物語叙述はさまざまな位置からの評価を表している。これは語り手を具体的な一人の作中人物であるとすることを意味するのではない。物語叙述が誰の視線によるのか、語り手によるか、作中人物によるかは分別し難い。語り手の視線と作中人物の視線が重なっているようにみえること、或いは視線が一つに固定されていないことなど、語りのありようについて、さまざまな分析がなされてきた。『源氏物語絵巻』「東屋（二）」の西洋絵画の遠近法とは異なる、一画中で視点を移動させているのと通ずる「心的遠近法（高橋亨）」、地の文から語り手と作中人物の視点・視線の重なりを取り出す「人物視点表現・内話的表現（甲斐睦朗）」、「体験話法・臨場的表現（吉岡曠）」、「自由間接言説・自由直接言説（三谷邦明）」、語り手が作中人物に表現する主体をゆずりわたす、アイヌ語にあるような「四人称＝物語人称（藤井貞和）」、作中人物とテクスト全体の表現主体としての〈語り手〉、また作中人物どうしの「話声の重なりあい（陣野英則）」等[2]、それらの名付けにより意味されたものは、同じではない。また、ドイツ語、フランス語など異言語の文学の分析に用いられ、それぞれ文法規則のある体験話法、自由間接話法とも全く同一ではなかろう[3]。が、これらは物語叙述のありようを如何に正確に捉えるかを追求したものであったし、日本語を含めた文学にほぼ共通する現象があるのだといえる。視線を矛盾なく説明するためには、語り手の位置を正確に定めるべきであろうが、ここでは分別し難いのが『源氏物語』の叙述表現の特徴だと述べるに留めておく。『源氏物語』の語り手は『竹取物語』のような、いわゆる全知視点に立ってはいないが、個々の語り手、統括する語り手によって物語が明確に区分けされているとは考えない。分別し難いという特徴を前提とした上でなお、草子地が有効な場合がある。右の巻々の例の他、宿木巻にそれを見ることができる。

藤裏葉巻で光源氏に関する三つの予言が実現、若しくはその見通しがついて以降、『源氏物語』の巻々が進むに従い、主人公性もそれ以前とは異なり、特に宇治十帖に見られるように、薫の物語と女君たちの物語とは相互に重なり合う。女君たちの物語も主題性を担い、薫の物語を逆照射する。各人物の心内語が前面に出て増大し、語り手はやや後退したかのようにみえる。総角巻、早蕨巻では、大君や中君の心内語は回数、分量のいずれかが薫の心内語を上回り、浮舟巻、手習巻では当然ながら浮舟の心内語が薫を上回る。(4) その間に置かれる草子地は如何なるものか。

(15) 光隠れたまひにし後、かの御影にたちつぎたまふべき人、そこらの御末々にありがたかりけり。遜位の帝をかけたてまつらんはかたじけなし。当代の三の宮、その同じ殿にて生い出でたまひし宮の若君と、この二ところなんとりどりにきよらなる御名とりたまひて、げにいとなべてならぬ御ありさまどもなれど、いとまばゆき際にはおはせざるべし。（「匂宮」五17）

と始まる第三部は、二人の主要人物に対する世評と語り手による評にいささかのズレがあることを示す。〝とりどりにきよらなる御名とりたまひて〟とある最高の美〝きよら〟が世評であろう。光源氏と同じく〝きよら〟とされても、光源氏ほどではなく、〝いとまばゆき際〟ではないとするのが語り手の評である。巻末、六条院の賭弓の還饗の場で薫をめでる女房たち、夕霧に特に異論を挟まぬ語り手、匂宮や同腹の皇子たちを光源氏の「端が端にもおぼえたまはぬは、なほたぐひあらじと思ひきこえし心のなしにやありけん（「紅梅」五48）」と言う紅梅大納言、〝げに〟と、冷泉院の薫の扱いや玉鬘邸の若い女房の薫評を追認する竹河巻の語り手など、(5) 匂宮三帖にあっては、そのズレは徹底していない。但し、匂宮巻の次の草子地が物語の展開を予告している。

(16)　さしあたりて、心にしむべきことのなきほど、さかしだつにやありけむ。（五29）

橋姫巻以降、宇治の物語が展開する。橋姫巻から早蕨巻と、薫の道心と恋の物語、宇治の女君たちの物語がそれぞれの側から捉えられ、浮舟が登場すれば、浮舟もまた物語を担う。心内語の多さ・長さがそれを示す。宇治を主たる舞台とするそれら物語は、光源氏の物語でいえば、特に帚木三帖のような別伝系の物語というべき内容である。主人公の相対化という点では、女君たちの物語、分けても心内語が薫を相対化するのだといえる。

宿木巻は、大君が去り、中君に代わって浮舟が登場しようしている巻で、舞台も京に戻る。本伝系の物語の存在を思い出させるように、匂宮―夕霧六君、薫―女二宮という二つの婚儀が語られる。「宮のはじめておとなびたまふなる」とされ、産養が詳しく語られる中君の出産も本伝に組み入れられたかのようである。本伝系の物語になることは、女君の物語による相対化が薄れることにもなる。そのときに草子地が有効に働く。宿木巻に草子地が多い所以である。草子地による相対化は、光源氏の別伝系の物語、玉鬘系の巻々の場合と相似ているともいえるが、本伝系の物語が進むのを押しとどめるような働きがある。草子地は随所に挟まれているが、女二宮降嫁に関する草子地に限定して例を挙げる。宿木巻、冒頭近く、藤壺を訪れた今上帝は「御碁の敵」に薫を召し、女二宮降嫁をほのめかす。帝の言う、賭物として「まづ、今日は、この花一枝ゆるす（五378）」に「用意あさからず」応じた薫の考えは、二方向に分裂しているかのようである。

(17)　いでや、本意にもあらず、さまざまにいとほしき人々の御事どもをも、よく聞き過ぐしつつ年経ぬるを、今さらに聖よのものの、世に還り出でん心地すべきこと、と思ふも、かつはあやしや。ことさらに心を尽くす人だにこそあなれとは思ひながら、后腹におはせばしもとおぼゆる心の中ぞ、あまりおほけなかりける。（五379）

分裂は道心と恋ではなく、道心と、世俗の栄達に執する心との分裂だが、実のところは、分裂ではなく、二つを併せ持っているのだといえる。世俗の栄達は物語の主人公の前提条件だが、ここでは単にそれを保証するのではない。それを割り引くように、語り手の「おほけなし」の一語が女二宮との婚儀という、本伝である筈の物語の中での薫の位置を示している。

匂宮と夕霧六君の三日夜の儀から自邸三条宮に帰っての薫の思いにも道心と世俗の栄達を当然視する心が二つながらある。

⒅　誰も誰も、宮に奉らんと心ざしたまへるむすめは、なほ源中納言にこそと、とりどりに言ひならふるこそ、わがおぼえの口惜しくはあらぬなめりな、さるは、いとあまり世づかず、古めきたるものを、など、心おごりせらる。内裏の御気色あること、まことに思したたむに、かくのみものうくおぼえば、いかがすべからん、面だたしきことにはありとも、いかがはあらむ、いかにぞ、故君にいとよく似給へらん時に、うれしからむかし、と思ひよらるるは、さすがにもて離るまじき心なめりかし。（五417）

世評をそのまま認めつつ、〝世づか〟ぬ者だという薫の自己評価は〝心おごり〟とされる。〝心おごり〟とするのは草子地ではないが、語り手の捉えたものである。女二宮との婚儀は気が進まぬと自覚しつつ、亡き大君に似ているならば嬉しいだろう、と思うのだから、全く気が進まないわけでもない。草子地は〝さすがにもて離るまじき心〟を指摘する。后腹を求める心と大君追慕が薫の内心で矛盾なく同居しているが、大君が女二宮より高貴であるのではない。

女二宮裳儀に引き続く薫との婚儀は、「天の下響きていつくしう見えつる御かしづきに、ただ人の具したてまつりたまふぞ、なほあかず心苦しく見ゆる（五474）」とされる。〝心苦し〟と思うのは世人である。婚儀を急ぐことを「譏らはしげに思ひのたまふ人」がいる一方、右大臣夕霧は「めづしかりける人の御おぼえ宿世なり」と言う（五475）。ただ人としての限界は女二宮三条宮入り前夜の藤花宴の席次にも現れ、そこでは、

(19)　限りあれば下りたる座に帰り着きたまへるほど、心苦しきまでぞ見えける。（五483）

と今度は語り手により薫に〝心苦し〟の語が向けられる。一方で、薫の奉った和歌「すべらきのかざしに折ると藤の花およばぬ枝に袖かけてけり（五484）」に対しては、

(20)　うけばりたるぞ、憎きや。（同）

と、(17)の「あまりおほけなかりける」とも相通ずる評語が置かれる。女二宮の三条宮入り後は、女二宮に満足すべき美質を認め、そのような宮を妻とすることに〝心おごり〟してしまうものの、大君を忘れられず、恋の問題を来世へ向け、道心で解決しようとする。

(21)　かくて心やすくうちとけて見たてまつりたまふままに……ここはと見ゆるところなくおはすれば、宿世のほど口惜しからざりけりと、心おごりせらるるものから、過ぎにし方の忘られればこそはあらめ、なほ、紛るるをりなく、もののみ恋しくおぼゆれば、この世にては慰めかねつべきわざなめり、仏になりてこそは、あやしくつらかりける契りのほどを、何の報いとあきらめて思ひはなれめと思ひつつ、寺のいそぎにのみ心をば入れたまへり。（五486）

〝と、心おごりせらるるものから〟が〝宿世のほど〟以下の心内語の中に挟まれる。敬語がないが、同じ、あるいは類似の語彙が繰返され、薫の結婚に対する意識が評される。藤花宴の前に置かれた長文の草子地にも語彙の繰返しが見られる。

(22)　ゆゆしきまで白くうつくしくて、たかやかに物語し、うち笑ひなどしたまふ顔を見るに、わがものにて見まほしくうらやましきも、世の思ひ離れがたくなりぬるにやあらむ。されど、言ふかひなくなりたまひし人の、世の常のありさまにて、かやうならむ人をもとどめおきたまへらましかばとのみおぼえて、このごろ面だたしげなる御あたりに、いつしかなどは思ひよられぬこそ、あまりすべなき君の御心なめれ。かく女々しくねぢけて、まねびなすこそいとほしけれ、しかわろびかたほならん人を、帝のとりわき切に近づけて、睦びたまふべきにもあらじものを、まことしき方ざまの御心おきてなどこそは、めやすくものしたまひけれとぞ推しはかるべき。（五479）

中君の若君を見ての薫の、自分にもとの思いは大君追慕に向かい、女二宮には向かわない。〝あまりすべなき君の御心なめれ〟とした後に薫を擁護するかのような評が続く。そこにある〝女々し〟は、先に匂宮と夕霧六君の婚約が整った際の薫の後悔、〝……など、あながちに女々しくもの狂ほしく率て歩きたばかりきこえしほど、思ひ出づるも、いとけしからざりける心かな、とかへすがへすぞ悔しき（五387）〟にもある。この〝女々しく〟との評は語り手によるものであり、薫の自己評価でもある。〝女々し〟は『源氏物語』中、三例を数えるのみで、(6) 重ねての使用は注意してよい。

宿木巻は語り手の評、世人の評、当人の自己評価を絡ませながら、薫の現世執着ぶりを指摘する。同時に栄達を否定しない。否定しないのは、それが物語の主人公の前提条件だからである。が、宇治の巻々は、薫の現世に於ける栄達ではない、いわば別伝系の物語を展開させる。別伝系の物語では女君たちの物語により薫をいわば相対化し、心内語の多さ、長さがそれを可能にしている。大君が去り、中君が若君誕生により一応の安定を得、新しい物語を担う浮舟の登場はこれからという宿木巻に於て、薫を相対化するものは何か。それには随所に挟まれる否定的批評の草子地が有効だったのではないか。右の長文草子地につき、現行注釈書には、「一度はけなしておいて、改めてほめる（玉上琢弥『源氏物語評釈十二』271頁、角川書店、一九六八）」とし、また、「薫をやや貶めた上で掬い上げ、改めてその人格を顕彰するのであり、この後に、藤花の宴などで才覚を発揮する薫像と連絡することになる（鈴木一雄監修・小町谷照彦編『源氏物語の鑑賞と基礎知識　宿木（後半）』175頁、至文堂、二〇〇五）」とするものがある。宿木巻の草子地については、同様に、薫の美質、特性を述べるとする久保重の論考もあった。(7) また、「語り手のコメント、方向づけを必要としたことに、薫像の複雑さ、作者の模索を見ることもできるであろう」している点でやや異なるが、草子地が「めゝしくねぢけ」ている薫像を公的には「めやすくものし給」と修正したとする竹村浩子の論も類似の論であろう。(8) が、薫の現世での栄達とそれに対する薫の意識は既に相対化されている。栄達を支える薫の美質、能力は主人公性の要件ではあるが、長文草子地も相対化の文脈で捉えられよう。薫の意識の分裂の指摘に草子地の特徴を見る助川幸逸郎の論、[9]物語の舞台毎に異なる語り手のせめぎあいの現れとみる深田弥生の論[10]もあるが、語り手は見聞したすべてを語るわけではない。

相対化されつつも、なお主人公であることは、本伝系物語を思わせる叙述が保証している。現世栄達に関する薫の意識は別なかたちで展開させることもできる筈で、それは本伝系物語となり得るものであったが、宇治の物語では遠景にとどまっている。

3　垣間見

垣間見論の嚆矢と考えられているのは今井源衛「古代小説創作上の一手法――垣間見について」(『国語と国文学』一九四八・三)→「物語構成上の一手法」『王朝文学の研究』角川書店、一九七〇)である。吉海直人の指摘によれば、今井論文前にも垣間見論があるが、[11]その後の展開を含めていえば、今井論文を垣間見論の起点としてよいだろう。とはいえ、この垣間見論が収録されたのは今井第一論文集『源氏物語の研究』(未来社、一九六二)ではなく、第二論文集『王朝文学の研究』であった。このことは、この垣間見論が『源氏物語』以外をも対象としていたという事情はあるにせよ、垣間見論を『源氏物語』研究の中に位置づけるのにそれだけの時間を必要としたことをも意味しよう。そして、『王朝文学の研究』刊行当時の書評・紹介でも、丁寧な内容紹介はあっても、方法としての垣間見は殆ど注目されず、『うつほ物語』の垣間見用例数に異見が出された程度である。[12]今井垣間見論に早く注目したのは、石田穣二「源氏物語における聴覚的印象」（初稿：『国語と国文学』一九四九・一二。改稿（一九五〇・一）を経て『源氏物語論集』に収録公刊。桜楓社、一九七一、207 - 233頁）であった。今井論文の翌年発表の初稿では言及がないが、その翌年の改稿版に言及がある。隣室の声に耳を澄ます場面等、「なり」の語が示す明確な聴覚的印象、距離感の再現を論じ、そのような場面は「いはゆる『かいまみ』の、いはば聴覚的な特殊の例として、広くそれに包括され得るものであらう」としている。既に今井論文は『うつほ物語』「国譲上」に「かいま見に代わるものとしての『立聞き』が現われていること」を注目すべきだとし「かいま見と立聞きとが本質的に同じである」とした。それぞれ垣間見――見ること、立ち聞き――聞くことの近さの指摘の早い例として注意される。『源氏物語』研究で垣間見論が多く見られるようになるのは、一九八〇年代以降で、特に語り・視点の問題として扱われ、「見る者」と「見られる者」の関係を問う今井論文はその過程で言及されるようになった[13]。

　今井論文で列挙されたように、垣間見は現実世界でも少なくない。例えば『枕草子』「淑景舎、春宮にまゐりたまふほどのことなど」では、清少納言が中宮定子の「その柱と屏風のもとに寄りて、わがうしろよりみそかに見よ。いとをかしげなる君ぞ（200。新編日本古典文学全集の頁数）」という許可を得て、淑景舎原子や中関白家の人々の様子を「のぞく」のである。「あしかめり。うしろめたきわざかな（201）」と言う同僚女房がいたり、屏風が動かされて「かいま見の人隠れ蓑取られたる心地（同）」がしたりと、垣間見に対する後ろめたい意識は無論あるし、この場合、見られる側の道隆が「あれは誰ぞや。かの御簾の間より見ゆるは（同）」と気付いてしまってもいる。が、垣間見によって、下位の人物が、通常では見ることの叶わぬ上位の人物を見て、その美質に賛嘆するのがこの種の垣間見の一つの典型である。垣間見は上位の者の美質を追認する。

　垣間見論にあって、垣間見するのは主人公であることが多い。物語は主人公に沿って展開するから、垣間見による美質追認はない。しかしながら、多くはないが、主人公、若しくは主人公の領導する世界の人物が垣間見される場合もある。その一つ、東屋巻、二条院で中将君が匂宮を垣間見する場面では、

(23)　ゆかしくて物のはさまより見れば、いときよらに、桜を折りたるさましたまひて、わが頼もし人に思ひて、恨めしけれど、心には違はじと思ふ常陸守より、さま容貌もこよなく見ゆる五位、四位ども、あひひざまづき、さぶらひて……あはれ、こは何人ぞ、かかる御あたりにおはするめでたさよ、よそに思ふ時は、めでたき人々と聞こゆとも、つらき目見せたまはばと、ものうく推しはかりきこえつらんあさましさよ、この御ありさま容貌を見れば、七夕ばかりにても、かやうに見たてまつり通はむは、いといみじかるべきわざかな、と思ふに、（六42）

と、匂宮と、自身のいる世界との落差を目の当たりにし、垣間見は中将君の結婚観を一変させる。匂宮家を取り巻く四位、五位の者たちでさえ、二心のないことだけが取柄の夫よりはるかに優れて見えた。この経験は浮舟の運命を左右する結果となるが、匂宮自身は何の影響も受けない。もう一つ、『狭衣物語』巻一の例を考える。中納言になった狭衣は任官の挨拶に洞院上を訪れる際、今姫君のいる西の対の前を通って行く。『まこと、いかやうにか』と、けしきもゆかしうて、渡殿より、すこしのぞき給へる」その結果は、今姫君の女房たちの慎みのなさを露呈するが、同時に狭衣も女房たちによって見られる。漸く几帳を立て、身繕いをした女房たちは、

(24)　几帳の綻びを、手ごとに、はら〳〵と解き騒ぐ音どもして、一つ綻びより、五六人が顔どもならべて、「まづ我見ん」と争ふけはひども、忍ぶるものから、いとかしがまし。辛うじて、見えたるにや、「まことにめでたか

りけり。目もよく、鼻も口もよく、あなめでた」「なにがしの中将、それがしの少将、侍従、兵衛督」など、言ひあはせて、「よしとみしかど、それは土なりけり〳〵」「これこそめでたかりけれ」など、口々言ひあはせてさゝめく、いとをかしう、様変りて思へ給。（85）

「土」とされたのは「なにがしの中将」たちで、東屋巻の中将君の例を滑稽にしたような垣間見だが、狭衣は見られる側であると同時に見る側であり、見られることに影響されない。この垣間見は、今姫君とその周囲の人物たちが主人公の世界の美意識に外れることを示す挿話以上ではない。

物語の中には、これら主人公の美質を認める垣間見もあるが、見られることにより主人公が相対化されるかのような場合、主人公性の維持、保証は何によってなされるのか。主人公が相対化される垣間見として指摘されてきたのが野分巻の夕霧による垣間見と立ち聞き、若菜上巻の柏木による女三宮垣間見である。夕霧の垣間見が垣間見以上にならない点など、繰返し指摘されてきたことゆえ、詳しくは述べないが、若干の考察を試みたい。

野分巻の垣間見対象は紫上と玉鬘とに分けられる。紫上に関わる垣間見・立ち聞きは三度ある。最初は、野分という状況が屏風の位置を変え、垣間見を可能にした。

(25)　妻戸の開きたる隙を何心もなく見入れたまへるに、女房のあまた見ゆれば、立ちとまりて、音もせで見る。御屏風も、風のいといたく吹きければ、押したたみ寄せたるに、見通しあらはなる廂の御座にゐたまへる人、ものに紛るべくもあらず、気高くきよらに、さとにほふ心地して、春の曙の霞の間より、おもしろき樺桜の咲き乱れたるを見る心地す。あぢきなく、見たてまつるわが顔にも移りくるやうに、愛敬はにほひ散りて、またなくめづ

らしき人の御さまなり。（三264）

〝何心もなく〟見入れたことに始まる垣間見で紫上の姿は夕霧の眼に焼き付く。続いて父源氏が自分を紫上から遠ざけた理由を思い、〝けはひ恐ろしうて、立ち去る（三266）〟ものの、源氏が明石姫君のところから戻って来るのを見、〝また寄りて見れば〟と、垣間見は続く。夕霧の視線が捉える若々しい源氏、そして、紫上は、

(26) 女もねびととのひ、飽かぬことなき御さまどもなるを身にしむばかりおぼゆれど、この渡殿の格子も吹き放ちて、立てる所のあらはになれば、恐ろしうて立ち退きぬ（同）

と、〝女〟と捉えられるが、見ることと〝恐ろしう〟とその場を離れることの二つともが繰返される。同様に、その夜、終夜吹き荒れる風の音を聞きながら、紫上の面影を忘れられないことを意識して〝こはいかにおぼゆる心ぞ、あるまじき思ひもこそ添へ、いと恐ろしきこと、とみづから思ひ紛らは（三269）〟そうとする。〝恐ろし〟と自制心の働く点が一貫している。

二度目は立ち聞きである。翌早朝、大宮の三条宮から六条院を訪れた夕霧が格子の外側に立つと源氏の声が聞こえてくる。〝女〟＝紫上の声は聞こえないが、〝聞こえ戯れたまふ言の葉のおもむきに、ゆるびなき御仲らひかな〟と夕霧は聞き入り、源氏が手づから格子を上げるところで、〝け近きかたはらいたさに、立ち退きてさぶらひたまふ（三272）〟。源氏は聞かれたことに感づいたかどうか。夕霧は第一の垣間見同様〝立ち退〟き、物語はそれ以上深入りしない。

第三の垣間見は、右に続き、源氏の命を受け秋好中宮を見舞った報告の場でなされる。格子もすべて上げられた中、夕霧は少し離れた御橋にいる。秋好中宮を見舞うため、衣服を整えようと御簾を上げた時に几帳の際から紫上が見える。〝はつかに見ゆる御袖口は、さにこそはあらめと思ふに、胸つぶつぶと鳴る心地するもうたてあれば、外ざまに見やりつ（三275）〟というさまは、第一・第二と同様である。垣間見第三で注意すべきは、

(27)……とて出でたまふに、中将ながめ入りて、とみにもおどろくまじき気色にてゐたまへるを、心鋭き人の御目にはいかが見たまひけむ、たち返り、女君に、「昨日、風の紛れに、中将は見たてまつりやしてけむ。かの戸の開きたりしによ」とのたまへば、面うち赤みて、「いかでさはあらむ。渡殿の方に、人の音もせざりしものを」と聞こえたまふ。「なほあやし」と独りごちて渡りたまひぬ。（三276）

と今回だけでなく、前日の第一の垣間見も見られたことに源氏が気付く点である。紫上に向けられる夕霧の視線は危うさを孕むが、夕霧の自制心の形で危うさにとどまっているのは、物語が要請したことである。垣間見の結果としては、私の領域を垣間見されることで源氏は相対化を免れ得ない。が、見られたことに気付く点で物語は主人公源氏の側に戻され、相応の回復がなされている。通常、垣間見は見る側を優位に立たせることで物語が展開する。(14)見られる側が本来優位にある筈の場合は、優位性を追認したり、この場合のように見られる側が気付いて物語が主人公の側に取り戻されたりする。主人公性は一つにはこのようにして維持されるといえよう。なお、「男が男をひそかにかいま見る場合は、末摘花巻の頭中将を含め、見る側よりも、むしろ見られる側に作者の視点があるという特徴をもつ」との指摘がある。(15)

主人公性維持には、垣間見する側の錯誤も関係する。夏の町西の対での垣間見がそれである。垣間見場面に先立つ源氏と玉鬘の会話場面では例により〃たえずうたてと思ひて（三278）〃とあるが、無論夕霧は知らない。聞こえる声により垣間見が始まる。

(28)中将、いとこまかに聞こえたまふを、いかでこの御容貌見てしがなと思ひわたふ心にて、隅の間の御簾の、几帳は添ひながらしどけなきを、やをら引き上げて見るに、紛るる物どもも取りやりたれば、いとよく見ゆ。かく戯れたまふけしきのしるきを、あやしのわざや、親子と聞こえながら、かく懐はなれず、もの近かべきほどかはと目とまりぬ。見やつけたまはむと恐ろしけれど、あやしきに心もおどろきて、なほ見れば……いであなうたて、いかなることにかあらむ、思ひよらぬ隈なくおはしける御心にて、もとより見馴れ生したてたまはぬは、かかる御思ひ添ひたまへるなめり、むべなりけりや、あな疎ましと思ふ心も恥づかし。（三278）

自ら几帳を引き上げて二人の様子を垣間見した夕霧は驚愕する。〃うたて〃〃疎まし〃と思いつつも、そう思うこと自体に対する〃恥づかし〃との心が働く。続いてよく聞き取れない会話を〃ほの聞く〃夕霧は、結局は〃なほ見はてまほしけれど、近かりけりと見えたてまつらじと思ひて、立ち去〃る（三280）。紫上の場合と同様である。目と耳を働かせてのこの垣間見に源氏が気付いた様子はない。主人公性の維持を可能にしているのは夕霧の錯誤である。夕霧の抱いた〃うたて〃〃疎まし〃との思いは、二人が実の父娘でないと知れば修正される性格のものである。見られる源氏の全面的な相対化は避けられている。

若菜上巻の蹴鞠の場で女三宮を垣間見した夕霧と柏木の二人のうち、密通という結果を起こす柏木にも錯誤がある。

唐猫が御簾を持ち上げたことにより起こった垣間見で、見られる側は気付かずにいる。猫の動きに気を取られて御簾が上がったことに気付かない女房たち、立ち姿の女三宮、これらの振舞いは王朝貴族社会の常識からすれば軽率のそしりを免れない。女三宮の周囲は、そもそも〝御几帳どもしどけなく引きやりつつ、人げ近く世づきてぞ見ゆる（四140）〟状態である。見ていたい気がないではない夕霧は咳いて見えていると知らせ、ともすれば女三宮に近い桜の木に目を向けてぼんやりする柏木の様子にその心中を察する。〝いと端近なりつるありさまを、かつは軽々しと思ふらむかし〟（三143）と推測するが、柏木は〝軽々し〟と思うだけの冷静さを失っている。野分巻の垣間見は源氏が気付いたが、蹴鞠の場では夕霧が見る側と気付く側の二役を担う。見る側の柏木は優位に立つことができない。垣間見の場で見る側が優位に立てないのは、〝軽々し〟と認め得ない錯誤のゆえである。垣間見に始まる一連の出来事の結果として、柏木は死に赴くしかなかったが、垣間見後の女三宮、柏木の問題とは切り離して、垣間見の場を考えたい。

偶然が引き起こす場合も、意図的な働きかけによる場合も、垣間見は接点のなかった二者を結び付ける。見る側の一方的なものであるが、見られる側が主人公である垣間見は、以上のように見る側に優位性がない。見られる側が気付くことや、見る側の錯誤により、何らかの相対化がありつつも主人公が主人公であることが保証されているといえよう。

なお、垣間見の場には声が関係することも多い。本章では「立ち聞き」としたが、前掲吉海、三谷論文には「垣間聞き」との語も見える。声については、垣間見の〝見る／見られる〟に対し、〝聞く／聞かれる〟、更には〝聞かせる〟という面が見られる。声の問題も改めて考えたい。

以上、草子地と垣間見を通して主人公性について考えてみた。草子地や垣間見により主人公は確かに相対化されるが、全面的ではない。絶対的に優位に立つ主人公から相対化される主人公という変化は確かにあるが、変化の内容は、主人公の属性というよりも、主人公についての語り方にあるといえる。それが物語の主人公である。

4　主人公性

注

（1）　筆者の使用する語は、作品内存在としての〈語り手〉、作品と不即不離の関係にあり、作品を統括する〈作者〉、作品の外側にいる生身の人間、歴史的存在としての〈作家〉であるが、本章で使用するのは〈語り手〉のみである。以下、これらの語につきいささか述べておく。いわれるように、『源氏物語』は主人公に近侍した女房が自己の見聞したことを語り、それを筆録、編集する女房がいる形で書かれている。それら一人ではないらしい作品内存在の女房を〈語り手〉と呼ぶ。物語の〈語り手〉のありようは作品毎に異なり、いわゆる限定的視点をとる『源氏物語』の〈語り手〉は、例えば竹河巻冒頭に見られるように、時としてかなり具体的な素性を見せる。三谷邦明の諸論考に代表されるような巻毎の語り手を具体的な作中人物の中に認める考えもあるが、筆者は〈語り手〉は曖昧に見える部分があると考えている。〈作者〉は、〈作者〉、〈話者〉、〈表現主体〉、更には個々の語り手を統括する〈語り手〉等の語で呼ばれてきたもの——それぞれ正確に言えば同じではないが——と重なる。

（2）　玉上琢弥「源氏物語の敬語法」（『講座解釈と文法三』206-235頁、明治書院、一九五九）は「英語の中間叙法、ドイツ語の体験話法、フランス語の自由間接叙法」にも言及する。一九七〇年代以降の論考は、高橋亨「源氏物語の心的近法」『物語と絵の遠近法』9-38頁（ぺりかん社、一九九一、初出一九八六）、甲斐睦朗「源氏物語の表現機構」『源氏物語の文章と表現』17‐38頁（桜楓社、一九八〇、初出一九七七）、吉岡曠「源氏物語における「き」の用法」『物語の語り手内発的文学史の試み』13‐83頁（笠間書院、一九九六、初出一九七七）、三谷邦明『源氏物語の言説』（翰林書房、二〇〇二）所収一連の論考・「附載論文　源氏物語と二声性─作家・作者・語り手・登場人物あるいは言説区分と浮舟巻の紋中紋の技法─」『源氏物語の方法〈もののまぎれ〉の極北』365‐435頁（翰林書房、二〇〇七）、藤井貞和「物語人称」『物語理論講義』135‐146頁（東京大学出版会、二〇〇四）。陣野英則『源氏物語の話声と表現世界』所収諸論考（勉誠出版、二〇〇四）等。

（3）平塚徹「自由間接話法とは何か」（平塚徹編『自由間接話法とは何か─文学と言語学のクロスロード』1‐48頁、ひつじ書房、二〇一七）。

（4）かつて鈴木一雄により発表された「『源氏物語』の文章」（『解釈と鑑賞』一九六九・六、95‐122頁）は平安物語の文章を地の文、会話、心中表現に分け、それぞれの回数と総行数を数えた共同調査の結果であった。『源氏物語』の巻別結果を見れば第一部、二部、三部と変化してゆく様子、また、後期物語の心中表現の多さなどが現れ、それまでも言われていたことが数値化されて示されたのであった。それに倣い、筆者はその数年後、『源氏物語』第三部の心中表現─心内語につき、人物別数値化を試みた。その時の結果が左の表である。使用テキストは鈴木グループと同じく日本古典文学大系、心内語の認定は同書山岸徳平の解釈によっている。心内語の認定の違いにより、鈴木報告とは若干の違いがある。今、使用テキストを換え、また、心内語の範囲を新たに検討するならば、また少し違った結果になるかもしれないが、全体の傾向は変わらないだろう。なお、宿木巻の大君心内語は、中君若君五十日の折の薫の回想の中にある。

<table>
<tr><th></th><th>八宮 回／行</th><th>薫 回／行</th><th>匂宮 回／行</th><th>大君 回／行</th><th>中君 回／行</th><th>浮舟 回／行</th><th>その他 回／行</th><th>合計 回／行</th><th>鈴木報告 回／行</th><th>同上（総行数に対する割合）</th></tr>
<tr><td rowspan="2">橋姫</td><td rowspan="2">13／12</td><td rowspan="2">33／22.5</td><td rowspan="2">3／0.5</td><td>1／0.5</td><td></td><td rowspan="2"></td><td rowspan="2">7／2</td><td rowspan="2">60／42.5</td><td rowspan="2">64／43.0</td><td rowspan="2">7.8％</td></tr>
<tr><td colspan="2">3／2</td></tr>
</table>

椎本	7/4	36/18	14/4	9/7	13/4.5	4/2.5		6/2.5	89/42.5	93/49.5	9.5
総角		81/80.5	40/17.5	69/93	7/5.5	31/14		26/10	254/220.5	265/216.0	16.5
早蕨		14/40	5/0.5			20/13		6/3.5	45/27	45/28.5	11.4
宿木		84/97.5	30/18.5	1/0.5		59/53.5		37/32	211/202	197/221.5	17.2
東屋		15/13.5	4/2.5			14/29	15/7	91/65	139/117	134/121	13.1
浮舟		22/36	55/38.5			9/16.5	60/56	31/15	176/152	174/176	17.6
蜻蛉		77/103.5	16/13.5			1/1	1/0	51/38	157/151	141/180.5	22.1
手習		12/24.5					59/65	71/62.5	142/152	143/142.5	14.6
夢浮橋		9/3.5					6/6.5	12/10.5	27/20.5	28/21.5	8.7

（5）次のような例がある。最初の引用文の二度目の「げに」は、作中人物が「げに」と認めるだろうとするもの。

・例のものめでする若き人たちは、「なほことなりけり」など……と聞きにくく言ふ。げにいと若うなまめかしきさまして、うちふるまひたまへる匂ひ香など世の常ならず。姫君と聞こゆれど、心おはせむ人は、げに人よりはまさるなめりと見知りたまふらむかしとぞおぼゆる。（五68）

・源侍従の君をば、明け暮れ御前に召しまつはしつつ、げに、ただ昔の光る源氏の生ひ出でたまひしに劣らぬ人の御おぼえなり。（五92）

・その中に、源侍従とて、いと若うひはづなりと見しは宰相中将にて、「匂ふや薫るや」と聞きにくくめで騒がるなる、げにいと人柄重りかに心にくきを、やむごとなき親王たち、大臣の、御むすめを心ざしありてのたまふなども聞

き入れずなどあるにつけて　（五106）

（6）残り一例は幻巻巻末近く、源氏が紫上の文殻を焼く際に「いま一際の御心まどひも、女々しく人わるくなりぬべければ、よくも見たまはで（四548）」とある例である。

（7）久保重「宿木の巻の草子地について」（『大阪樟蔭女子大学論集』12、21-32頁、一九七五・二）。

（8）竹村浩子「源氏物語宿木巻試論―草子地の役割をめぐって―」（片桐洋一編『王朝の文学とその系譜』369-387頁、和泉書院、一九九一）。

（9）助川幸逸郎「宿木巻の草子地の意義―『源氏物語』第三部の論理とかかわらせて―」（『中古文学論攷』16、66-73頁、一九九五・一二）。

（10）深田弥生「『源氏物語』宿木巻の語りの方法」（お茶の水女子大学『大学院教育改革支援プログラム「日本文化研究の国際的情報伝達スキルの育成」活動報告書』135-144頁、二〇〇九・三）。

（11）吉海直人「垣間見と空蟬」『源氏物語の新考察―人物と表現の虚実―』97-106頁（おうふう、二〇〇三、初出一九九七）。

（12）福井迪子の紹介（『語文研究』30、51-54頁、一九七二）は一書全体を丁寧に紹介しているが、書評ではない。書評では藤岡忠美（『国文学　解釈と教材の研究』一九七一・六、200頁）は『源氏物語の研究』に「収められなかった何編かの論考を惜しむ声」の存在に触れる程度、野口元大（『国語と国文学』一九七一・四、108-111頁）が最後の方で付言するように「うつほ物語における「かいま見」の例が三とされるのもいかがであろうか。少なく見ても七八例はすぐにも挙げられそうに思われる」としている。阿部秋生（『解釈と鑑賞』一九七一・三、234-235頁）は言及しない。

（13）今井論文以後の垣間見論で視点・視線を論じ、今井論文を引くのは、ルイス・クック「宇治の垣間見について」（『国際日本文学研究集会会議録』4、43-50頁、一九八一・二）、三谷邦明「夕霧垣間見」（秋山虔・木村正中・清水好子編『講座源氏物語の世界五』221-234頁、有斐閣、一九八一→『物語文学の方法Ⅱ』、有精堂、一九八九）あたりからである。三谷は今井論文を「先駆的」とする。それ以前では、視点から垣間見を捉えようとした向井克胤「源氏物語における垣間見描写の視点―若紫の巻・北山山荘における―」（『国文学　解釈と教材の研究』一九六五・一一、166-168頁）は今井論文に言及せず、川上規子「源氏物語における垣間見の研究」（『東京女子大学日本文学』46、12-24頁、一九七六・九）が今井論文に言及しているが、論の方向性は異なる。

(14)　高橋亨「物語文学のまなざしと空間—源氏物語の〈かいま見〉」(注(2)前掲書251-280頁)は垣間見に「見ることが所有されることだという主客逆転の相互浸透作用」があり、「語りの焦点化による物語文の時空生成そのものが持つ方法」という。本章で優位性とは主人公が主人公であるという意味で述べている。なお、注(11)吉海論文は空蟬の慎み深い振舞いに空蟬が「源氏が見ているかもしれないことを未然に察知した上での演技」の可能性、「見る側と見られる側の逆転現象の可能性」をいうが、これについて同意するものではない。

(15)　茅場康雄「かいま見」(鈴木一雄監修・河地修編『源氏物語の鑑賞と基礎知識　野分』142-143頁、至文堂、二〇〇二)。

二　物語に於ける「声」の問題
――『源氏物語』の場合――

1　はじめに

物語に於ける声の問題を考えたい。ここで声とは人間の発する音声そのものをいう。物語の中で声がどのように描かれ、そこから何が見えて来るのかという点から出発し、物語にとって声とは何であったのかを、主として『源氏物語』を中心に探りたい。

物語の中には数多くの人物が登場し、会話を交わし、或いは独り言を言い、又、詩歌を詠唱・朗詠し、経を読誦する。それらの行為は当然ながら音声を伴っていたのだが、それがどのような声であったのか、その音質、高低、大小などについては述べられないことの方が多い。それゆえ、物語に描かれた声は特に選びとられた声なのだといえよう。もとより、音声を文字に写すことには困難が伴うけれども、不可能ではない。それぞれの物語の選びとった声をみてゆくことで、その物語の方向性が見出せるであろう、ということがまずはいい得る。

2　さまざまな声

ここに諸作品の中に描かれた声を幾つか拾い出してみる。必ずしも各作品に見られる典型的な声というわけではないが、やはり目立つものである。

①　夜もふけゆくに、ことのね、人のこゑゆたかにたかく、とうゐひ、をのれがつくれるふみを、こゑのかぎりふりたてゝて誦するこゑ、こますゞをふりたつるにおとらず。（うつほ物語「祭の使」440）

②　わかき人のこゑせしは、わがむすめにやありけん、（同「国譲上」1254）

③　中宮おほきにに御こゑいだし給てぞ（同「国譲下」1501）

④　右大弁の御こゑは、いとたかういかめしう、大将の御こゑは、いとおもしろうあはれなり。（同「国譲下」1557）

『うつほ物語』に見られる例である。詩歌管絃の場での仲忠、藤英などの美声が描き分けられ（①④）、あて宮求婚に敗れて小野に隠棲した実忠は、再び都に戻った時、かつてそれと気付かずに娘の声を聞いていたことに思い至る（②）。立坊争いであて宮のライバル側に立つ中宮は感情を露わにして大声を出す（③）。声は人を識別し得る、人の属性を示すものとの面が強いことがわかる。

⑤　ものうち言ひたる声けはひほれ〳〵しく後れたれば、女君、蔵人の少将などに聞きあはするに、あやしげなれ

ば、我こそ恋ひざめと言はまほしけれ、とおぼす。……この兵部の少に見なしては念ぜず、ほゝとわらふ中にも蔵人の少将ははなぐとものわらひするに心にて、わらひ給ふ事かぎりなし。（落窪物語・巻二136）

『落窪物語』の継母の実子四の君が結婚させられた相手、面白の駒の愚かしさは声によっても示され、周囲の人々は〝ほゝ〟と笑う。〝ほゝ〟は『うつほ物語』『栄花物語』にも例の見られる語だが、嘲笑である。そして、笑う者も笑われる者も身分高い者であった。

身分高い者の声について付け加えるならば、例えば『枕草子』には〝いみじく笑はせ給ふ〟との表現があり、『栄花物語』で女御忯子の死に際し、花山院は〝たれ籠めておはしまして、御声も惜しませ給はず、いとさま悪しきまで泣かせ給〟（「花山たづぬる中納言」上97）た。大きな泣き声はこれだけではない。天皇や摂関は微かな声で話し、それを大きな声で他へ伝える者がいたという[1]が、これらの大声は史実そのままでないのは無論としても、あり得た声として描かれているといってよい。

『堤中納言物語』は一体に声が多い。例えば、「花桜折る少将」は、〝古びたる声〟によって盗み出したのが姫君でなかったことを知り、「貝合」の主人公は〝いと細き声〟で観音を演ずる。「虫めづる姫君」で声がいろいろに描かれているのは王朝的美意識に合わぬことの表現である。主人公が男装、女装する『とりかへばや』『在明の別れ』などは声に関心があってよさそうだが、実際には殆ど語られない。

以上のように作品によって声はさまざまである。多分に類型的なところはあるが、それらの声は人を識別させ、人の属性を示す、或いは声を発する者の強い感情を示すものとしての面が強い。個々の例はなお検討すべきであるが、物語はさまざまな声を描き得るものであった。

3　女君の声 ―― 聞く／聞かれる

『源氏物語』の声については石田穣二の先駆的な研究[2]を始め、より近くは、声の神話的な呪力とそのありようの変化を論ずる宮田宏輔[3]、声にジェンダーの枠組みの揺れ、身体性などの関係性を読む吉井美弥子[4]等の示唆に富む論考が多いが、改めて声を辿ってその特徴の意味を考えてみたい。

『源氏物語』の中の声を辿ると、前節のさまざまな声とは違う一つの顕著な傾向が認められる。女君（主人公となり得る、或いはそれと同程度の身分の女性）の声は男君（女君に対する男性）に聞かれるか否かが問題にされるという傾向である。聞かれる場合も〝ほのか〟な声である点が共通する。勿論、女房などの声は〝はやりか〟〝いと若き声〟などと、より具体的に表され、嘲笑や朗詠も具体的な声によらずに示すこともあるようだが[5]、女君の声についてのこの傾向はやはり確かな傾向として認められる。

大人になりたまひて後は、ありしやうに、御簾の内にも入れたまはず、御遊びのをりをり、琴笛の音に聞こえ通ひ、ほのかなる御声を慰めにて、内裏住みのみ好ましうおぼえたまふ。（「桐壺」一49）

元服後の光源氏は藤壺の声を〝ほのか〟にしか聞けない。ここで声は楽器と共に藤壺と光源氏をつなぐものでもあったのだが、以後、賢木巻、薄雲巻でも同様の声が描かれる。聞く側の光源氏の涙を落とし、泣くという反応と共にあることは、この声が聞く側から捉えられていることを意味する。

故宮などの心寄せ思したりしを、なほあるまじく恥づかしと思ひきこえてやみにしを、世の末に、さだ過ぎつきなきほどにて、一声もいとまばゆからむ、と思して、さらに動きなき御心なれば、あさましうつらしと思ひきこえたまふ。（「朝顔」二485）

斎院を退下した朝顔姫君に光源氏は近付くが、姫君は受け入れない。声を聞かせまいとするのがその表われである。声は実際には聞かれていないのだが、ここでも聞こうとする側の反応が描かれる。

「脚立たず沈みそめはべりにける後、何ごともあるかなきかになむ」とほのかに聞こえたまふ声ぞ、昔人にいとよくおぼえて若びたりける。（「玉鬘」三130）

六条院入りした玉鬘を光源氏が初めて訪れる場面で玉鬘の声が〝ほのか〟であるのは六条院の女性として及第したことを意味する。それに対する光源氏の反応を含めて、その声の質がより詳しく描かれるのは両者の微妙な関係を示していよう。

年ごろ何やかやと、おほけなき心はなかりしかど、いかならん世にありしばかりも見たてまつらん、ほのかにも御声をだに聞かぬことなど、心にも離れず思ひわたりつるものを、声はつひに聞かせたまはずなりぬるにこそはあめれ、むなしき御骸にても、いま一たび見たてまつらんの心ざしかなふべきをりは、ただ今より外にいかでか

あらむ、と思ふに、つつみもあへず泣かれて　　（「御法」四508）

少女時代を除いて光源氏の聞いた紫上の声には言及がない。紫上の声は専ら夕霧の側から描かれる。野分巻での垣間見場面に始まり御法巻に至るまで夕霧はついに紫上の声を聞くことはなく、立ち聞きすらできなかった。そのことは両者の遠ざけられた距離を示しているが、聞けないことを強調するところに特徴がある。

以上の声のありようには高貴な姫君は人—男性に声を聞かれてはならないという、当時の文化的・社会的背景があるのは言うまでもない(6)。男女の間で「見る」ということが如何なることであったかということに通ずるものである。声に身体性を読みとることも可能であろう。

結婚していない、直接顔を合わせることのない男女の間では会話も直接には交わされない。女君の声が男君によって聞かれるか否かが問題になるのはそのことの裏返しである。女君の声は男君によって聞かれる対象としてあった。『源氏物語』の声に関しては、聞く／聞かれるという構図が読みとれる。しばしば指摘される見る／見られるという構図とも対応する、男君の聴線(7)によって聞かれるという構図である。そこには聞かれることに対する緊張と抑制が働いている。男女どちらの側からも捉えられるものではあるが、声がこの構図に集中するところに、聞かれることに敏感なこの物語の方向がみられよう。

この構図から大きく外れるのが近江君であろう。〝舌疾〟、〝あはつけき〟、〝さはやか〟など詳しく声の描かれる近江君が女君たり得ないのは勿論だが、聞く側も内大臣や左大臣家の人々など恋の相手でない人々である。源典侍はやはり具体的な声が描かれ、何かと問題にされることが多いが、聞くのは男君たる光源氏であり、この構図から外れるものではない。女房の声も聞くのは男君であった。

『源氏物語』中、声について最も多く言及されるのは宇治大君であり、次いで中君であるが、少女と老女—未だ女君にならない者と既に女君ではなくなった者—の場合をその前にみておきたい。

4　少女の声と老女の声

少女時代の紫上の声が声としてはっきりと扱われるのは若紫巻、北山での垣間見の後、光源氏が京の家を訪ねたときである。「かのいはけなうものしたまふ御一声、いかで」と言う光源氏に対して女房たちは声を聞かせまいとする。少女の声を光源氏が聞くのは〝あなたより走り来る〟少女自身の意志による。走るという動作を含め、制度や秩序の外にいるこの少女の意味については指摘がある(8)が、声についていえば、なお聞く／聞かれるという構図から離れていない。光源氏が若紫の声を聞かぬふりをしながら、翌日、

いはけなき鶴の一声聞きしより葦間になづむ舟ぞえならぬ　（一238）

と歌を贈るのは、何よりも若紫に藤壺を重ね合わせて見ているからである。女房たちが声を聞かせまいとしたのも、動機は知らぬにせよ、少女がどのように見られているかを知っていたからであった。少女のこの声も女君の声と隣り合っている。

もう一人の少女、明石姫君の声はただ一度、実母明石君との別れの場で、〝片言の、声はいとうつくしうて、袖をとらへて「乗りたまへ」と引くもいみじうおぼえて（「薄雲」二434）〟とあるのみである。姫君は三歳、少女というよ

りは幼女であり、聞く者も実の親である点で女君の場合とは異なる。だが、これ以降、声そのものが特に採り上げられることはない。そのことは后がねとして慎重に育てられる明石姫君に相応しい。

女君となる以前の少女の声が具体的に描かれるのは聞かれることに対する緊張から解放されているかのようにみえるが、しかし、決して無縁ではない。

既に女君ではなくなった老女たちを見ると、しばしば声が伴って描かれている。朝顔巻の女五宮は〝咳がち〟で、光源氏には〝声ふつつかにこちごちしくおぼえたまへる（二470）〟、という具合にその老人ぶりが強調される。〝ふつつか〟は光源氏の声にも用いられることがあり（若菜下巻）、それ自体は否定的な意味を持つ語ではないだろう。ここでは〝ふつつか〟な、即ち太い声は女性に合わないとされているのであろうが、最後に〝さる方なり〟と付け加えられていることに注意したい。この声は光源氏によって弁護されている。〝あらまほしく古りがたき〟と、ここで対比された大宮も行幸巻では自らの病や夕霧に対する心残りを語って、〝ただ泣きに泣きて、御声のわななくも、をこがましけれど（三298）〟とされる。しかし、ここでも〝さることどもなればいとあはれなり〟と続いている。二人は老人であるだけでなく、光源氏にとっては親族でもあり、他の女君のような聞く／聞かれるという関係とは異なる。それゆえ声が詳しく描かれたのではあるが、それらの声は男君の聴線によって聞き取られた。その声がなお弁護される必要があるところに女君のあるべき声に対する意識が示される。

老女の声もやはり女君の声と無縁ではない。老いた者の声としては横川僧都の母の場合も特徴的だが、これについては後述する。

5　女君の声2――隔てと声

『源氏物語』中、最も多く声が語られるのは大君である。橋姫巻、薫が初めて大君たち姉妹を垣間見したとき、〃いますこし重りかによしづきたり（五140）〃と、その〃けはひ〃が捉えられるが、声として明確に意識されてはいない。声はその後の場、簾越しに、

いとよしあり、あてなる声して、ひき入りながらほのかにのたまふ（五142）

とあるのが最初である。二人が直接ことばを交わすことも当時の習慣からすれば異例である。単に、〃ほのか〃であるだけでなく、更に〃いとよしあり、あてなる声〃と捉えられるのは隔てを置きながらも近い二人の距離を示す。薫の聞く大君の声は、〃ほのか〃であり、〃末は言ひ消つ〃ものであったりするが、〃いとあはれ〃〃いと飽かぬ心地〃〃あやしくなつかしくおぼゆ〃など聞く側の薫の思いと共に描かれる。病床の大君に向かい、〃などか御声をだに聞かせたまはぬ（「総角」五318）〃と呼びかけ、臨終の大君に〃御声をだに聞かずなりにたれば、いとこそわびしけれ（同325）〃と言う。薫は確かに声に執着する。(9) 大君が声を聞かれ続けたのは隔てを置き続けた二人の間柄を表す。そして、なお、〃ほのか〃な声であったことは聞かれることに対する緊張と抑制がここでも忘れられていないことを示すだろう。

匂宮が中君の声に関心を示したのは他の男が聞くことを危惧するものであって（宿木巻）、自身は〃ほのか〃に声

を聞く機会も必要としてはいない。中君の声に対する関心は薫の側から語られる。大君の声との類似を感じたり、〝いみじうらうたげ〟と聞きとられる（宿木巻）ことに薫と中君の間柄が表されている。大君と重ね合わせつつ隔てを置いている間柄であるが、声の類似は〝声なども、わざと似たまへりともおぼえざりしかど（「宿木」五393）〟とあることからすれば、薫の思い込みであるかもしれない。[10] その薫は匂宮に声を真似られている。

浮舟の声が当初、薫によって〝ほのかなれどあてやか（同五489）〟に聞こえ、中君との類似も意識される（同493）のは、それがまだ大君と重ね合わせての垣間見の段階にあったからである。物語の展開上、浮舟には声を聞かれぬようにすることは許されない。

浮舟が声を聞かれることを避け得たのは横川での求婚者、中将に対してであった。〝いと言多く恨みて、「御声も聞きはべらじ。……」（「手習」六327）〟と言う中将のことばは、しかし、聞かれることからの解放を意味しない。このあと浮舟は横川僧都の母の部屋に逃げ込む。そこで聞いたのは母尼や他の尼たちの声であった。この母尼の声はその他の場面も含め、徹底して美しくないもの、興ざめなもの、更に浮舟には恐怖を与えるものとして描かれる。かつて女五宮や大宮に与えられたような弁護はここにはない。浮舟はここでは聞く側にいるのだが、聞かれる側から聞く側に移ったといえるであろうか。また、中君との対話で〝若びたる声〟とされ（東屋巻）、聞くのも女君であるなど、浮舟をめぐる聴線には変化があるようにみえる。だが、聞く側になっても聞いておびえる点では浮舟は受身であり、なお検討が必要である。

6　男君・男性の声 ―― 聞く／聞かせる

男君の声には女君のような聞かれることへの緊張と抑制は無論ない。その声は美しいことが詩歌管絃の場で繰返し強調される。[11]そのような男君の声を聞くのは多くは女性よりも男性である。ここでは男性――男君よりも少し範囲を拡げて――の声をめぐって、やや別の角度から考えてみたい。

身分高い者の外出には随身が伴い、警蹕、前駆の声をあげる。男君の側から発せられる声で女君の反応があるもの、反応を予想してのものはこの声である。但し、それは『蜻蛉日記』や私家集などに見られる「前渡り」としてではない。女の家の前を素通りして女に惨めな屈辱感を与える「前渡り」を描くことを『源氏物語』は避けるという。[12]警蹕は私的な外出にも、また、邸内でも行われる。随身の数は官位によって既定があり、声自体も決まったものであった。その声自体は男君が発するものではないが、男君の存在を知らせ、時には男君自身によって低く抑えられることもある。

野分巻、野分の翌日に光源氏が女性たちを次々に見舞うところで次のようにある。

筝の琴を掻きまさぐりつつ、端近くゐたまへるに、御前駆追ふ声のしければ、うちとけなえばめる姿に、小袿ひきおとして、けぢめ見せたる、いといたし。……西の対には、恐ろしと思ひ明かしたまひけるなごりに寝過ぐして、今ぞ鏡なども見たまひける。「ことごとしく前駆な追ひそ」とのたまへば、ことに音せで入りたまふ。

（「野分」三277）

邸内の前駆の一例である。低く抑えられることのなかった声に応じ、明石君は衣装を整え出自の低さを示して光源氏を迎える。他方、玉鬘を訪れるときは忍び歩きのように声を低く抑えさせる。二人に対する声の違いはそのまま二人の六条院内での位置を示すが、光源氏は声をコントロールしており、その声は一義的である。女君は声を聞いているが、聞くことにおいて主客逆転したのではない。聞く／聞かれるに対応する聞く／聞かせるとでもいうべき構図が読みとれる。

かしこには、過ぎたまひぬるけはひを、遠くなるまで聞こゆる前駆の声々、ただならずおぼえたまふ。

（「総角」五298）

紅葉狩りの場に出て来るこの前駆の声は、匂宮の意思からすれば前渡りではないが、宇治の女性たち、とりわけ大君には前渡り的に聞こえ、大君の結婚拒否の念は強まる。声を発する側の匂宮は、野分巻の場合とは無論条件が異なるが、声をコントロールできていない。結果として、匂宮の意志はどうであれ、女君側は聞くというより聞かされている、聞く／聞かせるという構図はなお組替えられない。

坂本になれば、御前の人々すこし立ちあかれて、「忍びやかにを」とのたまふ。小野には……例の、遙かに見やらるる谷の軒端より、前駆心ことに追ひて、いと多うともしたる灯ののどかならぬ光を見るとて、尼君たちも端に出でゐたり。……時々かかる山路分けおはせし時、いとしるかりし随身の声も、うちつけにまじりて聞こゆ。

浮舟生存を知った薫が横川僧都を訪ねての帰途、小野からは闇夜に灯が見え、前駆の声が響く。〝忍びやかにを〟とは言っても〝前駆ことに追ひて、いと多うともしたる灯〟になる。浮舟は一つの声をその中に聞き分ける。聞き分けるのは過去を忘れていないからだが、(13)その声は浮舟の捨てようとする過去が近くにあることを示す。翌日には薫の命を受けた小君がやって来る。薫の存在そのものといえる声は向こうからやって来た。聞く声と聞かされる声の違いはここでは不分明のようでもあるが、薫の意図したかどうかは関係なく、この声も聞かされる声である。（「夢浮橋」六382）

聞く／聞かせるという構図は揺らぎ出している。最も揺らぎを見せているのが浮舟の例である。しかし、その構図は最後まで存在する。そのことは重いことであろう。

7　『源氏物語』の声と聴線

初めに述べたように物語はさまざまの声を描き得るものであった。物語に描かれた声は声の主の属性、聞く者と聞かれる者との関係性との両面があり、いずれを強く捉えるかは作品によって違いがある。

『源氏物語』の選んだ声はどうであったか。人間の発する音声に限定せず、さまざまな音や話された内容まで含めて考えれば、宇治十帖の〈音《こえ》〉は聞く者によって意味を変え、また、その意識を投影するなどきわめて方法的に用いられていることが指摘されている。(14)人間の音声についても宇治十帖の聴線には確かに変化が見られる。絶対的な聴線などはなく、各々の聴線は一様でない。過剰な意味づけや模倣もある。声を関係性に於いて捉えること、声の多義性はより強くなったといえるだろう。

しかしながら、聞く／聞かれる、それを裏返しにしたような聞く／聞かせるという構図は最後まで強固にある。この構図自体、関係性として声を捉えることなのであるが、聴線の変化もこの構図を組替えるものではない。宇治十帖は男女の間の隔てを強調した。[15] 物語が隔てを強調する以上、聴線も隔てに関わるものとなる。変化しながらも一つの聴線が強調されるところにこの物語の特徴がある。揺らぎは揺らぎにとどまっている。

属性よりは関係性を描く『源氏物語』の声は、女性の声が聞かれる声であるという一点を強く意識し、そこに集中している。無論それは男君の側からいえば、聞く、聞こうとすることになるが、隔てを越えてからの声が描かれないところに、聞かれる側の緊張が認められる。声が多義的になり、聴線も絶対的でなくなったとしても、聞かれる声を意識していることは変わらない。そのことが『源氏物語』における声のありようを決定したのだといってよい。他の物語の声をみてゆけば、それは一層はっきりする。『狭衣物語』では独詠歌が聞かれることにより物語が展開する。例えば、巻二、女二宮の独詠歌は母大宮が、狭衣の独詠歌は典侍が耳にし、さらに典侍の歌を出雲乳母が聞くことで真相が気付かれる。[16]『夜の寝覚』では巻一、中納言が詠んだ和歌が中君に確かに聞こえ、それを意識しながらも普通の意味での物語の展開とはならない。そのことに端的に表れているように、また別の角度から「聞く」ことを強く意識している。単なる属性としてではなく、きわめて方法的なものとしてあるのだが、聞かれることへの緊張はそこにはない。

近年、声を含めたさまざまの身体表現や感覚によって捉えられるものが注目されている。それは、それらのものが関係性を示している、そのような物語の方法の発見であるといえる。他の音に比べ、人間の発する声はその人の属性という面を離れにくい。聞くことが声の主を支配することだという意識を考えれば、声は属性以前に人それ自身である。根源性であるといってもよい。意識の問題としていうのであり、呪力とまで考えるのではない。聞かれる声により聞く者と聞かれる者の関係性が表され、その底に声の持つ根源性があることが表される。『源氏物語』に於ける声の問題とは、声にみる根源性と関係性の分かち難いことそれ自体を強く意識している、その点にあるといえよう。

※本文引用は、『うつほ物語』は宇津保物語研究会編『宇津保物語本文と索引　本文編』（笠間書院）、『落窪物語』は新日本古典文学大系（藤井貞和校注、岩波書店）、『栄花物語』は日本古典文学大系（松村博司・山中裕校注、岩波書店）に拠った。括弧内数字は頁数。

注

（1）網野善彦「高声と微音」（網野他編『ことばの文化史　中世1』91‐37頁、平凡社、一九八八）。

（2）「源氏物語における聴覚的印象」（『国語と国文学』一九四九・一二）→改稿（一九五〇・一）を経て『源氏物語論集』に収録。207‐233頁（桜楓社、一八七一）。

（3）「源氏物語における「声」の表現空間論―柏木と女三宮の密通場面を焦点に―」（『王朝文学史稿』19、一九九四・一二）。

（4）a「源氏物語の「声」」（『論集平安文学』3、一九九五・一〇）、b「物語の「声」と「身体」―薫と宇治の女たち―」（小嶋菜温子編『王朝の性と身体―逸脱する物語』、森話社、一九九六）、c「弁少将の「歌声」―光源氏と「高砂うたひし君」―」（『日本文学』一九九六・五）→『読む源氏物語　読まれる源氏物語』14‐67頁（森話社、二〇〇八）。

（5）原岡文子「笑う―『源氏物語』の「人笑へ」をめぐって―」（物語研究会編『物語とメディア』、有精堂、一九九三）→『源氏物語の人物と表現　その両義的展開』281‐296頁（翰林書房、二〇〇三）は『源氏物語』に頻出する「人笑へ」の背後に嘲笑のあることを指摘、青柳隆志『源氏物語』における朗詠　B朗詠と「吟誦」『日本朗詠史　研究篇』122‐134頁（笠間書院、一九九九、初出一九九四）では、古詩朗詠の音声は「誦ず」という代表的な動詞が、音声に関する形容語の介入を必要としない、音楽的要素を濃厚に持った、独立性の高いものであった、とする。

（6）これを端的に示しているのが蜻蛉巻で宮の君が女一宮の女房となって声を聞かれる場面であり、注（4）吉井論文bにも指摘がある。

（7）視線に対応するものとして仮に考えたものであるが、三田村雅子「宇治十帖、その内部と外部」（『岩波講座日本文学史3』29‐57頁、一九九六）もこの語を用いている。

（8）原岡文子『『源氏物語』の子ども・性・文化―紫の上と明石の姫君―』（『源氏研究』1、一九九六・四→『源氏物語の人物と表現　その両義的展開』338‐355頁）他。

（9）注（4）吉井論文b。

（10）注（4）吉井論文bは、声の類似が薫のみによって捉えられていることをその根拠とする。

（11）注（4）吉井論文a、b。

（12）今井源衛「前渡りについて―源氏物語まで―」『紫林照径―源氏物語の新研究』63‐81頁（角川書店、一九七九、初出一九七六）。

（13）玉上琢弥『源氏物語評釈一二』569頁（角川書店、一九六八）。

（14）三田村雅子「〈声《こえ》〉を聞く人々―宇治十帖の方法」（物語研究会編『物語研究1』、新時代社、一九八六→『源氏物語感覚の論理』110‐149頁、有精堂、一九九六）。

（15）隔ての問題に関しては「『源氏物語』の飾りと隔て」（本書Ⅳ―一）で述べた。やはり隔てに注目する中川正美「宇治大君―対話する女君の創造―」（王朝物語研究会編『論集源氏物語とその前後4』143‐168頁、新典社、一九九三）は、対話を重ね、主体的に生きようとする大君を見る。そのことと聞かれる声との関係はどうなのか、なお問題としたい。

（16）独詠歌が他者に聞かれることの方法的な意義については、神田龍身「方法としての内面―後冷泉朝期長編物語覚書―」『物語文学、その解体―『源氏物語』「宇治十帖」以降―』251‐259頁（有精堂、一九九二）、石埜敬子「『狭衣物語』の和歌」（和歌文学論集編集委員会編『和歌文学論集3　和歌と物語』203‐228頁、風間書房、一九九三）に言及がある。末澤『『狭衣物語』の「声」―和歌を中心に―」（本書Ⅱ―三）他でも述べている。

三　『狭衣物語』の「声」
――和歌を中心に――

1　はじめに――『狭衣物語』の〈聞こえる声〉

『狭衣物語』巻四、物語末尾近くに、

たちかへり折らで過ぎ憂き女郎花猶やすらはん霧の籬に

と眺め入らせ給へる御かたちの夕映、猶「いとかゝる例はあらじ」と見えさせ給へるに（巻四466①）

とある。嵯峨院を見舞った狭衣が、続いて女二宮を訪ねて思いを詠みかけ、〃御簾のうちに、半らは入らせ給ひて御袖の褄を引き寄せて、泣きかけ〃たものの、輿の用意を告げられ、その場を離れたときの詠である。夕霧の中、女郎花は確かに咲いていたが、歌中の女郎花が女二宮を指すことはいうまでもない。では、そのことは作中の誰にも明らかなことであっただろうか。この場には輿の用意を告げた左大将の他、何人もの人物がいる筈である。狭衣と女二宮の関係を知る者はそこにはいないが、女郎花という語の心象から不審に思わぬわけはない。だが、不審に思うためには何よりもこの和歌が聞こえていなければならない。即ち、この歌は声に出して詠まれることが必要だったことになる。だが、声を聞いた者の反応は語られていない。それは声が聞こえていないとされていることを意味する。従者の作法として聞こえても聞こえないことを装うのではないだろう。従者であれ、誰であれ、この物語ではよく声を聞いている。晴れの歌にせよ、日常詠にせよ、和歌が現実に詠まれていた時代にあっては、詠歌の声が聞こえたかどうかは、ごく自然に意識されていたのではないか。

『狭衣物語』では詠歌の声が聞こえることで物語が展開する場がある。それはしばしば指摘されるように一つの方法的な特徴である。その上でいえば、聞こえる声はこの物語の中でもまた選ばれているのではないか。人―作中人物が口から発するものは声を伴う。その声―音声については物語の中でいつも語られるわけではないし、また、その語られ方、声の捉え方も一様ではない。物語はそれぞれ「声」を選びとっている。(2) いわれるように『狭衣物語』は独詠歌が「聞こえる」ことに特徴があるのは確かだし、独詠歌以外にも声が「聞こえる」例は多くある。が、また、先の例のように「聞こえない」声も多いのである。それらの声々はどのように配置されているのだろうか。そこから『狭衣物語』の「声」について考えたい。

検討に先立ち、『源氏物語』に特徴的であった女君の聞かれる声(3)について確認しておく。『狭衣物語』には女君の声が聞かれるとの意識はない。聞かれる声が意識されるのは男女の間の隔てのためといってもよい。隔てを越えようとする時に声が聞かれるのであった。狭衣をめぐる四人の女性のうち、飛鳥井にも宰相中将妹にも出会いから隔てはなかった。女二宮も同様である。隔てはあるのだが、ひとたびは越えられた。物語は狭衣の側に立って語られているから聞かれることに対する緊張もない。唯一隔てのある源氏宮は兄妹のように育てられたという特殊な状況が初めから聞くことを可能にしている。が、源氏宮、女二宮には聞かれる声とは別の特徴的な声がそれぞれ見られ、声が「聞こえる」ことが問題になる。以下、主として源氏宮、女二宮をめぐって検討する。

2　源氏宮思慕をめぐる「声」

狭衣が最初に源氏宮思慕を口にした和歌は、天稚御子事件後、天へ昇れなかった代償に女二宮を与えようとの帝に対する返歌「紫の」である。

(1)　上召し出でて、御盃たまはするに、

身のしろも我脱ぎ着せんかへしつと思ひな侘びそ天の羽衣

仰せらるゝ御気色、心ときめきせられて、思ゆることあれど、「いでや、武蔵野のわたりの夜の衣ならば、げに、かへまさりもや思えまし」と、思ひぐまなき心地すれども、いたく畏まりて、

紫の身のしろ衣それならば少女の袖にまさりこそせめ

と申されぬるも、何とか聞き分かさせ給はん。（巻一50）

物語冒頭の山吹をめぐるやりとりよりも歌意は明らかであるが、〃武蔵野のわたりの夜の衣〃ならば――ゆかりの源氏宮であるならとの思いは帝には理解されなかった。帝は「それ」を女二宮のことと解した。物語は続けて源氏宮も

女二宮もどちらもゆかりの仲なのだからと述べる。帝の誤解はむしろ予想されたことである。予測しつつの返歌には欺瞞があるともされるが、[4] 声に出したものの狭衣の思いが気付かれなかったことを今は押さえておきたい。そのことに関して諸本に異同はない。

（2）いろ〳〵に重ねては着じ人知れず思ひそめてし夜半の狭衣　（巻一52）

は続けて〝と返す〴〵言はれ給ふ〟とあるように間違いなく声に出しているが、聞く者はいない。人知れぬ思いが人知れぬ思いであるためには、この独詠歌は誰にも聞かれてはならない。この歌を詠んだ夜、狭衣は常の居所である東の対ではなく、寝殿の両親の近くにいたのだから、聞こえやすい位置にいたといえよう。事実、この後に続く読経の声は聞こえている。読経の後の和歌「夜もすがら」「ほとゝぎす」の二首が声に出されたかどうかは内閣文庫本でははっきりしないし、〝殿など、眼さまして聞き給ふに〟がこの二首を含むかもはっきりしない。深川本では〝とそおほさるゝ（22）〟と心中詠であることが示される。一方、流布本では歌句を変えて二首を一首とし、和歌と読経の順序が逆になってもいるが、〝とひとりごちてたたずみたまふままに（上42）〟と声に出されたことが明らかにされている。その場合も〝ゆるらかにうちあげてよみたまへる、いみじう心細う尊きを、母宮、大臣など聞きたまひて（上42）〟と読経だけが聞こえたような語り方である。諸本の中には〝ひとりごち〟〝くちずさみ〟など声を明らかにするものが少なくないようである。詠歌の声は堀川上の心配する五月の空の〝恐ろしきもの〟が聞きつけぬほどの小さな声であったのだとされていよう。そして、たとえ聞かれたとしても、秘めたる思いは気付かれることがない。そのような内容の和歌であった。このあたり歌数、詠歌と読経の順序を含め、本文の異同は小さくないが、最も聞かれてはならない――物語の展開上――詠歌「いろ〳〵に」が聞かれなかったという点では一致している。

(3)　よしさらば昔の跡を尋ね見よ我のみ迷ふ恋の道かは　（巻一55）

(4)　いかばかり思ひこがれて年経やと室の八島の煙にも問へ　（巻一56）

初めて源氏宮に思いを打ち明けたときに詠まれたこの二首は当然声に出された。聞く者は源氏宮以外にはいない。訴え続けるけれども〝人近う参れば、絵に紛らはして、退き給〟ことで、狭衣の思いは他には知られない。〝人〟とは動くこともできずにいる源氏宮に最初に気付いた大納言の乳母であろう。流布本の〝されど、いと近くしも候はぬ人は、いつもけ近き御仲らひに、目もたたぬならむかし（上46）〟は見聞者であり同時に筆録者でもある語り手の、唯一真相を知っているという自負をあらわすとの説[5]があるが、乳母や女房は声によって気付くことができる。筆者は語り手を必ずしも実体的に考える必要はないと考えているが、流布本のこの草子地も、声という観点からいえば、聞こえていないことを改めて述べているのだといえる。同様に内閣文庫本の大納言の乳母という人名は、最も声を聞く筈の者がその場にいなかったことをも示してもいるのである。諸本、本文に異同があるが、声が他に聞こえない点に関しては一致している。

(5)　もの暗く暑かはしげなる中より、蟬の鳴き出でたる、暑げなるも、いとゞしく、御心の中は燃えまさりて、
　　声立てて鳴かぬばかりぞ物思ふ身はうつせみに劣りやはする
　と言ひ紛らはして　（巻一78）

源氏宮と堀川上が碁を打つ場へ行った折の詠で、几帳の陰に隠れた源氏宮への思いはここでも気付かれない。この点も諸本同じであり、〝言ひ紛らはして〟とあるが、聞こえても聞き咎められることのない歌なのであった。〝物思ふ〟とはいわば常套語のようなものである。ここで聞かれ、賞でられるのは、和歌に続く〝「蟬黄葉に鳴きて漢宮秋なり」と忍びやかに誦し給御声〟の方であり、そのような声は物語の主人公の資格でもある。

雪の降り積もった朝、源氏宮を垣間見、その詠歌に応じた、

(6)　燃えわたる我身ぞ富士の山よたゞ雪にも消えず煙たちつゝ　（巻二174）

は〝など思ひ続けらるゝ〟のであって、源氏宮や女房の知るところとはならない。かわって聞こえ、女房たちの賞でるのが『法華経』を讃える声である。流布本では〝と賞できこえて、御心のうちは知る人なし（上202）〟と念を押す。諸本の中には声に出したとするものもあるが、その場合も聞かれてはいない。兄妹のように育った狭衣と源氏宮の特殊な間柄から、〝言ひ知らぬ言の葉・気色を、ひと所の御目・耳には知らせ聞こえ給へど、人は夢にも思ひ寄るなし（巻二176）〟ということになる。源氏宮への思いが知られてはならぬというのも、この物語の要請するところである。だから声に出された思いは源氏宮以外には気付かれてはならないのだが、時にはその原則が外れそうになることがある。源氏宮入内の準備が進む中、源氏宮の前で琴を弾く場で、

(7)　忍ぶるを音に立てよとや今宵さは秋の調べの声の限りに

と言はるゝを、「人もこそ耳にとゞむれ。むげに、現心もなくなりぬるにや」と、あさましければ、言ひ紛らはして（巻二191）

とある。この場には源氏宮だけでなく、女房中納言君がいる。中納言君は、春宮から来た源氏宮への文に筆跡くらべと見せかけて思いを書き付け、そして破いてしまった狭衣に、〃賜はせよ。見較べ侍らん（巻二176）〃と言った人物である。詠歌の声が聞こえないこと、若しくは聞き取られないことは、聞かれることと同様に重要な意味を持つ。続いて語られる催馬楽「更衣」の声は琴の音と共に天稚御子再降下への危惧へと移り、朗詠の声を女房たちが賞でるのも例のことである。外見からはすばらしいばかりの狭衣が抱える満たされぬ思いを示すのでもある。なおいえば、この部分の〃うち誦し給へる御けはひ（巻二192）〃を流布本は〃忍びやかに誦し給へる御声（上226）〃とし、語彙の上でも声が強調される。

巻三冒頭、粉河からの帰途に詠まれた独詠歌三首、帰ってからの二首が声に出されたかどうかは述べられないが、聞かれなかったものとされているとみてよい。同行の若君達が〃いかなる御心の中にか（巻三219）〃と思うのも和歌を聞いてではなく、狭衣のもの思わしげな様子を見たことによる。その折の、

(8)　行き帰り心まどはす妹背山思ひはなるゝ道を知らばや（巻三219）

の「妹背山」から必ずしも兄妹の恋を読み取る必要はないが、そう聞き取ることもできる。実際に妹背山を通ったにせよ、聞き咎められそうな内容の和歌である。詠歌の声が聞かれたか否かに言及がなかったのは聞かれなかったこと

を意味する。狭衣の秘めた思いはここでも知られることはない。

巻四でも同様のことが繰返される。思いは声に出しても気付かれない。

(9)　御垣守る野辺の霞も暇なくて折らで過ぎゆく花桜かな

と、わざとなく言ひすさび給へば、少将、

「花桜野辺の霞のひまくに折らでは人の過ぐるものかは

さまでは、なんでう、いさめか侍る」と聞こゆれば　（巻四359）

「御垣守る」の和歌は直接には女房との恋を指すが、戯れの中での詠でもあり、聞き咎められることはない。が、女房との恋はその女主人との恋の代償ともなる。また、松村博司・石川徹校註『狭衣物語上下』（日本古典全書、朝日新聞社。以下『全書』）補注の述べる如く、〝折らで過ぎゆく〟が『源氏物語』夕顔巻の六条御息所の女房中将とのやりとりから来ていると考えるならば、話の方向は逆ではあるが、慎重な中将とは対照的な新少将の姿が浮かび上がる。新少将の歌は事情を知らぬためのものである。ともあれ、源氏宮への思いは気付かれなかった。そして、この場を次へ展開させるのは宰相中将の前駆の声である。

源氏宮をめぐる声はその後も変わらない。和歌も含めて思いが直接声に出されるのは聞く者が源氏宮だけのときである。書かれる和歌は直接手渡される。帝位についてからは声の届かぬ距離となり、和歌は人を介して渡されることになる。賀茂祭の日、

(10)　名を惜しみ人頼めなる扇かな手かくばかりの契りならぬに　（巻四438）

は、扇―あふ、という危うい和歌である。父堀河大臣が見たらと狭衣自身思いもしたが、堀河大臣は〃たゞ大方のことをの給はせるとのみ御覧〃ずる。やはり、思いは知られない。

源氏宮への思いが知られないためには声が聞こえないか、聞かれても真意が理解されないことが必要である。そのことが繰返し確認される。諸本、この点では一致している。

なお、聞かれない独詠歌と聞かれる読誦が対をなすことについては既に小峯和明により指摘があり、深層の情念の葛藤を語り手の全知的視点のみが照らし出し、浄界と俗界の間をたゆたう姿を映し出すともいう(6)が、ここでは独詠歌が聞かれないこと、理解されないことを聞かれることの裏返しとして考えようとするものである。(7)の例など聞かれること、聞こえることを強調しているともいえるし、内閣文庫本よりも声を強調している本文もあるのである。

3　女二宮をめぐる「声」

巻二の女二宮物語には声が多い。事件発端の垣間見に伴う立ち聞きは狭衣を噂する女房たちの会話であり、狭衣は聞く側にいる。しかし、問題となる声は無論別にある。女二宮の母大宮に真相が告げられるには声が必要であったが、その少し前、女二宮の独詠歌、

(11)　吹き払ふ四方の木枯心あらば浮名を隠す雲もあらせよ　（巻二154）

を〝ほの聞かせ給ふ〟た大宮が、女二宮にそんな思いをさせた男を憂く思っているときに人が訪れる。それは当の相手の狭衣だが、このあたりも流布本は〝前駆の声いとおどろおどろしくて（上174）〟と付け加え、〝御随身のあたりもことぐ〳〵しきを〟を〝御随身の声づかひも御門のあたりことごとしきを〟とするなど声を強調する。それらの声によって場面が展開した後に問題の声が置かれる。

⑿ 人知れずおそふる袖もしぼるまで時雨とともにふる涙かな
聞き分くべうもなく、独りごち給を、中納言の耳くせにや、
心からいつも時雨のもる山に濡るゝは人のさかとこそ見れ
と言ふを、出雲の乳母、近う寄りて聞くに、耳とまりけり。（巻二157）

聞き取れないほどの声を捉えるのに必要だったのが、中納言典侍の〝耳くせ〟である。〝耳くせ〟は管見の限りでは『狭衣物語』のこの一例以外に見られぬ語であるが、諸本の殆どが用いている。(7) 典侍の和歌が聞かれるのも出雲乳母が〝近う寄〟ったためである。これらの声が聞こえる――聞かれるのは自然なことではなく、聞こえるための条件を要した。誕生した児の顔からその父親を悟った大宮の独詠歌、

⒀ 雲井まで生ひのぼらなん種まきし人も尋ねぬ峰の若松（巻二159）

が詠まれると〝かのありし口ずさび〟即ち典侍の和歌が出雲乳母から大宮に告げられる。狭衣の歌或いは二人の唱和がともとれ、諸注一致しないが、出雲乳母が直接聞いたのは典侍の歌ではなかったか。大宮の独詠歌は典侍も聞いていた。流布本の〝ほの聞きけるに（上182）〟は小さな声を聞き取ることを強調していよう。狭衣の態度を不可解に思い、疑念に駆られていたことにも察しがつき、やがて狭衣に〝かの「峰の若松」とありし御独言（巻二162）〟を告げる。狭衣、典侍、出雲乳母、大宮と互いに聞いたり、聞かれたりするが、聞かれたことは声に出された和歌によって代表される。無論、和歌の内容が彼らに気付かせるのだが、それには何よりも声という媒介が必要であった。聞かれる始めは登場人物相互の対話によるのではない。既に論ぜられているように、(8)独詠歌が聞こえる、聞かれるという展開は閉じられた物語相互をつなぐ『狭衣物語』の特徴的な方法であり、これが典型的な例だが、対照的に、聞かれなかった独詠歌が女二宮出家後の場面に置かれる。十二月の夜、女二宮方に忍び入ったときの狭衣の詠である。

⒁　我ばかり思ひしもせじ冬の夜につがはぬ鴛鴦のうき寝なりとも

といふを、聞く人なければ、心にまかせて口ずさみ給にも、猶飽かねば、「寝覚めたる人やある」と、心みに近う寄りて聞き給へど、音する人もなくて　（巻二169）

狭衣は聞かれることを求めているかのようでもあるが、この後にある二首「片敷きに」「知らざりし」が声に出されたかは不明である。初めの「片敷きにいく夜なく〳〵を明かすらん寝覚めの床の枕浮くまで（巻二171）」は声に出されたとしても女二宮だけが聞くのであり、狭衣の香に気付いて几帳から抜け出した女二宮が感じ取るのは狭衣の〝御けはひ〟である。諸本に大きな違いはなく、女二宮方に忍び入ってからの和歌は狭衣の思いをあらわすのみで、先のように事件の展開を促すものとはならない。展開という点ではむしろ二度ほど聞こえる赤児の声の方がふさわしい。真相が気付かれる場での詠歌があまりに際立つので『狭衣物語』に特徴的と見なされるのは確かであるが、同時に既に見て来たように聞こえない詠歌も多い。聞こえない詠歌は聞かれてはならない詠歌なのだといえる。女二宮との関係は一度知られた後は秘すべきものとして保たれる。この場で奥の方に寝ていた女三宮も目を覚ましてはいない。

女二宮との距離が遠くなれば声は聞かれることはない。巻三になって一品宮との結婚の翌朝、独詠歌が置かれる。

⒂　聞かせばや常世離れし雁がねの思ひの外に恋ひてなく音を

と、独りごち給も、聞く人なきぞかひなかりける。　（巻三275）

〃思ひの外に恋ひてなく音を〃は聞き咎められそうな内容であるが、声は聞かれず、秘密は守られる。『源氏物語』薄雲巻にも見られる〃聞く人なきぞ〃以下の草子地はそのことの確認である。後朝の歌よりも先に出した女二宮への贈歌、

⒃　思ひきや葎の宿を行き過ぎて草の枕に旅寝せんとは　（巻三276）

は嵯峨院が読み上げ、その声を典侍が聞くというかたちで示される。⒂の独詠歌と似てはいるが、誰かを恋うているとはわからない、事情を知らぬ者が不審に思うことのないような内容である。声はここでは秘密を保つ方向に働いている。

一品宮との結婚後、心の通わぬまま狭衣が口をつぐむことは重ねて語られるが、その中で声に出されなかった和歌がある。時過《さだ》ぎた一品宮の地味な衣装に興ざめた思いで、同じ吾亦紅の織物でも源氏宮に劣ると詠むものである。

⒄　武蔵野の霜枯に見しわれもかう秋しも劣る匂ひなりけり

「同じ花とも見えねば、口惜しきわざかな」と、心の中に思ひ続けられ給にも、人聞かざりし所にて、心に任せられし独言さへ、口ふたがりぬるを、いと浅ましう思給て　（巻三282）

〝口ふたがりぬる〟は一品宮との索漠とした結婚生活を示すには違いないが、同時に声が聞かれないことを意識した語り方である。源氏宮や女二宮への思いは気付かれない。そして、狭衣が飛鳥井の遺児を発見するのはこの吾亦紅に続く場であり、そこでは声がさまざまに働いている。〝口ふたがりぬる〟はその声を際立たせることにもなる。女二宮をめぐっては更に何度か声が出て来る。声を聞く一人は前斎院の女一宮である。

⒅　同じくは着せよなあまの濡れ衣よそふるからに憎からずとや

何となく言ひ消ち給へる、人聞くべうもあらねども、院は少し心得させ給つれども、さすが聞き知り顔ならんはつゝましければ　（巻三293）

⒆　飽かざりし跡や通ふといそのかみ古野の道をたづねてぞ問ふ

人聞くべうもあらず、紛らはして、「いとあはれ」と、思したる気色を、「いかなりしぞ」と、思さるれど　（巻三311）

⒅は堀川邸での袴着後、堀川上が若君を手放さないのを慰めようと女二宮を訪うようになった折のもの、⒆は女一宮を世話して入内させた後、かつて女二宮を見たのと同じ弘徽殿で女一宮をほの見た時のもので、聞き取れぬほどの小さな声を聞き取り、女一宮が二人の関係を察する点、共通している。小異はあるが、諸本同じようである。

女二宮との関係は少しずつ気付かれることになるが、ここはそれ以上発展しない。

⒇　大井川の堰せきはさこそ年経ぬれ忘れずながら変りける世に　（巻三318）

(21)　中納言の典侍ばかりぞ、ほの〴〵聞きつけたてまつりて、「心苦しくいみじ」と、聞きながらも、「宮、わが過ちにや思し召さん」と、かた〴〵に思ひ明かす。院の御後夜起きのほどにもなりにけり。うち行はせ給つゝ、例の、こなたざまに、たゝずませ給なる。宮のあるかなきかの御心地も、いとゞいみじげに思し召し惑ひたる。

（中略）

後の世の逢瀬を待たん渡り川別るゝほどは限りなりとも

御袖は、とみにも、え許したまはず、『さくりもよゝ』とは、これを言ふにや」と見ゆ。院も近うおはしませば、心にもあらず、引き滑らかして退き給ふ。　（巻三325）

女二宮の曼荼羅供養、法華八講の終わった夜、聞こえなかった独詠歌が⒇である。聞こえたのはそれに続く読経の声であるが、狭衣の思いは誰にも知られることがない。読経の声を若君が聞きつけ、やがて女二宮近くに導くことになる。次いで、(21)を含めた三首を詠みかけるのを典侍が聞いている。嵯峨院は近くまで来るが、ともかくも狭衣の声は院に聞かれなかった。〃たゝすませ給なる〃を『大系』は宮が行い澄ますとの意と解する。内閣文庫本の本文では〃給なる〃は女二宮のこととも読めるが、同文の深川本による『新編（下184）』や『全注釈（Ⅶ）』のように嵯峨院が佇むの意と解したいところで、その方が〃なる〃が生きても来る。連体形終止「なる」が気になるが、流布本は「こなたざまにぞ」と「ぞ」を加えていて問題がない。なお、流布本では典侍の思いを簡略にするが、〃院もいと近くおはしませば（下167）〃と「いと」を加えてより緊迫した状況を示している。

女二宮との関係は限られた者だけが知る。典侍は一人事情を知る者として物語の中にあり続け、出雲乳母は物語の終わり近く、典侍と共に〃人知れぬ涙〃を落とすとして登場するのみである。もう一人、藤壺中宮となった宰相中将妹が気付くのも声による。女二宮への消息が読まれなかったことを若宮―一宮の様子から察した狭衣が言う。

(22)「なほ〳〵、たち返る心かな」と、御心にもあらず、しのびやかに言はれさせ給ぬるを、中宮はほの聞かせ給て、「猶、もてはなれたる御仲にもあらざりける」と、心えさせ給ふ。（巻四451）

この後に続く藤壺の手習から狭衣は気付かれたと知る。嵯峨院が女二宮の婿にと思ったのを受けなかったのだと言いなすが、〃ありつる忍び言どもの、御耳とまりつるや交じりたりつらん〃〃はかなき口ずさみにあるべかりし人の御事かは（同452）〃と思うなど、これまでの声と同様、重大なことが意図せずに伝わった。藤壺が聞いたのは独詠歌ではないが、『古今集』の古歌の一部「なほ立ちかへる心かな」であることは注意してよいだろう。

女二宮に対しては、最後にもう一度詠みかける場がある。嵯峨院を見舞った折、嵯峨院の〃みづから、猶聞えさせ給へ。人づてにてはあるまじき事なり（同465）〃との言により、女二宮は狭衣と直接対話することになる。そこでも中納言典侍がいるが、他には誰もいないかのような語り方である。ことばをかけ、歌を詠み、簾の内に半身を入れる狭衣をとどめたのは嵯峨院からの〝道たどくしからぬ程に、はや帰らせ給ひね（同466）〟との口上であり、輿の用意を告げる左大将の声である。そして、巻末の女郎花の和歌へと続いてゆく。

4　和歌をめぐる「声」

聞こえる声としてその他、飛鳥井遺児を発見しての独詠歌を一品宮の乳母子が障子の外側で聞く例がある。〝いとよく聞きけり（巻三286）〟には一品宮邸での孤立した狭衣の姿が表れてもいるが、これが、女二宮の例と異なるのは、聞かれたことが外に知られてゆく点である。飛鳥井への思いが他人に理解されないことがあっても、その遺児の存在は知られ、狭衣即位と共に弘徽殿に住むことになる。

源氏宮と女二宮はいわれるように対照的である。それは声についても同様である。聞こえる声、聞こえない声がこの二人を中心に配置されている。

独詠歌が聞こえて真相が気付かれるのは殆ど女二宮に関わるもので、それも限られた範囲である。源氏宮に関しては、思わず口にしてしまった独詠歌は危ういところで聞かれなかったし、聞かれた和歌も理解されない。源氏宮、女二宮いずれの場合も聞かれたか否か、聞こえたか否かについて物語は殊更述べている。源氏宮への恋を禁忌にしたのは物語自身の要請だから、独詠歌は聞かれることなく終わった。『狭衣物語』は狭衣の側に立って語られる。(9)しかし、実体的な声をめぐる聴線を考えると、(10)『狭衣物語』の聴線は狭衣が聞かれる側にあるときに特徴的である。視線のありようとは異なり、それは諸本に共通している。聞こえる声が物語の中に満ちていて、しばしば場面が展開する。

『狭衣物語』は聞くこと、聞こえることに敏感なのだといえよう。聴線が最も鮮明となるのが聞こえる独詠歌であり、その裏返しである聞かれなかった独詠歌である。独詠歌の声で鮮明となるのは、それが真情を表しているから、即ち、対話では真意が伝わらない物語世界だからといえる。だが、声という面から考えるならば、和歌が独特の声調を持っていたからではないか。独詠歌が聞こえるという『狭衣物語』の方法を方法たらしめるには独特の声調が必要だったのである。藤壺中宮が聞いたのは古歌の口ずさみだが、それもやはり和歌である。この物語は天稚御子や賀茂神など非日常的な声について関心を持つこともできたであろうが、それらはこの物語の選ぶところとはならなかった。選んだのは日常における独特の声が持つ力ともいうべきものである。対話が対話として働かないときに声の力が引き出されている。『狭衣物語』の夥しい歌語や引歌についてはいうまでもなく、独詠歌が聞こえることについても注目されて来たところではあるが、和歌に関わる問題を声という観点からなお考えたい。音声としてではない「声」については、考察もあり、音声にならなかった独詠歌についても言及があるのだが、[11]音声としての「声」から見えることも多いのではないか。性格の異なる作品だが、『夜の寝覚』も詠歌の声が注目される。[12]近時、和歌文学研究の分野に於いては声の問題が新たに注目されてきている。[13]物語の作中歌はそれと同じではないだろうが、やはり詠歌の声をもっと読み取ってもよいのではないだろうか。本章はそのための試みである。

以上のように考え、改めて『源氏物語』を見ると、そこでは詠歌の声が殆ど語られていないのに気付く。既に述べたように、その基底にあるのは女君の声が聞かれる対象であるという、その一点である。詠歌の声に関しては少女巻の夕霧、古歌を口ずさむ雲居雁が障子を挟んで互いを意識するなどが数少ない例である。独詠歌が他に知られるとすれば、それは手習による。若菜上巻の紫上、手習巻の浮舟などである。少女巻以外の例、薄雲巻で藤壺の死を悼む光源氏の独詠歌には〝人聞かぬ所なればかひなし〟との草子地が付け加えられる。語り手を実体的に考えての説もある[14]

が、これは、誰もいない所での「声」を強調しているものとみておきたい。その声が独特のものであることを示しているのであるが、詠歌の声は『源氏物語』にあっては主要な問題とはなっていないようにみえる。しかも、『源氏物語』には和歌、和歌的表現が多い。そのことをどう考えたらよいのだろうか。独詠歌とはそもそも聞こえる筈のないもので、それが聞こえてしまう後期物語が特異なものなのだろうか。『狭衣物語』に見られた〝人聞くべうもあらず〟はその言い訳なのかもしれない。また、『源氏物語』には屛風歌的に配置されている作中歌があるとしても、和歌にもっと実体的な声を読み取ることはできないだろうか。田中喜美春は「をちかた人にもの申す（一136）」という光源氏のひとりごとが夕顔の宿りに聞こえ、その声が答えを求めていると解して答えたのが「心あてに」の歌であるとし、歌の解を提示する。[16]今、その当否について論ずる用意はないが、古歌の口ずさみをも含め、和歌をめぐる声は注意すべきものだろう。和歌の発生に遡るような原初的な声でもなく、披講でもない、披講の形式が整う以前の平安中期日常詠の声も和歌を詠ずる声である限り特別の声であったことには違いない。死に瀕した大君を看護する薫の様子を几帳越しに窺う中君に薫が詠みかけた和歌「霜さゆる汀の千鳥うちわびてなく音かなしきあさぼらけかな（「総角」五322）」は「言葉のやうに聞こえたまふ」たのであった。詠歌の声は特別な声である。『源氏物語』は殊更に聞こえるとせずに詠歌の声を語っているのかもしれない。改めて考えたい。

注

（1）本文は内閣文庫本に拠る。括弧内は三谷栄一・関根慶子校注『狭衣物語』（日本古典文学大系、岩波書店。文中『大系』と略）の頁数。但し、句濁・漢字の宛て方等を改めたところがある。また、国文学研究資料館蔵マイクロフィルムを参照した。流布本は旧東京教育大学国語国文学研究室蔵本を底本とする、鈴木一雄校注『狭衣物語上下』（新潮日本古典集成、新潮社。『集成』と略)、深川本は吉田幸一『深川本狭衣とその研究』(古典文庫、一九八二)に拠り、また、小町谷照彦・後藤祥子校注・訳『狭衣物語1 2』(新編日本古典文学全集、小学館。『新編』と略)、狭衣物語研究会編『狭衣物語全註釈Ⅰ~Ⅷ』(おうふう、一九九九~刊行中、『全註釈』と略)を参照したが、中田剛直編『校本狭衣物語1~3』(桜楓社、一九七六~一九八〇)に拠るところも多い。蓮空本は古典文庫に拠る。公刊された諸本を参照した。

(2)　a女君の声が聞かれる対象であるという強い意識が物語全体の聴線のありようを決定づける『源氏物語』(本書Ⅱ―二「物語に於ける声の問題―『源氏物語』の場合―」)、b瞬時に消える声を耳を澄ませて聞く『夜の寝覚』の聴線(本書Ⅱ―四「「聞く」ことの機能―『夜の寝覚』の「声」―」)。

(3)　注(2)a。

(4)　石埜敬子『狭衣物語』の和歌」(和歌文学論集編集委員会編『和歌文学論集3　和歌と物語』203-228頁、風間書房、一九九三)。同論文は『狭衣物語』の特徴として、独詠歌が多く、贈答歌は成立すること少なく、成立した贈答歌もこの場合に見るように内実は対応していないことが多く、心の交流がなされないことを指摘、「登場人物たちがそれぞれ孤立して生きるしかない作品世界の形象と深く結びつくものであった」とする。

(5)　久下裕利『狭衣物語』の異文と受容との間」(王朝物語研究会編『研究講座狭衣物語の視界』355-397頁、新典社、一九九四)。

(6)　「狭衣物語と法華経」(『国文学研究資料館紀要』13、一九八七・三→『院政期文学論』767-796頁、笠間書院、二〇〇六)。

(7)　蓮空本には「中納言のすけ(200)」とだけある。

(8)　神田龍身「方法としての内面―後冷泉朝期長編物語覚書」『物語文学、その解体―『源氏物語』「宇治十帖」以降―』251-259頁(有精堂、一九九二)、注(4)石埜論文。

(9)　井上眞弓『狭衣物語』における語りの方法―第一系統冒頭部より―」(『日本文学』一九九一・一二)・「語りの方法―少年の春―」『狭衣物語の語りと引用』14-32頁、(笠間書院、二〇〇八)は語り手と狭衣の同化的視点を指摘する。

(10)　注(2)a・b。

(11)　鈴木泰恵「〈声〉と王権―狭衣帝の条理」『狭衣物語/批評』96-124頁(翰林書房、二〇〇七、初出一九九五)。

（12）　注（2）b。
（13）　和歌に於ける「声」の問題の一つ、和歌披講が注目されるようになったのは一九九〇年代後半であったかと思われる。宮中歌会始に於ける披講の実演が和歌文学会のプログラムに組まれたのは、一九九七年度大会であった。本章初出時近くには、錦仁「詠吟の力—俊成歌論の詩的環境」（和歌文学会一九九八年七月例会）、青柳隆志「藤原定家と和歌披講」（和歌文学会第四四回大会、一九九八・一〇）などの報告があった。但し、筆者は両報告とも聞いていない。それぞれ発表要旨（例会は『和歌文学研究』77所載）による。和歌披講はその後、普及活動が進み、綾小路流の『百人一首』披講も一般向けに公刊されるに至った。和歌披講と並ぶもう一つの研究対象は和歌の原初的な声というべきものであろう。近年のもので、阿部泰郎・錦仁編『聖なる声—和歌にひそむ力』（三弥井書店、二〇一一）は「宗教テクストとしての和歌」をテーマに声の問題を取り扱っている。
（14）　吉岡曠「源氏物語の遠近法」『物語の語り手　内発的文学史の試み』（笠間書院、一九九六、初出一九七七）。
（15）　土方洋一「源氏物語における画賛的和歌」（『むらさき』33、55-59頁、一九九六・一二→『源氏物語のテクスト生成論』、笠間書院、二〇〇〇）。
（16）　「夕顔の宿りからの返歌」（『国語国文』一九九八・五、1-17頁）。

四　「聞く」ことの機能
――『夜の寝覚』の「声」――

1　はじめに

『夜の寝覚』の「声」について考えたい。「声」とは人間の発する音声そのものをいう。物語の中には会話、独語、詩歌の朗詠・吟唱、経の読誦など音声を伴う行為が種々描かれるが、それらの声が具体的にどのようなものであったかは述べられないことの方が多い。従って声についてその強弱、高低、音質などが具体的に、また別な形で表されるとき、それらは特に選びとられたものであり、その作品固有の論理や特質を示しているといってよい。

鳥の声や楽の音などのような和歌的、歌ことば的発想による方向性を持たぬ人間の声はさまざまに表し得る。少ないながらも、物語はそれぞれ種々の声を描いている。『源氏物語』以前の物語は声が人物の属性を示す面が強い。『源氏物語』の声については既に指摘があり、(1) 示唆を受けることも多いが、別に述べたように、(2)『源氏物語』に於いては女君の声が男君によって聞かれる対象であることが強く意識されており、そのことが物語全体の聴線(3)のありようを決定づけている。聞かれることに対する緊張と抑制に物語の時代の社会的文化的背景があるのは無論だが、それはどの物語にも等しく見られるわけではない。

それでは『夜の寝覚』の声はいかなるものであったか。現存の巻々を見れば、声そのものを具体的に述べることは殆どないし、女君の声が聞かれる声であるとの意識もないといえるだろう。(4) しかし、『夜の寝覚』に声がないのではない。そこから浮かび上がって来るのは声を「聞く」意識である。以下、「聞く」ことの持つ意味について探ってゆきたい。

2　詠歌の声

声を「聞く」例を辿ってゆくと詠歌の場がよくある。和歌の詠出は声によるか、消息・手習など文字によるか、又は外に出ない心中詠か、いずれかによると考えられる。和歌が実際の場でどのように詠まれたのかは問題があるかもしれないし、物語の中でも三者のどれか判断に迷うものも少なくない。更には例えば、『源氏物語』の中には、作中人物の詠出というよりは屏風歌的に配置されている和歌もあるというが、(5) 一応はこの三分類が可能である。

(1)　人の寝入りたる隙には、やをら起きて、そなたの格子のつらに寄りて立ち聞きたまへば……おのづから寝入らぬけはひのほのかに漏り聞こゆるを……

「はかなくて君に別れし後よりは寝覚めぬ夜なくものぞ悲しき

なになり、袖の氷とけずは」と、格子に近く寄り居てひとりごちたまふ気色を聞きつけて、胸つぶれて顔引き入

れたまひぬるに、対の君も……あはれなど、聞き知り顔ならむやは。（巻一76）

女君、男君（以下、男女主人公をこう呼ぶ）双方が九条の一夜の相手が義兄妹であることに気付き、しかも相手が気付いていることを確かには知らないでいる時、この歌は詠まれた。悩む男君は眠れぬままに女君の部屋の前に佇む。格子は閉ざされ見ることはできない。〝ほのかに漏り聞ゆる〟気配に神経を集中させている男君が立ち聞きするだけでなく、女君側の反応をも引起こしたのは和歌が声に出して詠まれたことによる。この歌は独詠歌といえるが、女君を意識して詠まれ、女君もそれを聞いている点で返歌のない贈答歌ともいえる。返歌はないが、単なる一方通行ではなく、双方がそれぞれに相手を意識している緊張した状況がある。声を契機に新たな展開が起こるのではなく、起こすことのできない状況そのものがある。(6) 男君の歌は声を媒介として女君に伝わった。この場に似たものが『源氏物語』少女巻、夕霧と雲居雁が障子を隔てて違いに互いに相手の息遣いを意識し合い、各々が和歌を詠む場である。細かな状況の違い、緊迫度の違い(7)は無論だが、それ以上に違うのは、『源氏物語』の場合が声の諸相の一であるのに対し、この場が全篇を通しての傾向と一致する点であり、いかにも『寝覚』的な場である点である。耳を澄ませて声を聞くことがどのような機能を果たしているか、更に見てゆきたい。

巻一、九条の家での垣間見はそれに先立ち琴の音を聞くことから始まる。男君が聞きとる人の声はあるが、声自体はその意識に働きかけていない。声が前面に出るのは少し先である。

(2)　式部卿の宮の中将は、御甥にて、琴、笛など習ひ、ここに親しく参れば、……例はなにとも耳とどめず、見ぬ人なれど、わざと立ち出でて見やれば、あてになまめきたる心地して、静かにうちながめて居たるも、うちつけ目には、それかとのみ耳とどめらるる心地すれば、やをら入りぬ。……とほらかなるよそ目こそときどきも見れ、近く忍びやかならむけはひなどは、いまだ聞きも知らねば、あらずともえ聞きもあやめず、（巻一48）(8)

男君が九条で宮中将と偽ったところから、対の君は邸に出入りする宮中将に注意を向ける。対の君は実際には耳よりもむしろ目によって推察し、声を聞いてはいない。しかし、右文中には〝耳とどむ〟〝聞く〟の語が繰返されている。後の〝耳とどむ〟を宮中将の耳として、対の君が自分の気配を聞かれないかと気にするとの説もあるが、(9)この物語に多い同語反復のあらわれたものとして、対の君の耳と考えたい。対の君の注意は聞くということに集約されて表されている。この箇所を改作本が〝れいはなにともおもはぬ人なれども、わざとたちいでゝてみれば〟〝夜目にはにずおぼゆれど〟など視覚のみで表わすのは、聴覚を必要としないとした読みが生んだ本文であろう。

(3)　この対の君、宵の間などに参りつつ見るに、ものうちのたまへるけはひなどの、ただ見し夜の夢なるに……式部卿の宮の中将のけはひ聞き合はせまほしくなりて、……若き人出し会はせて、ものなど言はせて忍びて聞くに、この御けはひ、いとあてやかに心にくけれど、似るべくもあらざりけり。

「なほこの中納言にこそものしたまひけれ」と、見聞き合はせつるに……「声聞かば、おぼえたまひなむ……ものの聞こえ、いますこしわづらはしく、聞き苦しかるべし」と思へば、音なくて引き入りたまふ（巻一55）

対の君が真相に気付く場では、視覚、聴覚を働かせているが、決め手となるのは声である。声によって相手が誰なのかを探るのが特徴的である。この物語は種々指摘のあるように冒頭から『竹取物語』を重ね合わせているが、同時に一夜が明け、帰って行く男君を対の君が「なほ人にはあらぬにや」と〝むくつけく〟思う箇所など『新編』頭注（旧『全集』も同）指摘（36頁）のように三輪山神話をも連想させる。しかし、三輪山神話もそれを背後に見せる『源氏物語』夕顔巻も跡を辿り、つけることで男の正体を知ろうとした。やはり最初の出会いが誰ともしれぬ『狭衣物語』飛鳥井姫君も声を探ろうとはしない。対の君が声によって相手に気付くのは、一度の出会いが女君懐妊という結果を招いたにも拘らず、義兄妹ゆえに余儀なく隔てられることになる関係による。声以外に判断の材料はない。声は必然的に要請されたのだといえる。『源氏物語』でいえば、これはむしろ花宴巻巻末、光源氏と朧月夜の二度目の出会いの場が似通う。光源氏は几帳越しに〝……といふ声ただそれなり〟と声によって向こう側にいるのが先夜の女性であることを知ったのであった。そして、『夜の寝覚』にあっては耳を澄ます状態がなお持続する。

やがて、男君も相手が誰であるかを知り、先の立ち聞き⑴へと続く。その言動は少しずつ人々の気付くところとなる。最初に宰相中将が不審を抱いたのも詠歌の声が契機となる。

⑷　我がごとや花のあたりにうぐひすの声も涙も忍びわびぬるとひとりごつままに……「さればよ。えならずおぼす御心のうちなりかし」と耳とどまれど、我があたりに係ることとは思ひ寄らずかし　（巻一110）

宰相中将が不審を抱いたのは声によるだけではないが、声は不可欠であり、〝耳とどまれど〟とここでも聴線が強調される。独詠歌が他者に聞かれ、事件が展開する例は『狭衣物語』にもよく見られるが、この場はそれだけで展開するのではなく、聞くことを積み重ね、漸層的に物語が展開してゆく。

以上、巻一を見てきたが、これらの「聞く」例は男女主人公に焦点がある。主人公の協力者だが脇役である法相寺僧都が事実を知るのに声は問題とならない。対の君、宰相中将と主人公に近くなるほど声が重要になって来る。同様に巻二でも、石山姫君誕生後、男君の声が聞かれる場がある。

(5)　例の寝覚の夜な夜な起き出でて……「我だに」などひとりごちたまひて、格子を、いと忍びつつうち叩きて、あはれともつゆだにかけようちわたしひとりわびしき夜半の寝覚をと、心苦しくのたまふを、内には聞き知る人あれど、苦しくのみおぼえて、聞き知り顔にもあらぬ　（巻二170）

(1)とよく似た場である。やはり格子を隔てて声だけが聞こえ、それに応答するわけにはいかない状況が描かれる。既に邸内での人目を忍んでの接近（巻二）、石山での対面（巻二）と全く隔てられていたのではないが、近付くことの困難な両者の関係が再び強調される。この立ち聞き、格子を挟んでの詠歌は今度は新たな展開を喚ぶ。男君の言動は大君側にも気付かれ、噂には尾鰭が付く。対の君は〝あやしき寝覚の立ち聞き〟の結果だと〝むつかしく聞き嘆かる〟のだが、〝聞き知らぬさま〟でいるしかない（巻二173）。長兄左衛門督が大君の訴え、噂を間違いのないものとして告げたのに対し、広沢の父入道は若い女房のもとで〝立ち聞き、垣間見などせらるることの、とりなさるるにやあらむ〟（巻二179）と言う。似た状況が繰返され、それぞれの人物によって捉え返される『夜の寝覚』の特徴がここにも見られ、聞くことが錯綜しているようだが、声を聞くことと噂を聞くことには区別がある。

その他、大君の部屋を訪れた左衛門督と女房が女君の悪口を言い合う声を男君が離れた所で聞く例がある。妻大君がそれを制止する声はない。それに対する男君の反応は声を聞くことが契機となった。聞く者によって違う反応はその内容に対するものである。

左衛門督、大君との対立により更に追いつめられた女君が入道のいる広沢で詠む独詠歌、

(6)　思ひ出ではあらしの山になぐさまで雪降る里はなほぞ恋しき　（巻二207）

は心中詠としてよい。そこで対の君は女君を〝いと心苦しく見たてまつ〟る。傍らにあって同情を持ち続けて来たから、改めて声を聞く必要はないのだといえる。

巻一、二を通じて声は必要なところに置かれているのがわかる。同時に音声としての声を聞くことと声に出された内容を聞くこととの区別もなされている。それが顕著になるのは巻三以降である。

3　巻三以降の「声」

帝闖入事件後、やっと宮中を退出した後、女君は宰相上と語り合う。訪れた男君は逢えずに帰る。

(7)　恨めしげに、とばかり月をながめ入りて、

　年月をへだててだにもあるものを今宵をさへや嘆き明かさむ

と、なまめかしくうちうそぶきて帰りたまふなるも、さすがに、耳とどまりて、その後やがてまどろまれず。　（巻四346）

先の(1)、(5)と似た状況だが、二人の間の障壁は違う。空間的な距離も勿論だが、何よりも女君の心のこだわりが二人を隔てている。障壁の変容は反応の違いを招き、〃さすがに〃と女君の意識と聴線が強調される。同趣の場の繰返しは少しずつずらされているが、ここでも声を聞くことで男女主人公の間柄が表わされる。その点で次の例は性質が異なる。

(8)　朝ぼらけ憂き身かすみにまがひつついくたび春の花を見つらむ　（巻四348）
　いつとだに憂き身は思ひわかれぬに見しに変わらぬ春の曙　（同）

男君の帰った後、眠れぬまま互いに我が身を嘆き合う女君と宰相上が詠むこの二首は唱和歌的であるが、二首の独詠歌、心中詠と見なす方が適当であろう。諸注も独詠歌としているようである。二首のことばは響き合っているが、二人は互いに「見る」だけで「聞く」ことはない。(10)

(9)　今のごと過ぎにしかたの恋しくはながらへましやかかる憂き世に
と、いと音高く掻き鳴らしたまふをりしも……いみじう忍びて、西の格子のつまのもとにて、しばし聞きたまふに、……「など、かくは」と引きとどめて、
　「世の中はなき身ともがなひきかへし昔のことぞ人も恋ひける
心憂の御ひとりごとやな。　（巻四391）

生霊の噂の中、女君のことが気がかりで竊かに訪れた男君は琴の音と共に独詠歌の声〝今のごと〟を聞く。聞かれることによって独詠歌が贈答歌の如くになったものだが、生霊事件時の唯一の歌のやりとりである。内大臣邸、北殿と物理的にも離れていた二人が近付く契機として声があるが、同時に内的な隔たりをも喚ぶようになる。独詠歌を聞くのが男君であるのもこれまでとは異なる。無言で憶測を重ねる心理劇ともいうべき二人の心の齟齬はこの後に心内語を重ねることで表される。が、男君についての自らの〝心のほかの心〟にしても、女君が恐れおののく想念自体が妄想ともいうべきものであっても、それは噂の内容に対する反応である。男君が生霊を偽と判断したのも〝言ふことと、まねびもてはやすことのなかに、つゆのまことはなきかな（巻四383）〟と思ったように、憑坐の口から出る内容によるのであり、声は問題とされていない。生霊自体がどのようなものかは別の問題であるが、生霊が当事者のみが知る事実を言う（『源氏物語』若菜下巻）のだとしても、光源氏は葵上に取り憑いた物の怪に六条御息所の声を聞いたのであった。『夜の寝覚』の声は限定されて出て来る。男君がやっと涙ながらに言っても女君は〝耳にもとまらず〟、一方、女一宮側からの迎えに自邸へ戻った男君が女君の様子、琴、詠歌などが〝耳につき、面影に見え〟とあるのも両者の聴線がかみ合わないことを示しているともみえるが、それぞれの耳が捉えるのは声以上にその内容である。音声としての声は依然として一つの契機、媒介として働いている。

(10)　古里に面変りせでめぐりあへる契りうれしき山の端の月　（巻五487）
　　山の端の心ぞつらきめぐりあへどかくてのどかにすまじと思へば　（巻五489）

女君の出家をくい止めようと男君が父入道に一切を打明けた後、二人の子、亡き大君の遺児が一所に集い、乳母、女房たちもいて〝みな心ゆきげ〟に見えるとき、この二首は詠まれた。女君の歌が男君と同じ〝山の端の〟の語を用いているから、男君の歌は声によるとされたと考えられる。〝「我は我」とうちながめられて〟詠む女君の歌は、男君の歌の「返歌のかたち。『契りうれしき』に対して、『心ぞつらき』と反論していることになる」（『新編』頭注）が、これは心中詠であろう。男君はその反論を何とも思わず、女君の〝えもいはずにほひ多く、薫りみち、なつかしき気配〟に〝身にしむばかりぞ、はかなきことも思ひなされ〟ている。(12) 帝の執心はなおあるものの、外的な障壁はもはや取除かれた。それにも拘らず、内的には隔たりのある今、「二人の関係は新しい段階に入ることになる（『新編』頭注）」が、それを明らかにしたのは歌の内容である。二人の間に外的な障壁があり、「見る」ことができなかったときは声を「聞く」ことを媒介として両者のつながりと隔てが語られた。ここでは隔てがより強調されている。しかし、声を聞くことにより反論したように、声自体はやはり一つの契機となっている。

それ以前とは違った様相を見せつつ、巻三以降も声を聞くことが男女主人公の関係のありようを示すものとなっている。第三部前半の事件である帝闖入の最中ではなく、その後に声を聞く場が置かれているのも、声が男女主人公の間の問題だからである。これらの声は方法的に用いられているといえようが、その底にあるのは聞くことに敏感な傾向である。

4　「聞く」意識／「聞かれる」意識

聞くことに敏感な傾向は音声としての声の問題にとどまらない。今、それを二つの角度から眺めてみたい。

第一は〝耳とどむ〟など聴覚に係わる語の多いことである。時にそれは見ることをも聴覚によって表現することになる。既に(2)で指摘したのと同様の例が、

(11)　まづ胸つぶれて、つねは耳とどめたまはぬ人なれど、召入れたれば（巻一51）

(12)　かくてあるほどに、いかでかならず、けはひ、有様を聞きてしがな（巻三246）

に見られる。女君を但馬守三女と思い込んでいた頃の男君の但馬守への関心(11)は〝耳とどむ〟でも別段問題はなさそうだが、これを単に関心を持つの意に解したとき、改作本の〝御めもとめ給はざりし人なれど（巻一332）〟が生まれる。改作本は但馬守についての描写を簡略にすると同時に耳から目への改変も行なっている。[13]女君の返事を手にした帝が大皇后に向かって言う言葉(12)にも〝聞く〟がある。気配は「聞く」対象であることが多いし、この部分についても「見るとまではゆかないでも、せめてものごしにでも語りたい気持」とする解もあるが（『全釈』368頁）、帝は聞くことだけを望んでいたのではない。帝のこの言葉は再三繰返されるが、そこでは気配、有様を〝見てしがな〟〝見たまへまほしけれ〟とする。そして垣間見へと続く。帝の言葉にはその後も見る、聞くの両方がある。注意してよいだろう。

第二は他者が「聞く」ことへの恐れである。前節までにみたように、声を「聞く」ことは男女主人公の間柄を示すものとしてあった。一方で聞く対象は次第に音声としての声からその内容へ広がっていった。それは噂を気にすることにつながる。『夜の寝覚』に限らず、他者の耳目を気にすることはどの物語にも見られ、それが作中人物たちの言動に何らかの規制を与えている。これも語彙の問題と関連するが、『夜の寝覚』では、人聞、音聞、聞耳といった語

を多用する。その用例数の合計は『源氏物語』に等しい。[14] これに〝聞こえ〟を加えることもできる。他者の耳目を気にする語としては〝人目〟もあり、用例数からいえばこの方が多く、これは各作品を通じて見られる傾向である。しかし、『源氏物語』に頻出する〝人笑へ〟〝人笑はれ〟が〝人笑はれ〟一例であるのを考えても聴覚系の語の多さは確認できよう。

『夜の寝覚』では、〝人目〟は女房など近くにいる者を、聴覚系の語は世間の噂のようにやや距離を置いた者を想定しているという違いはあるようである。[15] 聴覚系の語は大部分が会話や心内語で用いられているが、男女主人公のみならず、周囲の人物も、聞耳等を気にしており、これらは全編を通じて変わらない。それらの耳は他者のものである。男女主人公を始めとする作中人物たちは他者の耳が何と「聞く」かを想像し、恐れるのである。他者の耳が聞くのは音声としての声ではなく、世間が話す内容である。これらを底流として、他者の耳目を恐れることの頂点にあったのが生霊事件での女君のおののきであった。女君の恐れは他者を越えて自己の内部に向かうのだが、人物たちが互いにどのように聞くか、見るかは既に視線の問題として論じられているところであった。聴覚系の語を多用し、他者の耳を恐れることと、耳を澄ませて声を聞くことで男女主人公の間柄を示すことが、聞くことに敏感であることで通底するとき、聴線の問題は視線の問題に吸収されてしまうのだろうか。『夜の寝覚』に於ける聴線と視線はどこが違うのかを最後にみたい。

5　声のリアリティ

視線であれ、聴線であれ、その交錯によって作中人物相互のありよう、関係性が示されているといえよう。『夜の寝覚』を「視線」の物語として「視線の構造の不断の組み替え」を見出したのは三田村雅子であった。[16] また、神田龍身も視線について述べている。[17] 耳を澄ませ、相手を、或いは他者を意識するのは視線の問題とも重なるが、声を聞く聴線を視線と区別して考えたいのは、声を聞くことには疑いが持たれていないからである。男女主人公は互いにすれ違いながらも声そのものを聞く場で間柄が示されている。内容を理解できなくとも声自体は間違いなく伝わっている。『源氏物語』のように、匂宮が薫の声を真似て浮舟に近付いたり、大君と中君の声の類似が薫の思い込みであるかもしれないということはない。[18] 多様に受け取られているのは内容であって声ではない。無論、現実に声を聞く場合は大小、音質等も何事かを語っているのだが、初めに述べたように『夜の寝覚』はそれらには関心がない。この物語は聞く瞬間、聞く意識こそを採り上げている。それが『夜の寝覚』の選んだ「声」である。声そのものは確かなものとして存在する。瞬時に消える声は耳を澄ませて聞かなければならない。そのような「聞く」ことで物語の状況を語るのは『夜の寝覚』に特徴的なものである。女君の意識が肥大化してゆく物語にあっては、聞く意識も突出するようであるが、聞く対象が実体のある声であることで聞く場にはリアリティが与えられている。声を聞くことが多く詠歌の場にあったこともその点で声を際立たせる。歌合や歌会ではない私的な生活の場で和歌が実際にどのように声に出されていたかを知るのは容易ではないが、物語の中では普通の声と区別されている。[19] そのような特別の声だから聞く瞬間を強調し、リアリティを持たせることもできたのかもしれない。『夜の寝覚』の作中歌は多くはない。その理由については考察があるが、[20] 声という観点からすれば、和歌の性格を踏まえているといえよう。詠歌の場によく見られる「聞く」ことの機能は声を確かなものとして捉えることから来るものであった。受け止め方が多様になる視線から聴線を区別するのはそのゆえである。[21]

※物語本文の引用は鈴木一雄校注・訳『夜の寝覚』（新編日本古典文学全集、小学館。文中『新編』と略。）に拠る。括弧内数字は頁数。『全集』は旧版の日本古典文学全集。

注

（1）早く石田穣二「源氏物語における聴覚的印象」（『国語と国文学』一九四九・二、改稿＝『源氏物語論集』所収、桜楓社、一九七一）に述べられ、声の意味を論じたものとして宮田宏輔「源氏物語における「声」の表現空間論—柏木と女三宮の密通場面を焦点に—」（『王朝文学史稿』19、一九九四・四）、吉井美弥子「物語の「声」と「身体」—薫と宇治の女たち—」（小嶋菜温子編『王朝の性と身体—逸脱する物語』森話社、一九九六→『読む源氏物語　読まれる源氏物語』32-49頁、森話社、二〇〇八）他。また、三田村雅子「宇治十帖、その内部と外部」（『岩波講座日本文学史3　一一・一二世紀の文学』29-57頁、一九九六）も後期物語の声について述べる。

（2）本書Ⅱ—二「物語に於ける「声」の問題—『源氏物語』の場合—」。

（3）見る／見られるという視線に対応するものとして考えた語。注（1）三田村論文でもこの語が使用されている。

（4）改作本（中村本）巻二に老関白と結婚された女主人公の様子を〃いまひところゑもきかせず、つゆばかりも、かほをもちあげ〃ないとする。聞かれる意識がかすかに見えるが、散佚した原作第二部にもあったと想像できる。なお、改作本本文は市古貞次・三角洋一編『鎌倉時代物語集成』（笠間書院）に拠る。但し、表記を改めた箇所がある。

（5）土方洋一「源氏物語における画賛的和歌」（『むらさき』33、55-59頁、一九九六・一二→『源氏物語のテクスト生成論』笠間書院、二〇〇〇）。

（6）注（1）三田村論文は隔てられた男女の時間の共有である「寝覚め」の物語としてこの場を捉えている。

（7）関根慶子『寝覚　全訳注』上・中・下（講談社学術文庫、一九八六。以下『全訳注』）。

（8）〃耳とどめず〃は底本（島原本）の〃みえとどめず〃を前田本等により校訂したもの。他にも校訂された箇所はあるが、単純な誤写と思われるので以下言及しない。

（9）関根慶子・小松登美『寝覚物語全釈』（学燈社、一九六〇、増訂版一九七二。以下『全釈』）165頁および『全訳注』上150

頁。

(10) 石埜敬子「『夜の寝覚』の和歌覚書」(『跡見学園短期大学紀要』15、23-31頁、一九七九・三)にも指摘がある。

(11) 藤本勝義『源氏物語の「物の怪」―平安朝文学と記録の狭間―』(青山学院短期大学学芸懇話会、一九九一)・『源氏物語の〈物の怪〉―文学と記録の狭間―』(笠間書院、一九九四)。

(12) 女君の手習歌を見たことから始まる歌の贈答がこの少し前にある。女君は〝憂かりける〟と声で答える。それも男君には〝らうたげ〟に映るのだが、その歌が〝言ひ紛らはいて〟と声に出されたことをはっきりさせているという点で〝山の端の心ぞつらき〟との違いがある。

(13) 改作本が聞くことに関心が薄いのではない。改作本も声を聞いている。

(14) 人聞10、音聞9、聞耳8。『源氏物語』は諸本により若干の異同があるが、立論に影響するほどではない。但し、数の多少は必ずしも「聞く」ことに結び付かない。数の上では『夜の寝覚』に次ぐ『浜松中納言物語』は他者の耳が機能していない。逆に数の少ない『狭衣物語』は先に見た通り、また他には見られぬ〝耳くせ〟なる語も用いるなど「聞く」ことは方法的なものとなっている。『夜の寝覚』は「聞く」ことへの関心が語彙の上にも表われたものといえる。なお、これらの語の多いことは乾澄子「夜の寝覚―作中詠歌の行方―」(糸井通浩・高橋亨編『物語の方法―語りの意味論―』101-112頁、世界思想社、一九九二)も指摘する。

(15) 中西健治「人目を世の常にもてなして―とりかへばや物語試論―」(王朝物語研究会編『論集源氏物語とその前後4』新典社、一九九三)は「人目」と他者の視線の関連を『夜の寝覚』についても述べる。

(16) 「寝覚物語の〈我〉思いやりの視線について」(物語研究会編『物語研究2』62-88頁、新時代社、一九八八)。

(17) 『夜の寝覚』論―自閉者のモノローグ―」(『文芸と批評』5―7、1-12頁、一九八二・七)。

(18) 注(1)吉井論文。注(2)。

(19) (7)の〝うちうそぶきて〟にもそれが窺える。『源氏物語』で、死に瀕した大君に薫が歌を〝ことばのやうに〟詠みかけた(総角巻)のも詠歌の声が普通と違うことを示す。和歌の本来の音声がどのようなものであったかはなお問題である。

(20) 注(10)石埜論文、注(14)乾論文。

(21) 散佚した第四部で聴線がどのようになっていたかは簡単には推測し難い。視線に関しては、注(17)神田、注(16)三田村の予測がなされている。その後紹介された散佚部断簡(田中登『古筆切の国文学的研究』309-337頁、風間書房、一九九七。初出一九九二・一九九六)に垣間見など「見る」場の多いことも視線の問題のあることを思わせる。既に知られている資料に散佚部分の和歌は多く残されているから、声によるものも少なくなかったであろうが、声の捉え方自体は恐らく最後まで変わらなかったのではなかろうか。

Ⅲ　品々の狭間の物語

一　明石君をめぐる用語について

1　はじめに

『源氏物語』に於ける明石君の特徴的な思考・振舞いは「身のほど」の意識にあり、それが根本的には作者の現実認識から来ていることに違いはないが、そのような明石君像は『源氏物語』の中心的部分、すなわち物語の主流からは離れたところで重みを持っていたと思われる。

本章では、明石君が源氏の栄華に関与することの不自然さをいかに合理化するか、又、明石にいる前播磨守の娘が一世の源氏と出会い、我が子とも別れなければならなかった時、どうしなければならなかったのかということについての従来の考察とはやや別の角度から、明石君の物語の主流への関与の仕方をめぐって若干の試論を述べてみたい。

2　敬語と呼称

明石君と敬語という問題は、これまでにもいわれてきたが、(1・補注)部分的でもあり、ここで全体を通して考えたい。明石君について敬語が問題になるのは、その使い方が変化するからである。以下で扱うのは主として動詞の尊敬語であるが、他の女性たちは敬語を使うか否かが地の文、会話、心語――この分け方に問題はあるかもしれないが(2)――、それぞれが身分で決まり、地の文の例外も理由が説明できる。

明石君の場合、心語では全体に使われないので除き、源氏は相手の女性に向っては会話でいつも「給ふ」と言い、明石君に対しても同様なのでこれも除く。

本来、前播磨守の娘であるのが明石君であるから、その点からいえば敬語を使う理由はない。明石君の地位を押し上げたのは明石姫君だが、その母というだけでは敬語を使う理由にはならず、はっきりと源氏の周囲の女性としての圏内に入るのを待たねばならない。松風巻、明石入道との別れのことばを交わすところで初めて敬語が使われるのがそれである。

御かた……せちにの給へど　（「松風」196。山岸徳平校注、岩波古典文学大系に拠る。数字は頁数。以下同じ）

「御かた」と呼ばれるのもここが最初である。それ以前は「むすめ」、「女」、「子持ちの君」、「明石の人」などと、又、乳母の見るところでは「女君」と呼ばれる。会話で敬語が使われるのは、姫君誕生を告げる使者のことばと、別れに際した入道のことばなどである。

が、この敬語はこのまま続くのではない。第一部では敬語の使われるのは源氏や紫上と向き合っていないときである。大堰では、乳母と対しているときに「女君」、「君」、姫君のいるところで「母君」と呼ばれるが、源氏が出て来れば「女」となる。六条院では、「明石の御方」、「冬の御方」、「母君」などと呼ばれる。これらに於て敬語が使われるのは姫君の母、御方であるということによるが、源氏や紫上に向き合えば、前播磨守の娘という面が強く捉えられ、その身分差ゆえに使われなくなる。内大臣には「明石のおもと」程度にしか見られていなかった（常夏巻）存在なのである。

なお、姫君を二条院に引取るとき、源氏がいるのに、

「さること」とは、思し鎮むれど（「薄雲」221）

とある。また、その少し前に、

母君、みづからいだきて、出で給へり（同220）

とあるのも例外のようにみえるが、玉上琢弥氏の言われるような理由があるのかもしれない。(3)また、乙女巻末で、「大井の御方」を源氏が六条院に「渡したてまつり給ふ」ている。『源氏物語大成』の校異を見たところでは、別本の二本を除いてみな同じであるが、これも「ひめ君の御ためをおぼせば」とあるから、これでよいのかもしれない。も

う一つ、薄雲巻で紫上について、

今はことに、怨じ聞えたまはず、美しき人に、罪ゆるしきこえ給へり（同223）

とあるのは、「明石君を」ではなく、「源氏を」であろう。意味の上ではたいした違いはないかもしれないが、理由のある御法巻の他には例がなく、ここで明石君に「きこえ給ふ」理由もないからである。

なお、諸本の中には、松風巻の初めに源氏が明石君に「のぼりぬべきこと」を言うところに敬語を用いるもの、又、薄雲巻の大堰訪問の際に源氏を「見たてまつ」らず、「み給へる」とするものもなくはないが、ここでは除いて考える。

若菜上巻以後は少し違ってみえる。地の文で「明石の御方」、「明石君」、「はゝ君」、「御かた」、「まことの祖母君」と呼んで、源氏や紫上と対していても敬語が使われた点であるが、これは皇子の外祖母と見たからである。表向きには言えなくともそれは事実であり、源氏と向き合ってもやはりそうなのである。紫上も源氏との会話で敬語を使うようになる。もっとも藤裏葉巻の紫上の心語、

かの人も、「ものし」と、思ひなげかるらん（「藤裏葉」197）

の「る」を尊敬とすると、女御の母と見て使ったことになる。御法巻で「きこえ給ふ」のは間に匂宮がいる、即ち、外祖母だからである。源氏が紫上との会話で敬語を使わず、いつも敬語を使われている人々に対してするように「き

こえ給ふ」ことがここに至ってもないのは、なお本来の身分差が残っているからである。

外祖母としてではなく、六条院の一女性として、女三宮、明石女御、紫上、又、源氏と同じ場面に登場するときは敬語が使われなくなる。若菜下巻の女楽、幻巻で源氏が訪ねているところがそれであり、「明石」、「女」と呼ばれる。女楽の準備の箇所で使うのは梅枝巻の薫物競べと同様に、それらの人々と並ぶのが文章の上だけだからである。幻巻で源氏が帰ると敬語が使われるのは第一部と同様である。そこで源氏は「御文たてまつり給ふ」てはいるが。なお、御法巻で二条院の法華八講に行くのに、

花散里と聞えし御かた、明石なども、わたり給へり。（「御法」175）

というのは、第一部で六条院全体の女性をいうときに敬語を使うのと同様である。

以上のように、明石君の敬語は複雑であり、呼称もそれに応じて変化する。が、二、三の例外はあるとしてもそれは不規則ではない。それは正に明石君の地位の複雑さを示すもので、本来は敬語を使わない筈の者が物語の主流にいかに関わったかということによるものである。

３「なか〱」について

(1)　なずらひならぬ身のほどの、いみじうかひなければ、中〱、世にある者と、たづね知り給ふにつけて（「明石」77）

(2)　女、はた、なか〳〵、やむごとなき際の人よりも、いたう思ひあがりて、（同78）
(3)　月日もこそあれ、中〳〵この御有様をはるかに見奉るも、身の程口惜しうおぼゆ。（「澪標」119）
(4)　御車をはるかに見やれば、なか〳〵心やましくて、恋しき御かげをも、え見たてまつらず。（同119）
(5)　いさゝかなる消息をだにして、心慰めばや。中〳〵に思ふらんかし（同121）
(6)　又、中〳〵もの思ひそはりて、明け暮れ、くちをしき身を思ひ嘆く。（同122）
(7)　さりとて、かくうづもれ過ぐさんを思はむも、中〳〵、来しかたの年頃よりも、心づくしなり。（同123）
(8)　中〳〵、もの思ひつゞけられて、すてし家居も恋しう、（同199）
(9)　中〳〵、物、思ひ乱れて臥したれば、とみにしも動かれず。（同206）

以上はすべて明石君について述べたものであるが、ここで気の付くことは、「なか〳〵」という語である。『源氏物語大成』索引篇によると、「なか〳〵」「なか〳〵なり」及びその活用形は、全部で二九一回使われているのだが、右に掲出の場合、括弧内の頁数を見れば、この語が集中的に使われているのがわかろう。

「なか〳〵」には、

月は有明にて、光をさまれる物から、影さやかに見えて、中〳〵をかしき曙なり（「帚木」99）
「中〳〵、長きよりも、こよなう、いまめかしきものかな」と、あはれに見給ふ（「若紫」184）

のように単に情景、容姿について述べたもの、また、しか、ゆくりなからんも、なかく、目馴れたる事なり　（「乙女」276）

のように、ただ状況を説明したものもあるが、心情を述べる場合もある。その心情は、多くは複雑な屈折した心情である。先にあげた明石君の例は皆それであり、明石君の思い悩みがそこにある。

ここで、源氏物語全体及び他作品の「なかく」について参考までにみよう。「なかく」「なかくなり」とその活用形が諸作品でどのように使われているかというと次のようになる。異本によって多少の違いはあるにしても、大体の傾向はわかるであろう。(4)「一回の使用に対する頁数」は、『日本古典文学大系』による。なお、『浜松中納言物語』は欠巻もあり、また、各巻に平均してもいないが、参考までに次頁の表に加えた。

いくつかの作品を選んでみただけだが、『源氏物語』に特に多く使われていることがわかる。二九一回という回数は、作品が長大であることも考えなくてはならないが、平均してほぼ七頁に一回の割で出て来るのであるから、やはり多いといえる。尤もこの語が古語であった時代があり、又、「なかくなり」という語が初めからあったのではないことも考えに入れることは必要である。(5)しかし、『源氏物語』は、ほぼ同時代の『枕草子』、『和泉式部日記』（自作として）、又、『紫式部日記』と比べても多いことは注目してよいと思われる。また、『源氏物語』以外の作品では、屈折した心情を表す「なかく」があまりないことも同様に注目される。その『源氏物語』の中で、集中的にこの語が使われている点から明石君を考えてみたいのである。

	使用回数	一回の使用に対する頁数
竹取物語	0	—
伊勢物語	1	50.5
土左日記	0	—
かげろふ日記	10	20.3
枕草子	14	18.5
和泉式部日記	3	14.7
源氏物語	291	6.8
紫式部日記	6	11.1
更級日記	4	13.7
浜松中納言物語	23	11.1

明石君の他に屈折した心情、それによる態度を表す「なか〳〵」「なか〳〵なり」が集中的に（又は多く）使われている人物、箇所は次の通りである。

葵上の死をめぐって五例、六条御息所六例、須磨下向をめぐって六例、玉鬘と求婚譚とその波紋一八例、柏木八例、夕霧と落葉宮をめぐって八例、匂宮と中君六例などである。その他、末摘花にもややその傾向が見られる。又、桐壺巻で「なか〳〵なる」が二度出て来る。これは、回数としては少ないが、短いところでいわれたものであり、同じ意味の語ではないにしても、「かへりては」という語がやはり二度出て来るので、これも一緒に考えてよいかと思われる。これらは、屈折した心情を表すものとして使われているのだが、単に状況を述べたものも、緊張した状況の中で述べられたもの、心情と隣り合ったものもある。落葉宮に近付く夕霧が、

心みじかく侍らんこそ、なかく〵、世のつねの嫌疑あり顔に侍らめ　（「横笛」72）

というなどはそれである。

以上にあげたものの中にも、軽い意味としてよいものがあるかもしれないが、ともかく、明石君をめぐる「なかく〵」「なかく〵なり」は、「身のほど」と共に注意してよい語である。

明石君とその周辺で使われている「なかく〵」「なかく〵なり」は二三例あって、その殆どが明石君の思いに関するものであろう。その思いは決して嬉しいものではない。……するのは悲しいけれど、このことを考えれば嬉しい、でもやはり……というのが明石君の特徴的な思考であった。傍から明石君の心情を思いやって使ったときでも、やはり同じような意味である。

「なかく〵」に対しては「却って」「なまじっか」などの訳語が与えられようが、どちらの場合も、明石君の思い悩み——いうならば「なかく〵なる」思いを表している。

ここで明石君とその周辺で使われている「なかく〵」「なかく〵なり」を一通り見て、少し考えてみよう。

①　後の世の勤めも、いとよくして、中く〵法師まさりしたる人になむ　（「若紫」181）

明石入道について言われたのが最初である。これは心情を述べたものではないし、問題にするほどのものでもないと思われる。

次は、明石で源氏が明石君のことを想像したものである。

② 心はづかしきさまなめるを、「中〳〵、かゝる、ものの隈にぞ、思ひのほかなる事も、こもるべかめる」と、心づかひし給ひて　（「明石」76）

これは、明石君の心中をいったものではないが、明石君の特徴――教養など――に通じるとはいえる。

③ 例文(1)

④ 例文(2)

は、「なか〳〵なる」思いと、そういう明石君の態度である。それは「身のほど」の思いでもあろうが、後に述べるような意味がある。

⑤ 時〳〵、かい紛れ給ひつるつれなさを、この頃、あやにくに、中〳〵の、人の心づくしに　（「明石」87）

はたから明石君の心中を思いやったものである。

⑥　例文(3)

⑦　例文(4)

⑧　例文(6)

住吉詣での折遠くから源氏一行を眺め、明石君は、その「身のほど」をいやというほど思わずにはいられなかった。それは、本来は主流に関係のない明石君が主流と関わったことによる。入道も同じように、

⑨　例文(7)

ということになる。源氏もそのときの明石君を思いやる。それが、

⑩　例文(5)

である。

⑪　こよなくやむごとなき際の人々だに、中〳〵、さて、かけ離れぬ御有様のつれなきを見つゝ、物思ひまさりぬ

べくきくを、まして　（「松風」191）

この「なかく」は直接明石君についていったのではないが、明石君の思いの中にあり「やむごとなき際の人々」にましてというのが明石君なのであり、それゆえ、源氏の勧めるままに上洛することもできず、かといって、姫君のことを考えれば、そのままでいるわけにもいかない。同様に、

⑫　親たちも、「げに、ことわり」と思ひなげくに、中く、心もつきはてぬ　（同192）

また、

⑬　うれしき事どもを見たてまつりそめても、なかく、身のほどを、とざまかうざまに、悲しう嘆きはべりつれど　（同197）

別れに際しての入道のことばである。この「なかく」も同じであるが、そのあとに、

わか君の、かう、出でおはしましたる御宿世のたのもしさに

と続く点が明石君とは違っている。

⑭　例文(8)
⑮　例文(9)
上洛してもなかなか源氏にあえない。あえばあったで却って物を思うようになるのである。
⑯　あらためて、やむ事なきかたに、もてなされ給ふとも、人の、漏り聞かむことは、なかなかにや、つくろひがたく思されむ　（「薄雲」215）
姫君養女の件に関して明石君の思うところである。姫君の素性がわかってしまったら、人の手前を繕いかねるだろうと源氏に向かって言ったが「なかなか」になるようなところにいるのが明石君なのであった。
⑰　なに事をか、中々、とぶらひ聞え給はん。たゞ、御方の人々に　（同222）
二条院に引取られた姫君になまじっかな物を贈ることはできない。ここでも、「なかなか」は、明石君のいなければならないところ、物思いの出て来そうなところを示している。
⑱　ゆきてみてあすもさね来ん中々にをちかた人は心おくとも　（同224）

大堰へ出かける前に、源氏が紫上に答えて詠んだ歌であるが、明石君が「なかく〵なる」思いをしそうな様子が感じられないだろうか。

⑲　ちかき程にまじらひてば、中く〵、いとゞ目馴れて、人あなづられなることゞもぞ、あらまし。（同226）

二条東院に移ることを明石君はためらってこう思う。

⑳　まして、見たてまつるにつけても、つらかりける御契りの、さすがに浅からぬを思ふに、中く〵にて、なぐさめがたき気色なれば、こしらへかね給ふ。（同245）

源氏を見ると却って悲しさを慰めがたい様子でいるのを源氏はなだめかねるのである。

㉑　中く〵見たてまつりそめて、恋ひきこゆるにぞ、命も、え堪ふまじかめる。（「若菜上」284）

生まれた皇子を尼君は思うように見ることはできない。なまじっか見てしまったので、却って恋しく思う。ここにも尼君の地位はみられる。

㉒　御方は、かくれがの御後見にて、卑下し物したまへるしもぞ、なかく、ゆくさき頼もしげに、めでたかりける。（「若菜下」328）

ここでは「なかくなる」思いもしていないし、よいこととして「なかく」がいわれる。

明石君に関する「なかく」の多くは、「なかくなる」思い、それが出て来るところを示している。一体、「なかくなる」思いは、何によるのだろうか。明石君は、確かにそう性格づけられているが、明石にいる前播磨守の娘が一世の源氏と出会い、そして生まれた姫君とも別れなければならない――そこに出て来るのが「なかく」である。それは、明石君を特徴づけているものであると同時に主流参加とも関係する。本来ならば主流に関係しないものが、主流に参加した時出て来るのが明石君のさまざまな物思いであるが、その思いがなければ明石君は物語中でもっと小さな存在になっていたのではないか。もともと前播磨守の娘で明石にいるのだから、主流に関わらない方が自然である。源氏との出会いに於てあれこれと悩むのも、玉上琢弥氏のいわれる通り(6)、未来の后の母たるには召人であってはならず、必要だったのである。そうして主流に参加し、その後もその中に場を得ていることが可能になったのである。姫君を紫上の手に渡してしまえば筋立ての点で主流から離れる。だが又、それまでと同じ態度でいることによって、六条院という主流を形作る場に僅かではあっても存在を維持し、他の人々にかき消されずにいられたのではないか。「なかく」はそれらの思いを端的に表してはいないだろうか。

明石君の屈折した心情を表す「なかく」が⑳まで、即ち、第一部だけにあることも主流参加に関係する。藤裏葉巻で再び筋立てとしての主流に参加し、表面に出て来る。若菜以降では主流そのものが変化するが、明石君は藤裏葉巻で関わったものにそのまま関わり続ける。とにかく主流との関わり方は変化している。それは明石君が態度を変えたときでもある。前のように「身のほど」を思わなくなった時である。㉒の「なかなか」がそれまでと逆の方向に向いているのはそのためであった。明石君が態度を変えても、周囲の状況は変わっていない。最後には人々から「さいはひ人」と言われるようになって終わるが、尼君が「なかなかなる」思いをするのはそのためであり、㉑がそれである。

このように、「なかなか」という語は、明石君の主流参加に大いに関係するものである。明石君を考えるのに、注意してよい語であろう。

特に多く使われている『源氏物語』の中でも、また特に多く使われているのが明石君の場合である。それは、作者が力を入れて描いた結果でもあろうが、主流参加と関係づけて以上のようにもいえるのではないだろうか。

4　「まことや」について

○　まことや、かの明石には、かへる浪につけて、御文つかはす。ひきかくして、こまやかに書きたまふめり。（「明石」96）

○　まことや。「かの、明石に、心苦しげなりしことは、いかに」と、おぼし忘るゝ時なけれど、……御使ありけり。（「澪標」105）

「まことや」というのは、話題を転換させようとする語で、「あっ、そうそう忘れていた」のような訳がつけられる。だが、この二例とも「忘れていた」などというよりも大きなものである。前者の例は、帰京後源氏が明石へ文を送ったところである。明石で別れを惜しみ、帰京直後も「あかず別れし人」を想い出した筈である。それならば「まことや」などといわなくてもよいではないか。後者は更に重大な事件を語ろうとしている。姫君誕生は、『源氏物語』の主流の一大要素の筈である。「まことや」といういい方は、あまり軽すぎはしないだろうか。

> ……なお、ここは源氏の物語の一断面にすぎない。されば、彼女の物語が始まるにあたって、「まことや」ということばが用いられる。これは、ほかには、六条御息所、柏木らについて用いられているにすぎない。すなわち、作者が構想の展開ないし場面の転換に際して使うところの、やや間投詞的な発辞である。作中人物にとっても、読者にとっても、いとも軽やかな印象を与える。それは、同時にこうしてよび出された女の、物語中における登場人物としての役割の軽さを暗示する。[7]

というのが明石君の「まことや」に対する一つの見方である。六条御息所及び柏木に関して用いられたものについては既に考察があるが、[8]明石君の場合についてももう一度考えてみたい。

『源氏物語大成』索引篇によると「まことや」は一四例あるが、竹河巻の一例は「本当だろうか」という意に使われているものなので除く。残る一三例のうち四例は六条御息所と柏木に関するものである。明石君については先に挙げた二例である。

その他を少し見ると、明石から源氏が紫上に宛てたものと、近江君が姉女御に宛てた文の中との二例は軽い感じであっても別に問題はない。源氏の文は、明石君のことを知らせるためで、初めから、正面から書けるものではないからである。近江君の文も、あとから付け足したものと思われるからである。又、真木柱巻の近江君の例も、玉鬘物語の最後にもともと玉鬘の引立役であった近江君のことを付け加えたのだから、軽い感じでよいわけである。

胡蝶巻の、

まことや、かの見物の女房たち、……せさせ給うけり。さやうのこと、委しければ、むつかし。（「胡蝶」401）

と幻巻の、

まことや、導師のさかづきのついでに……人〳〵、おほく詠みおきたれど、もらしつ。

は両方とも省略するという前に特にとりあげておくものだから、「そうそう」といっても軽すぎるということはない（幻巻の例は、古典文学大系では「まことにや（216）」となっている）。

須磨巻で、左大臣邸訪問の最後に大宮の変化を〃まことや、御返り……（17）〃としている。これは軽いことではないが、全体の流れからいえばそれほど不自然なものではない。残る一例は、夕顔巻の、

まことや、かの、惟光があづかりの垣間見は、いとよく案内見とりて申す。（「夕顔」133）

である。六条御息所から、夕顔のことへ話題を転ずるものである。身分高い源氏の私生活の中ではそうした位置しか占められないともいうが(9)、軽いものだとしても、明石君とは同じではなさそうである。また、六条御息所も柏木も軽

くいってはならない人物であるが、二人の場合は理由があって使ったようである。

明石君のことを書き始めるに当たって用いられた「まことや」は、他の使い方をも併せ考えると、それほど軽いものかどうかは検討の要があるかもしれない。それよりも、この二例がどちらもまだ上洛していない明石君に関して使われたことに注意したい。ここに於ては、明石君の主流の中に於ける位置が確立しきっていないのである。何度も述べたように、明石君は本来ならば主流には関わらない筈である。「まことや」は、それが主流と関わるときに出て来たものだといえる。主流を離れた世界、異なった世界――身分が低いということではなくて――にいる者を主流の世界に登場させるとき、それを呼び出す語が必要になるのではないか。それは六条御息所の場合と似ている。御息所は高貴な人だが「まことや」が使われる。それは、藤壺や紫上とは別格の人だから「まことや、騒がしかりし程の紛れにかき漏らしてけり」などというのだと、玉上琢弥氏のいわれる通りである。これらを考えると、必ずしも軽いといわなくてもよいと思われる。

「まことや」は、「なかく〵」とは違った意味に於て、明石君の主流参加に関係のある語である。主流参加を維持して、主流の中に組み込まれてしまえば、この語は使われなくなる。

以上で明石君をめぐる用語で問題のあるもの、特徴のあるものについての私見を終わる。

注

（1）阿部秋生氏は第二部になると敬語を用いる方が多くなる点に変化があるといわれる（『源氏物語研究序説』1009頁、東京大学出版会、一九五九）。又、益田勝実氏は敬語の使用による「明石の女」から「明石上」への変化を認められる（「作家と文体—「薄雲」のころ—」『国文学　解釈と教材の研究』一九七〇・五、16-19頁)。玉上琢弥氏は全部に触れられたのではないが、『源氏物語評釈』(角川書店)の各所で「むすめ」と「女」、「女君」と呼ばれるとき、源氏との対話で敬語の消えること、姫君を抱くときに敬語をつけ、姫君の将来がいっそう固く約束されるなどの御指摘をされている。

(2) 玉上琢弥氏「源氏物語の敬語法」(『講座解釈と文法三』206-235頁、明治書院、一九五九)。

(3) 注(1)玉上氏に同じ。

(4) 『源氏物語』の場合、青表紙本系統ではまず問題はない。

(5) 塚原鉄雄氏「「なかなかに」から「なかなか」へ(三、古代後期)」(井手至・塚原鉄雄・浜田敦氏『国語副詞の史的研究一—なかなか(大阪市立大学国語学研究調査冊子一)』34-38頁、大阪市立大学国語学研究室、一九五四・九)。後、『国語副詞の史的研究(大阪市立大学国語学研究調査冊子二・三)』に諸家の論考を加えて『国語副詞の史的研究』として刊行された(新典社、一九九一、増補版二〇〇三)。

(6) 玉上琢弥氏『源氏物語評釈三』214頁(角川書店、一九六五)。

(7) 「巻々の梗概と鑑賞」(秋山虔氏編『源氏物語必携』124頁、学燈社、一九六七)。この部分の執筆は野村精一氏による。

(8) 六条御息所については野村精一氏「六条御息所」『源氏物語の創造』89-90頁(桜楓社、一九六九。増訂版一九七五)。玉上琢弥氏『源氏物語評釈三』88頁。石埜敬子氏「六条御息所」(『解釈と鑑賞』一九七一・五、103-107頁)。柏木については野村精一氏「源氏物語の文体批評—第二部の問題—」『源氏物語文体論序説』189-227頁(有精堂、一九七〇)。これらの説かれているところは同じではないが、「まことや」はやはり問題を持った語だといえる。

(9) 『源氏物語必携』101頁。この語の使われるときの作者の真意は「早く話し出したくてたまらないのにそのきっかけがつかめないでいて、ああやっとというような趣がある」ともいう—(後藤祥子氏「夕顔」(『国文学　解釈と教材の研究』一九六八・五、103-105頁)。

補注

初稿発表後に公刊された論考では、秋山虔氏「上代・中古の風俗と敬語生活」(林四郎・南不二男氏編『講座敬語2上代・

中古の敬語』193－216頁、明治書院、一九七三）が「物語の世界における彼女の相対的位置の明確な画定が、敬語の微妙な用法と必然的な関係をもって表現されているのだといえよう」として、明石君に対する敬語を通観し、後述する「たてまつり給ふ」二例についてもその使用理由を述べている。より新しくは袴田光康氏「明石物語の人々とその原点―「明石」巻の諸問題と研究史的展望―」（鈴木一雄氏監修・中田武司氏編『源氏物語の鑑賞と基礎知識　若菜上（前半）』226－246頁、至文堂、一九九八）で簡潔な整理がなされている。

二　「なかく〳〵」に関する異同と明石君
——付・「かへりて」——

1　はじめに

前章で「なかく〳〵」の本文異同に関し、「青表紙本系統ではまず問題はない」と注記したのは河内本、別本の諸本では若干の問題があるかもしれないということである。「なかく〳〵」の本文異同を少し調べると、特に別本とされる諸本に「なかく〳〵」を欠く例が間間見受けられるからである。以下はその問題についての調査結果の報告であるが、完全な調査ではなく、素描とでもいうべきものである。報告の前に、二九一回という用例数につき、補足しておく。二九一という数字は池田亀鑑編『源氏物語大成』索引篇により数えた結果であるが、実は同書底本の大島本にはない一例を含んでいる。その一例とは蜻蛉巻、浮舟が死んだとの報を受け宇治を訪れた薫に右近が虚実取り混ぜて事情を話す場面にある。浮舟が匂宮からの手紙を見ようとしないので、それは失礼に当たろうと言ったと述べる箇所である。大島本本文で、

いとかたしけなくうたてあるやうになとそ右近なときこえさせしかは　（一九五五）

とあるところ、宮内庁書陵部蔵三条西本を除く他の青表紙本、河内本、別本の各諸本は一致して「うたてある」を「中〳〵うたてある」としている。『大成』はこのような場合、異文をも索引に挙げる方針を採ったようだから、[1]二九一回との結果になったのであった。大島本のこの箇所に補訂はないようである。[2]大島本を底本とする現行注釈は、『新日本古典文学大系』を除き、この箇所を「なかなかうたてある」と訂している。

それでは大島本では二九〇回かというと、やはり二九一回である。『大成』索引篇には欠落があった。柏木巻、柏木死後の法要に関して注意を促された父、致仕大臣が、

われになきかせそかくいみしと思まとひに中〳〵みちさまたけにもこそ　（一二五四）

と言う箇所である。従って、大島本で数えると二九一回、蜻蛉巻の例を加えると二九二回になる。

さて、「なか〳〵」に関する異同については、「なか〳〵」「中〳〵」という表記の違い、また、「なか〳〵」と「なか〳〵に」、「いとなか〳〵」と「なか〳〵」といった小異と見做し得るものを除くと、大凡次のように分類できる。「なか〳〵」前後の他の部分の異同は今は対象としない。

A　大島本にある「なか〳〵」を欠くもの。

B　大島本の「なか〳〵」が別語に変わっているもの。
C　語順が変わるもの。即ち、大島本で「なか〳〵〜」とあるところ、「〜なか〳〵」となる例である。
D　右の蜻蛉巻の例のように、大島本にない「なか〳〵」が加わっているもの、或いは大島本の別語が「なか〳〵」に変わっているもの。

本文異同の調査は『源氏物語大成』校異篇を基本に、加藤洋介編『河内本源氏物語校異集成』、源氏物語別本集成刊行会編『源氏物語別本集成』・『源氏物語別本集成・続（一〜七巻）』を加えて行った。これらに示された校異からの判断でしかなく、遺漏もあろうが、一つの傾向は見て取れる。巻により系統を異にする伝本もあり、『大成』の青表紙本、河内本、別本の分類が改められたものもある。また、『河内本校異集成』と『別本集成』で別本の範囲が異なる。高松宮家本は、今回見た範囲では河内本と一致する場合が多かったが、本章では河内本諸本としての一括はしていない。以下、近年著しい本文研究の成果を十分把握していないがための誤りがあるかもしれないが、明石君に特徴的な「なか〳〵」に本文異同がどの程度影響するかを確認するための調査であることをお断りしておく。掲出する陽明本本文は『別本集成』翻刻本文に併せ、『陽明叢書国書篇』をも参照した。括弧内は原本丁数。また、不明文字等の注記は省略した。

2　「なか〳〵」異同

異同A〜DのうちではAが最も多い。各系統諸本全体の傾向かどうかは今問わず、一本でも異同が見られるものを数えると以下のような傾向が見える。

【A】

巻別の偏りは殆どなく、本文別では別本に多いことがまずはいえる。

青表紙本で「なか〳〵」を欠くものは東屋巻に一例あり、別本の一部と共通する。河内本では、須磨・澪標・玉鬘・行幸・蜻蛉巻に各一例あり、別本の一部或いは数本と共通するものがある。これらのうち、別本にも異同が見られる例を示しておく。複雑さはなくなるが、文意に大きく影響する異同ではない。

・須磨（河内本諸本、穂久邇文庫本、ハーバード大学本）

いぎたなき人は、見たまへむにつけても、**なかなか**うき世のがれがたう思うたまへられぬべければ、心強う思ひたまへなして、急ぎまかりはべり　（二169・大成四〇〇）

須磨退去の前に左大臣家に別れの挨拶に行った折の源氏のことばで、「いぎたなき人」は夕霧を指す。

・玉鬘（河内本諸本、高松宮家本、平瀬本、保坂本・麦生本・阿里莫本・御物本・伏見天皇本）

日暮れぬと急ぎたちて、御灯明のことどもしたためはてて急がせば、**なかなか**いと心あはたたしくて立ち判る　（三109・大成七三五）

玉鬘一行が長谷寺で右近と再会した折のものである。

・行幸（河内本諸本、高松宮家本、保坂本）

父大臣は、ほのかなりしさまを、なまかたほなること見えたまはば、かうまでことごとしうもてなし思さじな

ど、**なかなか**心もとなう恋しう思ひきこえたまふ（三319・大成九〇七）

玉鬘の裳儀の折、玉鬘を「ほのか」にしか見なかった実父内大臣の思いである。

・東屋（榊原家本、高松宮家本、陽明本・国冬本・伝二条為定筆本）

いでや、その本尊、願ひ満てたまふべくはこそ尊からめ、時々心やましくは、**なかなか**山水も濁りぬべく（六53・大成一八一八）

中君に向かって浮舟を話題にする薫のことばである。

別本は全体で三七例を数えたが、多数の伝本に共通する例は須磨・玉鬘巻に各一例あるのみで、一本のみの現象であることが一九例と最も多く、二本の一三例がこれに次ぎ、四本が二例ある。一本あるいは二本の場合の伝本別偏りも殆ど見られない。巻別・伝本別用例を数えることにあまり意味はなさそうであるが、強いていえば、全巻を通してみた場合、陽明本六箇所、保坂本七箇所、国冬本四箇所がやや多いようでもあるが、底本とされたこと、全巻にわたり対校本文とされたことと関係しよう。部分的に見ると、野分巻から若菜下巻にかけては、阿里莫本七箇所が目立つ。阿里莫本と同系統の麦生本は現存する巻が異なることもあり、これとは一致しない。

これらの結果から、異同は別本とされる諸本に多いものの、一伝本に特徴的な傾向を認めることはできないといえる。

【B】

青表紙本には該当する異同がなく、河内本、別本合わせて一九箇所で一三語が見出せる。「なか〳〵」と置き換わっている語は以下の通りである。

1　うち〳〵・うち〳〵は：明石（河内本諸本・高松宮家本・御物本）・竹河（伝西行筆本）
2　おほく：少女（国冬本）
3　けに：賢木（国冬本）
4　すへて：夕顔（河内本諸本・高松宮家本・陽明本）
5　たま〳〵：夕霧（麦生本・阿里莫本）
6　とてもかくても：若菜上（阿里莫本・中山本）
7　つれ〳〵と：橋姫（横山家本）
8　なく〳〵：蜻蛉（高松宮家本・国冬本）
9　なにゝ：浮舟（蓬左文庫本）
10　なり〳〵に：澪標（岩国吉川家本）
11　なを：薄雲（伝二条為氏筆本）・御法（源氏物語絵巻絵詞）・紅梅（麦生本・阿里莫本）・総角（平瀬本）・宿木（保坂本）・蜻蛉（保坂本）
12　またいと：宿木（陽明本）
13　世中：蜻蛉（麦生本）

この他に「なか〳〵」を含む二語以上が別語に置き換わる例がある。右の別語の大部分は、屈折した心情や複雑な立場と接点を持ち、「なか〱」に置き換えてもそれ自体の文意は通る。傾向が異なる語についてみておく。

1「うち〱」は、明石巻本文を『新編全集』によって示すと、「花散里などにも、ただ御消息などばかりにておぼつかなく、**なかなか**恨めしげなり（二276・大成四七八）」とある。巻末、帰還後の源氏について、筑紫五節との和歌の贈答に続く一文である。この「なか〱」と換わる「うち〱（は）」を、表面には出さないが、との意にとれるかどうかというところである。各伝本の「なか〱」表記は「なか〱」「中〱」両様で、「うち〱」は、いつの段階か「中」を「うち」と読んだことに起因するかと想像もできるが、河内本はすべて「うち〱（は）」であり、慎重に考えたい。竹河巻の例は、尚侍の君すなわち玉鬘が近親と「**なかなか**やむごとなき御仲らひのもとよりも親しからざりしに（五60・大成一四六三）」という箇所で、これも、内情は、の意にとれるかどうか。

2「おほく」は夕霧の字をつける儀式の場面、上達部、殿上人が我も我もと参列するので「博士どもも**なかなか**臆しぬべし（三24・大成六七〇）」という箇所である。「おほく」で意味が通らぬことはないが、戯画化された博士たちを表すには「なか〱」の方が合っていよう。

5「たま〱」は、「住みつき顔」の夕霧の指示で整えられた一条宮に戻った夜、落葉宮について、夕霧に「いみじう責め」られた女房の少将の君が「**なかなか**たち返りて、もの思し沈みて、亡き人のやうにてなむ伏させたまひぬる（四466・大成一三五八）」と言う箇所である。「たま〱」では文意が通らない。

7「つれ〱と」は、八宮の留守に宇治を訪れ、大君中君姉妹を垣間見した後に、垣間見する透垣を教えた宿直人に薫が言った「をりあしく参りはべりにけれど、**なかなか**うれしく、思ふ心すこし慰めてなん（五141・大成一五二四）」の箇所である。ここも「つれ〱」では文意が通らない。

8「なく〳〵」は、浮舟失踪に「乳母は、なかなかものもおぼえで、ただ、『いさまにせむ、いかさまにせむ』とぞ言はれける（六202・大成一九三二）」という箇所である。「なく〳〵」を「言はれける」に続くものと考えれば文意が通る。

9「なにゝ」は、薫を装い宇治を訪れた匂宮が浮舟に対し、二条院で初めて浮舟を見つけた折のことを引き合いに「つらかりし御ありさまを、**なかなか**何に尋ね出でけむ（六133・大成一八七九）」と言う箇所である。「なか〳〵」の後に「何に」があり、この「なにゝ」は衍で、Ａ「なか〳〵」のない場合と考えてよい。

10「なり〳〵に」は、明石君一行も住吉詣に来ていたことを知った源氏の心内語「いささかなる消息をだにして心慰めばや、**なかなか**に思ふらんかし（二306・大成五〇二）」の箇所、「なり〳〵に」では文意が通らない。誤写「か（可）」→「り（利）」の可能性が考えられる。

13「世中」は、薫が浮舟失踪の事情を問うのを聞いての右近の心内語「尼君なども、けしきは見てければ、つひに聞きあはせたまはんを、**なかなか**隠しても、事違ひて聞こえんに、そこなはれぬべし（六230・大成一九五二）」の箇所、「世中」では文意が通らない。

以上、別語に置き換わることで文意が通らなくなるのはわずかである。別語は二九一例からすれば一割にも満たないし、特定の巻や伝本に集中しているわけでもない。この結果からは『源氏物語』の「なか〳〵」を再検討する必要もなさそうだが、Ａの場合と合わせると無視できない数ではあろう。また、別語の中で「なを（なほ）」がやや多い点も注意される。

【C】

次の一〇箇所に認められた。太字部分が語順の変わっている箇所である。

1　夕顔（河内本諸本）：**なかなか恥ぢかかんよりは**罪ゆるされてぞ見えける　（一156・大成一一六）

2　末摘花（肖柏本・三条西本）：今朝の御文の暮れぬれど、**なかなか咎とも**思ひわきたまはざりけり　（一286・大成二一五）

3　花宴（河内本諸本）：四の君などこそよしと聞きしか、**なかなかそれならましかば、**いますこしをかしからまし　（一358・大成二七三）

4　澪標（河内本諸本、高松宮家本、御物本）：かの院の造りざま、**なかなか見どころおほく**　（二299・大成四九七）

5　藤裏葉（阿里莫本・麦生本・国冬本）：**なかなか今日は**え聞こえたまはぬを　（三442・大成一〇〇五）

6　鈴虫（山科言経自筆書入本）：**いまめかしう、なかなか**昔よりもはなやかに　（四391・大成一三〇四）

7　夕霧（陽明本・保坂本・国冬本）：**いとなかなか**年ごろの心もとなさよりも（四426・大成一三三一。なお、この三本は「いと」の後に「くるしかるへし」を加える。「いと」を「いとゝ」とする麦生本・阿里莫本も同。）

8　総角（平瀬本）：御供には**なかなか仕うまつらじ**　（五277・大成一六二六）

9　宿木（陽明本）：**なかなかおぼえなく**見咎むる人やあらんと　（五442・大成一七四九）

10　蜻蛉（保坂本）：ものは**さこそは、なかなか**はべるめれ　（六267・大成一九七八）

小異ともいえようし、数も少ないが、初めは河内本に、途中から別本に見られることが見て取れる。

【D】

これは、主として「なか〳〵」異同の前後にあったために気付いたものであり、全般を調査したものではない。従って、精査すれば他にもあるかもしれない。先の蜻蛉巻以外の例として次の例が認められた。

〔Da「なか〳〵」が加わっているもの〕

1帚木巻、国冬本に見られる。雨夜の品定めで左馬頭が結論として、節会のために参内しようとしている時に、風流のつもりで和歌を詠みかけてくる女は「**なかなか**心おくれて見ゆ」と言うのに続いて、

時々、思ひ分かぬばかりの心にては、よしばみ情だたざらむなむめやすかるべき　（一90・大成六二）

とある部分、国冬本は「中〳〵めやすかるべき」とする。「心おくれて」と「めやすかるべき」の対比を強調しているといえよう。前の「なかなか」には異同はない。

2葵巻、河内本諸本、高松宮家本、陽明本・御物本に見られる。葵上が物の怪に悩まされている頃、もの思いがつのって「御心地例なら」ぬ状態の六条御息所を源氏が訪い、翌暮れ方に御息所に手紙を送る箇所にある。

かやうに待ちきこえつつあらむも心のみ尽きぬべきこと、**なかなか**物思ひのおどろかさるる心地したまふに、御文ばかりぞ暮れつ方ある。「日ごろすこしおこたるさまなりつる心地の、にはかにいといたう苦しげにはべるを、えひき避かでなむ」とあるを、例のことつけと見たまふものから　（二34・大成二九五）

源氏の手紙の最後に右諸本では「いかに中〳〵ときこえさする」が加わっている。初めの「なか〳〵」に関しては

異同はない。陽明本を示すと、源氏の手紙以降の部分は、

まいりくへきを日ころすこしをこたるさまなりつる心地のにはかにいといたうくるしけに侍をえひきよかてなんいかに中〱にときこえさするなんとあるをれいの事つけと見給ものから（20ウ）

とある。他諸本もほぼ同様であるが、御物本は「いかに」を欠く。「いかに中〱ときこえさする」は最初の「まいりくへきを」と共に御息所を思いやったようにみえる「ことつけ」ぶりの強い文面となっているといえよう。

3須磨巻、陽明本に見られる。源氏から届いた手紙を見て嘆く紫上について、

……恋しう思ひきこえたまへることわりなり。ひたすら世に亡くなりなむは言はむ方なくて、やうやう忘れ草も生ひやすらん、聞くほどは近けれど、（二190・大成四一六）

とある箇所、陽明本では「ひたすら世に」が「中〱ひたすら」となっているほか小異がある（30ウ）。「世に」が「ひたすら」に入れ替わり語順も変わったとも見えるが、「世に」を欠き、「中〱」が加わっている異同といえよう。

4澪標巻、河内本諸本、高松宮家本、御物本に見られる。退位後の朱雀院について、

院はのどやかに思しなりて、時々につけて、をかしき御遊びなど好ましげにておはします（二300・大成四九七）

とする箇所、「のどやかに」の部分が「中〱のとやかに世中」或いは「なか〱よのなかのとやかに」となっているものである。文意としては問題ないだろう。この箇所の直前には「なか〱」が二度出て来る。五節に対する思いに関連して新造の二条東院について、続いて朧月夜について、

心やすき殿造りしては、かやうの人集へても、思ふさまにかしづきたまふべき人も出でものしたまはば、さる人の後見にもと思す。かの院の造りざま、**なかなか**見どころ多くいまめいたり。よしある受領などを選りて、あてあてにもよほしたまふ。

尚侍の君、なほえ思ひ放ちきこえたまはず。こりずまにたち返り御心ばへもあれど、女はうきに懲りたまひて、昔のやうにもあひしらへきこえたまはず。**なかなか**ところせう、さうざうしう世の中思さる。

（二299・大成四九七）

とする箇所で、「かやうの人」は五節である。「かの院の造りざま」は「院なかゝつくりさま」と語順が変わる（前掲【C】）などの異同はあるが、「なかゝ」を欠いたり、別語になるなどの異同はない。朱雀院に関して加わっているる「なかゝ」、更に「世の中」は二条東院を指す「院」と朱雀院を指す「院」が近接していることから目移りのようにして加わったかとも想像できるが、即断は避けたい。

5松風巻、陽明本を除く別本数本に見られる。源氏から状況を促されて思い悩む明石君の心内語、

こよなくやむごとなき際の人々だに、**なかなか**さてかけ離れぬ御ありさまのつれなきを見つつ、もの思ひまさりぬべく聞くを、……この若君の御面伏せに、数ならぬ身のほどこそあらはれめ……

（二397・大成五七九）

の「この若君」の前に「中ゝ」がある異同である。「なかゝ」が続くことで、明石君の嘆きが強調されよう。

〔Db別語が「なかゝ」に変わっているもの〕

6いとほしき

末摘花巻、陽明本にのみ見られる。源氏に手引きを促された大輔命婦の思案、

女君の有様も、世づかはしくよしめきなどもあらぬを、**なかなか**なる導きに、**いとほしき**ことや見えむ

（一278・大成二一〇）

の箇所で、「いとほしき」を陽明本は「なかゝなる」とする。命婦は「いとほしき」結果となるような導き――手

引きを「なかなかなる」と考えているのだが、陽明本本文は結果をも「なかなかなる」としている。文意は通るが重複している感がある。

7かへりて

帚木巻、陽明本にのみ見られる。雨夜の品定めの中、夫婦仲を悩み勢いで出家したものの後悔する女について左馬頭が言う、

忍ぶれど涙こぼれそめぬれば、をりをりごとにえ念じえず、悔しきことも多かめるに、仏も**なかなか**心ぎたなしと見たまひつべし。濁りにしめるほどよりも、なま浮かびては、**かへりて**悪しき道にも漂ひぬべくぞおぼゆる。（一67・大成四五）

にある。「なかなか」については異同はないが、「かへりて」を陽明本は「中〳〵」としている。「なかなか」と「かへりて」は語義が重なる部分があり、一方が他方に変わりやすいかもしれない。なお、「なかなか」と「かへりて」が近接している例として、幻巻、明石君が訪れた源氏に対し、浅い考えでの出家はよくないと「さやうにあさへたることは、**かへりて**軽々しきもどかしさなどもたち出でて、**なかなか**なることなどはべるなるを（四534・大成一四一二）と言う箇所にもある。この箇所では「なかなか」に異同はなく、「かへりて」が「なかなか」になることもない。

〔Dc「なか〳〵」が移動しているもの〕

【C】の語順の違いとは異なり、ある「なか〳〵」が消え、近くに新たな「なか〳〵」が置かれた形といえる。

8須磨巻、陽明本・御物本に見られる。左大臣家に須磨退去の挨拶に行った翌日、帥宮、三位中将などが二条院を訪問する。その場の源氏の姿、

「位なき人は」とて、無紋の直衣、**なかなか**いとなつかしきを着たまひてうちやつれたまへる、いとめでたし。（二173・大成四〇三）

とある箇所が陽明本では、

くらゐなき人はとてむもんのなをしをき給へりやつれたる御すかた中〱なつかしうめてたし（13オ）

となっており、「なつかし」と共に「なかなかいと」が移動している。文意全体としては変わらない。

以上、別本では「なか〱」を欠く例が一定数あったが、逆に大島本にない「なか〱」のある現象も、少数ではあるが見て取れる。

3　「なか〱」に関する異同と明石君 ―― 付・「かへりて」――

「なか〱」の異同に関心を向けたのは、前述のように、青表紙本では問題なさそうなものの、他の諸本では異なる傾向が見えることに気付いたからであった。前章初稿は筆者の学部卒業論文に基づいているが、その執筆時、「なか〱」異同を調べかけたものの、少女巻まで、即ち『源氏物語大成』校異篇巻一を終えたところで時間切れとなってしまった。が、青表紙本以外で語順が変わること、「なか〱」がなかったり別語に変わったりすることは気にかかり、その後も折に触れて注意していたが、今回改めて調査したものである。その結果が前節【A】～【D】である。全体として、大島本が特徴的というわけではなく、陽明本などの別本もやや異なる箇所はあるが、大島本と大きく対立するのでもない。無視はできないが、大きく異なる様相が見えるというほどではない。そして、明石君をめぐる

「なかく〵」については、須磨巻から若菜下巻に至るまで異同がなく、立論に影響しないことが確認できる。松風巻の例（Da５）のように「なかく〵」が加わることで明石君の思い迷いを更に強調する場合さえある。

以下、「なかく〵」と語義の重なる部分のある「かへりて」につき、付言しておく。大島本の「かへりて」が「なかく〵」に置き換わっている例が帚木巻にあった。初稿頃に参照していた書籍版『源氏物語必携』（秋山虔編、學燈社、一九六七）の中で、石川徹「源氏物語語彙辞典」は、

「なかなか」を釈いた先哲の書物としては、藤井高尚の『消息文例』（寛政11〈1800〉成、文化２〈1805〉）がいい。（356頁）

と指摘していた。『消息文例』は『源氏物語』の用例を挙げながら類義語を解説する中で、「かへりて（俗語「かえって」）」にあわせて「なかく〵」について述べる（下巻）。「なかなか」については、「かへりて」「なまじい」と二つの語義を認め、「なまじい」の用例の後に「これらも、いひもてゆけば、かへりてとひとつこゝろにおつれど、いひざますこしことなり」とまとめた（勉誠社文庫に拠る）。「なかく〵」と「かへりて」の異なる部分は何か。「かへりて」と「なかく〵」が入れ替わる場合の条件のようなものはあるだろうか。「なかく〵」が頻出する箇所は幾つかあり、同語を避けたというわけではなさそうである。

「なかく〵」と「かへりて」が近接している箇所として先に幻巻の例を挙げた。近接ほどではないが、近い例は桐壺巻、靫負命婦に向かって桐壺更衣母が言うことばの中にもある。そこでも「かへりては」が「なかく〵」となる異同はない。

はかばかしう後見思ふ人もなきまじらひは、**なかなかなる**べきことと思ひたまへながら、ただかの遺言を違へじとばかりに出だし立てはべりしを……よこさまなるやうにて、つひにかくなりはべりぬれば、**かへりては**つらくなむ、かしこき御心ざしを思ひたまへられはべる

（一30・大成一四）

「なか〳〵」と「かへりては」の間は『新編全集』で四行半ある。「かへりては」について、『新編』頭注は「五行前の予見『なかなかなるべきこと』に結果的に照応する」と述べる。

「なか〳〵」は原因、或いは結果の予測、「かへりて」「かへりては」は結果を表している。桐壺、帚木、幻各巻の中で、「かへりて」「かへりては」はすべて結果の部分にある。「なか〳〵」は原因と結果のいずれをも表せるが、「かへりて」は結果しか表せない。「なか〳〵」が「かへりて」「かへりては」に置き換わることは、その逆の場合よりも限られるとはいえよう。その逆の「かへりて」→「なか〳〵」も右に見たように限られる。意味合いをいえば、「かへりて」の方が断定的である。両語は容易に入れ替え可能となる語ではなさそうである。

注

（1）「凡例」の「異文処理」の項に「明ラカニ底本ヲ含ム青表紙本系統ノ本文ガ誤リデ、河内本ソノ他ノ異文ノ方ガ正シイト認メラレル場合デモ、古来解釈上論争ノアツタヤウナ箇所ハ、一応底本ノ本文通リニ項目ハタテ、異文ノ方モアゲタ」とある（巻四3頁）とある。この「なか〳〵」もそれに準ずるものであろう。因みに、行単位で文字列を検索するタイプの索引では、底本で「なか〳〵」が二行にまたがって表記されている場合、検出されない場合があるようである。『新編全集』を底本とする索引でそのようなものがあった。

（2）　柳井滋・室伏信助「大島本『源氏物語』（飛鳥井雅康筆）の本文の様態」（新日本古典文学大系『源氏物語五』）の補訂一覧には挙げられていない。写真版の『大島本源氏物語十』（財団法人古代學協会・古代學研究所編、角田文衞・室伏信助監修、角川書店、一九九六）によっても補訂の跡は見えない。

三　大堰山荘の強飯

1　はじめに ―― 大堰山荘の強飯

『源氏物語』薄雲巻、新年の公私ともに物騒がしい時期を過ごした後、大堰の明石君を訪れる源氏について次のような一節がある。

① ここはかかる所なれど、かやうにたちどまりたまふをりをりあれば、はかなきくだもの、強飯ばかりはきこしめす時もあり。　（二441）

この箇所については、「かかる所」、「強飯（こはいひ）」が注釈の対象となっている。「かかる所」とは「山里」「寂しい田舎」としてまずは問題あるまい。強飯も、米を甑で蒸したものとして、水煮の粥――固粥（かたかゆ）・汁粥

（しるかゆ）と共に説明されることが多いが、これ自体は問題ないと一応はいえる。

それでは、源氏が「はかなきくだもの、強飯ばかり」を食することもある点についてはどうだろうか。食事をすることについては、今、古注釈をひとまず措くと、現行の注釈では、『新編日本古典文学全集』頭注が「源氏が大堰の邸で軽い食事をとるのは、打ち解けた態度である」とするのが妥当であろう。旧『全集』以来の注であるが、他には殆ど指摘がない。玉上琢弥『源氏物語評釈』は、近くで実った新鮮な果物や強飯なら田舎でも都とさして変わらぬものが出せるとしたが、以下述べるように、通った先の女の家での食事という点で、一般的な客への饗応とは異なる面がある。

「打ち解けた態度」であるとき、その食事に供されるのが「強飯」であることは、特に指摘されることはないが、改めて考えてみたい。「飯（いひ）」を「強飯」と呼ぶのは、既に水煮の米飯—粥を「飯」、「姫飯」と呼ぶことが普及していたからであるが、『源氏物語』の数少ない食事場面を見ても、「粥」とあることの方が多く、「強飯」が「粥」も伴わず、単独で出てくるのはこの一例のみであるからである。従来、日本の米食は「蒸す」が「煮る」に先行すると説かれてきた。(1) 文献史料からはそう考え得るが、考古学からは古代の米は煮る調理法が主であり、蒸す方法は従であるとの見解が提出されている。(2) 米食の歴史については後に改めて考えるが、平安時代にあっても「飯」の方が正式と考えられていた。そうであるならば、薄雲巻の「強飯」にも注意を向ける必要があるのではないか。

2　明石君の心用意と「うちとける」源氏

源氏の「うちとけた態度」について、先に確認しておく。「うちとけた態度」とは、大堰では食事をとらぬのが本来ということである。『枕草子』「宮仕人のもとに」の段は、男が女のもとへ行ったときに食事をするのを「里など」にある場合でも嫌う。実際には食事をするのもよくあることであったから、このようなことが述べられるのだろうが、食事という極めて日常的な行為が緊張を欠くと考えられたのであろうこと、現行諸注の述べる通りである。大堰の場合はもう一つ別の理由もあるのではないか。前節で措いた古注釈を見ると、この点を採り上げるのは『弄花抄』あたりに始まる。同注は「ここはかかる所なれど」について、「大かたなる所にては物まいりなとする事聊爾にもなかりしにや」とする。「なかりにしや」と断定はしないものの、滅多な所では食事をしないとの説は以後の注に引継がれ、『細流抄』では更に「源の上﨟しきやうなり。いつくにてもれうしに物などまゐる事はなけれどもと也」と「上﨟しき」ことを加える。「いつくにても」と強調し、外での食事が「聊爾」即ち軽々であるのは、源氏の「上﨟しき」ためであるとの見解は『明星抄』、『岷江入楚』、『万水一露』にも見られ、三条西家の説であるとみてよいであろう。『湖月抄』にも受継がれ、大堰山荘が「大かたなる所」である、大堰山荘での食事が「聊爾」の行為でありかねないとの理解は続いていたことになる。近代に至ってこの注は省かれた。有朋堂文庫『源氏物語』（一九二六）では「きこしめす」について「源が食ふ」とするのみ、以後の注でも源氏が食することについては特に問題にしていない。これを新たな形で採り上げたのが、『日本古典文学全集』の「うちとけた態度」であった。前年冬、明石姫君は二条院に引き取られ、袴着も済んでいる。右①の前後には明石君の心用意の優れていることが語られ、同時に源氏が大堰に通うことへの言及がある。

②　かしこには、いとのどやかに心ばせあるけはひに住みなして、家のありさまもやう離れめづらしきに、みづからのけはひなどは、見る度ごとに、やむごとなき人々などに劣るけぢめこよなからず、容貌、用意あらまほしう

ねびまさりゆく。（二440）

③　ただ世の常のおぼえにかき紛れたらば、さるたぐひなくやはと思ふべきを、世に似ぬひがものなる親の聞こえなどこそ苦しけれ、人のほどなどはさてもあべきを、など思す。（同）

④　近き御寺、桂殿などにおはしまし紛らはしつつ、いとまほには乱れたまはねど、またいとけざやかにはしたなくおしなべてのさまにはもてなしたまはぬなどこそは、いとおぼえことには見ゆめれ。（二441）

⑤　女も、かかる御心のほどを見知りきこえて、過ぎたりと思すばかりのことはし出でず、また、いたく卑下せずなどして、御心おきてにもて違ふことなく、いとめやすくぞありける。（同）

②、③が①の前に、④、⑤が後に置かれている。

②で明石君が「やむごとなき人々」にもさして劣らぬとされるのは、明石巻以来繰り返されて来たことである。③は源氏心内語、難解とされて来たところだが、さし当たり「ただ世間一般の受領の娘という程度で、特に評判になることもないのなら、こうした、自分のような高貴な人に愛される例がなくはあるまいと思われるが、世にも稀な偏屈者の親の評判などが困ったことだ。身分などはあれはあれでよいのだが」と解しておく。明石君側の負の条件は何よりも「ひが者」の親がいることである。それにも拘わらず源氏が通うためには②のような明石君の「世の常」でない「容貌、用意」が必要であった。②に続いては箏と琵琶の合奏場面があり、源氏が姫君のことを語って聞かせるとある。

④は源氏のうちとけた態度を示す。それを受ける⑤では再び明石君の「めやす」い態度が語られる。それに続いては、「おぼろけにやむごとなき所にてだに、かばかりもうちとけたまふことなく、気高き御もてなしを聞きおきたれ

ば」と、「うちとけ」る源氏を見る明石君は、近くなれば軽んぜられることもあろうと思い、源氏と距離を置くことで自己への処遇を保ち得ているのだと受け止めている。

このような明石君の身の処し方については論じ尽くされているといえるが、今ここで採り上げるのは、「はかなきくだもの、強飯ばかりはきこしめす時もあり」がその間に挟まれていることに注意するからである。明石君の心用意と源氏の「うちとけ」ぶりは交互に語られ、切り離すことができない。大堰山荘での軽い食事も「かかる所」にいる明石君側のありようと関連があるのではないか。

3 『源氏物語』の「飯」と「粥」

「飯」と「粥」の『源氏物語』での用例を次表に示した。それぞれ四例、十三例ある。備考欄には『源氏物語大成校異篇』（池田亀鑑編、中央公論社、一九五三〜一九五四）、『河内本源氏物語校異集成』（加藤洋介編、風間書房、二〇〇一）、『源氏物語別本集成』（源氏物語別本集成刊行会編、おうふう、一九八九〜二〇〇二）、『源氏物語別本集成続』（既刊の第一〜七巻：桐壺〜藤裏葉巻、源氏物語別本集成刊行会編、おうふう、二〇〇五〜二〇一〇）により、論旨に関係すると思われる本文異同を示した。

巻	本文	食する人	所	時	備考
A 夕顔	御粥など急ぎまゐらせたれど、取りつぐ御まかなひうちあはず（一161）	源氏・夕顔	なにがしの院	早朝	／河御かゆてうつ／高御かゆてうつなと

B		日高くなれど起き上がりたまはねば、人々あやしがりて、御粥などそそのかしきこゆれど、苦しくて（一173）	＊源氏	二条院東対	夕顔頓死翌朝	／[御]御かゆ
C	若紫	御手水、御粥などこなたにまゐる（一257）	源氏	二条院西対	若紫引取翌朝	／[河]御かゆ御てうつなとみな／[陽][橋][高]御てうつ御かゆなとみな
D	末摘花	「さらば、もろともに」とて、御粥、強飯召して、客人にもまゐりたまひて（一285）	源氏・頭中将	二条院東対	末摘花邸より帰宅の朝	／[河]御かゆなと[岩]御かゆ御こはいひなと／[御][阿]かゆこはいひなと[陽][高]御かゆなと
E	薄雲	ここはかかる所なれど、かやうにたちとまりたまふをりをりあれば、はかなきくだもの、強飯ばかりはきこしめす時もあり（二441）	源氏	大堰山荘		／[河]御くたものこはいひなとも／[高]御くたものこはいゐなとも
F	若菜下	御粥などこなたにまゐらせたれど御覧じも入れず、日一日添ひおはして、よろづに見たてまつり嘆きたまふ。（四213）	＊源氏	六条院東対	紫上発病日朝	／[阿][中]御かゆなともこなたにそ
G		御鏡などあけてまゐらする人は、なほ見たまふ文にこそはと心も知らぬに、小侍従見つけて、昨日の文の色と見るに、いといみじく胸つぶつぶと鳴る心地す。御粥などまゐる方に目も見やらず（四250）	源氏	六条院寝殿	柏木の手紙発見の朝	
H	柏木	御粥、屯食五十具、所どころの饗、院の下部、庁の召次所、何かの隈までいかめしくせさせたまへり（四299）	産養参加者	六条院	夜	[定][明][大]御かゆてとんしき
I	夕霧	しばしうち休みたまひて、御衣脱ぎかへたまふ。常に夏冬いときよらにしおきたまへれば、香の御唐櫃より取う出て奉りたまふ。御粥などまゐる	夕霧	六条院（夏）	朝	／[平]御ゆ

		りて御前に参りたまふ（四413）				
J		御手水、御粥など、例の御座の方にまゐれり（四481）	夕霧・落葉宮	一条宮落葉宮居間	朝	／河御てうつかゆ／別御てうつかゆ
K	橋姫	御粥、強飯などまゐりたまふ（五163）	薫	宇治山荘	柏木遺書受取後、朝	／横御……たまふナシ
L	宿木	またの日も、心のどかに大殿籠り起きて、御手水、御粥などもこなたにまゐらす。（五436）	匂宮	二条院西対	朝	／桃御てうつナシ阿かゆ保御かゆナシ
M	東屋	御粥、強飯などまゐりてぞ、こなたより出でたまふ。（六44）	匂宮	二条院西対	朝	／大こいひ
N	手習	粥などむつかしきことどももてはやして、「御前に、とくきこしめせ」など寄り来て言へど、まかなひもいとど心づきなく（六332）	母尼・＊浮舟	小野山荘母尼居間	朝	

・＊はその人物が食さなかったことを示す。
・校異は青表紙本、／河内本、／別本の順に示す。
・諸本略号
　青表紙本：定定家本、明明融本、大大島本。
　河内本：岩岩国吉川家本、大大島本。
　別本：御御物本、阿阿里莫本、陽陽明本、橋橋本本、高高松宮家本、平平瀬本、横横山本、桃桃園文庫本、保保坂本、中中京大学本。
　河別は、河内本、別本のそれぞれ全部或いは大部分に共通する本文であることを示す。

薄雲巻の例Eをひとまず措き、その他の例を考える。薫の産養に出された柏木巻の例Hを除き他はすべて朝の食事である。C・J・Lには「御手水、御粥」とあり、「粥」という食物というより、食事であることを意味しているだろう。御手水を伴わないAも河内本諸本では「御かゆてうつ」となっている。粥は源氏や夕霧、薫、匂宮などの食するものとして「御かゆ」となり、Nだけは横川僧都母尼の食事であるため単に「かゆ」となっている。

朝の食事は極めて日常的なものであり、通常は物語の中で採り上げられることはない。これらの食事は何か日常とは異なることがあるため、常とは違う朝であるために採り上げられているものである。その違いとは第一に場所の違いであることが多い。

Aの場所はなにがしの院、薄明に夕顔を伴って訪れた源氏のために「御粥」が用意されるが、急なことで給仕の手も整わない。これまで五条の夕顔の家へは夜深きほどに訪れ、暁に帰って行き、無論食事をすることはない。なにがしの院に着いた段階でも未だ「顔はなほ隠したまへれど」という状態である。ここで「御粥」が急ぎ用意されたのは、事情に気付かず、「御供に人もさぶらはざりけり、不便なるわざかな」と言う院守がすることだからだといえる。前後に語られた部分と併せて彼の「経営し歩く」さまが「御粥」にも表れている。それは右近に源氏の身分を覚らせるものとなる。河内本諸本のように「手水」が加われば、経営ぶりは一層はっきりする。この点に関しては、夙に島津久基『対訳源氏物語講話』(二九二七)が「手水」が加わることで「まかなひ」の「概念が愈々判然とする」として注目している。

場所の違いとしては、しばしば「こなた」という語が使われる。Cは若紫引取の翌朝。常の居所である二条院東対ではなく、若紫のいる西対で朝を迎えた源氏は「御手水、御粥」を「こなた」即ち西対でとる。若紫への源氏の傾倒ぶりを示すものとして、この一文がある。

Iは夕霧が落葉宮に拒まれながら小野山荘で一夜を明かし、朝霧の中を帰った折のもの。雲居雁の追求を避ける夕霧は六条院夏の御殿へ行く。そこでは花散里が行き届いた世話をする。「御粥など」もその世話のうちである。常の食事は三条殿でとるのではあるが、食事をしてから源氏のところへ行くことも含め、日常の一齣のようにみえる。が、同日昼、小野では律師が一条御息所に夕霧が泊まったと告げるのであり、物語は新たな方向へ展開する。Jは夕霧が塗籠に逃れた落葉宮と遂に契りを交わした時の朝で、「例の御座」は宮の居間である。夕霧は既に落葉宮帰京に先立って一条宮を飾り付け、「住みつき顔」でおり、この場の女房たちの衣装も夕霧と夕霧の意を受けた大和守によって改められている。主人顔した夕霧の行為は、続く部分に「かくせめて住み馴れ顔つくりたまふほど」とあるように、一条宮に〝住んで〟いるかのような振舞いだが、婚姻形態として厳密にいえば、この時点では〝住んで〟いるのではない。「御手水、御かゆなど」と極めて日常的なものが出てくるが、少なくとも落葉宮にとっては特殊な状況の朝である。落葉宮と夕霧の二人の思いの落差がこの「御手水、御粥など」に表れている。

宿木巻の例Lは夕霧に婿取られた匂宮の夜離れに悩む中君が宇治行きを薫に相談、薫が中君に近付こうとし、その移り香を匂宮が咎め、結果として中君、匂宮の間がかえって安定するという朝のもの。「こなたに」は匂宮の「御手水、御粥など」が本来は中君のいる対ではなく、寝殿に用意されることを示し、やはり特別な朝といえる。Lの「こなたに」に関しては既に指摘がある。(3) Mは六条院と二条院を行き来している匂宮が二条院へ来た翌朝のもので、前日も「御台こなたにまゐる」のであった。両日の匂宮の様子は二、三日前から浮舟を連れて来ている中将君の「物のはさまより見」る眼を通して映し出される。同時にそれは中将君をして「七夕ばかりにても、かやうに見たてまつり通はむはいといみじかるべきわざかな」と結婚観を変えさせる経験であった。匂宮が「こなた」で過ごすのは、匂宮と中君の問題であるが、中将君が垣間見する機会だからこそ採り上げられるのである。従って朝の食事も朝を迎えることが需要なのではない。「御手水」はなく、「御粥、強飯」とある。日常の一齣は新たな展開を生む契機となっている。

客へ出す食事、饗宴ではない朝の食事は日常と異なるだろうか。Dは初めて末摘花と逢って帰ってから、後朝の文も出さずにあれこれ思い乱れているところへ頭中将が訪れた折のものである。これ自体常の朝とは異なるといえようが、朱雀院行幸の楽人、舞人が定められるからと参内を急がせる頭中将に「さらばもろともに」と食事を供するのである。ここでは「御粥」に加えて「強飯」がある。客人がいるという点で常とは異なり、強飯は鄭重であることを示しているのではないか。二つを重ねず、片方だけにする本文があるのは一方は日常を強調、他方は鄭重さを強調したといえよう。B、Cからいえば、二条院の常の朝は「御粥」が出されていたことになる。Kの「御粥、強飯など」は宇治八宮邸で弁から出生の秘密を聞いた後の薫に出されたものである。何かにつけ不如意な八宮邸とはいえ、客人には強飯を供するのだといえる。客人に対するのではないMで「御粥、強飯など」となっているのは、それが匂宮の食事だからであり、東宮候補たる匂宮の食事の格式の高さを中将君に知らせるのだとみられる。

用意された食事が取られない、或いは給仕その他に異変が起こることもある。頓死した夕顔の遺骸を東山に送って自邸に戻った源氏は生きた心地がしない。何も知らない女房たちが極めて日常的な「御粥など」を異常な状態にある源氏に勧めるのがBである。若菜下巻Fは、女楽後、紫上発病の知らせに源氏は寝殿から東対に戻り、「御粥など」が「こなた」に出されるが、看病に食事も忘れるというものである。やはり日常とは異なる状況である。また、「こなた」という以上、これは紫上のことではあり得ない。前日の朝も東対におり、「こなた」での食事は必ずしも非日常的というわけではないが、寝殿での食事が本来という表現である。源氏が柏木の手紙を発見した朝のGでは、「とく起きたまふ」た源氏に「御鏡などあけて見まゐらする」女房と小侍従がいる。鏡は手水の世話とも重なるだろう。粥の給仕担当の女房は別にいるのであろうが、何らかの気を遣うはずの小侍従は源氏に手紙を見られて動揺し、それどころではない。「御粥などまゐる方」が給仕の女房のことであれ、源氏が食事をすることであれ、小侍従のその様子は日常と異なることを意味している。この後に「宮は、何心もなく、まだ大殿籠れり」とあるように、女三宮の食事が別に用意されるのは常のことであろう。このGも、常のように調えられた「御粥」の周囲で異常な状態が起こり、通常のような食事風景ではなくなった例である。最後の例Nは横川僧都妹尼が初瀬詣でに出かけた留守、訪れた中将を避けて母尼の部屋で一夜を過ごした翌朝のもの。そこで見る老いの姿は浮舟に恐怖を覚えさせ、「むつかし」という語が繰返される。

・姫君は、いとむつかしとのみ聞く老人のあたりにうつぶし臥して、寝も寝られず。（六329）

・鬼のとりもて来けんほどは、ものおぼえざりければ、なかなか心やすし、いかさまにせんとおぼゆるむつかしさにも……むつかしとも恐ろしとも、ものを思ふよ、（六330）

早起きの母尼は早速粥を喜び、浮舟にも勧める。この粥も「むつかし」とされる。「むつかしきことども」について、『新編全集』頭注は「浮舟の眼に映った印象。粥は老人のこととて汁粥であろう。食欲がないので浮舟はなおさら食べる気がしない」とする。この例も浮舟にとっては常の朝ではない。

Hは大島本では「御かゆてとんしき」とある。問題の箇所ではあるが、諸本から「て」は衍字とみられる。儀式、饗宴での「かゆ」については節を改めて述べる。

4　かゆ —— 汁粥と固粥

以上、「粥」はしばしば「御手水」と並べて朝の用意として述べられることが確認できる。「強飯」との対比を明らかにするため、ここで「粥」の中味を確認しておきたい。固粥か汁粥かを問いたいのである。平安中期の例は両用に用いられ、新たな解は得られないかもしれないが、問い直す価値はありそうである。「粥」は和文の表記としては「かゆ」とする方が正確といえようが、ここでは用例を示すに当たり、引用本文表記に従って「粥」を用いる。「粥」については、『正倉院文書』に「粥」「饘（かたかゆ）」が見えることが指摘されており、水煮の「粥」は上代からあったことがわかる。[4] その他、「粥」の早い用例として『日本国語大辞典』（初版・第二版とも）等の辞典に挙げられるものに『続日本紀』文武天皇四年（七〇〇）三月十日条がある。同日没した道澄和尚が玄奘三蔵より与えられた鐺子（なべ）で「暖水煮粥、遍与病徒」という「粥」は現在の「かゆ」であろうが、道澄在唐時のことであり、日本に於ける例とはし難い面がある。水煮普及に伴い、「飯」を「強飯」、現在の「ごはん」に相当する「固粥」を「編糅（ひめ）」「姫飯」、現在の「かゆ」に相当する「汁粥」を「粥」と呼ぶようになった、というのが従来述べられてきたところであるが、右用例、考古史料から水煮普及云々は留保の必要があろう。いずれにせよ、『和名抄』に「編糅（比女）」「饘（加太加由）」「粥（之留加由）」の語が見えるから、「ひめ」との語は『源氏』以前に使用されていたとわかる。

『源氏』以前の仮名散文の例を探すと、『蜻蛉日記』には「粥」二例がある。上巻、康保三年（九六六）三月、重病の兼家に呼ばれてその家に赴いた翌朝、帰りを急ぐ道綱母に「何か、いまは粥などまゐりて」と引き止めるのが一例、もう一例は下巻、天禄三年（九七二）二月一日朝、雨が降り、いつになく帰りを急がぬ兼家に、女房たちが「御かゆ」の心配をするものである。兼家は「れいくはぬものなれば、なにかはなにに」と食事をせずに帰るが「れいくはぬ」に朝の食事の場所、女の家での食事の問題が見える。「御かゆ」、「御手水」と重ねる例は『落窪物語』、『枕草子』に見える。『落窪』には「粥」「御粥」九例があり、多くはあこぎが奔走して道頼のために朝の用意を調える場のものである。あこぎは第二夜が明けた時から「御手水、粥」の心配をするが、この時も雨が降り、男の帰りが遅くなっている。『落窪』には「こはいひ」一例も見えるが、他の語はない。『枕草子』は「粥杖」と併せ二例のみ、他の語はない。

『うつほ物語』はやや例が多い。「飯」十二例の中には吹上上巻に甑で飯炊ぐ場があり、その他、黒き強飯（「祭の使」・絵詞）、尾花色の強飯（「菊の宴」）もあるが、「ひめ」は「白き陶鋺に、御膳、糄糅めきて」（「蔵開下」587）の一例のみである。俊蔭巻の相撲の還饗の場で「御氷召して（御ひめして）」とあるのを河野多麻校注『日本古典文学大系』のように「御糄糅して」と解すればもう一例あることになる。「かゆ」は「粥の料」とあることが多いが、「七種の御粥」も含め十二例ある。「物二斗入るばかりの白銀の桶二つ、同じ杓して、白き御粥一桶・赤き御粥一桶……おとどたち、興じ給ひて、「まづ、この粥啜りてむ」とて、添へたる杯どもによそひて、皆参る」（「蔵開上」497）などは「汁粥」と理解できる。右の例は犬宮九日の折のもの、あて宮第二子の七日には「七種の御粥」が出されているが、朝の食事としての「粥」も国譲上、下巻に各一例見える。上巻には「御髪参らせ給ふ」ともあり、仲忠たちが水尾へ入った下巻では前夜に栗入りの粥を煮ている。「飯」「糄糅」の用例を併せ考えるならば、『うつほ』の「粥」はすべて「汁粥」のようにみえる。『源氏』の例Hも産養のもので、これも「汁粥」ともみえるが、屯食と並んでいることからすると、むしろ宿木巻中君第一子の産養に出される「椀飯」かもしれない。

　以上のように「かゆ」に比べて「ひめ」の例は少ない。時代が下るが、『富家語』一四二、二一二に「比目」と「例の飯」の両方が出た場合は前者を冷汁に漬け、後者を熱汁に漬けて食するのが作法であるとしている。「例の飯」といういい方には、少なくとも饗宴の場では「飯」が本来であるとの意識が窺える。なお、古記録のうち、『小右記』、『御堂関白記』に限って眺めてみると、「飯」を「飯」、「強飯」と単独で用いる例の他、「椀飯」という形で見えることも多い。(5) これは儀式の折、姫飯を器に盛って殿上や台盤所などで供したものといわれる。強飯・粥、飯・粥のように並べる例もある。『小右記』によると、敦成親王誕生前日に「卿相・殿上人等」に「強飯・粥等」が、五日儀には「五位七人、六位二人」に「粥」が出され、「粥」が饗宴の場に出されたことが認められる。「粥」の例には仏事、寺院に関わるものも少なくない。これらのことからすると、古記録の「粥」は「汁粥」ではないかとみえる。「かゆ」が「汁粥」の名として固定したのは院政期だが、平安朝の「かゆ」も実際には「しるかゆ」に当たることが多いともいう。(6)『富家語』の「例の飯」「比目」の例、即ち両者を共に供することを遡って当てはめれば、「御粥、強飯」の「かゆ」は固粥、「ひめ」ということになるとも考えられる。「かゆ」の説明として用いられることの多い『江家次第』「解斎事」では「御粥」を「堅粥也。高盛之」としている。当時「かたかゆ」を「粥」と呼んでいたから、「汁粥」との混同を避けるためであったか、『富家語』の少し前の「かゆ」として注意される。『源氏物語』に見える「かゆ」を現在の注釈書は概ね現在の「ごはん」であるとするが、饗宴、儀式ではない日常的な朝の「御粥」は、現在の「粥」と考えられないこともない。あまり参照されていないが、後述するように、朝の「粥」と朝の膳を別とする説によれば、「粥」は汁粥ということになる。「固粥」「汁粥」のどちらか不明とする見解もある。(7)いずれにせよ、『源氏物語』に採り上げられる場合、その朝は特別な朝であった。それでは、Eの例、薄雲巻の大堰山荘での強飯はどうなのであろうか。

5　大堰山荘の強飯 ―― 明石一族の矜持と源氏の「上臈しき」振舞い

『蜻蛉日記』にしても『うつほ物語』にしても、男の通った先の女の家での食事とは朝の食事であった。早朝を過ぎて女の家にいる場合の食である。雨が降らなければ、男は早く帰ったのだから、これらは日常的な食事ではない。一日二食であった当時は朝食の時間も遅かった筈であり、その点でも女の家での朝食は通常あり得ない。しかしながら、日向一雅の述べるように、『九条右丞相遺戒』の「服粥」と後文の「朝暮膳」を区別し、粥が正式の食事の前の軽食であるならば、この粥は大曽根章介の訓[8]「しるかゆ」と考えてよいだろう。女の家で食するのは軽食の粥ということになる。同様の区別により、粥と強飯が同時に出されるのは朝遅い時であるとする説[9]もある。が、Iの例では、夕霧は朝露に濡れて帰宅、着替え後、「御粥など」を食して源氏のもとへ向かっている。小野からの帰りでやや遅く、「粥など」の「など」が何かは示されぬが、強飯は出ておらず、正式な食事の前ともみえない[10]。

一方、『枕草子』の嫌う男の食は朝のものではなかろう。「湯漬けなどだに食はせじ」も朝についていうことではない。薄雲巻の強飯も朝の食事ではない。それはむしろ、橋姫巻、八宮が冷泉院使者を「所につけたる肴などして、さる方にもてはやしたまふ」（五130）、薫を「所につけたる御饗など、をかしうしなしたまふ」（五156）のに似るようにみえる。特に「さる方に」と「ここはかかる所なれど」が通ずる。無論、八宮と明石君とでは立場が違う。八宮は「世に数まへられたまはぬ（橋姫、五117）」とはいえ王族であり、そのことに強い矜持があるが、明石君は后がねの姫君の母であることも主張できぬ存在である。何よりも通う先の女の家は饗応の場ではない。そのような明石君が「かかる所」大堰で源氏に差し出すのは粥——「かたかゆ」「しるかゆ」いずれにせよ——ではなく、強飯であった。そこに明石君の側の矜持乃至は強飯を供し得るだけの力が示されている。

大堰山荘は明石尼君の祖父中務宮より伝領のものである。松風巻では大堰山荘の造園を命じ、「泣きみ笑ひみうちとけのたまへる」、また「いとなまめかしき袿姿うちとけたまへる」源氏が尼君と中務宮を話題にしている。それは尼君を「けはひよしなからねば」と認めた上でのことであった。「うちとけ」という語が続けて用いられることも注意できる。薄雲巻で明石君の心用意と源氏の「うちとけ」るさまが交互に語られるのと同様である。「はかなきくだもの」と共に出された格式ある強飯は中務宮を祖とする家でこそ供し得たといえる。明石入道の得た財力ゆえにではない。「かかるところ」にある大堰山荘は『弄花抄』のいう「大かたなるところ」であることを免れている。強飯であるから源氏がそれを食するのも「聊爾」の行為ではないといえる。それも「きこしめす時もあり」というわけで、大堰へ行く度のことであったのではない。松風巻に饗宴の場があるように、桂の院での食事の方が正式であったのだし、先の諸例に見るように「こなたにて」の食事は常のものではなかった。饗応でない、女の家での食事には火に関する習俗も何らかの関係があるかもしれない(12)。

朝ではない、夜の食事、しかも大床子の御膳のような正式の食事や饗宴ではない、日常の食事の場合、強飯と糄糅、或いは飯と粥のどちらが一般的であったのか、諸作品をみてもはっきりしない。『うつほ物語』蔵開下巻の「糄糅めきて」というのも「夜さりの御膳にもあらず、朝の膳にもあらぬほどに参りたり(587)」という中途半端な時間のものであるが、女三宮の貧しい食事であった。夜の食事は強飯が普通であったとすれば、大堰山荘の強飯を過大に評価することは適当ではないだろう。しかし、他の強飯、粥の例を見ても『源氏物語』の数少ない食事場面はいずれも注意深く配置されている。源氏の打ち解けた態度を示すには「はかなきくだもの」だけでもよかったかもしれない。そこに「強飯」が加わることに意味を認めることができるのではないか。大堰山荘の強飯は、客観的には召人といえる明石君、乃至は大臣家の出である入道を含めた明石一族にとっては残された威信を示し、源氏にとっては「上臈しき」ことを保つこと、その二つが重なったものであった(13)。

※引用は、『うつほ物語』が室城秀之『うつほ物語　全』(おうふう、二〇〇二)、『蜻蛉日記』・『富家語』が新日本古典文学大系(それぞれ今西祐一郎、山根對助・池上洵一校注、岩波書店)、『江家次第』が新輯故実叢書(明治図書出版、一九九三)、『源氏物語』の古注釈は源氏物語古注集成(おうふう)に拠り、その他は新編日本古典文学全集(小学館)に拠った。用例は各種索引を利用したが、『うつほ物語』については、室城秀之他編『うつほ物語の総合研究索引編自立語1・2』(勉誠

出版、一九八九）に拠った。

注

（1）例えば『角川古語辞典』では「かゆ」の項の中で『和名抄』の例を挙げて「かたかゆ」と「しるかゆ」の別を述べ、「前者が本来の飯《いひ》に代って普及するにつれて、「いひ」の名称を奪って行くとともに、院政期ごろから「かゆ」はもっぱら「しるかゆ」の名として固定した」とし、「こはいひ」の項の中では「米飯は、水煮法よりは蒸飯法が古く、かつ正式であったことが、「万葉八九二」の「貧窮問答歌」などによってもうかがわれる。元来、米飯は一般に　晴れの食物か、または乾飯《かれいひ》として用いられた」とする。

（2）佐原真「煮るか蒸すか」『食の考古学』82-103頁（東京大学出版会、一九九六）、狩野敏次『ものと人間の文化史・かまど』（法政大学出版局、二〇〇四）他。炭化した米の付いた甕（弥生土器）の出土例がよくあり、一方、西日本では甑の出土例が少ないことから考えられている。「貧窮問答歌」の「竈には火気ふき立てず、甑には蜘蛛の巣懸きて、飯炊くことも忘れて」は祭など特別な日の強飯であって、日常的な食ではないのではないかという。狩野はこの竈も祭祀用の韓竈ではないかとしている。また、東日本で甑の出土例が比較的多いのは労働力貢納に伴う携行食としての糒が大量に必要とされたからだとする笠森紀己子の説を紹介している。『角川古語辞典』「こはいひ」の項はこれらの説と一部重なろう。なお、水煮を従とする説については関根真隆『奈良朝食生活の研究』93頁（吉川弘文館、一九六九）に批判がある。

（3）鈴木一雄監修・石埜敬子編『源氏物語の鑑賞と基礎知識　東屋』（至文堂、一九九九）。宿木・東屋両巻について述べている。

（4）池田亀鑑編『源氏物語事典』「かゆ」の項（長野甞一執筆、東京堂、一九六〇）。渡辺実『日本食生活史』（吉川弘文館、一九六四。但し、二〇〇七復刊本に拠った）。「正倉院文書」に於ける「粥」初出は天平六年（七三四）。天平九年の「粥」は「加由」と別筆で傍書され、「糮」には「阿米」との傍書がある。天平勝宝（七四九―七五七）以降、粥、饘、甜を併記する例が見える。東京大学史料編纂所フルテキストデータベースならびに関根真隆編『正倉院文書事項索引』（吉川弘文館、二〇〇一）により検索、『寧楽遺文』をも照合した。関根『奈良朝食生活の研究』は糮、饘、䭇を「かたかゆ」とし、甜はオモユのようなものであろうとする。

（5）東京大学史料編纂所フルテキストデータベースにより検索、引用も同データベース使用の大日本古記録に拠る。

（6）『角川古語辞典』「かゆ」の項。

（7）鈴木一雄監修・中野幸一編『源氏物語の鑑賞と基礎知識　夕顔』109頁（至文堂、二〇〇〇）。

（8）『源氏物語―その生活と文化―』（中央公論美術出版、二〇〇四、初出一九八五）。

（9）日本思想大系『古代政治社会思想』116頁（岩波書店、一九七九）。

（10）木谷眞理子「源氏物語と食」（『成蹊国文』40、1～14頁、二〇〇七・三）。

（11）初出稿発表と同時期に公刊された木谷眞理子「夕霧巻と食」（『成蹊大学文学部紀要』二〇〇八・三、1－11頁）は、I・Jを汁粥、Jに続く「御台」を「御粥など」の繰返しというよりも「むしろ朝食のことと考えるべきではないか」としている。

（12）高群逸枝『招婿婚の研究』（講談社、一九五三。但し、『高群逸枝全集』〈理論社、一九六六〉に拠った）は、カマド系（同火共食族）が母系であることから二代の主婦が同居することを忌む「カマド禁忌」があるとする。『江家次第』に見える平安時代の婚姻儀「火合せ」について、史料を検討した服藤早苗は、婿行列持参の脂燭を妻の家の燈籠に移し付すことは平安中期に成立していたとする（「平安時代の婚姻と家・家族」伊井春樹監修・加納重文編集『講座源氏物語研究二』74－99頁、おうふう、二〇〇六）。『招婿婚の研究』は婿の携えてきた火は三日後には妻の家のカマドにも混ぜられるとして竈神と関連づけたが、服藤は十二世紀以降のことであろうという。高群母系説は現在そのまま認めることはなくなっているが、食に関してある手続きが必要であるなら、儀式を伴わない男女の結びつき／結婚はなおさら、女の家での食を避けることになる。清少納言が通ってきた男の食事を嫌ったことからは、実際の生活では食事に関しては禁忌の意味はさほど問題にされていなかったかとみえる。

（13）木谷眞理子は前掲注（10）論文で『うつほ物語』の山家にいる源実忠妻が実忠と気付かぬかのように振舞って実忠に供する例（菊の宴巻）と共に「くだもの、強飯」は女から男へではなく、主人から客人へ供するメニューであると考える。やはり「強飯」に注目した論である。

四　『源氏物語』に於ける「うるはし」と梗概書
——『源氏物語』読書史のための覚書——

1　はじめに

『源氏物語』がどのように読まれて来たか、その一端を梗概書を手がかりとして考えたい。どのように読まれて来たのかという問いは享受史、研究史の問題になるが、これには二つの面がある。即ち、いかに評価されて来たかという問いと、いかなる形態で読まれて来たかという問いの二つである。無論、この二つは互いに重なるものではあるが、まずは後者を採り上げたい。後者の形態とは、音読か黙読かという問題、本文の書写の問題、更には注釈書、また、原文そのものを読むのか否かという問題など多くの面がある。原文によらない読みの形態は例えば梗概書があるが、それ以前に「原文」とはそもそも何かという問題があり、写本、版本、複製本などさまざまな形態の「原文」があるのはいうまでもない。以下採り上げる事例には従来指摘のあったところと重なるものも少なくないが、形態を改めて問題としたい。

2　「読む」読書と「見る」読書

写本の時代、本文を書写することが読書の始めであった。『紫式部日記』寛弘五年（一〇〇八）十一月の御冊子作りの記事に見える、局に「隠しおきたる」物語の本を道長が探し出して、内侍の督の殿、次女妍子に与えてしまった出来事は、書写という手続きを省略した、道長なればこその、いわば地位を利用した行為であったといえる。書物の入手が容易ではなかったことは、菅原孝標女などよく知られた例を見てもわかる。尤も、恐らくは地方官の妻であったと考えられる「をばなる人」がなぜ沢山の物語を所持していたのかも同時に問われる問題ではある。『更級日記』の記事を単純に受け取ることはできないが、『明月記』に見られる定家の「家本」に関する記事も書物の入手が容易でないことを示すといえよう(1)。書写の問題は必然的に本文の流布、異同の問題と関わるが、今ここでは触れない。版本の時代になっても書写による読書が続けられてゆくことは無論で、現存する写本やさまざまな記録から知られる。音読か黙読かという問題は、これを広く読書の問題として考えれば、人類が黙読を始めた時を問うことにもなるが、『源氏物語』に関していえば、当初から音読、黙読両様があったと考えられる。音読は、

内裏のうへの、源氏の物語人に読ませたまひつつ聞こしめしけるに、「この人は日本紀をこそ読みたるべけれ。まことに才あるべし」と、のたまはせけるを　（紫式部日記208）

という一条天皇の場合を一つの例として、また、読み聞かせる女房、絵を見ながら聞く姫君という、物語音読論でい

う形態は『源氏物語』自身の中にも見出すことができる（東屋巻）。また、『今鏡』「村上の源氏」、「有栖川」の段に見える令子内親王御所での会話に見える、

侍従大納言、三条の大臣など、まだ下﨟におはせし時、月の明かりける夜、さまやつして、宮ばらを忍びて立ち聞き給ひけるに……北の方のつまなる局、妻戸たてたりければ、「月も見ぬにや」とおぼしけるに、うちに源氏読みて、「榊こそいみじかりけれ」「葵はしかあり」など聞こえけり。（下95）

も音読である。物語一般に関してこのような例は多くある。音読にも幾種類かあり、人に読ませて聞く上流階級の人物の読書、一冊の書物を数人で読もうとするときに一人が代表して音読する読書、字の読める者が読めない者に読んで聞かせる読書などが考えられる。『今鏡』の例は一冊の書物を共有しての読書であって、作品自体が大部であることも一因だが、書物の入手が容易でないときの読書法といえる。「此物語を聞く人、まして読まん人は、すなはち観音の、三十二体をつくり、供養したるにも等しきなり」（『小町草子』）のような、室町物語にしばしば見られる「読む」行為とは異なるだろう。「まして読まん人」は読んで聞かせる者を意味している。

一方、黙読は個人的な読書である。『更級日記』は「世の中に物語といふもののあんなるを、いかで見ばやと思ひつつ（279）」と物語との関わりを記し始める。後に大納言の姫君と呼ぶ猫が現れる場面で「物語を読みて起きてゐたるに」とある一例を除いて、物語は常に「見る」ものとなっている。『紫式部日記』にも「こころみに、物語をとりて見れど、見しやうにもおぼえず（170）」とある。物語の読み方では「見る」と「読む」は区別されている。有名な俊成の「源氏見ざる歌読みは遺恨のことなり（『六百番歌合』）」にしても、三条西実隆が正月二日に初音巻を「覧」る

のを「毎年之嘉例」とした（『実隆公記』文明十七年＝一四八五）ことにしても、やはり物語は「見る」ものであった。物語の表現自体は語りの要素が色濃いにせよ、読書の一つの基本的な形態として「見る」こと即ち黙読があったのではないか。物語の第一の読者が女房が音読するのを絵を見ながら聞く上流の姫君か、菅原孝標女のような中流の女性なのかが論ぜられて久しいが、それらを踏まえ、物語には絵を伴うもの（絵物語・物語絵）と伴わないものがあり、それぞれの読者が先の二通りの読者であったとの見解も出されている。(3) それによれば後者となるかともみえる『源氏物語』は、しかし、最初の読者は上流世界にいたと伝えられた（『河海抄』）。どの読者であれ、常に五十四帖を通して読むわけではなかったようだから、『今鏡』のようにある部分を「読む」のを聞くこともあったわけであるが、「読む」「見る」の区別は考えるべきだろう。孝標女の「見る」を「読み聞かせる意図なく、ぶつぶつぶつやき読みしたのであろう」(4) と考えると黙読とはいえなくなるが。「見る」の「読む」との違いを問題にしておきたい。

「見る」読書はやがて注釈を生む。そこでもまた別の意味で「読む」ことが問題となる。飛鳥井雅有が藤原為家のもとに通って『源氏』の講釈を受けたのは文永六年（一二六九）九月、『嵯峨の通ひ』に、

　十七日、昼ほどに渡る。『源氏』はじめんとて、講師にとて女あるじを呼ばる。簾のうちにて読まる。まことにおもしろし。世の常の人の読むには似ず、習ひあべかめり。「若紫」まで読まる。　(48)

とあるのは読むことがそのまま解釈となっていたことを示す。(5) どこで区切るか、清濁いずれに読むかなどは古注釈にも見られる。声に出した読み方を文字化したものであり、写本に付された朱点等も同様の注記である。この講義は十一月二十七日で夢浮橋巻を終える。その内容は、この後に『古今集』を雅有が読むのを為家が訂し、為家所持本の点・

声点を写し、難儀を尋ねたとあるのと通ずるものであろう。もう一つの「読む」読書であろう。

3　『源氏物語』に於ける「うるはし」

「読む」と「見る」の接点にあったのが講釈という行為と隣り合う古注釈であった。それに対して、梗概書は基本的には「見る」ものであったと考えられる。特定の目的・人物のために書かれたり、近世期は出版されたりという梗概書は、人が「読む」のを聞く必要はない。古注釈も梗概書も原作そのままでは読むのが困難なところから生まれたものには違いないが、読者は縮小された原作を読むのだから、そこには当然省かれたものがある。今、その縮小のされ方を末摘花をめぐる「うるはし」という語を通して考えたい。

末摘花と「うるはし」については既に宇治八宮をも含めて指摘があり、そこには確かにこの物語の、時代を見据える眼があろう。(6) 末摘花を特徴づける語であるが、『源氏物語』に於ける「うるはし」について先に一わたり見ておきたい。

『源氏物語』には、うるはし・うるはしかり・うるはしげ・物うるはし・うるはしだつ、以上の語で計七十二の用例がある。整った美しさを表わすともいえる中古語「うるはし」は作品により、その用い方に幅がある。『源氏物語』の用例を辿ると、儀式・作法に関してであったり、人間関係であったり、装束であったり、人物の態度であったりする。儀式・作法は例えば、「うるはしき儀式なれど、童のをかしきをなん、え思し棄てざりける（「少女」三82）」がある。六条院で秋好中宮から紫上へ花紅葉を箱の蓋に載せて贈る使者が童女であったというもの。贈り方も童女の「もてなしありさま」も作法に適っている、「好ましうをかし」きものであったが、中宮の儀式であれば、本来しかるべき女房による「うるはしき」ものである筈とされていることがわかる。人間関係としては、「御仲らひどもえうるはしからざりしかば、そのなごりにて（「若菜上」四20）」は女三宮の母女御と春宮母女御の、「年月経るままに、御仲いとうるはしく睦びきこえかはしたまひて（「若菜下」四166）」は紫上と女三宮の間柄を示す。これに「うちかしこまりて、かたみにうるはしだちたまへるも、いときよらなり（「梅枝」三418）」という螢宮と光源氏の振舞いを考えれば、単に仲がよいというのではない、公的ともいえる関係が読みとれる。装束等の外見は、伊勢下向の折の斎宮の「いとうつくしうおはするさまを、うるはしうしたてまつり（「賢木」二93）」の他、光源氏、大宮、夕霧、匂宮といった人々に対して用いられる。誰の視線が捉えたものかはともかく、対象となる人物には一定の傾向があり、それらを見れば、この語の性格が自ずと浮かんでくる。近江君に対して、「容貌はひちちかに、愛敬づきたるさまして、髪うるはしく、罪軽げなるを（「常夏」三243）」とするのは例外的といってよいが、それはまた、近江君の美しさとその人となりとの落差を示すものでもある。人物の態度などは、時にそれがうち解けない、融通がきかないといった負の意味合いを持たされることにもなる。葵上が光源氏としっくりしなかったのは葵上の「うるはし」さゆえであったとして、回想部分も含め、四例使われている。その子の夕霧には、外見をいう例もあるが、十一例、一人の人物としては最多の用例である。律儀な夕霧に似合う。葵上も夕霧も身分としてはごく上流である。その他の例を見ても、「うるはし」はそのような身分の人々に関わって用いられるのが『源氏物語』の傾向である。外見だけでなく、行動様式にも用いられるのも特徴である。帚木巻、雨夜の品定めで上流ならざる浮気女と男の合奏が「うるはし」とされるのは例外のように見えるが、それは左馬頭という中流の人物の捉えたものだったからである。

右のような傾向を確認した上で末摘花の例を考えたい。末摘花に関しては七例の「うるはし」があるが、それを梗概書がどう扱ったかを同時に見る。採り上げる梗概書は『源氏大鏡』、『源氏小鏡』、『源氏物語提要』、『十帖源氏』、

『おさな源氏』、『源氏物語忍草』。本文は『源氏大鏡』、『源氏小鏡（光源氏一部連歌寄合之事）』（良基連歌論集三）、『十帖源氏』が古典文庫、『源氏物語提要』が源氏物語古注釈集成、『おさな源氏』は近代日本文学大系・仮名草子集（国民図書、一九二八）、『源氏物語忍草』は勉誠社文庫による。『十帖源氏』、『源氏物語忍草』は翻字、句濁を施した。本文異同の大きな梗概書もあるが、一つの例として考えるものである。

以下、節を改め、七例の「うるはし」について述べる。

4　末摘花をめぐる「うるはし」――梗概書の選択

1　御調度どもも、いと古代に馴れたるが昔様にてうるはしきを、なま物のゆゑ知らむと思へる人、さるもの要じて、わざとその人かの人にせさせたまへるとたづね聞きて案内するも、おのづからかかる貧しきあたりと思ひ侮りて言ひ来るを、……「見よと思ひ給ひてこそしおかせたまひけめ。などてか軽々しき人の家の飾りとはなさむ。亡き人の御本意違はむがあはれなること」とのたまひて、さるわざはせさせたまはず。（「蓬生」二―328）

明石から帰還した源氏に思い出されることもなく、いよいよ貧しくなってゆく末摘花が父祖伝来の立派な調度を手放すことなく、守っているさまで、調度が「うるはし」と語られる。それは宮家ならではのものであった筈だが、末摘花の現状とは落差が大きい。

梗概書でここで「うるはし」を用いるものはない。調度については『十帖源氏』『おさな源氏』のみが触れる。『源氏小鏡』はそもそもが短いし、梗概以外も目的であったから触れなかったともいえるが、調度の記事の有無は長さにはよらない。『源氏物語忍草』と『十帖源氏』の分量を比べてみると、末摘花巻では『源氏物語忍草』の方が若干長い。記事の違いは各梗概書が原作の何を残そうとしたかによるものである。残した結果は次のようになっている。

・御てうどゞも古代になれたるをば……かろぐ〳〵しき人の家のかざりとはなさじと　（十帖源氏）
・父宮の御あとをかろぐ〳〵しき人には渡すまじとて、御調度どもも明暮かたみとながめ給へり。　（おさな源氏）

「うるはし」の語は用いないが、原文の表現に沿ったものとなっている。

2　いみじき野ら藪なれども、さすがに寝殿の内ばかりはありし御しつらひ変らず、つややかに掻い掃きなどする人もなし、塵はつもれど、紛るることなきうるはしき御住まひにて明かし暮らしたまふ　（「蓬生」二330）

1に続いて、荒れた家であっても、室内には昔通りに調度類をきちんと置いて暮らしていることが語られる。この「御しつらひ」は1の「御調度」よりも大きなものであろう。昔通りの生活様式は、塵の積もる中ではいかにも不似合いであるが、「高貴の家門に生まれた誇り高き身の、それしかない自然な生き方（『新編』頭注）」であり、それを端的に表しているのが「うるはし」の一語である。梗概書はいずれもこの部分に触れていない。

3　古りにたる御厨子あけて、唐守、藐姑射の刀自、かぐや姫の物語の絵に描きたるをぞ時々のまさぐりものにしたまふ。古歌とても、をかしきやうに選り出で、題をも、よみ人をもあらはし心得たるこそ見どころもありけれ、うるはしき紙屋紙、陸奥国紙などのふくだめたるに、古言どもの目馴れたるなどはいとすさまじげなるを、せめてながめたまふをりをりは、引きひろげたまふ。今の世の人のすめる経うち誦み、行ひなどいふことはいと恥づかしくしたまひて、見たてまつる人もなけれど、数珠など取り寄せたまはず。（同二331）

4　かやうにうるはしくぞものしたまひける。（同）

3・4は一続きである。つれづれを慰めるものとして末摘花が手にする物語のいできはじめの祖『竹取物語』の他、散佚物語の『藐姑射の刀自』、『唐守』などが古いものであろうとされているのは一つには末摘花の愛読書だったからである。ありふれた古歌を書いている紙も薄様ではなく、官製紙の紙屋紙、陸奥国紙であって、和歌を書くには適さない。が、この紙屋紙は「常陸の親王の書きおきたまへりける紙屋紙の草子（「玉鬘」三138）」としても出て来る。その草子は歌学書である。古風な、王氏の流儀でもあろうが、時代の好尚とは合わない。(7) それらを所持しており、「うるはし」と殊更に形容されることで、時代との落差が際立つ。そして、その暮らしぶりが再び「うるはし」の語を以て締め括られる。

梗概書でこの部分に触れるのは『十帖源氏』のみである。

・ふりにたるみづしあけて、からもり、はこやとじ、かくや姫の物がたりの絵にかきたるを時〳〵のまさぐり物にし給ふ。

紙屋紙もなく、「うるはし」の語も用いないが、1、2と同様、原文の表現に沿った書き方となっており、具体的な物語名が挙げられている。

5　御使の禄心々なるに、末摘、東の院におはすれば、いますこしさし離れ、艶なるべきを、うるはしくものしたまふ人にて、あるべきことは違へたまはず、山吹の袿の袖口いたくすすけたるを、うつほにてうちかけたまへり。（「玉鬘」三137）

新年のための衣装配りの箇所、六条院から離れ、従って源氏との関係もそれだけ離れている人々は、使者への禄にもそれなりの対応が求められる。それをやはり格式を守って作法通り行なう末摘花の態度が「うるはし」とされる。もとより禄にふさわしい衣装のある筈もなく、「いたくすすけたる」ものをかづけるしかない。ここでも「うるはし」とあることで格式と実情の落差が示されている。

『源氏小鏡』、『源氏物語忍草』以外はこの部分について触れているが、「すすけたる」ことと和歌だけが述べられる。

6　東の院の人々も、かかる御いそぎは聞きたまうけれども、とぶらひきこえたまふべき数ならねば、ただ聞き過ぐしたるに、常陸の宮の御方、あやしうものうるはしう、さるべきことのをり過ぐさぬ古代の御心にて、いかでかこの御いそぎをよそのこととは聞き過ぐさむと思して、型のごとなむし出でたまうける。あはれなる御心ざしなりかし。（「行幸」三313）

7　青鈍の細長一襲、落栗とかや、何とかや、昔の人のめでたうしける袷の袴一具、紫のしらきり見ゆる霰地の御小袿と、よき衣箱に入れて、つつみいとうるはしうて奉れたまへり。（同314）

6・7は一続きである。玉鬘の裳着の祝いが方々から届く。大宮、秋好中宮、六条院の女性たちの贈り物は裳唐衣や装束、扇、化粧道具、香などだが、二条東院の人々は5の場合同様に控えるべきなのだという。しかし、末摘花はそうしない。その贈り物が細かに語られる。青鈍は喪服ではないにしても、空蟬のような尼に贈る（玉鬘巻）にふさわしい。無神経（『新編』頭注）なのでなく、或いは何か根拠があったにせよ、ここでは祝いの品らしくないものとされている。また、「落栗とかや、何とかや」と揶揄的に語られる流行遅れの品も贈るには適さないものである。それに気付かず、作法を守っているところが「うるはし」とされるが、その贈り方もまた「うるはし」い。末摘花の贈り物は「よき衣箱に入れて、つつみいとうるはしうし」て届けられた。『源氏物語』の中で贈り物の箱が語られる例は多くはない。北山僧都が源氏に贈った金剛子の数珠は百済渡来の箱に入れられた（若紫巻）。朱雀院が斎宮女御に贈った絵（絵合巻）、薫物合のために朝顔姫君が贈った香の坏（梅枝巻）、明石姫君入内にあたり草子を贈った螢兵部卿宮への返礼の唐の本（同）、夕霧主催四十賀で源氏から太政大臣への贈り物（若菜上巻）の箱、これらはみな沈、紫檀といった素材で作られている。薫が中君に贈った衣装が「御料のは、忍びやかなれど、箱にて、つつみもことなり（「宿木」五440）」とされるのは贈り物の格の高さを示しているのである。これらの用例からすると箱に入った贈り物は立派なものとされているようである。末摘花の最初の贈り物は新年用の装束で、「つつみに衣箱の重りかに古代なる（「末摘花」一299）」と、ここでも箱、包みが出て来る。贈り物の箱が殊更語られるのは末摘花の格式を表しているのだといえよう。それが「うるはし」とされる所以だが、同時に箱の中身との落差を示していること、これまでと同様である。

この部分は梗概書の多くが採り上げる。

・蓬生の宮に聞給ひて、かたのごとく、おちぐり色のきぬなんど、むかしものにてふるめかしきを奉りたまへり。源氏、御おもてあかみて見たまふに……たてゝこのみ給ふ事なればとて、にくさに　（源氏大鏡）

・末摘の君は例の出過人にて、ふるめきたる御衣なといろ〳〵をくり給とて、……もとより手跡あしきに……源氏此歌を身給ひ、おかしかり　（源氏物語提要）

・するつむよりあをにびのほそなが一かさね、おちぐりのはかま、むらさきのしらきり見ゆる、あられぢのこうちき、衣ばこに入て、御文に……源れいのとおかしくおぼし　（十帖源氏）

・末つむより青にひのほそなが一かさね、おちぐりのはかま、むらさきのしらぎり見ゆるあられぢのこうちぎころもばこに入れて……おとゞれいのとをかしくて　（おさな源氏）

・末つむ花より小袖を送り給ふとて……身の卑下しては居給はで、いらざる事をと源は御顔赤く成て見給ふ。　（源氏物語忍草）

中略部分は「からころも」の歌の部分である。原文自体が細かに語っているから、梗概書も筆を費やすのであろうが、その扱い方には二通りあるのがわかる。『源氏物語提要』は「例の出過人にて」と説明を加え、『源氏物語忍草』も「身の卑下しては居給はで」「いらざる事を」と付け加えるが、贈り物の内容については簡略である。『十帖源氏』『おさな源氏』は装束を詳しく記し、箱をも省略しない。「うるはし」の語は用いないが、結果的に末摘花の「うるはしさ」を写し出している。『源氏大鏡』は原文の表現に沿ってはいるが、詳しいものではない。

「うるはし」は、『源氏物語』にあっては先に述べたように、儀式や上流の人々に関わって用いられ、それが本来であったかもしれない。仏に関しての例（螢巻）もある。その語を末摘花に関して用いていることに改めて注意したい。末摘花とは語り方が異なるけれども、宇治八宮の例も似ている。八宮は家に伝わる宝物も母方の祖父の遺産も失い、ただ「御調度などばかりなん、わざとうるはしくて多かりける。（「橋姫」五124）」のであった。末摘花の「うるはし」は他の人物と違ってすべて語り手による評価である。この「うるはし」がなければ、末摘花は時代遅れでセンスのない醜女でしかなく、それは語り手以外の作中人物による評価でもある。「うるはし」という語は融通がきかないという以上に格式の高さを保証しているのである。「うるはし」の意味の幅よりも共通する部分がこの場合は認められるのではないか。

このような「うるはし」を梗概書は認めていただろうか。梗概書の縮小の仕方を見たとき、『十帖源氏』『おさな源氏』だけが、「うるはし」さを捉えていたように見える。梗概書は原作から取捨選択し、言い換え、また説明を付加する。以上に見た範囲では両書を著した野々口立圃が意識していたかはともかく、説明を加えない分、「うるはし」さを残すことになった。

他の梗概書で「うるはし」の語を用いるものが、皆無なのではない。広島大学蔵佚名梗概書は行幸巻に「例の末つむ花、うるはしうさるへきをりすくさぬ御心にて」とする。注のための本文抄出が結果的に梗概書となる（同書解題）という性格が「うるはし」を残したかもしれないが、贈り物の内容については簡略である。(8) 梗概書の依拠本文、和歌の取り扱いに関しては従来も論ぜられているが、このような細部に目を向けることも必要であろう。『源氏小鏡』の「うるはし」さに関する記事の少なさは、長さだけでなく、連歌制作という目的とも関わる。「よもきふにはむねとむちとかさとあれたるやときつねなと付へし」とあるように、連歌付合のためには具体的な物を示す語、『源氏物語』であるとすぐわかる語が必要だったのではないか。この「うるはし」は和歌を生み出す語ではないから、和歌を中心とする梗概書には取られにくかったのだといえる。[9]　記事の選択は梗概書がどのような場と隣り合っているかに関わるものと思われる。

5　「うるはし」に見る梗概書の関心――『源氏物語』読書史

古注釈で末摘花の「うるはし」に言及するのは恐らくは肖柏『源氏物語聞書』とそれを土台とする三条西実隆『弄花抄』が最初である。二書は蓬生巻、前掲4の部分について、それぞれ「此体上らうしき心也」「此の体上らふしき心也」とする。[10]　次いで、『細流抄』は「是まて常陸宮の行跡をいへり此上﨟しきさま也」とし、「うるはし」については、直接には経を読まぬことに関して述べている。三条西実隆は宗祇から源氏講釈を受け、自身も講釈をした。それらの中で末摘花の「うるはし」はどのように扱われたのだろうか。文明十七年（一四八五）閏三月、宗祇、肖柏を自邸に迎えての講釈は「読む」とあり、そのスピードと宗祇の徳大寺邸での講釈が「講ず」とあることなどから解釈上問題になっている点などだけをおさえ、ざっと読解していったものかといわれる。[11]　『嵯峨の通ひ』に通ずるかともみられるが、『実隆公記』によれば、文明十八年六月まで続いたこの「講釈」は宗祇による場合と肖柏による場合があり、若菜上下巻、浮舟巻以降は宗祇がある程度の日数をかけて「講釈」している。蓬生巻の場合は肖柏が「読」み、宗祇が同席している（五月二十八日）。巻により違いがあろう。この講釈の内容はわからないが、実隆による講釈は対象者が武士にも広がっている。[12]　応仁・文明の乱を経て公家の窮乏する中、一度ならず秘蔵の源氏写本を売るような経験もした実隆が、京の公家文化を求める地方武士たちに講釈することを考えると、「上﨟しきさま也」には興味深いものがあるが、この注の性格をいうのはなお慎重でなければならない。

この「上臈しき」は以後の注釈書の幾つかに受け継がれてゆく。「是まて上臈めきたる躰にや」とする『紹巴抄』、「いかほども上臈しき事をいふ也」とする『覚勝院抄』の他、『岷江入楚』は『弄花抄』説を引き、続けて「かやうにうるはしくそものし給ける」を「末摘の古躰なるさまをいひつゝけたる結語也」とする。『万水一露』、『首書源氏物語』、『湖月抄』もまた同書を引いている。『万水一露』の能登永閑も実隆周辺にいた。

これらは肖柏説を受けた三条西家の説とみてよいと思われるが、この注は少なくとも和歌的な関心からは生まれないとはいえよう。「女の御心をやるもの（『三宝絵』）」であった物語は「源氏見ざる歌詠みは遺恨のことなり」と変わった。『六百番歌合』の俊成の言はあくまでも和歌のためであって、物語自身の地位を高めるというものではないともいうが[13]、後代、二条良基は『愚問賢注』で「六百番判詞に、俊成卿の、源氏見ざらむ歌よみは口惜事と申されき。しからば源氏の詞など幽玄ならんをば、本歌にはとるべきをや」とこの判詞の意味を問い、やがて、『源氏』、『伊勢物語』、勅撰集を重んずる『筑波問答』を経て、『九州問答』では「源氏寄合ハ第一事也」とも述べる[14]。『源氏小鏡』が彼の周辺で成ったのなら、「うるはし」はやはり和歌の関心とも連歌の関心とも違うことを示すといえよう。

『弄花抄』、『細流抄』を承ける古注釈の一、『万水一露』が松永貞徳の跋を付して刊行されたのは、承応元年（一六五二）頃、それと前後して、山本春正画・跋『源氏物語』（慶安三年＝一六五〇跋）、『首書源氏物語』（寛永十七年＝一六四〇成立、寛文三年＝一六六三刊）、『湖月抄』（延宝三年＝一六七五）が刊行され、『十帖源氏』（承応三年跋）、『おさな源氏』（寛文元年跋）が刊行された時期も近い。それぞれ版を重ねた。江戸時代、源氏全文を印刷した版本は『万水一露』以下の四書に限られるが、異版を作るにはあまりにも大部なので近世中・後期以降は梗概書・入門書が主流になるのだという[15]。出版上の問題は近世梗概書が中世のものとは異なる性格を持つことを意味するだろうが、中世梗概書もまた、絵を加えて出版されている。それらの中で野々口立圃の二書が末摘花の「うるはし」ぶりを書き取ったことはどう考えられるだろうか。立圃が、『万水一露』に跋を付して出版した貞徳のもとを離れたのは二書を草するよりも前のことだが、或いはそれ以前に貞徳の古典講義や若い頃に学んだ和学など、どこかで「うるはし」に接していたかもしれない。

以上のことは読書の形態というよりは、作品の評価に関わる問題かもしれない。だが、評価も特定の状況と関わってなされる。各注釈も梗概書もその目的、対象者を異にしており、「うるはし」が残されるか否かはそれらと無関係ではないのではないか。また、その成立の場・状況には「読む」読書が関係することも多い。事情は違うとしても、『おさな源氏』序に「ある女房の長々しき草紙よみけるを、わらはべ共のこぞりよりて聞きゐけるが」と「読む」ことが記されているのも興味深い。

一つの語、或いはそれにつながるものから見えて来るものがある。現在に至るまで、変形、時に誤解・曲解を生みながらどの時代もさまざまな形態で『源氏物語』は読まれている。最近ではそれらのあるものが、電子出版物、インターネットという新しい形態で提供されたりもしている。『源氏物語』がどのような形態で読まれて来たか、その形態を生み出したのは何であったか、そこから何が見えて来るのか、読書史としてそれを考えてみたい。以上はそのための覚書である。

※本文引用は『紫式部日記』、『更級日記』は新編日本古典文学全集（それぞれ中野幸一、犬養廉訳注、小学館）、『今鏡』は竹鼻績訳注、講談社学術文庫、『春の深山路』は濱口博章『飛鳥井雅日記注釈』（桜楓社、一九九〇）に拠る。括弧内の数字はそれぞれの頁数。

注

（1）『明月記』嘉禄元年（一二二五）二月十六日の記事（国書刊行会本による）は、「家中小女等」に源氏五十四帖を写させたと記す後で、「建久之比被盗失了」と三十年ほども家本を失っていたことを述べる。

（2）文明六年に始まる現存『実隆公記』で「初音巻覧之」と最初に記されるのは文明七年、以後毎年ではないが、この「嘉例」が見える。同時に「読最勝王経（大永四年＝一五二四）」のように「読」むものもある。正月二日の記事は早く三谷栄一『日本文学の民俗学的研究』（有精堂、一九六〇）に指摘があるが、「覧」ることについては問題にされていない。

（3）伊東祐子「物語文学史再考―「絵物語」をめぐって―」（『中古文学』64、1－10頁、一九九九・一一）。

（4）神谷かをる「平安時代言語生活からみた歌と物語」（『国語国文』一九七六・四、1－16頁）。明治初期でも黙読は少なかったとする前田愛「音読から黙読へ」（『国語と国文学』一九六二・六。後、他二論考と併せ「音読から黙読へ―近代読者の成立―」として『近代読者の成立』〈有精堂、一九七三〉に収録）を論拠とする。物語音読論に言及することは黙読に言及することになるが、物語黙読の意味を論じたものに西郷信綱『源氏物語を読むために』（一九八三、平凡社）がある。

（5）今井源衛『源氏物語の研究』（未来社、一九六二）は「源氏読み」について述べる中でこの例をも挙げている。

（6）藤原克己「古風なる人々」（『むらさき』16、25－33頁、一九七九・六）は、「摂関制の進展に伴う律令制身分秩序の崩壊動揺過程」にあって、「宮家の人々が古風な格式を守って生きてゆくその「うるはしさ」が、そのまま「かたくなしさ」になりかねない実情」があったとする。また、早く犬塚旦「平安朝における「うるはし」の展開」『王朝美的語詞の研究』193－206頁（笠間書院、一九七三、初出一九五六）も末摘花に注目している。

（7）紙屋院で作られる紙屋紙が専ら漉き返し紙の粗末な宿紙となったのは平安末期からとされている。また、この物語の他の用例からみても上質の紙であるとみた方がよいだろう。尾崎左永子『源氏の恋文』（求龍堂、一九八四）は蓬生、絵合、梅枝、鈴虫等の例により、格の高い紙だが、手紙用に用いられていないところから、かなり厚様のかたい感じのものであったのかもしれないとする。和紙研究として最初に挙げられる寿岳文章『日本の紙』（吉川弘文館、一九六七）や町田誠之『和紙の風土』（駸々堂出版、一九八一）は、紙屋紙が王朝貴族に好まれたことを述べ、蓬生巻をもその根拠にしているが、

「うるはし」は無論単純にとることはできない。陸奥紙も得て「うれしきもの」（『枕草子』）であり、古くなっているとはいえ、上質には違いない。

（8）稲賀敬二・妹尾好信編『佚名源氏物語梗概書（広島大学蔵）中（翻刻平安文学資料稿）』（広島平安文学研究会、二〇〇〇）に拠る。解題は下巻。

（9）『山頂湖面抄』は行幸巻の「からころも」の歌についても述べない。今井源衛・古野優子『山頂湖面抄諸本集成』（笠間書院、一九九九）に拠る。

（10）源氏物語古注集成による。他の古注釈は、『紹巴抄』が源氏物語古註釈叢刊、『覚勝院抄』は野村精一・上野英子編『源氏物語聞書　覚勝院抄』（汲古書院、一九八九‐一九九〇）、『首書源氏物語』は和泉書院刊影印本、『湖月抄』が講談社学術文庫に拠る。他は源氏物語古注集成に拠る。

（11）芳賀幸四郎『三条西実隆（人物叢書）』（吉川弘文館、一九六〇）。伊井春樹『源氏物語注釈史の研究　室町前期』（桜楓社、一九八〇）、宮川葉子『三条西実隆と古典学』（風間書房、一九九五）にも言及がある。

（12）高橋伸幸の数えるところ（「三条西実隆―中央と地方の文化交流」『解釈と鑑賞』一九九二・三、82‐90頁）によれば、実隆四十代から五十代の和学講釈の約四割が、幕臣・守護やその被官の要請によるものであるという。

（13）松村雄二「『源氏物語』と源氏取り―「源氏見ざる歌よみは遺恨の事」前後―」（増田繁夫・鈴木日出男・伊井春樹編『源氏物語研究集成14・源氏物語享受史』1‐48頁、風間書房、二〇〇〇）。

（14）『愚問賢注』は日本歌学大系、『九州問答』は古典文庫『良基連歌論集二』に拠る。

（15）清水婦久子編『絵入源氏桐壺巻』（桜楓社、一九九三）解説。

五　『源氏物語』の法華八講

1　はじめに ―― 法華八講の語られ方

『源氏物語』に於ける法華八講について考えたい。といっても法華八講自体、即ち法華八講が如何なるものであったか、その仏教上の問題、『源氏物語』と仏教との関係等を問うものではない。法華八講の語られ方を問うものである。

明石から帰京した源氏は桐壺院追善の法華八講を計画する。八講は澪標巻で実現、更に蓬生巻でも繰返し述べられ、その内容は次第に詳しくなってゆく。本章では、『源氏物語』に於ける他の法華八講関連記事と対照させつつ、その語られ方について改めて考えてみる。

A1　院の御ために御八講行はるべきこと、まづいそがせたまふ　（「明石」二―274）

A2　さやかに見えたまひし夢の後は、院の帝の御事を心にかけきこえたまひて、いかでかの沈みたまふらん罪救ひたてまつることをせむと思し嘆きけるを、かく帰りたまひては、その御いそぎしたまふ。神無月に御八講したまふ。世の人なびき仕うまつること昔のやうなり。（「澪標」二―279）

A3　かの殿には、故院の御料の御八講、世の中ゆすりてしたまふ。ことに僧などは、なべてのは召さず、才すぐれ行ひにしみ尊きかぎりを選らせたまひければ、この禅師の君参りたまへりけり。帰りざまに立ち寄りたまひて、「しかじか。権大納言殿の御八講に参りてはべりつるなり。いとかしこう、生ける浄土の飾りに劣らずいかめしうおもしろきことどもの限りをなむしたまひつる。仏、菩薩の変化の身にこそものしたまふめれ。五つの濁り深き世になどて生まれたまひけむ」と言ひて、やがて出でたまひぬ。言少なに、世の人に似ぬ御あはひにて、かひなき世の物語をだにえ聞こえあはせたまはず。さても、かばかりつたなき身のありさまを、あはれにおぼつかなくて過ぐしたまふは、心憂の仏、菩薩や、とつらうおぼゆるを、げに限りなめりとやうやう思ひなりたまふに、大弐の北の方にはかに来たり（「蓬生」二―337）

明石巻では簡単に述べられるのみであった計画が澪標巻で実現、「いかでかの沈みたまふらん罪救ひたてまつる事をせむと思し嘆けるを、かく帰りたまひては、その御いそぎしたまふ」と追善という目的が繰返されるが、「神無月に御八講したまふ」た八講自体は昔に戻った世人の奉仕があるとするにとどまる。

蓬生巻で再度繰返される場面では、「世の中ゆすりて」行われた八講が「才すぐれ行ひにしみ尊きかぎり」を選んだ僧の中に末摘花の兄禅師がいたということで八講と末摘花が結び付けられ、八講の具体的な内容は禅師のことばによって初めて語られる。「生ける浄土の飾りに劣らず」と言い、源氏を仏、菩薩にたとえるその言は、源氏の訪れもなく、荒れゆく邸で「悲しげにながめ過ご（二337）」す末摘花を対比させる。「心憂の仏、菩薩や、とつらうおぼゆる」と源氏から忘れられていることを末摘花に認識させて話は仏事から離れてゆく。この八講自体は明石から帰京した源氏が政界復帰してゆく出来事の一環としてあり、「世の中ゆすりて」にそれが現れている。法華八講がその施主の権勢を示し、また一族の結束を図る性格を持っていたことは、史実に見られることが指摘されている。(1) ここでは、この八講の内容が禅師による噂話によって、短い一挿話として語られたことに注意したい。この語られ方は他の八講関係の記事とは異なる。その違い、語られ方を問うてみたい。

2　『源氏物語』の法華八講 ── 賢木・蜻蛉巻

『源氏物語』中、大島本並びに青表紙本とされる諸本では四例の法華八講が見られる。八講という語の用例ではなく、出来事としての数である。Ⅰ、賢木巻、桐壺院一周忌に続いて藤壺が催した例、Ⅱ、源氏が桐壺院追善として催した澪標巻の例、Ⅲ、匂宮巻、女三宮の出家生活を語る中で述べられる「年に二たびの御八講」、Ⅳ、蜻蛉巻、夏、明石中宮が源氏のため、紫上のためと「みな思し分けつつ」催した例である。Ⅲの例は何のためともされていない。平安時代中期には追善を目的とする八講に加え、算賀八講、死後の往生のために予め生前に行う逆修八講、更に、寺院で多くは三・九月に催され、法華経の功徳を讃仰する者が自身の修善のため参会する、庶民にも開かれた結縁八講が行われるようになったという。(2) 女三宮の場合は追善として、その両親のため、或いは源氏及び朱雀院のために、それぞれの忌日に催したと考えることが可能である。(3) 御法巻には紫上が三月十日に催した法華経千部供養があり、「薪こる讃嘆の声も、そこら集ひたる響き、おどろおどろしきを（四496）」と薪の行道を含めて詳しく語られている。薪の行道は四日間の法会の第三日に行うという法華八講と重なる。経供養と共に法華八講が行われる例もあり、今成元昭は仏経供養を法華八講行事の一部とするか、独立した法会として扱うかについては明確な規定がなかったと述べている。(4) この法会も『岷江入楚』が逆修とし、法華八講に言及する「箋」の説を挙げ、現代でも法華八講とされることがあるが、(5)「七僧の法服など品々賜はす（四495）」と、八講の諸役とは事なる七僧による法会であることが見える。八講とは別のものとして、今は右四例を一渡り見ることとする。

Ⅰの例もまた計画と八講の実際の二段階が語られる。

B1　中宮は、院の御はてのことにうちつづき、御八講のいそぎをさまざまに心づかひせさせたまひけり。（「賢木」二128）

B2　十二月十余日ばかり、中宮の御八講なり。いみじう尊し。日々に供養ぜたまふ御経よりはじめ、玉の軸、羅の表紙、帙簀の飾りも、世になきさまにととのへさせたまへり。さらぬことのきよらだに、世の常ならずおはしませば、ましてことわりなり。仏の御飾り、花机の覆ひなどまで、まことの極楽思ひやらる。初の日は先帝の御料、次の日は母后の御ため、またの日は院の御料、五巻の日なれば、上達部なども、世のつつましさをえしも憚りたまはで、いとあまた参りたまへり。今日の講師は、心ことに選らせたまへれば、薪こるほどよりうちはじめ、同じうい ふ言の葉も、いみじう尊し。親王たちもさまざまの捧物ささげてめぐりたまふに、大将殿の御用意など、なほ似るものなし。常に同じことのやうなれど、見たてまつるたびごとに、めづらしからむをばいかがはせむ。最終の日、わが御事を結願にて、世を背きたまふよし仏に申させたまふに、みな人々驚きたまひぬ。（同二129）

右の二つの間には桐壺院一周忌の日、源氏と藤壺の贈答歌があり、その日は藤壺への思慕の念を「思ひ消ち」たとある。桐壺院没後、源氏は藤壺の寝所に近づいたり、雲林院に籠もったりしたが、その間に藤壺は出家を決意する。法華八講は出家への道筋として物語の上で位置づけられている。他方、源氏の側では思慕を抑える一時が必要であった。B1、B2と二段階に語られるのはそのためであり、B1に「さまざまに心づかひ」したとあるのは出家の準備である。『新編日本古典文学全集』頭注が旧版『全集』以来の注として「この法会は常に追善供養のためとは限らず、ここでは藤壺のひそかな心づもりがこめられているらしい」とする通りである。

八講の目的は、まずは故人、すなわち藤壺の両親である先帝と后、桐壺院に対する追善であった。同時に「わが御こと」を結願として出家へと続くが、その前に八講の荘厳が語られる。経、仏の飾り、花机などと具体的に挙げられ、「まことの極楽思ひやらる」という。この表現は藤壺が出家を果たした後、源氏が訪ねる場の、

B3　風はげしう吹きふぶきて、御簾の内の匂ひ、いともの深き黒方にしみて、名香の煙もほのかなり。大将の御匂ひさへ薫りあひ、めでたく、極楽思ひやらるる世のさまなり。（傍点引用者）　（同二132）

にも見られる。B3の極楽には多少の本文異同があるが、[6]今は特に問題としない。極楽に比する表現は蓬生巻A3の例、「いとかしこう、生ける浄土の飾りに劣らず、いかめしうおもしろきことどもの限りをなむしたまひつる」と類似している。同様の表現として、初音巻で六条院春の御殿を「生ける仏の御国」としたことがあるが、これらの表現は『源氏物語』に何例か見られ、一種の類型的表現ともいえる。[7]なお、この「世のさまなり」は大島本の表記に従ったもので、写真版の『大島本源氏物語』（角川書店、一九九六）により確認しても漢字表記「世」と見える。だが、ここ

は「夜のさまなり」とも解し得る。「夜」はその場の状況に合っている。『新編』他のように本文、また現代語訳を「夜」とする注釈があるのはそのためであろう。(8)

特別の儀式のある五巻の日は参会者が多い。先帝・后、桐壺院の追善だから「親王たち」が参列するのは無論、常は現在の権力者、右大臣方を憚る上達部も参加せずにはいられないほどの見物である。種々の捧物の中でも「なほ似るもの」のない「大将殿の御用意」に関しては「常に同じことのやうなれど」と語り手の言もある。賢木巻の法華八講は、権力の所在という点では澪標巻とは逆である。甲斐稔は注（1）前掲論文で、史実に見るように、法華八講が二つの勢力の盛衰と密接に結び付いていたことが背景にあるとするが、そのような盛大な八講であったからこそ、大勢の参列者の前で出家が宣言され得たことになる。

物語としては、この法華八講の中心はその荘厳ではなく、藤壺出家にある。それにも拘わらず、というより、そのゆえに荘厳、盛儀を語ることが必要であったところにこの記事の特徴がある。

次いでⅢ、蜻蛉巻の例を考えてみたい。

C1　蓮の花の盛りに、御八講せらる。六条院の御ため、紫の上などみな思し分けつつ、御経、仏など供養ぜさせたまひて、いかめしく尊くなんありける。五巻の日などは、いみじき見物なりければ、こなたかなた、女房につきつつ参りて、もの見る人多かりけり。

五日といふ朝座にはてて、御堂の飾り取りさけ、御しつらひ改むるに、北の廂も障子ども放ちたりしかば、みな入り立ちてつくろふほど、西の渡殿に姫宮おはしましけり。（六247）

この八講も追善を目的とする。盛大に行われたことは中宮主催であること、「いみじき見物」からもわかるが、詳しくは語られない。語られる中心は右本文に続く薫の女一宮垣間見にある。物語にはよく見られるが、必ずしも日常的かはわからない出来事、男による垣間見を起こさせるのが八講の果てた後という場である。女一宮が移動、日常とは違う場にいることが垣間見を可能にした。日常とは違う場については既に指摘があるが、(9) この八講が特別な催しであったかどうかについて少し触れたい。追善を目的とする八講は明石中宮がこの年だけ行ったとは限らない。源氏のため、紫上のためと一度に行うから、恐らくは忌日でもなさそうだし、毎年行うのでもないかもしれない。次節で検討する女三宮は毎年二回行なっている。物語内事実としていえば複数回行われたであろう明石中宮主催の法華八講の一つとして採り上げられたもので、法会の場は女一宮物語の一齣として用いられた。それゆえ、薫によって、

C2　大将も近く参りよりたまひて、御八講の尊くはべりしこと、いにしへの御事、すこし聞こえつつ、残りたる絵見たまふついでに、　（六254）

と、中宮に向かって「尊くはべりしこと」が繰返され、更に妻女二宮に話した内容、女一宮との間柄が繰返され、女一宮物語として定位されることになる。

蜻蛉巻の法華八講の記事が簡潔であるのに対し、それに先立つ浮舟七七忌の記事はより詳しい。六十僧の布施、「右近が心ざし」の形をとった「白銀の壺に黄金入れて賜へり（六243）」という匂宮の供物、薫の家人たちの奉仕、中君の誦経や七僧の布施など。それは常陸介に、生きていれば自分などの及びもつかないであろう浮舟の宿世を思わせる盛大さである。それだけでなく、噂となり、帝の耳にも届く。召人である浮舟の客観的な立場との落差を示す七七

忌の盛大さは法華八講、女一宮垣間見に続いて、明石中宮に浮舟生存を知らせるためにも必要であった。盛儀の語られ方に違いはあるが、いずれも盛大な法会である賢木巻、蜻蛉巻の法華八講は、八講自体よりその後に続く出来事に中心がある点で共通する。それならば、蓬生巻の八講はどうなのだろうか。その前に、Ⅳ女三宮の例その他を見ておきたい。

3　匂宮巻の法華八講

匂宮巻の例は次のようにある。

D1　母宮は、今はただ御行ひを静かにしたまひて、月ごとの御念仏、年に二たびの御八講、をりをりの尊き御営みばかりをしたまひて、つれづれにおはしませば　（五23）

ここでは女三宮の出家生活の一齣として法華八講が常に変わりなく行われていることが示されている。「年に二たび」が追善であろうかという点については前述した。その盛儀について具体的に語られることはないが、実施することを可能にした「ありあまる財力（玉上琢弥『源氏物語評釈九』213頁）」が窺える。毎年、法会を催すというだけで盛大なものである。女三宮自身はそれなりに落ち着いた出家生活をしており、鈴虫巻の持仏開眼供養の例のように当事者の女三宮がはかなげにしているのを補うかの如く詳しくその様子を語る必要はない。鈴虫巻の場合、実際のところ、補うことで示されたのは源氏の威信であった。(10)　源氏歿後の物語、匂宮巻では女三宮の生活を点描し、その背後にあるものは暗示することで足りる。

法華八講に関連し、今一つの問題として、鈴虫巻巻末にある一つの記事に注意したい。秋好中宮は死して後も未だ妄執から解放されない母御息所を思うも源氏に止められ、出家できない。冷泉院が許そう筈もない。巻末は次の通りである。

E1　中宮ぞ、なかなかまかでたまふこともいと難うなりて、ただ人の仲のやうに並びおはしますに、いまめかしう、なかなか昔よりもはなやかに、御遊びをもしたまふ。何ごとも御心やれるありさまながら、ただかの御息所の御事を思しやりつつ、行ひの御心すすみにたるを、人のゆるしきこえたまふまじきことなれば、功徳のことをたてて思し営み、いどと心深う世の中を思しとれるさまになりまさりたまふ。（四391）

問題とするのはこの後に異文を加える本文があることである。池田亀鑑編『源氏物語大成』、源氏物語別本集成刊行会編『源氏物語別本集成』、伊井春樹編『CD-ROM古典大鑑　源氏物語』、伊藤鉄也『源氏物語の異本を読む――「鈴虫」の場合』（臨川書店、二〇〇一）の示すところによれば、河内本系諸本、麦生本・阿里莫本・国冬本・東大本を除く別本諸本、および近世版本（首書源氏物語、慶安三年山本春正跋絵入源氏、湖月抄）がそれに当たる。(11)近代の注釈でそれに言及するのは『日本古典全書』、『日本古典文学大系』で、前者は頭注に河内本、別本にその異文のあることを記し、後者は別本の穂久邇本により、

E2　六条の院も、もろ心にいそぎ給ひて、御八講などおこなはせ給ふとぞ。（四91）

を補っている。なお、『湖月抄』は「六条の院にも」と小異がある。近世版本のうち、九州大学蔵古活字版（無刊記）・無跋無刊記製版本、本文全文を収めた注釈『万水一露』はこの異文を立てず、近世版本の本文の今一つの流れがここでも認められるが、[12]この一文はかなり広く読まれていたであろう。これが本文として本来的なものか、その位置付けについては今は措く。甲斐稔は源氏が法華八講を興行したかは、なお検討を要するとしたが、[13]ここでは本文によっては追善供養として法華八講が挙げられたことに注意したい。源氏が「もろ心に」行ったことは、同巻の秋好中宮と源氏との会話から推察できる。澪標巻の源氏は夢に現れた桐壺院のために八講を催した。密かな目的があったわけである。秋好中宮も噂に聞く母御息所のために「功徳の事をたてて思し営」む。法華八講であるならば、目的として澪標巻の八講と重なる。伊藤の述べるように、秋好中宮から源氏に話を戻していることになるが、この一文を加える本文がかなり読まれていたことは、法華八講を想起する読みも多かったことを示していよう。これも物語内事実としていえば、法華八講とする方が正確かもしれない。源氏が「もろ心に」という時、心だけでなく、財力もある。が、法華八講には盛大さが伴い、しかも盛大であるほど八講以外に話の中心がある。具体的に語られなくとも、蜻蛉巻のように簡潔に必要なことを述べ、また匂宮巻のように暗示することでその盛大さは示される。この鈴虫巻の場合、追善という目的以外に話の中心はないといえよう。その時、逆に八講はそれと示されなくなる。それが大島本その他の本文である。「もろ心に」は同時に源氏と六条御息所をめぐる諸々の事情を連想させる。八講以外に話の中心があるとすれば、源氏の心内に去来するそのようなことがらとなろう。

4　明石・澪標巻から蓬生巻へ

初めに立ち帰り、澪標巻の例を考える。澪標巻で源氏が法華八講を行うことは、追善が目的であると同時に、政界復帰した源氏の桐壺院の正統な後継者——皇統を嗣ぐという意味ではなく——としての威信、権勢を示すことでもあり、賢木巻の例も併せ、その政治性が読み取られて来た。(14)その場合、その盛儀はどの程度語る必要があっただろうか。「世の中ゆすりて」や僧たちのことだけでも十分であったかもしれない。澪標巻以降の源氏については、すべてがその威信を示すともいい得るから、ここで八講をとりわけ詳しくする必要もなかったし、賢木巻との重複を避ける意味もある。それゆえ、より詳しい内容は、禅師による噂話として語られる。そこでは「生ける浄土の飾り」という、賢木巻の「極楽」に通う表現を伴っているだけでなく、源氏を「仏、菩薩の変化」とさえ言う。この八講の目的は桐壺院追善であり、同時に源氏の権勢を示すことにある。盛儀は第一に源氏の権勢を示し、第二に源氏と末摘花の距離を示す。末摘花にその距離を知らせたのが禅師の噂話である。法華八講自体は末摘花とは何の関係もなく催されたが、賢木巻の藤壺出家、蜻蛉巻の女一宮垣間見が八講と隣り合い、不可分であったように、源氏に忘れられている末摘花に源氏との距離を自覚させるために禅師が参加する法華八講が必要であった。法華八講との関わり方は賢木、蜻蛉両巻とはやや異なり、八講そのものに話の一つの中心があり、末摘花自身はその場にはいない。明石、澪標、蓬生と巻を追い、次第に詳しくなってゆく語り方は、八講とそれに隣り合う出来事の両方に話の中心があることが要請したものである。

「世になき古めき人」「この世を離れたる聖」（二329）らしい禅師の源氏を称える大仰な表現は末摘花を傷つけ、先に述べたように「心憂の仏、菩薩や」と思わせる。「今の世の人のすめる経うち誦み、行ひなどいふことはいと恥づかしくしたまひて、見たてまつる人などもなければ、数珠など取り寄せたまはず（二331）」と、仏教から遠いとされている末摘花である。この場では仏教的表現に負の価値を与えることが自然なものとなる。仏教との距離は末摘花一人の特性ではなく、末摘花と、また女性と仏教の関係について、史的変遷も含めて種々述べられている。が、ここでは法華八講という仏事、禅師の浄土、仏菩薩という表現が末摘花に源氏との距離を知らせ、実感させることに注意したい。

なおいえば、末摘花巻の源氏の和歌「いくそたび君がしじまに負けぬらんものな言ひそといはぬたのみに（一283）」や「普賢菩薩の乗物（一292）」なども仏教的表現である。和歌中の「しじま」については『原中最秘抄』の伝えた行阿説を現在の諸注も挙げる。すなわち八講論談の際、磬を打って問答の勝負を決し、その後は無言行に入ることから「しじま」というという説であり、法華八講に関わる。末摘花に代わって詠んだ侍従の歌「鐘つきてとぢめむことはさすがにてこたへまうきぞかつはあやなき」の「鐘つきて」が八講の際の磬であるなら八講との関わり方は一層強くなる。更に、かつては「おぼえず神仏の現れたまへらんやうなりし御心ばへ（二326）」であったのにと嘆く老女房のことば、末摘花の叔母の「仏、聖も罪軽きをこそ導きよくしたまふなれ（二335）」その他、仏教的色彩の表現は多い。これにつき、源氏と末摘花に釈尊と愚鈍な弟子槃得の面影を見て仏教説話の話型や故事を用いて男女の純愛の物語を認める説があるが、異論もある。(15) 語彙、表現は仏教的色彩を帯びているが、そこまで考える必要はないのではないか。

『源氏物語』に於ける法華八講はさまざまな語られ方をしている。それらは平安時代に盛んであった法華八講を土台とし、同様に他の仏事も時代を反映する。その中で、明石巻に始まり、蓬生巻に至る八講の記事は、物語として二つの目的、源氏の側と末摘花の側の両方を語ることを果たすため、他とは異なる語られ方、詳しい繰返しがなされていた。盛儀であるほど八講以外に話の中心があるという点では、末摘花に関する時に盛儀のさまが詳しくなることで他と同様である。が、盛儀それ自体も源氏の側に必要であったということで賢木巻や蜻蛉巻と異なるものである。

ここまで考察対象の外としてきた御法巻の法華経千部供養について付言しておく。この法会は主催者たる紫上自身の問題とそのまま重なる。ここでは「空のけしきなどもうららかにものおもしろく、仏のおはする所のありさま遠からず思ひやられて（四496）」、「夜もすがら、尊きことにうちあはせたる鼓の声絶えずおもしろし」、「百千鳥の囀も笛の音に劣らぬ心地して、もののあはれもおもしろさも残らぬほどに（四497）」と「おもしろし」という語を繰返す。それは、「このころとなりては、何ごとにつけても心細くのみ思し知る（四496）」、「上下心地よげに、興ある気色どもなるを見たまふにも、残りすくなしと身を思したる御心の中には、よろづのことあはれにおぼえたまふ（四498）」とある死期の近い紫上の心中とは対照的である。参加者と主催者の心中との懸隔は単なる盛儀としての法会ではないことを示すが、法会の中での心中であることから、『源氏物語』に於ける法華八講の扱いとの違いが看取されよう。

注

（1）山本信吉「法華八講と道長の三十講」上、下（『仏教芸術』77、71-84頁、78、81-95頁、一九七〇・九、一一）→『摂関政治史論考』、吉川弘文館、二〇〇三）、高木豊『平安時代法華仏教史研究』（平楽寺書店、一九七三）。諸注・論考でも指摘、『源氏物語』に於ける法華八講を直接論じたものとしては、甲斐稔「源氏物語と法華八講」（『風俗』21―3、43-58頁、一九八二・九）も史実と対照させながらこの点を論じている。一方、藤原北家の人々が法華八講をよく行ったのは嫡流意識によるというよりも興行する個人の仏教的関心によるとする栗林史子「法華八講に関する二、三の問題―『御堂関白記』を中心に―」（『駿台史学』85、一九九二・三）もある。澪標巻の例については、源氏を「孝子」と見た玉上琢弥『源氏物語評釈四』もあったが、橋本ゆかり「光源氏と《山の帝》の会話―女三宮出家をめぐって」『源氏物語の〈記憶〉』

117－143頁、翰林書房、二〇〇八、初出一九九二）は光源氏の意図如何にかかわらず、「世の人」に対する政治的デモンストレーションとして機能したはずであるとする。

（2）注（1）山本論文。

（3）池田亀鑑編『源氏物語事典』（東京堂、一九六〇）「はかう（八講）」の項ではもっぱら女三宮自身の功徳のためかとする。現行注釈書は特に注しないものが多いが、中哲裕「仏教行事と『源氏物語』」（鈴木一雄監修・三角洋一編『源氏物語の鑑賞と基礎知識　早蕨』180－191頁、至文堂、二〇〇五）は「宮の両親のためのものである可能性は否定できない」、鈴木一雄編・陣野英則編『源氏物語の鑑賞と基礎知識　匂兵部卿・紅梅・竹河』（至文堂、二〇〇四）では、この法華八講の目的は「女三宮の個人的な故人（光源氏、朱雀院など）への供養であったと考えられる」としている（39頁）。『日本古典文学大系』は「春秋の」と注する。

（4）「法華八講の〈日〉と〈時〉──古典解読のために──」（伊藤博之・今成元昭・山田昭全編『仏教文学講座八』54－79頁、勉誠社、一九九五）。

（5）御法巻の薪の行道は法華八講と結び付けて説明されるが、そのことはこの法会が法華八講であるとの意にはならないのではないか。公刊されている古注釈ではっきりと八講とするのは、『源氏物語提要』くらいである。仏教史の立場から注（1）高木前掲書が法華八講としているのは薪の行道があるためと思われる。『源氏』研究の立場からは、現代では例えば、原岡文子「紫上への視角　片々」『源氏物語の人物と表現──その両義的展開──』241－255頁（翰林書房、二〇〇三、初出一九七五）は逆修八講とする。その他、逆修八講とする松木典子「法華八講について」（鈴木一雄監修・中野幸一編『源氏物語の鑑賞と基礎知識　賢木』164－165頁、至文堂、二〇〇〇）、薪の行道の翌日に終わり、花散里、明石君が参加しているところから結縁八講とみる倉田実「法華経千部供養──法華八講」（鈴木一雄・小町谷照彦編『源氏物語の鑑賞と基礎知識　御法・幻』32－33頁、至文堂、二〇〇一）などがある。注（1）甲斐論文は、七僧とあること、一昼夜の法会であることから、八講とは認め難いとしている。

（6）「極楽」を欠くもの（池田本、河内本系諸本、陽明本、伝冷泉為相筆本）、補入されているもの（横山本）などである。「極楽」を欠く本文はB2との繰返しを避けたのかもしれない。B2には「極楽」を「しやうと（浄土）」とする本文（河内本系諸本、伝為相筆本、高松宮家本）もある。以上は『源氏物語大成』、『源氏物語別本集成　続』（第三巻。おうふう、二〇〇六）、『CD-ROM角川古典大鑑源氏物語』（角川書店、一九九九）に拠る。本文異同の検討として十分尽くしているとはいえないが、一つの傾向を見ることはできよう。

（7）その他には紅葉賀巻、朱雀院行幸試楽の場で「詠などしたまへるは、これや仏の御迦陵頻伽の声ならむと聞こゆ（一311）」、若菜上巻、紫上が源氏四十賀のために催した薬師仏供養の「仏、経箱、帙簀のととのへ、まことの極楽思ひやらる（四93）」、御法巻、紫上主催法華経千部供養の場の「空の気色などもうららかにものおもしろく、仏などのおはする所のありさま遠からず（四496）」、橋姫巻、宇治の姫君たちの演奏を聴いて帝に伝える阿闍梨のことば、「げに、はた、この姫君たちの琴弾き合はせて遊びたまへる、川波に競ひて聞こえはべるは、いとおもしろく、極楽思ひやられはべるや（五129）」という例がある。橋姫巻の例は「古代にめづれば」とあり、後述する禅師の例と通ずるところがある。但し、以上で声、香り、飾り等、浄土にあるとされるものをその例として挙げても、仏典に見える「金銀瑠璃……」という表現を用いないことは注意される。このことは「平安文学に於ける瑠璃の二面性」（本書Ⅳ―五）で述べた。

（8）本文を「夜」とするのは大島本を底本とする注釈で『日本古典全書』、『新潮日本古典集成』、『新編日本古典文学全集』。その他に『日本古典文学大系』。その底本、宮内庁書陵部蔵三条西本は「よ（字母は「与」）」と仮名書きである。影印本『青表紙本源氏物語』（新典社、一九六九）に拠る。「世」を「夜」と改めた前三書の他、本文を「世」としつつ現代語訳で「夜」とするのが、『源氏物語評釈』、旧版『全集』・『完訳日本の古典』、『源氏物語の鑑賞と基礎知識』である。「夜」との解が多いことを示している。『源氏物語別集成　続』により確認したところでは、漢字表記で「世」とするもの「夜」とするものが一本ずつ、他はすべて仮名表記である。

（9）例えば、盛大な行事の「準備や後片づけに疲労した女房たちの気の緩みを衝いて、薫は女一宮をかいま見する」（江戸英雄「蓮の花の盛りに―「蜻蛉」巻の法華八講」『源氏物語の鑑賞と基礎知識　蜻蛉』152-153頁、鈴木一雄監修・伊藤鉄也編、至文堂、二〇〇三）など。

（10）山口量子「鈴虫巻女三宮持仏開眼供養の位相―方法としての〈モノ〉」（『玉藻』27、36-50頁、一九九一・一〇）。

（11）国冬本の異同に関し、伊藤は言経本に近い前半の本文に対し、後半は事なる傾向の本文を伝えるとみている。

(12)　能登永閑が天文十四年（一五四五）に草したと考えられる『万水一露』（承応三年＝一六五四松永貞徳跋、他）を近世版本と並べて考えるのは、近世に出版され読まれた本文として扱う清水婦久子『源氏物語版本の研究』（和泉書院、二〇〇三）に従った。同書は近世版本の二系統について述べている。但し、『万水一露』は貞徳によるかなりの増補訂正があるかとされる（伊井春樹編『源氏物語　注釈書・享受史　事典』、東京堂出版、二〇〇一）。なお、九州大学蔵無跋無刊記本には朱による異文の書入れがある。『万水一露』は『源氏物語古注集成』による。無跋無刊記本、無刊記古活字本については九州大学付属図書館ホームページ掲載の画像（今西祐一郎解説）により確認した。

(13)　注（1）甲斐論文。

(14)　注（1）論文参照。別な角度からの読みとして、小林正明「五月五日の源氏物語―法華経五の巻によって」（『中古文学』53、22－31頁、一九九四・五）は、追善・新政権の権力示威を認めた上で、藤原道長の寛弘五年五月五日の法華三十講、澪標巻、五月五日の明石姫君五十日儀と重ね、澪標巻には光源氏の罪と悪の露呈と隠蔽があると論じている。

(15)　源氏・末摘花を釈尊・槃得に比する三角洋一「蓬生巻の短編的手法（一）」『源氏物語』と天台浄土教』110－127頁（若草書房、一九九六。初出一九九三）に対し、蔵中しのぶ「仏教に縁なき末摘花―末摘花は周利槃得か」（鈴木一雄監修・小谷野純一編『源氏物語の鑑賞と基礎知識　蓬生・関屋』54－55頁、至文堂、二〇〇四）は「末摘花にあっては、絶対的第三者を占める者は、仏菩薩（釈尊）ではなく、まして源氏でもなく、故き父常陸宮であることが、この物語の構造を見えにくくさせているのである」とする。

Ⅳ 『源氏物語』の飾りと隔て

一　『源氏物語』の飾りと隔て

1　はじめに ── 物語に描かれた住居

物語に描かれた住居を考えるとき、どのような角度からの切込みが可能であろうか。それを視覚化するならばどうなるのかということも一つの角度とはなろう。例えば、『源氏物語』の六条院について、その復元図を作る試みは、これまで幾度かなされてきた。(1・補1) その目的とするところは論者によって違いがあり、必ずしも復元が目的ではなかったであろうが、ここで注意すべきは、それらの復元図が少しずつ異なっていることである。また、作図してみると、見渡すことが殆ど不可能な場所が物語の中では見えることになっている例もあるという。(2) 物語中の住居が実際にどのようになっているか、わからない点は他にも多い。『落窪物語』の女主人公の住まわされた「おちくぼ」なる所にしても具体的にどのようなものであったかはどうもはっきりしない。が、そこは「一種の聖空間」(3) とみなす方が物語の理解には役立つ。物語に描かれた住居を復元、再現することは書かれたことがらを把握するために有用ではあるが、それだけでは有効な切込みとはいえない。

しかし、ともあれ住居の基本的な構造はひとわたり確認しておかなくてはならない。

物語に登場するのは王朝貴族が中心となるから、描かれる住居も彼らの住まいが主となる。寝殿造と呼ばれるその住居に関する研究は沢田名垂『家屋雑考』（天保十三序＝一八四二）に拠るところが大きいが、近年の建築史学等の成果に伴い修正された点も多い。(4・補2) 中央に南向きの寝殿、その左右に渡殿で結ばれた西の対、東の対があって、それぞれの対から南に廊が延び、中門をはさんだその先に釣殿があり……というよく知られた構造はあくまでも基本的な構造であり、東西の対のありよう一つをとってみても時代による変遷がある。対だけでなく、住居の各部分に関しては今後も解明されてゆく点がまだあるだろう。(5)

住居の各部分のうち、主に描かれるのは寝殿と対である。そこが物語の男女主人公が住まう場所だったからである。あこぎや帯刀のような従者階級が活躍する『落窪物語』巻一などではその居室、曹司が度々出てくるが、敷地内北方の下屋、北の門など従者たちの使用するものは通常は描かれない。

さて、寝殿と対は中央に母屋が、その周囲に廂が、さらにその外側に屋根のない簀子があるという平面的な構造に関しては等しく、柱のみを持つ吹き放ちの空間であるのも同じである。外部との間には建具を置き、内部を仕切る。その用い方は住み手の気儘にするのではなく、ある程度決まった使われ方があったようである。廂と簀子を隔てるのは格子、或いは蔀、四隅には妻戸がある。その内側に簾、それが外部との隔てとなる。吹き放ちの空間内を仕切るのがさまざまの隔ての具である。簾は母屋と廂の間にもかけられる。内から外は見えるが、外からは影しか見えない簾は御簾と呼ばれ、物語に登場する隔ての具としては最も多い。その他、壁代、几帳、屏風、また柱間に置かれるはめ込み式の障子、これらの隔ての具を置き、種々の調度で内部を飾るのが室礼（しつらひ）――〝しつらふ〟という行為である。だから母屋や廂には塗籠を除いて壁はないし、窓もない。だが、物語の中にはそう多くはないが、壁、窓との語が出てくる。屛風を壁と呼ぶ例などを含め、その多くは漢詩文の引用である。また、建物の外だが、垣という語も歌語的に使われている例がかなりあるように思われる。なお、以上の建物や建具が具体的にどのようなものかを理解するには『年中行事絵巻』、『源氏物語絵巻』その他の絵巻――絵画史料が役立つ。但し、絵画も必ずしも現実もしくは文字叙述の再現ではなく、「フィクション」があることに留意すべきであろう。(6)

物語の中に描かれた住居はさまざまの点で偏差がある。その偏差の意味を問うことが物語研究にとって必要なのではないか。その場合、住居を単に素材とみるのでは復元、再現とあまり変わらない。素材としてではなく、しつらひをも含めた行為の問題として考えることで住居の表す物語の一つの相を明らかにしてみたい。以下、主に『源氏物語』を例に、〝飾る〟という行為を手がかりとして考えてゆく。

2　住居の全体――飾りと伝領

物語に描かれた住居を考えてみると、住居全体が問題になる場合と細部が問題になる場合とがある。前者は『源氏物語』の六条院のような場合であり、後者は住居の中の一点をめぐって物語が展開するような場合である。

住居の全体について。住居を造営し、また内部の室礼をすることを〝飾る〟ことだと考えるならば、さまざまの飾りがある。『源氏物語』帚木巻の紀伊守邸の例を持出すまでもなく、中の品の家でも〝をかしき〟ほどの飾りはする。住居は何であれ、それなりに飾られていた。

さまざまの飾りの頂点にあったのが六条院である。その特徴が四方四季の邸であり、女性たちを各季節に配したことにあるのはいうまでもない。平安期でいえば、『うつほ物語』吹上上巻の神奈備種松邸、『栄花物語』「こまくらべの行幸」の高陽院にも例の見られる四方四季の館には中国の五行思想に加えて日本の民俗信仰があると指摘されてきた。(7) また、『うつほ物語』は西方浄土を、『栄花物語』は海龍王の家を引合いに出すが、それらは『源氏』初音巻の〝生ける仏の御国〟を連想させる。(8) 六条院は他の四方四季の館とどこが異なるか。

六条院が問題にされるとき、多くは六条院世界としてであった。それは、六条院が豪奢な邸宅であることを超えた、いわば聖空間であったことによる。そのことが他の四方四季の館との違いでもあった。聖空間四分割は、広く古代文明に見られる空間支配の思想の反映であり「コスモロジィの表現」でもあるというが、(9) それは王権論的な問題ともつながる。(10) いずれにせよ、聖空間としての六条院を考えてゆくことは単なる住居の問題を越えてしまう。これまで多くの六条院論がなされてきた所以である。

六条院をもう少し住居それ自体に関して考えるとどうなるか。六条院の構造は大内裏に準ずるという説があるが、(11) これには批判もある。(12) もう一つ考えてみたいのは住居の伝領の問題である。六条院四町のうち、その伝領が明らかなのは秋好中宮の里邸となった西南の町のみである。〝未申の町は、中宮の御旧宮なれば、やがておはしますべし（「少女」三78）〟の意味については既に説があるが、(13) その他の町にも何らかの由来があり、伝領があったと考えることは可能である。伝領の問題は高橋和夫、坂本共展らに説がある。(14) 六条院造営の目的の一つに死者の鎮魂があり、死者の遺児に対する手厚い待遇をもってそれをなし得るとすれば、(15) 夕顔の遺児であった玉鬘が住むことになった東北の町が、玉鬘の父頭中将の母大宮の所領であり、夕顔最後の地でもある〝なにがしの院〟であったという坂本の説も興味あるところである。伝領は、また後述するように、〝飾る〟こととつながる問題である。

他の物語でも、例えば『落窪物語』では三条殿が一つの鍵となっている。『夜の寝覚』では、主人公の女君は父大臣から多くの財産を譲られたのだが、住居の伝領はどうだったのであろうか。住居の生前贈与はないのだとしても、物語の中では次々と居所を変えている。そこでは住居は家庭の問題でもある。(16) 住居の問題はそれほど多方面に拡がってゆくものである。

3　住居の細部――隔ての具

住居の細部が問題となる場合について。細部という場合、それは殆ど、御簾、几帳などの隔てものに限られる。それらを通して男女が相対するからである。外から見られる心配がなければ御簾は巻き上げられることもある。それでも遠くから、或いは物陰に隠れたりして垣間見がなされ、それが物語の発端や新しい展開となるのはいうまでもない。母屋と廂との間の御簾の内側には更に几帳が置かれる。この几帳の縫い合わせていない部分――綻びも垣間見をさせることになった。隔ての具は見る――見られるという状況を作ることが多いが、やや違った描かれ方もある。隔ての具は静かに置かれるべきなのに、内側で自らそれを動かしてしまう近江君（『源氏物語』常夏巻）、今姫君（『狭衣物語』巻二）、虫めづる姫君などがその例である。王朝的美意識の外にいる女性たちのその行為は〝簾高くおし張りて（常夏巻）〟などと叙される。

隔ての具の描かれ方を更に考えてみたい。

夫婦でない男女の間には隔ての具が置かれ、会話も取次の女房を介してなされるのが常であった。男は御簾の外側にいる。その御簾とは母屋と廂の間か、廂と簀子の間か。男のいる場所を表すのに、〝御簾の前〟ということがある。その御簾がどちらの御簾であるかは、恋愛以外の面をも含めた面での男女の親疎の度合いにより、また男の身分による。

『源氏物語』宇治十帖ではこの御簾が度々問題となる。橋姫巻、八宮の留守に宇治を訪れた薫が二人の姫君を垣間見したあと〝ありつる御簾の前に歩み出でてついゐたまふ（五141）〟のであるが、薫は〝この御簾の前にははしたなくはべりけり（同）〟と言う。そこは寝殿の簀子である。貴人との対応に慣れた女房もいず、弁が出て来るまで大君は直に薫と言葉を交わすのだが、出て来た弁は〝あなかたじけなや。かたはらいたき御座のさまにもはべるかな。御簾のうちにこそ。若き人々は、もののほど知らぬやうにはべるこそ（同143）〟と言う。弁の言ったことが本格化するのは八宮死後、総角巻に入ってからである。巻頭、八宮の一周忌近く宇治を訪れた薫は、初めは御簾の外、廂にいるが、弁に向かって、

ただかやうに物隔てて、言残いたるさまならず、さしむかひて、とにかくに定めなき世の物語を隔てなく聞こえて……（五230）

と訴える。大君はやがて再び御簾越しの対面をすることになる。

仏のおはする中の戸を開けて、御灯明の灯けざやかにかかげさせて、簾に屏風をそへてぞおはする。（五232）

簾、屏風と二重の隔てを置いたけれども、それは〝かくほどもなき物の隔て（五233）〟でしかない。薫が中に入るのは困難なことではない。宇治山荘の構造はどうも判然としないところがあって、このあたりについても諸注の説明

は必ずしも一致しないが、大君と薫の間の隔ての問題は、この後も隔ての具ばかりでなく、二人の間柄の問題として繰返される。

大君死後、中君と薫との間も隔ての具が問題となる。〝御簾の前〟、〝御簾の内〟ということばが繰返され、中君のいる二条院を訪ねた薫の居場所は簀子から廂へと進み、母屋との隔ても越えようとするのは大君の時と同様である。

この隔ての具は宇治十帖以前にも無論描かれる。斎木泰孝は『源氏物語』の男女の隔ての諸例を検討し、隔ての具も取次ぎの女房もどれほどの隔てでもなく、ただ「心の隔て」が男女を隔てるものであったという。[17] 住居の問題をやや外れることになるが、〝（心の）隔て〟については大君を例に他にも関連する論がある。[18] 宇治の物語にあっては〝隔て〟はそれほど強調された。簾、几帳、障子などの隔ての具がそれを示している。間柄の問題として、隔ての具をその外側からでなく、内側から描いたことにもよる。

浮舟が登場すると、隔ての具はもはや隔てを強調するものではなくなっている。ただ、これまで見られなかったものを一つ挙げるとすれば、浮舟出家の場面、

几帳の帷子の綻びより、御髪をかき出だしたまへるが　（「手習」六338）

がある。几帳のほころびを、垣間見などではなく、内にいる女性がその意思で使用した例である。同じ例が『堤中納言物語』「このついで」にもある。

隔ての具がそれを越えることを描くのではないとき、クローズアップされたり、また隔て以外の目的に使われたりする。『夜の寝覚』巻一で対の君が女主人公の兄、宰相中将に事実を打明ける場面で、〝几帳押しやりて、「と寄らせ

たまへ」とも、いと恥かしげなるさましたるに（112）〃とあるのもその一例である。

4　〃飾られる空間〃と隔ての具

右にみた隔ての例は物語に大きな比重を占めてはいるが、〃飾る〃行為ではなかった。それらは〃飾る〃行為とは無関係であったのだろうか。また、〃飾る〃行為は描かれなかったのであろうか。宇治十帖に関していえばそうではない。

宇治十帖に出て来る住居の最初は八宮のものである。橋姫巻頭には宇治前史というべきものが語られる。炎上する前の京の八宮邸は荒れており、〃持仏の御飾りばかりをわざとせさせたまひて（五120）〃、〃御調度などばかりなん、わざとうるはしくて多かりける（同124）〃のである。零落した家にも何らかの飾りが残るが、この箇所は何か末摘花を連想させる。語られ方は全く異なっているが、末摘花も〃などてか軽々しき人の家の飾とはなさむ（「蓬生」二329）〃と父祖伝来の調度を守り、〃うるはしく〃していたのだった。

宇治へ移ってからも山荘はそれなりに整えられるが、八宮亡きあと様相を変え、飾る行為はそのあるじである大君・中君ではなく、薫によるものとなる。総角巻、紅葉狩の場面では、

御簾かけかへ、ここかしこかき払ひ、岩隠れに積れる紅葉の朽葉すこしはるけ、遣水の水草払はせなどぞしたまふ。（五292）

のであった。大君はそれをこう受けとめる。

かつはゆかしげなけれど、いかがはせむ。これもさるべきにことはと思ひゆるして、心まうけしたまへり。（同）

大君の側からいえば、宇治山荘は〝飾られ〟ているといってよい。

大君死後、中君が二条院へ移ってから宇治山荘は更に変わる。薫は中君に山荘を寺に変えよと勧め、中君も反対しない。薫が宇治の阿闍梨に向かって言うことばの中に、

今は、兵部卿宮の北の方こそはしりたまふべければ、かの宮の御料とも言ひつべくなりにたり。されば、ここながら寺になさんことは便なかるべし。心にまかせてさもえせじ。（「宿木」五456）

という条がある。住居の伝領を考えさせる箇所である。解体した寝殿を阿闍梨の寺の堂に改築、跡に新たな寝殿を建てるその計画は実行に移される。飾る行為は薫の手になった。中君にとっては飾られることになった。

薫はこの他にも建築をしている。焼失した三条宮の再建（総角巻）、女二宮を迎えるに当たっての増築（宿木巻）、浮舟を京に引取るための邸（浮舟巻）である。浮舟巻の例など、

絵師どもなども、御随身どもの中にある、睦ましき殿人などを選りて、さすがにわざとなむせさせたまふ

と、その飾りぶりが描かれるが、それは匂宮への諜報の中で言われた。匂宮をあるじとする二条院も〝三つ葉四つ葉なる（「早蕨」五364）〟所であり、夕霧は〝六条院の東の殿磨きしつらひて、限りなくうよろづをととのへて（「宿木」五401）〟匂宮を迎えた。飾ることは当然のこととして描かれるが、それ以上ではない。

安住の地を持たぬ浮舟にはもとより飾るべきものがない。浮舟のために当初用意された飾りは継父常陸介の手に渡ってしまう。そこでは飾りは滑稽なものとなり、近江君の歌の如くである。隔ても変容する。

さまざまな行為のあらわれである住居をより広く〝空間〟として捉えるならば、宇治の物語にあっては、〝飾る空間〟よりもむしろ宇治山荘のように、当たり前の意味では〝飾れない空間〟が描かれる。そして、飾る行為が住居のあるじの手を離れたとき、そこは〝飾られる空間〟となるのである。その例は実は既に夕霧巻の一条宮に例を見ることができる。〝飾られる空間〟となったとき、隔ての具が全面に出て来る。住居の伝領――居住権、管理権を含めて――がそこで関わって来る。飾ることと隔ての具は無関係ではない。

〝飾れない空間〟を多く描く物語とは何か。また、住居自体に限定しても、〝玉の台も同じことなり（夕顔巻）〟、〝玉の台に静けき身と思ふべき世かは（橋姫巻）〟と飾ることとの関係は何か。問題は他にもある。住居の問題は単なる素材ではなく、物語の内奥に切込んでゆくものであろう。

注

（1）国文学の側から福岡女子大学国文学科三年「六条院想定図」（『香椎潟』11、51-55頁・太田静六提供図3葉、一九六六・

三）、玉上琢弥「光る源氏の六条院復元図「第二案」（おうふうコンピュータ資料センター研究所編『源氏物語』と平安京（『歴史文化研究』二）』、おうふう、一九九四。『円地文子訳源氏物語』月報（一九七三・一）以降何度か改訂が重ねられたが、これが最新のものである）、高橋和夫「源氏物語に見られる邸とその伝領について―二条院と六条院―」『源氏物語』の創作過程』335-366頁（右文書院、一九九二、初出一九八四・一九八七）、建築史の側からは太田静六『寝殿造の研究』（吉川弘文館、一九八七）、池浩三『源氏物語―その住まいの世界―』（中央公論美術出版、一九八九）他、などがある。

（2）玉上琢弥「「六条院復原図」作成顛末略記」（『むらさき』28、54-61頁、一九九一・一二）。

（3）『新日本古典文学大系』（藤井貞和校注）脚注。

（4）玉腰芳夫『古代日本のすまい』（ナカニシヤ出版、一九八〇）、太田、池注（1）前掲書、朧谷寿・加納重文・高橋康夫編『平安京の邸第』（望稜舎、一九八七）、特集「寝殿造研究の現状と課題」（『古代文化』一九八七・一二）の諸論考など。

（5）国語学・国文学の側から従来のものでは、池田亀鑑編『源氏物語事典』上・語彙編（東京堂、一九六〇）の住居に関する語の解説に即して今なお有益であり、『古語大辞典』（小学館、一九八三）は各語を論じた文献のリストを付す。

（6）千野香織・西和夫『フィクションとしての絵画―美術史の眼建築史の眼』（ぺりかん社、一九九一）。

（7）三谷栄一『日本文学の民俗学的研究』（有精堂、一九六〇）・『物語史の研究』（有精堂、一九六七）。

（8）『うつほ』も『栄花』も〝飾る〟ことの多い作品であることも興味を引く。『うつほ』はその作品名の他、巻・名にも住居に関するものがあることも注意される。

（9）野村精一「光源氏とその〝自然〟―六条院構想をめぐって―」（阿部秋生編『源氏物語の研究』153-208頁、東京大学出版会、一九七四）・「六条院の四季の町」（秋山虔・木村正中・清水好子編『講座　源氏物語の世界五』36-47頁、有斐閣、一九八一）他。

（10）深沢三千男「王者のみやび」『源氏物語の形成』117-134頁（桜楓社、一九七二）、日向一雅「六条院世界の成立について」『源氏物語の主題』79-103頁（桜楓社、一九八三、初出一九八二）、河添房江「六条院王権の光と影」『源氏物語の喩と王権』277-346頁（有精堂、一九九二）。

(11) 池浩三「光源氏の六条院―そのかくされた構想」(『中古文学』48、34-44頁、一九九一・一一)。
(12) 注(1)玉上論文。
(13) 藤井貞和「光源氏物語主題論」『源氏物語の始原と現在』(三一書房、一九七二、『源氏物語の始原と現在 定本』、冬樹社、一九八〇)。
(14) 注(1)高橋論文、坂本共展「『六条院』の成立」(中古文学会平成四年春季大会口頭発表)→「紫上構想とその主題7『落窪物語』の影響(二)―構想への投影―」『源氏物語構成論』523-585頁(笠間書院、一九九五、口頭発表論文化初出一九九二・一九九三)。
(15) 原田敦子「六条院の栄華―少女巻・玉鬘十帖―」(今井卓爾・鬼塚隆昭・後藤祥子・中野幸一編『源氏物語講座』三、230-241頁、勉誠社、一九九二)。
(16) 永井和子「女主人公は何処に住むか―寝覚物語中の君の居所―」(学習院女子短期大学『国語国文学論集』19、一九九〇・三)→『続寝覚物語の研究』205-224頁(笠間書院、一九九〇)。
(17) 「女房と女君(四)―物越しにても、人伝てならで―」(安田女子大学『国語国文学論集』22、一九九二・二)→「男主人公と仲介者の役割―長編物語展開の一技法―」『物語文学の方法と注釈』91-107頁、和泉書院、一九九六)。
(18) 藤原克己「紫式部と漢文学―宇治の大君と〈婦人苦〉―」(『国文論叢』17、1-14頁、一九九〇・三)。

補注

(1) 浅尾広良『源氏物語』の邸宅と六条院復元の論争点」(倉田実編『王朝文学と建築・庭園 平安文学と隣接諸学1』201-226頁、竹林舎、二〇〇七)が研究史を整理、『源氏物語』の住宅研究について論じている。
(2) 近年では、寝殿造の庭園も含めた配置は儀式用のものであるとされる(川本重雄『寝殿造の空間と儀式』(中央公論美術出版、二〇〇六)、川本「寝殿造の成立と正月大饗~開放的な日本住宅の起源」(『日本建築学会計画系論文集』81(729)、2197-2506頁、二〇一六・一一)など。「寝殿造」という用語についての論としては加藤悠希『『家屋雑考』の流布と「寝殿造」の定着過程」(『日本建築学会計画系論文集』74(646)、2701-2707頁、二〇〇九・一二)がある。国語学・国文学の立場からは、平安時代文学や『源氏物語』の各種入門書で住居・調度が扱われているが、筆者も数項目を執筆した『源氏物語事典』（林田孝和・植田恭代・竹内正彦・原岡文子・針本正行・吉井美弥子編、大和書房、二〇〇二）では、見出し項目毎に参考文献を付している。近くは小町谷照彦・倉田実編『王朝文学文化歴史大事典』（笠間書院、二〇一一）があり、倉田実「住空間」の各項目により豊富に文献が付されている。

二　『源氏物語』の中の屏風をめぐって
―語られなかったものの意味―

1　はじめに　―隔ての具の二側面

物語の中の種々の調度の一つ一つに注目したとき、新たに見えて来ることがある。それには二つの側面がある。即ち、語られたことの意味と、語られなかったことの意味である。

前者でいえば、『源氏物語』、特に宇治十帖、大君の物語を中心とする「隔て」をめぐる一連の論[1]などもその例であろう。住居の内部と外部を分ける[2]、簾という決して強固ではない屏障具を間に向き合う薫と大君からは、「隔て」というメディアによって逆に結び付く男女の姿が浮かび上がって来る。両者の物理的心理的距離、その緊張関係がそこでは語られているが、そのような「隔て」の機能は、簾を介して楽の音を通わせる源氏と藤壺（桐壺巻）を始め、唐猫が簾を動かし女三宮の姿を柏木や夕霧が垣間見る（若菜下巻）など『源氏物語』全編に見られ、物語の展開と重なり合う。屏風、几帳など他の屏障具の中で簾が際立つように見えるのは、それが住居の内部と外部の「隔て」を作るからであった。

一方、簾は豪華な室礼ともなり得る。『紫式部日記』にいう「立蔀の上より、音に聞く簾のはしも見ゆ」（寛弘五年＝一〇〇八　十一月二十二日）は侍従宰相藤原実成の出した五節舞姫の局のものを指すが、簾の縁や帽額が豪華さを示す。また、絵合巻が准拠とした『天徳四年内裏歌合』（九六一）は、御記、殿上日記、仮名日記いずれも歌合の席を御簾によって示している。中でも殿上日記には「西廂皆改㆓懸新御簾㆒」とあり、この御簾も豪華なものであった筈であるが、絵合の場に御簾は見えない。御簾の内での催しであったことによろう。「対の御方よりも、童べなど物見に渡り来て、廊の戸口に御簾青やかに懸けわたして、いまめきたる裾濃の御几帳ども立てわたし、童、下仕などさまよふ（「螢」三206）」六条院馬場の競射の折の例、匂宮を迎えようとして宇治山荘を手入れする「御簾かけかへ、ここかしこかき払ひ、岩隠れに積もれる紅葉の朽葉すこしはるけ、遣水の水草払はせなどしたまふ（「総角」五292）」薫の行為の例がないではないが、『源氏物語』の簾は「隔て」に集中している。宿木巻の例も薫の振舞いを屈辱感と共に受け入れる大君という構図があるのであって、単なる新しさ、豪華さをいうものではない。簾の豪華さについては語られなかった、そのことがまた「隔て」を強調することになったといえよう。

語られたことの意味と語られなかったことの意味について、以下やはり屏障具である屏風を通して探ってみたい。

2　語られたもの ——『源氏物語』の屏風と「隔て」

大島本『源氏物語』の屏風は『源氏物語大成』索引篇等によれば、網代屏風（椎本、東屋、浮舟巻各一例）、「屏風だつ（玉鬘巻一例）」を含め、全四十一例を数え、諸本に大きな異同はない。御屏風、屏風の違いは六条院、二条院では御屏風というかとも見えるが、宮中温明殿に置かれているのも屏風であり（紅葉賀巻）、厳密な区別はないのではないか。何らかの意味で男女の「隔て」と関わる例は十八例あると考えられる。諸例については既に田島智子による整理があり、(3)屏風・障子の性格・使用法などを押さえた上で、『うつほ物語』『狭衣物語』をも対象とし、行事のしつらい、日常のしつらい、垣間見、男女の攻防との分類がされている。『うつほ』で殆ど例の見られなかった障子が『源氏』で増え、『狭衣』では障子が更に多く、屏風は殆どないという推移の指摘も興味深いが、屏風の用いられ方を改めて考えてみたい。

一つの用例にも幾つかの側面があるから、捉え方により分類にも相違が出て来る。田島の分類の「垣間見」「男女の攻防」の十一場面（複数の例があっても同一場面は一場面として数えるので用例数とは一致しない）だけでなく、「日常のしつらい」に分類された十五場面の中にも、次の少女巻、野分巻の例のように、御簾と同じく「隔て」に関わるものがあると考えられる。

少女巻、五節舞姫となった惟光女を夕霧が見つける。

妻戸の間に屏風など立てて、かりそめのしつらひなるに、やをら寄りてのぞきたまへば　（三61）

雲居雁と引離され、「胸のみ塞がりて」いる夕霧は、「心もや慰むと」二条院へやって来る。屏風によって周囲と仕切られた舞姫の席は夕霧の関心を呼び、「かりそめのしつらひ」ゆえに覗くことができた。容易には近付けない西の対、紫上近くに、この日来られたのは舞姫の準備で人々の注意がそれていたからであった。そのような状況と夕霧の心理状態の中で、屏風は本来の用である物理的「隔て」としては有効に働かなかったのだといえる。

野分巻の例は屛風が動かされることで「隔て」が外される例である。野分の翌朝、

東の渡殿の小障子の上より、妻戸の開きたる隙を何心もなく見入れたまへるに、女房のあまた見ゆれば、立ちとまりて音もせで見る。御屛風も、風のいたく吹きければ、押したたみ寄せたるに、見通しあらはなる廂の御座にゐたまへる人、ものに紛るべくもあらず、気高くきよらに、さとにほふ心地して、春の曙の霞の間より、おもしろき樺桜の咲き乱れたるを見る心地す。（三264）

と、夕霧が思いがけず紫上を垣間見たのは強風という外力によって妻戸が開き、屛風も「押したたみ寄せ」られていたからであった。意図したことではなかったが、これも「隔て」が働かなかった例である。夕霧の眼に焼き付き、後々まで忘れられないこの場の、屛風の機能として注意すべきであろう。野分巻の夕霧のもう一つの垣間見、源氏と玉鬘の姿に驚愕する場でも「屛風などもみなたたみ寄せ、物しどけなくしなしたるに（三277）」とある。その屛風が、続く、

いかでこの御容貌見てしがなと思ひわたる心にて、隅の間の御簾の、几帳は添ひながらしどけなきを、やをら引き上げて見るに、紛るる物どもも取りやりたれば、いとよく見ゆ。（三278）

の「紛るる物ども」と一致するかどうかははっきりしないところもあるが、いずれにせよ、本来ならば「隔て」となる筈の屛風がここでも働いていなかったことになる。六条院世界が夕霧の視線にさらされる野分巻では、屛風の機能

も物語の展開に密接な関わりを持つ。
屏障具であるにもかかわらず、その用をなさない例は他にもある。屏風の最初の例は、

この入りつる格子はまだ鎖さねば、隙見ゆるに寄りて西ざまに見通したまへば、この際に立てたる屏風端の方おしたたまれたるに、紛るべき几帳なども、暑ければにや、うちかけて、いとよく見入れらる。（「空蟬」一119）

である。源氏が紀伊守邸で空蟬と軒端荻を垣間見するこの場でも屏風、几帳が動かされて「隔て」が外されている。垣間見は隔ての隙間に生ずるのではあるが、「隔て」が外されることがしばしばあることに注意したい。右に続く源氏を「灯明き方に屏風をひろげて、影ほのかなるに、やをら入れたてまつる（一123）」という小君の行為は隔てを逆に利用したものである。

宇治十帖では、屏風は意識的に動かされもする。薫は「こなたに通ふ障子の端の方に、掛金したる所に、穴のすこしあきたるを見おきたまへりければ、外に立てたる屏風をひきやりて見たまふ（「椎本」五216）」し、また「屏風をやをら押し開けて入りたまひぬ（「総角」五234）」のである。浮舟を垣間見する場では「四尺の屏風を、この障子にそへて立てたるが上より見ゆる穴なれば残るところなし（「宿木」五490）」と、ここだけ四尺という屏風の高さが述べられるのは、「隔て」が機能していないことを示すために他ならない。

移動可能な几帳や屏風は、それだけに御簾よりも物理的な隔てを作ったり、逆に除いたりしやすい。障子や几帳と連動しながら『源氏物語』にあっては隔てを作るよりも除く方向にある。その隔ても殆どが男女間のものである。隔てがすべてではないが、これが『源氏物語』の屏風に注目したときに見えて来るものである。語られたものは語られ

なかったものを同時に示す。

では語られなかったもの、その意味とは何であろうか。それを考えるために、『栄花物語』を中心に他作品の場合を辿っておきたい。

3　儀式・屏風歌 ――『栄花物語』の屏風

『栄花物語』の例を見たとき気付くことの一つに約半数が人生儀礼、儀式に関するものであることがある。全三十七例中(4)、裳着・入内七例、算賀三例、その他産養や大饗の例もある。作品の素材として晴れの場を多く扱うことも関係するだろうが、例を挙げれば次のようなものがある。

藤原済時女娍子の東宮参入に際し、先帝村上が済時の従姉妹である宣耀殿女御に「よろづの物の具をし奉らせ給ひし御具ども、御櫛の筥よりはじめ、屏風などまで、いとめでたくて持たせ給へれば（「みはてぬゆめ」上131）」、とただ装束だけを用意したとある。

続いての例は、和歌史で何かと問題にされる道長女彰子の裳着・入内の例である。

> 大殿の姫君十二にならせ給へば、年の内に御裳着有て、やがて内に参らせ給はむと急がせ給。万しつくさせ給へり。―（中略）―屏風より始、なべてならぬ様にし具させ給て、さるべき人〳〵、やむごと無所々に歌は読せ給。和歌は主がらなん、をかしさは勝ると云らむやうに、大殿やがてよみ給。
>
> （「かゞやく藤壺」上199）

と、第一に採り上げられたのが屏風、具体的には屏風歌である。更に「御しつらひも、玉も少し磨きたるは光のどかなる様もあり、是は照り輝きて、女房も少々の人は御前の方に参り仕うまつるべきやうも見えず、いといみじうあさましう様ことなるまでしつらはせ給へり。御几帳・御屏風の襲まで、皆蒔絵・螺鈿をせさせ給へり（同201）」と、屏風歌に続き、屏風自体の豪華さが述べられる。

この屏風歌は藤原実資をして「上達部依左府命獻和哥、往古不聞事也、何況於法皇御製哉（『小右記』長保元年＝九九九　十月二十八日）」と憤慨させたように、専門歌人ではなく、上皇や公卿が道長家の私事のために詠進する点で従来の屏風歌とは性格を異にする。(5) 実資とは関心の方向が違うものの特筆すべきものであったわけである。

次の例は寛弘六年（一〇〇九）十二月、彰子の妹妍子が東宮参入の際のもの。その「御具ども」について、櫛の箱、小箱と並んで、ここでも屏風が採り上げられる。先に参入した娍子に先帝の宣耀殿女御から伝わった調度類と比べられ、屏風については、

その御具どもの、屏風どもは、為氏・常則などが書きて、道風こそは色紙形は書きたれ。いみじうめでたしかし。その上の物なれど、たゞ今のやうに塵ばまず、鮮やかに用ゐさせ給へりしに、これはひろたかが書きたる屏風どもに、侍従中納言の書き給へるにこそはあめれ。（「はつはな」上287）

と具体的である。

他にも禎子内親王裳着（「御裳着」）、章子内親王裳着（「歌合・暮まつほし」）でも屏風が几帳や調度品としての、また贈り物の容器としてのさまざまな箱と並んで採り上げられる。彰子、妍子、禎子内親王の場合は屏風歌についても述

べられる。裳着や入内のために用意される調度品として屏風に対する関心が強いのが『栄花物語』である。算賀の例としては「御屏風の歌ども、いとさまぐ〱にあれど、物騒がしうて書きとゞめずなりにけり（「さまざまのよろこび」上114）」とする兼家六十賀、「御屏風の歌ども、上手ども仕うまつれり、多かれど同じ筋の事はかゝず（「とりべ野」上224）」と述べる東三条院四十賀、「御屏風の歌新しく詠ませ給はず。古き賀の歌どもをかゝせ給ふに（「御賀」下123）」とする倫子六十賀がある。個々の歌自体は挙げていないし、史実としてはこの他にも算賀の屏風歌はあったが、以上が『栄花物語』に見えるものである。他の作品でも、室礼を整える例の多い『うつほ物語』には嵯峨院大宮六十賀（「菊宴」）、『落窪物語』にも主人公の女君の父七十賀（巻三）に屏風歌の例がある。作り物語にも屏風、屏風歌に関して何らかの関心はある。

布や紙で作られる屏風は時が経てば古くなるから、何らかの折に新調され、人生儀礼、行事などはその折に相当する。『栄花物語』の時代、道長・頼道の周辺では屏風歌が多く作られ、作中の諸例はそのことを写している。初期の屏風歌が貫之など専門歌人によったのとは違い、公卿も詠むようになっている。彰子裳着の折の屏風についての実資の言について、屏風歌の消長について、種々論ぜられるわけであるが、一条朝は同時に屏風歌の「激減を示した一〇〇〇年を境とする時期」でもあり、それが屏風歌の変容を生む(6)という。では『源氏物語』はどうなのだろうか。

4　裳着・入内の調度 ―― 語られざる屏風

裳着・入内等の例として明石姫君、女三宮、宿木巻の女二宮を考えてみる。

梅枝巻、明石姫君の裳着準備は薫物から語り始められる。その中で、大弐の奉れる香ども御覧ずるに、なほいにしへのには劣りてやあらむと思して、二条院の御倉開けさせたまひて、唐の物ども取り渡させたまひて、御覧じくらぶるに（三403）

と以下、香ばかりでなく、古いものに上質のものがあると、桐壺巻に登場した高麗人の奉ったという綾、緋金錦で「近き御しつらひのものの覆ひ、敷物、褥などの端ども」を作らせたことが述べられる。薫物と並んで詳しいのが「草子の箱に入るべき草子ども（三415）」である。その中には兵部卿宮の贈り物もある。

この御箱には、立ち下れるをばまぜたまはず、わざと人のほど、品分かせたまひつつ、草子、巻物みな書かせたてまつりたまふ。よろづにめづらかなる御宝物ども、他の朝廷までありがたげなる中に、この本どもなん、ゆかしと心動きたまふ若人世に多かりける。（三422）

裳着とそれに続く参入のための調度品や香、草子などは最高のものが準備される。準備をめぐる源氏の行為についてはいろいろ考えることができようが、ここでは、倉、宝物という語があることに注意したい。『新編』頭注に「この宝物は本以外のものも含む」とするが、宝物とは倉に収められている極上の品であり、兵部卿宮家に伝わる嵯峨、醍醐帝の手になる巻物であるといえよう。裳着の儀式も秋好中宮が腰結役となり、源氏自身「後の世の例にや」と言うほど異例のものである。秋好中宮は源氏にとって身内とはいえ、梅枝巻では源氏はまだ太政大臣である。実資の非難を呼んだ彰子の屏風とは違い、この異例の腰結は源氏の栄花を表すものとなっている。これら一連の物語の中に屏風はなく、当然屏風歌もない。裳着の儀式の最後は「かかる所の儀式は、よろしきだに、いと事多くうるさきをやとて、こまかに書かず（三413）」という草子地で締め括られるが、屏風も省かれたものの中にあったとみることができるだろうか。

　女三宮の裳着を準備する父朱雀院は、

　またこの宮の御裳着のことを思しいそがせたまふ。院の内にやむごとなく思す御宝物、御調度どもをばさらにもいはず、はかなき遊び物まで、すこしゆゑあるかぎりをば、ただこの御方にと渡したてまつらせたまひて、その次々をなむ、他の御子たちには、御処分どもありける。（「若菜上」四18）

と、明石姫君の場合と共通するのは、最上のものが用意されていることであり、それを表すのが「御宝物」である。裳着の儀式はやや詳しく、唐物を用いることが述べられるが、やはり屏風は出て来ない。『河海抄』が准拠として引用する『吏部王記』朱雀院皇女昌子内親王の袴着の記事に屏風は見えないが、若菜上巻にある「御帳、御几帳よりはじめて（四42）」も見えないことを考えれば、女三宮の裳着で屏風に触れないことは注意してよいだろう。六条院へ降嫁した際の「内裏に参りたまふ人の作法をまねびて、かの院よりも御調度など運ばる。渡りたまふ儀式いへばさらなり。（四62）」の部分にも屏風はない。

　薫と女二宮の婚儀に先立ち、宮の裳着のことが語られる。

　十四になりたまふ年、御裳着せたてまつりたまはんとて、春よりうちはじめて、他事なく思しいそぎて、何ごともなべてならぬさまにと思しまうく。いにしへより伝はりたりける宝物ども、このをりにこそはと探し出でつつ、いみじく営みたまふに、女御、夏ごろ、物の怪にわづらひたまひて、いとはかなく亡せたまひぬ。（五374）

母藤壺女御の里に伝わる「御宝物」がここでも用いられる。『源氏物語』にあっては極上の調度は宝物と共にあるが(7)、これらの例で屏風が採り上げられないことが確認できる。

そこからは「調度」に屏風を含めていなかったかとさえ見える。「調度」の範囲は『和名抄』では非常に広いが、『源氏』以後の『類聚雑用抄』でも「母屋調度」の中に「五尺屏風」を挙げる。屏風は確かに調度の中に含まれているのだし、「あるべき作法めでたう、壁代、御屏風、御几帳、御座など（「夕霧」四461）」を一条宮に用意させる夕霧、「あたりあたりあるべき限りしたる所を、さかしらに屏風ども持て来て、いぶせきまで立てあつめ（「東屋」六37）」る常陸介など結婚準備としての例がないわけではない。が、最高の用意のなされたところでは屏風に触れることがない。無論、それにはすべてを列挙しないという物語の方法があるだろう。しかし、それだけではない。屏風に対する『源氏物語』の距離の取り方があるように思われる。

5 算賀の屏風 ―― 語られざる屏風歌

算賀の例を考えてみたい。源氏四十賀には三例の屏風がある。玉鬘主催のものは新調することだけが述べられる。紫上主催の場合は、背後の御屛風四帖は、式部卿宮なむせさせたまひける、いみじく尽くして、例の四季の絵なれど、めづらしき山水、潭など、目馴れずおもしろし。
（「若菜上」四94）

という屛風である。せんすい（山水）、たん（潭）は問題のあるところであるが、今は立ち入らない。「たん＝潭」説をとる『集成』は、絵を唐絵であろう、とする。唐絵であれば漢詩が書かれたことになる。この屛風は絵によってその立派さが表されるが、大和絵であるとしても、屛風歌には触れていない。「背後《うしろ》の屛風」について『河海抄』の指摘した『古今集』巻七賀「内侍のかみの、右大将藤原朝臣の四十賀しける時に、四季の絵かけるうしろの屛風に、かきつけたりける歌（三五七―三六三詞書）」を、『新編』は「漢籍・史書・仏典引用一覧」で「四十賀も、式場の背後に立てる四季屛風もかくべつ珍しい物ではないが、特に典拠扱いする必要はあるまい」とする。確かに珍しくはないが、この詞書を連想することは可能である。連想すれば和歌もまた連想されることになる。そうでなくとも、四季の絵にはそれに応じた屛風歌があるのではないか。だが、若菜上巻のこの場に和歌はない。『古今集』の場合は壬生忠岑、凡河内躬恒、坂上是則、紀貫之が作者として名を連ねる。それは如何にも専門歌人が上なる者のために詠進している姿である。『源氏物語』はそのような場に関心を向けない。何らかの儀式の場で和歌が詠まれるとすれば、主要な人物の作だけが採り上げられる。ここで和歌について触れないのはそのためであったとすべきなのであろうか。

もう一つの屛風の例は、帝の命を受けて夕霧が主催する折のもの。

御屛風四帖に、内裏の御手書かせたまへる、唐の綾の薄緂に、下絵のさまなどおろかならむやは。おもしろき春秋の作り絵などよりも、この御屛風の墨つきの輝くさまは目も及ばず、思ひなしさへめでたくなむありける。

（同四100）

これも「うしろの屏風」になる。四季絵ばかりではなく、下絵の上に帝の「御手」があり、それがこの屏風のめでたさとなっている。「御手」の輝くばかりのすばらしさが強調されるが、何を書いたのかは語られない。古注釈では概ね和歌を書くとしているが、『弄花抄』のように絵かとするものもあり、現代でも絵とする説はある。(8) 現代の諸注、和歌、或いは漢詩文とするが、『集成』は「本文（典拠となるような漢詩文）を書かれたのであろう」とする。普通の四季絵と違い、また「唐の綾の紽」で出来ていることからすれば、漢詩と見てよいかもしれない。和歌であっても新しく詠進されたものを書くのとは違うだろう。何を書いたのかには触れず、「内裏の御手」ゆえの最高の屏風であることを強調する。専門歌人による屏風歌ではなく、彰子の場合のような詠者によるのでもない。では「内裏の御手」は異例のものであったか。准拠と見るというのではなく、『河海抄』以下の指摘する「淳和御手跡屏風」（『新儀式』）、「おとゝの御賀を実頼の中将つかうまつれり。四尺の御屏風一よろひ御てをうへにかゝせたてまつらせ給（『太后御記』延長七年＝九二九 三月二十八日）」(9) からすれば、異例でもなかったといえようか。前者は延喜十六年（九一六）とあることから宇多院五十賀とわかる。また、淳和という時代から「手跡」は漢詩を書いたものかと考えられる。後者は藤原忠平五十賀となろう。准太上天皇である源氏は「内裏の御手」の屏風を受けるに不足はないことになる。

源氏四十賀の二つの屏風がいずれも和歌について触れないこと、書かれたのが和歌ではなく、漢詩であったかとも読めること、このことから通常考えるような屏風歌がないことに改めて気付かされる。(10)

『源氏物語』の中に屏風にまつわる歌は全くなかったのかといえば、そうではないかに見える。桐壺更衣を失った桐壺帝は、このごろ、明け暮れ御覧ずる長恨歌の御絵、亭子院の描かせたまひて、伊勢、貫之に詠ませたまへる、大和言の葉をも、唐土の詩をも、ただその節をぞ枕言にせたまふ。

（「桐壺」一33）

のであった。「亭子院の描かせ」たものが屏風であったことは『伊勢集』から知られ、屏風の語はないが、これが『源氏物語』注唯一の屏風歌に関わる例である。史実でのこの和歌が色紙形に書かれたのかははっきりしないが、屏風にまつわる歌として考えておきたい。貫之の残した和歌にそれらしいものがないことは周知のことだが、その名は作中何度か登場する。絵合の場に斎宮女御方の出した巨勢相覧が絵を描いた『竹取物語』の書き手として、総角巻頭では再び伊勢と並んで「げに古言ぞ人の心をのぶるたよりなりける（五224）」、その古言の作者として。桐壺巻の「御絵」が思い起こされる。

貫之の名は必要ありそうである。屏風とせず、「御絵」となっているのは、桐壺帝と更衣が二人で眺めるには置く場所に制約のある屏風が適さないことによる虚構との説[11]もあるが、何であれ、史上の屏風を用いながら屏風でないかのようにする。やはり、屏風、屏風歌とは距離がある。そして、貫之は数多くの屏風歌を作っている。貫之の時代、『源氏物語』が舞台とした延喜・天暦頃は「九〇〇年を境として急激にその制作例を増し」た時代[12]になる。屏風歌が盛んに作られる時代を設定し、屏風歌に近づきながら、しかも屏風歌を出さない。他方、『源氏物語』が書かれた時代は屏風歌が変容を見ながら多く作られた最後の時代であった。『源氏物語』の近くでも屏風歌が詠まれていた。東三条院四十賀屏風の制作された長保三年（一〇〇一）は紫式部が夫宣孝を失った年であり、詠者の中には式部の父為時がいる。『源氏物語』の内も外も屏風歌の時代でありながら、屏風歌がない。作品の外部を作品と重ねることには慎重でありたいが、そのことはやはり注意してよいだろう。

6 『源氏物語』の和歌と語り

最高の調度を述べるに屏風に触れず、儀式の折の屏風に屏風歌が見えないこと、それは『源氏物語』が屏風歌と距離を置いていることを示している。専門歌人云々という理由ではないだろう。屏風について語られなかったことから見えて来ることとは『源氏物語』における和歌の性格である。『源氏物語』は和歌的表現が多いけれども、同時に和歌との違いを見せることがある。そういえば、現実の歌合を准拠とした絵合の場にも和歌は殆どない。無論、伊勢対正三位を争う場では左右方人の言や藤壺の判に確かに和歌はある。しかし、歌合を伴う物合ではない。また、源氏方の勝を決めた帝の前での絵合でも「草の手に仮名の所どころに書きまぜて、まほのくはしき日記にはあらず、あはれなる歌などもまじれる、たぐひゆかし（「絵合」二387）」が唯一和歌に触れた箇所である。歌合の形を借りながら絵合、物語合という形式を作り出し、物語を論じたものであり、改めていうべきことはないのかもしれない。が、和歌との接点にあり、しかも和歌がないところは屏風の場合と共通する。作中のさまざまなことから和歌との関係という大きな問題が見えて来る。

語られなかったものにつき、もう一言付け加えるならば、女房の位置がある。隔ては男女間に限らない。女房と主人を、或いは出家者と晴れの場を隔てる場合もある。親仁親王の御湯殿儀の折、出家姿の道長は屏風を隔てた所にいた（『栄花物語』「楚王の夢」）。『枕草子』「淑景舎、春宮にまゐりたまふほどのことなど」の段では、清少納言は中宮定子と淑景舎原子、道隆夫妻の対面の様子を屏風の裏から「覗く」のである。それは定子自ら許可したことであるが、屏風の陰には表に出ない、主人と隔てを置いた女房もいた筈である。以上のような、男女間ではない隔ては『源氏物語』に殆ど見えない。[13] しかし、国宝『源氏物語絵巻』を見ると屏風や障子の後にいる女房たちの姿が描かれている。屏風ではないが、「夕霧」「宿木（二）」には障子に身を寄せ、聞き耳を立て、また覗いているかのような女房たちの姿がある。『源氏物語』は主人公の傍らにいた女房が自ら見聞きしたことを語り、それを筆録したという体裁をとる。障子の陰で聞き耳を立てる女房は、物語の語り手たる女房とみられるだろうか。[14] 作中に設定されている語り手は形式としてあるのであって、実体化する必要はないと考えるが、語り手は聞き耳を立てるのではなく、屏風の内側にいて、主人公たちについて語るのではないか。屏風は『源氏物語』の語り方、文章についても考えさせるものを持っている。

※『源氏物語』注釈のうち『集成』は石田穣二・清水好子校注新潮日本古典集成の略。『栄花物語』本文は松村博司・山中裕校注『栄花物語』上下（日本古典文学大系）に拠る。但し、一部表記を改めた。

注

（1）鷲山茂雄『源氏物語主題論—宇治十帖の世界』（塙書房、一九八五）、中川正美「宇治大君—対話する女君の創造—」（王朝物語研究会編『論集源氏物語とその前後4』143-168頁、新典社、一九九三）、末澤『源氏物語』の飾りと隔て」（本書Ⅳ—一、初出一九九三）、三田村雅子「宇治十帖、その内部と外部」（『岩波講座日本文学史3』29-57頁、岩波書店、一九九六）など。

（2）簾は寝殿造では廂と簀子の間だけでなく、廂と母屋の間にも掛けられるが、外部からの訪問者（男性客）の席は通常、廂から先に進むことはない。

（3）「物語中の屏風・障子」（平安文学論究会編『講座平安文学論究十三』風間書房、一九九八。↓『屏風歌の研究　論考篇』402-425頁、和泉書院、二〇〇七）。

（4） 高知大学人文学部国語史研究会編『栄花物語本文と索引　索引編』に拠る。

（5） 『小右記』の記事やこの屏風歌については論ぜられているが、屏風歌史の観点から特に示唆を受けたものとして、片野達郎『日本文芸と絵画の相関性の研究』（笠間書院、一九七五）、また川村裕子「道長・頼通時代の屏風歌」（『和歌文学論集』編集委員会編『屏風歌と歌合（和歌文学論集5）』109－134頁、風間書房、一九九五）、田島智子「道長と屏風歌―長保三年東三条院詮子四十賀屏風を中心に―」（『和歌文学研究』72、一九九六・六。→『屏風歌の研究　論考篇』54－74頁）がある。『小右記』引用は大日本古記録による。

（6） 注（5）片野前掲書。

（7） 「うるはし」という形容で共通する末摘花と宇治八宮は、宝物を失い調度ばかりがある八宮に対し、貧窮の中で調度を守るが宝物については一言も触れられない末摘花という違いがあり、興味深い。なお、末摘花の「うるはし」については末澤「『源氏物語』に於ける「うるはし」と梗概書―『源氏物語』読書史のための覚書―」（本書Ⅲ―四）でも触れたところがある。

（8） 山本利達「光源氏四十賀」（秋山虔・木村正中・清水好子編『講座源氏物語の世界六』123－135頁、有斐閣、一九八一）。

（9） 玉上琢弥編、山本利達・石田穣二校訂『紫明抄　河海抄』（角川書店、一九六八）。『新儀式』は群書類従を参照。

（10） 二つの屏風について「儀式に応じて詠進された多数の歌、まさに『古今和歌集』の「賀歌」がある」とみる廣川勝美「算賀と屏風歌―四季絵と山水―」『源氏物語探求―都城と儀式―』321－359頁（おうふう、一九九七）もあるが、和歌に触れられていないことはやはり重視したい。

（11） 宮川葉子「絵画―「桐壺巻の「長恨歌」―」『源氏物語の文化史的研究』3－18頁（風間書房、一九九七、初出一九八六）。

（12） 注（5）片野前掲書。

（13） 夕顔の亡骸と屏風を隔てている右近の例（夕顔巻）は特殊な例、「六位宿世」と屏風の後でする声（少女巻）は夕霧に聞こえ、「隔て」ともいえなくなる。

（14） 佐野みどり「女房の視線」（新編日本古典文学全集20月報、一九九四・二）、石井正己「描かれた女房―『源氏物語絵巻』

の方法」（『国文学　解釈と教材の研究』一九九九・四）などにより、聞き耳を立てる女房を語り手の絵画化と見る説が出されている。

三　水辺の追憶
——『源氏物語』の庭園——

1　はじめに——六条院庭園に於ける水辺の問題

『源氏物語』の住居として思い浮かべられるのはまずは六条院であろう。六条院については四方四季という配置を初めとして、その性格についてさまざまに論ぜられてきた。今その一々については挙げないが、六条院を含めて住居についての論は、主として建物やその内部についてであったり、敷地全体についてであったりというように、庭園そのものが対象となることはそれほど多くなかったのではないだろうか。庭園については仙境表現の意味を問うもの、殿上の秩序空間との関係・異界との交感をも含めて論ずるもの(1)など、六条院の性格について考えさせるのだが、今考えてみたいのは庭園に於ける水の問題である。現存する最古の作庭伝書であり、成立も『源氏物語』からそう遠くないと考えられる『作庭記』を見ても庭園、とりわけ池、遣水など水に関する部分は意匠を凝らされ、重視されていたことがわかる。水辺に注目することにより気付くこともまた出て来るのではないか。『源氏物語』の庭園に関しては、夙に外山英策『源氏物語の自然描写と庭園』（丁字屋書店、一九四三）が述べているが、一九八〇年代後半以降、『源氏物語』を含めて池や遣水をめぐっての論が新たに出されていること[2]は、各々の論点は異なるにしても、水辺の持つ意味の大きさを示しているように思われる。平安京跡の考古学的発掘調査による成果もまた、庭園、池についての新たな視座と与えてくれよう。本章も池や遣水に注目することにより、『源氏物語』の庭園のあらわすものを探ろうとするものである。

2　追憶・懐旧の場としての池・遣水

寝殿造に伴う庭園、すなわち寝殿造庭園と呼ばれる庭園で池や遣水が大きな要素を占めていたことは、先にも触れたように『作庭記』などから知られる。「石を立てん事、まづ大旨をこゝろふべき也」と始める『作庭記』が述べる対象は大部分、池、島、遣水など水のある所である。石はそれら水のある所に置かれるものであった。この池や遣水はしかし、寝殿造庭園に常にあったわけではない。現在発見されている庭園遺構は離宮、有力貴族邸宅、里内裏になるような邸宅であるが、寝殿と池の位置関係は一様でなく、庭園史学では池が寝殿南側にないものも寝殿造庭園と認めている。また、遣水を設けるには何よりも地理的条件が整うことが必要だが、池を持つ庭園はそもそもが儀式の場として設けられたものであり、中流以下の貴族の庭園には池がないこともあったという[3]。『源氏物語』帚木巻の紀伊守邸が源氏の方違え先に選ばれたのは〝紀伊守にて親しく仕うまつる人の、中川のわたりなる家なむ、このごろ水堰き入れて、涼しき蔭にはべる（一92）〟と告げた者があったからであるし、源氏が再度訪れた時には紀伊守は〝おどろきて、遣水の面目とかしこまり喜（一109）〟んだ。紀伊守邸の遣水がことさらに述べられるのは、遣水が庭園美の一つであると同時に、受領層の家としては珍しかったからだといえる。また、これは遣水だけで池はないものとされていよう。池については何も触れられていないし、〝このごろ〟という言い方自体遣水が新たに作られたことを意味し、当然、池はなかったと考えられる。

儀式のためだけでないのは無論だが、池は儀式にとっては重要である。後に触れる高陽院での『関白左大臣家歌合』もその一例である。しかし、『源氏物語』に見られる池、庭を見てゆくと、儀式の場が主になっているというわけではない。儀式の場といえるのは、紅葉賀巻の朱雀院行幸の他、少女巻末、朱雀院での放島試・遊宴、胡蝶巻での中宮御読経（六条院）、若菜上巻の薬師仏供養（二条院）、若菜下巻、女三宮持仏開眼（六条院）など、その他、六条院に於ける紫上と秋好中宮とのやりとり、蜻蛉巻での船遊び（六条院）なども儀式に準ずるものとして加えてもよいだろう。これらは庭、特に池の持つ本来的役割を示しているといえるかもしれない。儀式自体は他にもあるが、池が特に語られるものではない(4)。『源氏物語』の庭は、藤壺の三条宮の他は、紅葉賀巻の朱雀院ならびに源氏の持つ邸宅、すなわち〝池の心広くしなし（「桐壺」一50）〟た二条院と〝もとありける池山をも、便なき所なるをば崩しかへて（「少女」三78）〟作った六条院についてのみ池を中心に述べられる。それらは、平安京が必要とした山河と郊野を洗練させたかたちで離宮、後院に設けられた苑池を表すものとされる(5)。池の持つ意味は小さくない。が、述べたように儀式の場としての池は必ずしも多くない。何に限らず、物語の語ることには取捨選択がある。池や遣水について、特に語られたもの、逆にことさら語られなかったものがあるのではないか。

池に関する記事のうち、儀式についてのものを除くと次のような例がある。

(1) もとの木立、山のたたずまひおもしろき所なりけるを、池の心広くしなして、めでたく造りののしる。

(2)　東の対に渡りたまへるに、たち出でて、庭の木立、池の方などのぞきたまへば、霜枯れの前栽絵にかけるやうにおもしろくて　（「桐壺」一50、二条院）（「若紫」一258、二条院）

造園の主要な部分が池であったことを(1)は示しているが、その結果、新たに二条院入りした若紫の目に映るのが(2)である。この池は朝顔巻の女性評の場では〃遣水もいといたうむせびて、池の氷もえもいはずすごき（二490）〃と荒涼としたさまを見せる。この部分については後に触れる。

池は壮大な庭園の主要な部分となる。その庭園が主を失えば、

さえわたる池の鏡のさやけきに見なれしかげを見ぬぞかなしき　（「賢木」二100）

のように懐旧・追憶の場となる。これは桐壺院亡きあと、三条宮へ移ろうとする藤壺を迎えに兵部卿宮が来た折の唱和の中の源氏の詠である。指摘されているように、『大和物語』七十二段、敦慶親王を偲んでの平兼盛の詠、

池は猶昔ながらの鏡にてかげ見し君がなきぞかなしき

を踏まえる。『大和物語』に詠まれた亭子院の池は〃いとおもしろき〃ものであったが、賢木巻の場合は、厳冬に集う人々の立たされることになる厳しい状況を示している。池が懐旧・追憶の場となるのは、水が鏡のように影を映す

ものとして意識されるからではあるが、庭園の中心であり、主亡きあと、盛時との落差が大きいからでもあろう。池で故人を偲ぶ例は『古今集』哀傷歌の小野篁の、

水のおもにしづく花の色さやかにも君がみかげのおもほゆるかな

がある。詞書によれば諒闇の年のものである。賢木巻の源氏の歌とことばの上で重なるのは兼盛歌であるといえようが、池を見て故人を偲ぶ歌として、この『古今集』歌が注目される。近代の注では引かないが、古注釈にあってはこちらをも指摘している。(6)「君がみかげ」については面影、恩顧の両説あるが、本来の意味はともかく、賢木巻を重ね合わせたとき、その歌の底に面影以上のものを読み取ることができる。源氏の歌に対する〝あまり若々しうぞあるや〟との語り手の評は単に面影を言っているのだとしていよう。だが、桐壺院亡きあとの源氏や藤壺の置かれる立場を考えれば、ここも面影以上のものを連想しうるのである。

やはり賢木巻、諒闇の年も明けた新年、既に出家している藤壺を訪う場では、『後撰集』歌「おとにきく松が浦島けふぞ見るむべも心あるあまはすみけり（雑一、素性）」の中の「松が浦島」という語を用いた和歌の贈答がある。『後撰集』歌での「松が浦島」は池の中島のこと、ことばの上だけ出て来るのだとしても、懐旧、追憶の場という池のこのようなありようは一つの流れとして確認できる。

主や手入れをする者を失った邸は荒廃する。蓬や葎、築地の崩れは荒廃した邸の景としてしばしば見られるが、池も同様である。〝池も水草に埋もれ〟たなにがしの院（「夕顔」一―161）がその例であり、荒廃が予想されているのが須磨退去後の花散里邸である。〝池広く山木深きわたり、心細げに見ゆるにも（「須磨」二―174）〟とあるように、ここも

〝池広〟い庭であった。源氏のこの危惧はやがて現実のものとなり、築地の崩れが知らされる。修理は源氏が指示する。但し、ここでは池は出て来ない。荒れ行く庭の中の池は橋姫巻、京の八宮邸にも見える。〝さすがに広くおもしろき宮の、池、山などのけしきばかり昔に変らでいといたう荒れまさるを、つれづれとながめたまふ（五120）〟という一文には、荒れた庭をなすすべもなく眺める八宮の姿がある。池はその庭がかつては壮大なものであったことを逆に示している。

池には遣水が付随する。遣水は儀式の場ではないが、造園の中心となる点では池と同様である。造園の中心ともいうべき遣水は邸宅の大小を問わず述べられる。

須磨巻、源氏の住居を良清が近くの荘園に命じて手入れさせる。

> 時の間に、いと見どころありてしなさせたまふ。水深う遣りなし、植木どもなどして、今はと静まりたまふ心地現ならず。（二188）

須磨のその住まいは、〝所につけたる御住まひ、様変りて、かかるをりならずはをかしうもありなまし（二187）〟とあるように、それなりに風情のあるものではあるが、源氏が住むにふさわしくするには遣水の手入れが必要である。〝水深う〟は庭の奥までと解しておくが、このような手入れが出来るのは荘園を近くに持つからでもある。官位を失い、謫居の身とはいえ、遣水を手入れするにはそれだけの力がなくてはならない。そうして整えられたところに源氏は住むのであった。

そのような造園の中心となる遣水は同時に追憶の場ともなる。上京して明石君が住むことになる大堰山荘の修理はまず入道の命によってなされ、次いで源氏の命を受けた惟光が指図する。〝造りそへたる廊などゆゑあるさまに、水の流れもをかしうしなしたり（二407）〟の部分に『新編』頭注は遣水は「造園の上眼目とされる」と述べるが、大堰山荘のような〝ことそぎたる（二401）〟寝殿を建てた山里にも遣水は必要である。大堰川のほとりという地理的条件はそれを可能にしているが、中務宮から伝領のこの邸は更に手を加え得るものである。あまりに完璧に修復すれば、それに執着して二条東院に移らないだろうと源氏は言うが、彼自身の指揮によって仕上げがなされる。それが遣水を整えることであった。〝東の渡殿の下より出づる水の心ばへ繕はせたまふとて、いとなまめかしき袿姿うちとけたまへるを、いとめでたううれしと見たてまつる（二411）〟のは尼君であるが、尼君と源氏との間で和歌の贈答がなされる。

昔物語に、親王の住みたまひけるありさまなど語らせたまふに、繕はれたる水の音なひかごとがましう聞こゆ。

　住みなれし人はかへりてたどれども清水は宿のあるじ顔なる

わざとはなくて言ひ消つさま、みやびかによしと聞きたまふ。

「いさらゐははやくのことも忘れじをもとあるじや面がはりせる

あはれ」と、うちながめて立ちたまふ姿にほひを世に知らずとのみ思ひきこゆ。（「松風」二413）

遣水に昔を偲ぶこの贈答は池の場合に似ている。そして、これと似た状況が、更に藤裏葉巻、夕霧と雲井雁が三条宮に移り住み、亡き大宮を偲ぶ場で、夕霧巻、荒れゆく一条宮を見た夕霧の思いに、東屋巻、改築した宇治山荘で大君を偲ぶ薫、という具合に繰返される。それぞれ和歌が詠まれ、藤裏葉巻には「いさらゐ」という語も使われる。これらが酷似するとは『新編』頭注にも指摘があるが、このような繰返しは遣水の一つのありようとして確認できる。遣水は手入れを怠ると滞りやすいものであったようだが、手入れは邸の所有者によってなされるとは限らない。常陸宮邸を〝遣水かき払ひ、前栽の本立ちも涼しうしなしなど（「蓬生」二354）〟させたのは、源氏であったし、宇治山荘を〝岩隠れに積もれる紅葉の朽葉すこしはるけ、遣水の水草払はせなどぞしたまふ（「総角」五292）〟たのは薫であった。手入れされることに対して松風、蓬生、総角と各巻のそれぞれの女性たちの反応は異なっているが、ともあれ、造園の完成としての遣水は追憶、懐旧の場でもあり、同時に荒廃の場ともなることが確認できる。

遣水にはそのような、池と同様の傾向があるが、違いは何かといえば、池の場合、二条院、三条宮、桐壺院、京八宮邸など、どちらかといえば、儀式ではないにしろ、公的な要素を含む懐旧であり、遣水はどちらかといえば私的な懐旧である点だといえよう。池がなく、遣水だけの庭園もあったが、故常陸宮邸も、また、もとは中務宮のものであった山荘も、その所有者からも、地理的条件からも、池のない小さなものであったとは考えられない。京八宮邸の荒廃はまさしく公的なことの結果であった。

３　池・遣水の祝儀性／懐旧と追憶

さて、『源氏物語』に見られる以上のような池や遣水についての傾向は、他の物語、作品についてはどうであろうか。ジャンルの違いはあれ、方向性は見出せるだろう。まずは四方四季の邸を持つ『うつほ物語』、『栄花物語』を例にとることから始めたい。

『うつほ物語』では池は造園の完成として、さまざまな儀式、賀宴の場に多く出て来る。また、物語末尾を飾る琴

の奇瑞も池に現れる。例を挙げれば、

かくて、藤壺のおはする町は、いと面白し。遣水のほどに、八重山吹の高く面白き咲き出でたり。池のほとりに、大きなる松、藤の懸かりて、あまたあり。すべて、春の花・秋の紅葉、面白く、時々の前栽・草木もいとをかし。遣水に滝落とし、岩たてたる様なども、異所には似ず　（「国譲上」654）

これは、正頼の三条院から婿たちがそれぞれ他へ移り住んだあとのさまを述べたものだが、池、遣水の例は多く三条院、京極邸にあり、その他の例も含め、しばしば「おもしろし」という語が見られる。右の三条院自体も変質していることはあろう。[7] だが、俊蔭女と若小君の出会いの場も蓬、葎が茂っていても、〝池広きに、月面白く映れり（「俊蔭」25）〟となって、荒廃を表すものとはなっていないし、後に蔵開上巻冒頭、仲忠の眼に映る京極邸も池のことは何も触れられない。池、遣水が荒廃と結びつくことが皆無なのではない。あて宮入内が決定すると、あて宮に思いをかけていた源実忠は、〝広く面白き家〟を出て三条院にこもってしまう。その結果、〝殿の内、やうやく毀れ、人少なになり、池に水草居わたり、庭に草繁り行き、木の芽・花の色も、昔におぼえず（「菊の宴」327）〟という状態になる。これを例外として、『うつほ物語』は荒廃、懐旧として池、遣水を捉えることはない。

やはり四方四季の邸宅が見られ、住居の建築・焼亡・再建について述べることの多い『栄花物語』もその点では同様である。安和の変後の西宮を〝住ませたまふ宮のうちも、よろづにおぼし埋れたれば、御前の池・遣水も、水草居咽むせびて、心もゆかぬさまなり（「月の宴」上58）〟とするのが例外としてある程度である。再建された高陽院で、

東の対はこの度はなくて、山河流れ、瀧の水競ひ落ちたる程など、いみじうをかし。院の御方に、出羽弁

　滝つ瀬に人の心を見る事は昔も今も変はらざりけり

伊勢が「せき入れて落す」といひたる大納言の家居も、かばかりはあらざりけんと、めでたくいみじ。

（「暮まつほし」下417）

とある例も、めでたさを述べるために、昔を、また、古歌をいうのであった。池は遣水と共に造園の完成として、儀式の場としての本来的な姿を見せる。法成寺を舞台とする儀式も多い。それは公的世界を題材とする作品の性質上、当然のことなのかもしれないが、池のありようとして確認できる。全編を通じての傾向である。更に儀式の場に於いて、土御門殿歌会の「池の水ながくすむ」（「御裳ぎ」）、『関白左大臣家（高陽院水閣歌合）』の「池」（歌合）のように歌題ともなる。それらで詠まれた和歌はたとえば、

　はるぐ〳〵と君がますべき宿なれば通ひてすめる池の水かな

（土御門殿歌会）

　年を経てすむべき君が宿なれば池の水さへ濁らざりけり

（関白左大臣家歌合）

というように、太皇太后彰子や関白頼通を讃えるものとなっている。住む―澄むの掛詞は祝儀性を際立たせる。歌会、歌合という晴の場としての制約はあるにせよ、同時に詠まれた他の歌題による和歌と比べれば、その祝儀性は顕著である。これらもまた池自体の持つ性格から来ているのだといえよう。

その他の作品については『紫式部日記』を除いて例も少ないのだが、池、遣水という語に限定せず、水に関係ある

ところで一つ注目するとすれば、それは「水草」である。『枕草子』のように、〝池などあるところも水草ゐ（「女一人住むところは」）〟るさまを好むものもあるが、水草が茂るのは人の住まない、或いは荒廃といわぬまでも、手入れのゆきどとかないことの象徴でもあった。これらは造園美の裏返しともいうべきものといえよう。

『紫式部日記』では池に於ける儀式の他に、道長自身が指図して手入れさせるなど遣水が再三出て来る。それらに伴う〝心地ゆきたる〟などの形容は、『栄花物語』とも重なり合う。『栄花物語』に於いては、『紫式部日記』との類似が指摘される親仁親王誕生の折の土御門邸の記事（「楚王のゆめ」）だけでなく、〝心ゆく〟が繰返される。〝心地ゆく〟という表現は、遣水を眺める人間の心理状態でもある。『紫式部日記』その他に水の持つ癒しの力ともいうべきものが見られるとの論があるが、(8) 今は追憶に踏みとどまって考えたい。

池や遣水が造園美、儀式の場として扱われることが多いのは当然であったかもしれない。それらの例を見たとき、『源氏物語』の例、特に追憶、懐旧を呼ぶ遣水の例はかなり特徴的だといえるのではないか。先に見たように、追憶の場は和歌や引歌を伴うことが多かった。そこで和歌に於ける例を少し見てみたい。池や遣水によって荒廃はどれほど詠まれているだろうか。少し範囲を広げて「水草」を詠んだものを含めて探してみると次のような例が見出せる。

① 昔の旧き堤は年深み池の瀲に水草生ひにけり （万葉集・三378）

② わがかどの板井の清水さととほみ人しくまねば水草おひにけり （古今集・神遊びの歌）

③ なき人の影だに見えぬ遣水の流れのそこは涙に流してぞこし （後撰集・哀傷・伊勢、伊勢集）

④ 君まさで煙たえにししほがまの浦さびしくも見え渡るかな （古今集・哀傷・紀貫之）

⑤ さと人のくむだにいまはなかるべし岩井の清水みくさゐにけり （後拾遺集・雑四・大江嘉言）

⑥　ふるさとのいた井のし水みくさゐて月さへすまず成りにけるかな（千載集・雑上・俊恵）

⑦　みし人もなきふる里のまし水にいつよりゐたるみくさなるらん（月詣和歌集・法源長真）

⑧　山里のいはゐの水は水草ゐて見えけんものをすまぬけしきは

（後葉集・雑二・賀茂成平妻、続詞花集では賀茂政平母）

①は「山部宿禰赤人詠ニ故太政大臣藤原家山地ー歌一首」との題詞を持つ。③は『源氏物語』で引歌となったもの、哀傷歌ではあるが、荒廃を詠むものではない。④は詞書に〃河原の左のおほいまうちぎみの身まかりてのちかの家にまかりてありけるに、しほがまといふ所のさまをつくれりけるを見てよめる〃とあり、⑤も詞書から河原院での詠とわかる。河原院での往時を偲ぶ歌は後に『今昔物語集』にも採られるように、よく知られたものではあった。貫之歌は河原院の荒廃を詠む。ここにも水辺があるが、塩釜を模したという、かなり特殊な池ゆえのものでもある。

哀傷、荒廃の歌としての池、遣水を詠んだものとしては以上のようなものがあるが、これらは池を詠む和歌全体からすれば少ない。多くは冬の池、水に映る月などの景であったり、松、柳、桜、藤など池の周囲の植物、鴛鴦などの水鳥というさまざまな景物を取り合わせた恋歌であったりする。また、先に『関白左大臣家歌合』の例に見たように、池水が澄む—住むの掛詞から「千代をへてすまむ」「ちとせすむ」などの表現を用いた賀歌ともなる。

池に比べれば、遣水は更に例が少ない。八代集中、歌中に遣水の語を用いるのは『後撰集』の伊勢歌のみであるし、詞書中に遣水とあるもの（拾遺集・哀傷・藤原道兼）も歌に詠まれたのは亡児の植えた菖蒲である。『為忠家初度百首』は雑二十題の中に「やり水」を立てる。その六首の中には、

たがやどぞあれたるにはにゆくみづのこころぼそくもすみわたるかな

など荒れた庭を詠むものがないわけではない。が、例えば『新編国歌大観』第四巻所収の定数歌で遣水を歌題とするのは同百首のみである。また、「いさら小川」が遣水を意味することもあったのだが、やはり少ない。

以上、広く用例を辿ってきたところからは、『源氏物語』の遣水は、和歌と比べてもかなり特徴的なものだといえる。一様ではないが、遣水のほとりでの懐旧、追憶は絶えることなく繰返され、そこでは必ず和歌が詠まれる。そのうち、二度ほどは「いさらゐ」という語が出て来る。この語についての注目は、古注釈では『河海抄』が藤裏葉巻の例について〝小井也。いさゝを河といふもやり水などのあさくてながるゝを云也。いつれもすくなき心也〟[9]とするあたりから始まるが、多くは『日本書紀』の「いさら」を引くなどとするものの「小水」とするのみである。現代の諸注は「いさらゐ」は遣水を指すとし、更に『新潮日本古典集成』頭注は「いさらゐは歌語」とする。また、『日本国語大辞典』（初版、第二版とも）は接頭語「いさら」について「水に関係ある体言の上に付いて、いささかの、わずかのの意をそえる」とし、語誌に「『日本書紀』の古訓から見えはじめて、近世にまで至るが、実例は少ない。歌語的なものであったろう」と述べる。『岩波古語辞典』（初版、増補版とも）も「いさら」を「歌語」とする。歌語、歌語的とされるものの、中でも「いさらゐ」は和歌の中では殆ど詠まれない。[10]そのわずかな例が『千五百番歌合』中の、

せきとむる心もくるしいざさらばいさらゐの水もらしはててん　（源通親）

である。その判詞では「いさらゐ」は注目されていない。この歌は後に『夫木和歌抄』二十六に採られるが、そこで

「いさら井、末国、在源氏」としていることは、この語が他に見出しにくいことを示していよう。『八雲御抄』名所部も「井」の項に「いさらゐ（源氏）」をあげる。更に後代になれば、もう少し用例はあるが、今ここでは触れない。「ゐ」とは水を汲むところとの意であり、流水をも含むが、遣水を「いさらゐ」と呼ぶ例は他にないだろうと思われる。「いさらゐ」がこのようにかなり稀な、従って特徴的な語であり、類似した場で用いられていることは注意されよう。同じその語が繰返されることで、松風、藤裏葉両巻の例はことばの上からも響き合うことになる。

懐旧、追憶の場としての遣水は、前述のように私的な場に於けるものである。無論、純粋に私的なものはなく、松風巻の場合であれば将来の入内に向けての明石姫君引き取り、藤裏葉巻の場合であれば内大臣との確執と和解といった具合に、源氏の政治的な立場と切離し得ない。この二つの場合に共通しているのは懐旧が現在を喜ぶことにつながっており、喜ぶ二人の唱和となっている点である。他方、夕霧巻の夕霧は〝人影も見え〟ぬ荒廃した一条宮を見て一人呆然とし、東屋巻の場合は薫がただ一人失ったものを求め悲しんでいる。涙を拭う薫は〝涙を流してぞこし〟という伊勢の歌にそのまま重なる。この二首に「いさらゐ」の語がないことも違いを示すことになろう。

4　六条院の水辺 —— 語られざる追憶・懐旧

以上のことを確認した上で、改めて『源氏物語』最大の邸宅である六条院の庭園を考えてみたい。六条院にあっては荒廃や追憶は語られない。遣水のほとりでの追憶が繰返されるとき、その一方で追憶が語られないこともあるのであった。六条院には「いさらゐ」に見るような追憶の場がない。〝もとありける池山をも、便なき所なるをば崩しかへて、水のおもむき、山のおきてをあらためて（「少女」三78）〟の造園であるから遣水の姿も変えられた筈である。変わってしまったところでは昔を偲ぶこともできない、というところだろうか。しかし、六条院には忘れることのできない過去がある。いうまでもなく、〝中宮の御旧宮〟である秋の町の思い出させる六条御息所にまつわる過去である。六条御息所自身は忘れられたのではなく、源氏の回想の中には絶えず出て来る。六条院造営以前のものをも含むが、御息所の娘、前斎宮の入内を藤壺に持ちかけるにあたり(澪標巻)、入内にあたって、もし在世ならばと思い(絵合巻)、二条院に里下がりした秋好中宮に向かって(薄雲巻)、紫上に向かっての女性の仮名筆跡論の中で(梅枝巻)、六条院女楽ののち、紫上に向かっての女性評の中で(若菜下巻)、それらの回想の中で〝いと重々しく心深きさま(澪標巻)〟、〝心深うおはせしかば(梅枝巻)〟、〝さまことに心深くなまめかしき(若菜下巻)〟と、その心深さが繰返し述べられる。同時に〝さるまじき名をも流し(澪標巻)〟、〝さてもあるまじき御名たてきこえしぞかし(梅枝巻)〟、〝いとあるまじき名を立ちて(若菜下巻)〟と、御息所についての噂に話が及ぶ。それらの〝名〟は直接には車争い事件を指していない。車争いは事件を共有していない者に向かって口にするにはふさわしくないものであったといえる。回想の中に車争いがはっきり出てくるのは、藤裏葉巻、賀茂祭の日に並みいる車を見ての例である。紫上に、

時による心おごりして、さやうなることなん情けなきことなりける。こよなく思ひ消ちたりし人も、嘆き負ふやうにて亡くなりにき　(三446)

と話しかけたものの〝のたまひ消つ〟ことになる。車争いとそれに続く生霊は表だって口にされることはない。六条御息所についての回想には封じられてしまうものがある。それでも、若菜下巻、紫上に向かって語った女性評は御息

所の死霊を喚ぶことになった。現われ方は無論異なるが、それは朝顔巻での女性評のあと、藤壺が源氏の夢に現われ、〝漏らさじとのたまひしかど、うき名の隠れなかりければ、恥づかしう。苦しき目を見るにつけても、つらくなむ（二495）〟と言ったことを連想させる。藤壺の記憶も肝腎のところは口に出されない。朝顔巻の女性評は冬の二条院で〝遣水もいといたうむせびて、池の氷もえもいはずすごき（二490）〟夜になされた。荒涼としていると同時に冬の月の美を強調する場での女性評、源氏と紫上の唱和などについては種々論議のあるところだが、いずれにせよ六条院造営を前に御息所についての記憶は喚び出されなかった。〝水のおもむき〟を変えた六条院では水辺の追憶というものはない。

もとの山に、紅葉の色濃かるべき植木どもを植ゑ、泉の水遠くすまし、遣水の音まさるべき厳たて加え、滝落として
（「少女」三79）

という秋の町の遣水は、「いさらゐ」が細く小さなものとは限らないのだとしても、「いさらゐ」というには大き過ぎよう。なお、この部分、大島本の表記は「いつみの水とをくすましやり水のをとまさるへき」とあり、諸本の中には〝すましやりてみつのをと（青表紙本系横山本）〟のように〝て〟を加える本文もある。[11] それらの理解からすれば、〝すましやり、水のをと〟と読めることになるが、その場合も水が遣水を指すことに変わりはない。

六条院の秋以外の町の伝領については物語は何も語っていない。が、『源氏物語』に見える六条京極の二例のうち、一例が六条院の位置であり、もう一例がかつて若紫巻で紫上が祖母と住んでいた屋敷の位置であることなどから、それが春の町になったとする増田繁夫の説があり、坂本共展による同様の見解が出されていた。[12] 坂本は更に夏の町は夕

顔が怪死した〝なにがしの院〟であったとしてその伝領を考えた。源融の河原院を媒介に六条院と〝なにがしの院〟が重なることは言われていることではあり、六条院造営後に玉鬘が登場することも含め、それぞれに興味あるところだが、物語は何も語らない。追憶があるかもしれない筈の場所で、庭園については遣水なども含め多く述べられるが、そこでは過去は持出されない。

六条院のもう一つ、冬の町ではどうかといえば、ここにはそもそも水がなかったように見える。

西の町は、北面築きわけて、御倉町なり。隔ての垣に松の木しげく、雪をもてあそばんたよりによせたり。冬のはじめの朝霜むすぶべき菊の籬、我は顔なる柞原、をさをさ名も知らぬ深山木どもの木深きなどを移し植ゑたり。（「少女」三79）

からは水は読みとれないし、以後の記事にも水は見られない。事実、六条院復元図は多く、池も遣水もないとしている。(13) それらの中で、太田静六は枯山水であろうとする。枯山水との語は『作庭記』にも見え、村上天皇皇女資子内親王が住居とした三条院は、しばしば指摘されるように池も遣水もなかったことが『栄花物語』などから知られる。が、冬の町に寝殿がないことが明石君の地位を現しているように、この場合は水も同様に考えられるのではないか。少女巻以外に冬の町の庭が見えないのは大堰の冬との重複を避けたとの見方が『源氏物語の自然描写と庭園』で述べられたが、(14) 水がないことで他の町との落差が際立つ。直接にはこの町の置かれた地位を示しているだろう。高橋和夫は「明石の浦から来たにもかかわらず、池も遣水もなさそうな庭園なのはいかにも気の毒である」とする。三条院のように「わざと池、遣水なけれど」（「玉の村菊」上383）とは述べないから、冬の町がそうだとは言えないが、ここは水がないと読み得ることが重要である。松風巻でこの物語に流れる水辺の追憶が語られたのと一転して、ここでは水から遠ざかることになる。六条院のどこにも水辺の追憶はなくなった。が、やがて、幻巻で源氏との贈答で明石君は、

雁がゐし苗代水の絶えしよりうつりし花のかげをだに見ず　（四536）

と水を詠む。追憶の一年を送る幻巻の中に水辺のものはない。記憶を共有する者がいないからかもしれないが、紫上を苗代水に喩えるこの歌は水辺の追憶の変形したものとみることが出来る。それをしたのが水に縁の深い明石君であった。しかし、源氏の物語は終わろうとしている。なお、中将君の歌にも水はあるが、内容は別である。

5　六条院庭園の特異性

『源氏物語』に特徴的で、繰返される水辺の追憶は、その一方で六条院では語られない。追憶を避け、また時には水を遠ざけ、六条院庭園はその点で特異なものである。そのことは追憶の性格を改めて考えさせる。共有する者のいる追憶と、いない追憶と。六条院は別けても追憶を共有する者のいない空間である。そして、追憶が封じられることで守られるものがあるかのようでさえある。しばしば論ぜられていた六条院のゆがみ、仙境表現とは別に、庭園を通して以上のようなことが読みとれる。小さな流れの水音は耳に付く。「いさらゐ」は小さなことのようだが、特徴的であるだけに、この語も六条院空間の特質を逆に示していると思われる。以後、追憶は何がしか変質する。

※本文引用は、和歌・歌学は『新編国歌大観』の他、『私家集大成』、『日本歌学大系』に拠る。『作庭記』は日本思想大系『古代中世芸術論』、『うつほ物語』が室城秀之『うつほ物語 全』(おうふう)、『枕草子』は新編日本古典文学全集、その他は日本古典文学大系に拠る。

注

(1) 小林正明「蓬萊の島と六条院の庭園」(『鶴見大学紀要(国語・国文学編)』24-28頁、一九八七・三)、松井健児「『源氏物語』の蹴鞠の庭―六条院東南の町の空間と柏木」(『論集平安文学1』、勉誠社、一九九四)→『源氏物語の生活世界』30-36頁(翰林書房、二〇〇〇)、田中幹子「源氏物語「胡蝶」の巻の仙境表現―本朝文粋巻十所収詩序との関わりについて」(『伝承文学研究』46、264-275頁、一九九七・一)、田中隆昭「仙境としての六条院」(『国語と国文学』一九九八・一一、91-104頁)、『交流する平安朝文学』(勉誠出版、二〇〇四)など。初稿発表後には『日本文学』二〇〇三年五月号が特集「古代における庭園」を組み、更に「庭園」を書名に持つ倉田実編『王朝文学と建築・庭園 平安文学と隣接諸学1』(竹林舎、二〇〇七)、相馬知奈『源氏物語と庭園文化』(翰林書房、二〇一三)、倉田実『庭園思想と平安文学：寝殿造から』(花鳥社、二〇一八)などが刊行されている。

(2) 三田村雅子「遣水の鼓動―平安女流日記の〈水〉―」『源氏物語感覚の論理』403-409頁(有精堂、一九九六、初出一九九三)、廣川勝美「源氏物語の郊野と苑地―平安京の山川体勢―」(高橋文二・廣川勝美・神尾登喜子・駒木敏夫編『古代都市文学論―記紀・万葉・源氏物語の世界』、翰林書房、一九九四)、竹内正彦「池のほとりの光源氏―「少女」巻の〈放島の試み〉を起点として」(『源氏研究』4、84-99頁、一九九九・四)など。その他、庭園史学の立場から仲隆裕「平安京の園池」(おうふうコンピュータ資料センター研究所編『都城研究の現在(歴史文化研究3)』18-44頁、おうふう、一九九七)他も考古学的調査の成果を取り入れ、園池の形態、機能を考察する。

(3) 鈴木久男「平安京跡発掘調査の現在」(おうふうコンピュータ資料センター研究所編『都城研究の現在(歴史文化研究3)』5-17頁)及び注(2)仲論文。

(4) 物語中の儀式については、松井健児「儀式・祭り・宴―『源氏物語』朱雀院行幸と青海波―」(物語研究会編『物語とメディア（新物語研究1）』有精堂、一九九三→『源氏物語の生活世界』81-91頁）及び松井注（1）論文など参照。

（5）注（2）廣川論文。

（6）伊井春樹『源氏物語引歌索引』によれば七注釈書に指摘がある。

（7）大井田晴彦「『うつほ物語』国譲巻の主題と方法—仲忠を軸として—」（『国語と国文学』一九九八・三）→『うつほ物語の世界』152-173頁（風間書房、二〇〇二）。

（8）注（1）三田村論文。

（9）玉上琢弥編、山本利達・石田穣二校訂『紫明抄　河海抄』（角川書店、一九六八）に拠る。

（10）「いさらかわ」「いわらをかわ」はもう少し例がある。「関白内大臣家歌合（保安二年＝一一二一）」では「いさらなみはれにけらしなたかさごのをのへのそらにすめる月かげ」の「いさらなみ」が何かが問題とされ、雲の名だと主張する方人は証歌を出せず、この歌は負となった。「いさら」を冠する語は確かに少ない。

（11）『源氏物語大成』に拠る。河内本、別本では〝て〟を加えるものが多い。なお、現代の諸注にも〝泉の水遠くすましやり、水の音〟と読む『日本古典文学大系』、『源氏物語評釈』、『新潮日本古典集成』がある。

（12）増田繁夫「源氏物語の結婚と屋敷の伝領」（『論集平安文学4』勉誠社、一九九七→『源氏物語と貴族社会』148-164頁、吉川弘文館、二〇〇二）、坂本共展「六条院の成立」（平成四年中古文学会春季大会口頭発表）→「紫上構想とその主題7『落窪物語』の影響（二）—構想への投影—」『源氏物語構成論』523-585頁（笠間書院、一九九五。口頭発表論文化初出一九九二・一九九三）。

（13）古いもので、『十帖源氏』（承応三年＝一六五四頃）はいかにも不正確だが、明石君は水から離れている。近代のもので、水も遣水もなしとするのは、太田静六『寝殿造の研究』（吉川弘文館、一九九七）、高橋和夫「源氏物語に見られる邸とその伝領について—二条院と六条院」『源氏物語の創作過程』335-366頁（右文書院、一九九二、初出一九八四・一九八七）、池浩三『源氏物語　その住まいの世界』（中央公論美術出版、一九九八）他、玉上琢弥「光る源氏の六条院復元図「第二案」」（おうふうコンピュータ資料センター研究所編『『源氏物語』と平安京（歴史文化研究1）』5-14頁、おうふう、一九九四。玉上の復元図最終のものである）、遣水のみとするのは福岡女子大学国文学科三年「六条院想定図」（『香椎潟』

11、51‐55頁・太田静六提供図3葉、一九六六・三）、両方ともありとするのが三田村雅子監修・中西立太図「六条院復元図」（週刊百科世界の文学『源氏物語』一九九九・一二）である。

(14)　日向一雅監修・解題『源氏物語研究叢書8』（クレス出版、一九九七）版による。

四　『源氏物語』のガラス
―― 宿木巻の藤花宴を手がかりに ――

1　はじめに ―― 宿木巻の「瑠璃の御盃」

宿木巻、女二宮の薫邸降嫁前日に藤壺で催された藤花宴の準拠として、『花鳥余情』は『西宮記』に記す天暦三年（九四九）四月の飛香舎藤花宴を指摘する。年中行事は様式が固定しがちである（『新編』付録「漢籍・史書・仏典引用一覧」五528）こともあり、必ずしも準拠と断定しないものもあるが、現行諸注も同説に触れている。両藤花宴には相違点もあるが、準拠があっても物語は無論史実そのままを語るわけではない。今注目したいのは、その相違点の中でも、酒宴、酒器に関する場面である。

宮の御方より、粉熟まゐらせたまへり。沈の折敷四つ、紫檀の高坏、藤の村濃の打敷に折枝縫ひたり。銀の様器、瑠璃の御盃、瓶子は紺瑠璃なり。兵衛督、御まかなひ仕うまつりたまふ。御盃まゐりたまふに、大臣しきりては便なかるべし、宮たちの御中に、はた、さるべきもおはせねば、大将に譲りきこえたまふを、憚り申したまへど、御気色もいかがありけん、御盃ささげて「をし」とのたまへる声づかひもてなしさへ、例の公事なれど、人に似ず見ゆるも、今日はいとど見なしさへそふにやあらむ。さし返し賜りて、下りて舞踏したまへるほどいとたぐひなし。（五482）

このあたり「瓶子は紺瑠璃なり」部分を欠く本文（保坂本）もあるが、その他は特に問題となるような異同はない。天暦三年の藤花宴では供膳、酒宴に関する部分は次のようにある。

供膳 折敷二枚、以椽木作、無心葉組等、 御肴四種、生物干物、窪坏、以銀作土器代、以黄土塗之、 供了陪膳退下、次給臣下衝重、次供御酒、銀盞、惟時朝臣供之、伊尹取銚子 次給臣下、義方朝臣給、 二献後供 饂飩、次給臣以下、

「銀盞」が宿木巻の「瑠璃の御盃」に対応しよう。「銀盞」は他に例がないではない[1]。さて、従来特に指摘がなかったが、「瑠璃の御盃」「瓶子は紺瑠璃」は天暦三年の藤花宴には見えない。それのみならず、瑠璃の酒器自体極めて稀なものである。『源氏物語』の酒宴の場では、単に「さかづき」、或いは「かはらけ」とある。宿木巻の今一つの盛大な宴、匂宮と夕霧六君の三日夜儀でも匂宮が手にするのは「御かはらけ」である。光源氏、天皇、親王などの人々の場合は「御さかづき」「御かはらけ」となる。清浄さを求め、一回限り使用する素焼きの「かはらけ」が酒宴に使われていたと見られる。右本文の「御盃まゐりたまふに」以下は臣下の者が天皇から盃を受ける「天盃」を指す。『花鳥余情』が注するように「天盃」は「土器」に移して飲む（さし返し）ならば、その点でも初めに手に取る瑠璃の酒

器は特別のものであったといえる。『花鳥余情』は「寛治五年万寿元年天盃用瑠璃御盞」とする。万寿元年（一〇二四）の例は『小右記』に記述がある。九月十九日の高陽院駒競行幸後、内裏での酒宴で「瑠璃御盃」が出され、それを受けるときは「土器盞」が用いられている。が、これは少し後の時代のこととなり、宿木巻の先例とはならない。更に『源氏物語』では酒器に限らず、瑠璃の例は極めて少ない。この場の他には、若紫巻で北山僧都が源氏に贈る「紺瑠璃の壺」、梅枝巻の薫物合で朝顔姫君の用いた紺と白の二つの「瑠璃の坏」しか見えない。数少ない瑠璃がなぜ宿木巻のこの場に、しかも酒器という形をとって置かれたのか。そのことをまず考えたい。

2　瑠璃の酒器のはじめ

古代の「瑠璃」とは辞書類によれば、仏典に見える七宝の一ともガラスとも、またラピスラズリであるもいわれる。それらは同じ語で呼ばれており、またガラスは透明なものとは限らないから、厳密な区別は必要でないのかもしれない。様々な瑠璃に対し、現代の注釈では七宝の一としたり、ガラスとしたりする。が、藤花宴の場合はガラスとみてよいだろう。日本で出土或いは伝世の古代ガラスとしてよく知られるものに正倉院宝物、特にササン朝ペルシャ、六世紀以前になるかと見られる白瑠璃碗、白瑠璃瓶があるが、平安時代のものとしては筑紫の鴻臚館跡から出土した二片のペルシャガラスがある。九世紀、アッバース朝のもの、福岡市教育委員会編『福岡市埋蔵文化財調査報告書315鴻臚館跡Ⅱ』（福岡市教育委員会、一九九二）によれば、殆ど透明な一片は椀あるいはワイングラスで復元口径十㎝、半透明で口径四・八㎝のルリ色のものがワイングラス風の杯あるいは瓶の頸部であるという。宿木巻の瑠璃が連想できるのである。正倉院の白瑠璃碗と類似のものは大阪府羽曳野市の安閑天皇陵や福岡県沖ノ島祭祀遺跡から出土、また例えば福岡県前原市では弥生時代の王墓遺跡からも中国製のガラス装身具が出土している。大陸のガラスは早くから日本に届いていたわけだが、平安時代に齎された例を記録に探せば筑紫鴻臚館に注目できる。平安初期、外国使節の客館や遣唐使・遣新羅使出入国の際の宿舎であった時代には、空海や安祥寺を建立した恵運など入唐僧が唐より将来した瑠璃がある。恵運の場合は仏舎利を入れた「波斯国琉璃瓶子」である（貞観九年＝八六七、安祥寺伽藍縁起資材帳＝東寺所蔵文書、『平安遺文』一六四）。鴻臚館が大宰府管理下、大陸――唐・新羅商客――との交易の場となった時代（承和年間＝八三四―八四八）にも瑠璃が届いている。それ以前、京鴻臚館に於いて渤海使と朝廷の間で行われていた交易では、毛皮を中心とする交易品の中に瑠璃は見えない。(2) 宿木巻の瑠璃は筑紫鴻臚館を通って京の女二宮のもとに届いたのだと考え得る。国産のガラスもあったが、碗や壺は大陸、西域から来たものである。大陸渡来の品々――唐物は貴族たちの華やかな生活を示すものとして物語の中でもそここで強調されているが、割れやすいガラスは中でも貴重な品であった筈である。

それでは筑紫鴻臚館を通って来たガラスの中に酒器がどれほどあるだろうか。史上の例を東京大学史料編纂所フルテキストデータベース（古記録・平安遺文）により検索、ガラスでないものも含まれるが、平安時代末頃までの例として、それぞれ四十二例、五十五例の「瑠璃（琉璃）」を検出した（二〇一九年四月再検索）。先の「波斯国琉璃」あたりまでは寺院に残る記録にある。『御堂関白記』『小右記』では寛弘年間以降に瑠璃の記事が多くなる。それらの中で、酒器としては寛弘五年（一〇〇八）十二月二十日、敦成親王百日儀で瑠璃瓶・盃（『小右記』『御堂関白記』）、長和四年（一〇一五）四月七日、禎子内親王著袴儀で瑠璃壺・盃（同）とある二例が早いようである。今一例が万寿元年の例である。それ以前にも内裏を中心に用いられた瑠璃碗・瓶子が見えるが、仏具としてであり、用途は異なる。以後も仏事での使用は多い。唐土に於いてはともかく、日本では瑠璃の酒器は例が少ないのである。正倉院の白瑠璃瓶も「用途についいては特定できない」という。(3)酒器の初めの二例を『大日本古記録』により『御堂関白記』から引く。

・寛弘五年・敦成親王百日儀

一両巡後供御前物、余之奉仕也、銀懸盤・折敷張羅、置銀州浜、亀形盛御飯、種々具「水鳥石等」盛御采、御臺鷺足机、瑠璃酒盞・同瓶子、供御膳後数献

・長和四年・禎子内親王著袴儀

次供御前物、立酒臺、件物権大納言奉仕也、作沉山栽木、其上盛物六本、酒□作　蓬萊山、居瑠璃壺・盃等

敦成親王誕生を記す『紫式部日記』には百日儀の記事がない。食器に関しては「小さき御台御皿ども、御箸の台、洲浜なども、ひひな遊びの具と見ゆ」と述べながら「くはしうは見侍らず」（五十日儀）などとあり、書かれたとしても瑠璃には触れなかったかもしれない。が、『源氏物語』のすぐ近くに瑠璃の酒器はあった。『源氏物語』の終わり近くになって瑠璃の酒器が登場することに関係があるといえるかどうか。成立年代とも関わり、新しい時代の例は准拠、或いは史実利用と断定するには躊躇されるが、酒器の早い例として、無関係とはいえないだろう。その頃に瑠璃の酒器が特に祝儀の席に出された、用途を同じくするという意味に於いてである。記録から見るならば、後にも触れるようにこの時代は瑠璃が新たに京の貴族のもとへ届くようになった時である。

右二例の瑠璃の酒器は「御前物」即ち天皇に供する膳にあったものであるが、宿木巻と重ねたとき、何が見えるだろうか。宿木巻の例と百日儀、著袴儀に共通するのは第一に愛らしさである。帝鍾愛の若い女宮が差し出すものとして、瑠璃の酒器は如何にもふさわしい。女二宮の瑠璃は直接にはどこから来たのか。宮の裳着の準備をしているうち

に亡くなった母藤壺女御が生家左大臣家に伝わる「宝物」の中から探し出したか、二年後、帝の心ひとつに、「作物所、さるべき受領どもなど」が「仕うまつること限りなし」と盛大な準備がなされた、その中にあったか。いずれにせよ、裳着に続く婚儀の席で出された瑠璃の酒器は極上の調度品である。親王、内親王という人々の祝儀の席で出されたことは共通する第二の点である。

以上、藤花宴の例が史上の例と重なるであろうことをまずは確認したい。

3 仮名作品に見える瑠璃の用途

次に『源氏物語』の他の瑠璃、及び他作品の瑠璃について眺め、その上で瑠璃の酒器の性格を更に考えたい。『源氏物語』の第一の例。若紫巻、わらはやみを患った源氏が北山での加持を終えて帰京する際、北山僧都からの贈り物中には次のような瑠璃があった。

僧都、聖徳太子の百済より得たまへりける金剛子の数珠の玉の装束したる、やがてその国より入れたる箱の唐めいたるを、透きたる袋に入れて、五葉の枝につけて、紺瑠璃の壺どもに御薬ども入れて、藤桜などにつけて、所につけたる御贈物ども捧げたてまつりたまふ。（一221）

紺瑠璃の壺に入れた薬は「所につけたる」、場所柄にふさわしい。薬を入れた壺は薬師如来の左手にある壺と通う。この場合の瑠璃は透明なガラスというよりも七宝の一とみてよいかもしれない。『源氏物語』の唐物について一連の研究を進めている河添房江は、この場面の直前にある北山聖の贈り物――独鈷が源氏の内面の闇に呼応するのに対し、いずれも第一級の唐物である金剛子の数珠と紺瑠璃（河添は青ガラスと呼ぶ）の壺は源氏の表層の光輝に対応すると述べる。(4) 首肯し得る指摘だが、ここでは次のことを確認しておきたい。先述のように瑠璃は仏事で使われることが多い。舎利容器としても用いられ、瑠璃はそもそも仏具としてふさわしいものである。京へ届いた唐物としての瑠璃も仏に対する極上の供え物として用いられたであろう。北山という仏の側の世界の最高の品は、それを受けるに適う最高の人として、京から来訪した源氏に贈られる。そのような構図が取られている。

第二は梅枝巻、明石姫君の裳着・春宮参入を前にした薫物合せの場にある。源氏が薫物調合を依頼したのは六条院の女性たちと朝顔姫君であった。二条院の蔵を開け、父桐壺院伝来の「いにしへの」極上の香を取り出す。それを女性たちがどのように調合するか、源氏は「香壺の御箱どものやう、壺の姿、火取りの心ばへも目馴れぬさまに、いまめかしう、様変へ（三405）」て待つ。香壺もそれを収める箱も、香炉もすべて格別のものを用意するが、具体的にどのようなものかは語られない。各女性たちからはその人柄が現われるような薫物が届けられたが、香壺については説明がない。香壺は唯一、朝顔姫君にのみ焦点が当てられる。

> 沈の箱に、瑠璃の坏二つ据えて、大きにまろがしつつ入れたまへり。心葉、紺瑠璃には五葉の枝、白きには梅を彫りて、同じくひき結びたる糸のさまも、なよびかになまめかしうぞしたまへる。（三406）

梅枝巻の瑠璃については既に一度簡単に述べたことがあるが、(5) 朝顔姫君は紺と白の二つの「瑠璃の坏」をそれぞれ趣向を凝らして飾り、香木の沈で作られた箱に入れて届けて来た。この「瑠璃」は最近の注釈ではガラスとすることが多い。中味の薫物も無論唐物、沈もしかり、貴重なガラスである瑠璃と、唐物尽くしである。折から来訪の螢兵部卿宮は「艶なるもののさまかな」と言う。風流人の宮は薫物の判者を務めるが、その来訪と合わせたように瑠璃の坏が採上げられ、瑠璃――ガラスが一層際立つ。朝顔姫君が瑠璃を所持していたのは、式部卿宮の姫君であったからである。父桃園式部卿宮は既に世にないが、式部卿という皇族として高い地位にあった。貴重な唐物である瑠璃はその生前に宮家の所有となったと考え得る。この瑠璃も藤花宴の場合と同様、然るべき人の所有物である。仏具以外の用例としても注意してよい。

「瑠璃の壺」を「うつくしきもの」とした『枕草子』は「あてなるもの」で「削り氷にあまづら入れて、あたらしき金鋺に入れたる」とした。「うつくし」とするところは宿木巻、寛弘・長和の例と通う。氷の容器としては瑠璃が合いそうにも思えるが、ガラスは稀少品であったか。両作品の差は少しの時間差に関係するかもしれないが、即断は避けたい。

『大斎院前御集』は坏の水が凍ったのを「瑠璃の坏のやうに透きたれば」と喩えている(五八番歌詞書)。その氷は柑子を入れ、箸に見立てた梅の花を添え、朱の盤に載せて左衛門督の殿に贈られた。宿木巻にやや先立つ透明なガラスであり、また仏事に関わらない。実際の用例だが、但し、実在しないガラスであり、貴重な瑠璃を贈るのによそえられたものである。

他の作品では『うつほ物語』あて宮巻に「白銀の碁石笥に、白き瑠璃・紺瑠璃の石作り盛りて(361)」とある。仲忠が春宮に参入したあて宮へ庚申のために贈ったもの、小さな調度品でガラスとしてよいであろう。もう一人、涼の贈り物に瑠璃はないが、「新羅・高麗・常世の国まで積み納むる財の王」(「吹上上」243)である祖父神奈備種松の館は「金銀・瑠璃の大殿を造り磨き」「金銀・瑠璃・車渠・瑪瑙の大殿を造り重ねて(同243)」いる。これは七宝の一としての瑠璃であろう。『今昔物語集』の瑠璃も同様である。その他、『落窪物語』巻三に「青き瑠璃の壺にこがねのたちばな花入れて、青き袋に入て、五えうのえだにつけたり(225)」とあるのは、主人公女君が父のために催す法華八講に際し、夫道頼の父、右大臣から届いたもの。この瑠璃が何か、にわかに決し難いが、仏事での使用である点が注意される。

後に色名、襲色目名となるように、瑠璃はその色が強調されていったと思われる。『堤中納言物語』「貝合」で子どもたちが持つ貝を入れた「瑠璃の壺」はどうだろうか。母も後見もない子どもたちが貴重な唐物を持っていそうもなく、池田利夫訳注旺文社文庫脚注指摘のように色を指すのであろう。但し、継子物語の一断面として「貝合」を見るならば、王家統流であったかもしれない生母の遺品中に格別上等の壺があったとすることは可能である。

種々の瑠璃を七宝の一、透明なガラスと区別することは適当でないかもしれない。むしろ、仏具であるか否かを問題にした方がよい。以上の例から貴重な唐物であることは同じながら仏具でない瑠璃は古いものではないことが確認できる。そして、その瑠璃は透明なガラスである。宿木巻藤花宴の瑠璃の酒器は瑠璃の新しい様相を捉えたものであろうし、梅枝巻の瑠璃も同様であろう。それ以降、小さな調度品など――歌合に例を見ることができる――には国産のものもあったであろうし、具体例は今挙げないが、時代が下れば瑠璃は更に使用の場が広がることになる。なお、塚原明弘は平安時代の瑠璃はガラスであるとし、玉鬘流離の地が筑紫であることを重視、「藤原の瑠璃君」と呼ばれたことは外来文化流入地である筑紫から来たことと符合するとする(6)。

4　瑠璃・秘色の差異

西域から齎されたのを初めとする瑠璃は唐土にあっても貴重な品であった。唐で貴重なものとされ、物語にも見えるものにはその他、金銀の他に「秘色（ひそく）」がある。

漢から宋にかけて越州（浙江省の古名）で産出した越州窯系青磁の最高級のものが「秘色」である。唐代になって作られるようになり、宮廷用として臣下、庶民は使用を禁じられたので「秘」色と考えられるようになったという。不明であったその実体は一九八七年発見の法門寺（中国陝西省）地宮秘宝により知られた。皇帝懿宗が八七三年、仏舎利を取り出し長安で供養、翌年戻す時に添えた奉納品であったことが同時に出土した「衣物帳」（収蔵品リスト）碑からわかり、その中に「瓷秘色」とあったことで「秘色」の実体が明らかになったという。法門寺秘宝は日本でも幾度か紹介されたが、(7) 出土品には金銀の製品の他に瑠璃もあった。瑠璃――ガラスの貴重な品であることが改めてわかる。

日本に運ばれた越州窯系青磁は鴻臚館出土遺物の代表といえる。その中でも優品とされるオリーブ色の青磁花紋碗はよく知られており、同様の形のものが畿内からも出土している。国産の模造品もあり、それらも含め、「茶垸」と呼ばれたという。亀井明徳は「茶垸」は中国陶磁器の名称とする。(8) 多くの茶垸があった筈だが、『続古事談』一・一八の伝える円融院大井川行幸が「御膳」を「茶椀にてぞありける」とされたように陶磁器の食器は日常的なものではなかったようである。木製でなかったことを強調するともいう。(9) ガラスほど割れやすくはない陶磁器は土中・水中で長い年月を経ても朽ちることなく、多くの遺物があるわけだが、平安時代に日本へ入った中国陶磁の中に秘色はどれほどあったのだろうか。不明ともいえようが、河添房江は青磁花紋碗が秘色であるかどうか関心を寄せた。(10)秘色はよく指摘される通り、『うつほ物語』藤原君巻、『源氏物語』末摘花巻に見える。その他は『花鳥余情』が引く『吏部王記』の記事「天暦五年六月九日御膳沈香折敷四枚瓶用秘色」以外、古記録等にも例を見ぬようである。あて宮求婚者、三奇人の一人でもある滋野真菅家の食事風景には、絵解部分に、

ぬし、物参る。台二具・秘色の杯ども。娘ども、朱の台・金の杯取りて、まうのぼる。男ども、朱の台・金椀して物食ふ。(96)

とある。真菅が秘色を所有するのは大宰大弐在任中に財を蓄えたからである。それでも秘色の器で食事をするのは一家の主人たる「ぬし」真菅のみで、娘、息子は「金の杯」「金椀」を用いる。「秘色」は貴重な唐物なのであった。秘色でない陶磁器も使っていない。

『源氏物語』では、雪の夜、末摘花の常陸宮邸を訪れた源氏が女房たちの食事風景を垣間見る場面に出て来る。

御達四五人ゐたり。御台、秘色やうの唐土のものなれど、人わろきに、何のくさはひもなくあはれげなる、まかでて人々食ふ。（「末摘花」一290）

末摘花に仕える御達がお下がりで食事をしている。品数も少ないが、器は秘色らしい。が、「人わろき」古びた唐物であった。没落した宮家の調度品として象徴的である。

『源氏物語』は飲食の場を扱うことが少ないから、食器に関しても例が少ないのは当然であるが、その中で特に取り上げた秘色には『うつほ物語』とも共通するところがある。日本で呼ぶ秘色が唐の秘色と同一であるか確かではないが、皇帝奉納の品であり、法門寺秘宝中にあった秘色が、物語ではいずれも滑稽さを伴う人物の所有物とされた点である。

両者の滑稽は無論同じではない。滋野真菅は奇人として造型されたが、末摘花の場合は「うるはし」という語が示すように、その守ろうとする格式と時代との不調和から来るものである。[11]秘色自体は貴重な唐物である。『吏部王記』に記されたこともそれを意味する。瑠璃同様、後に色名、襲色目名称となったことは、色の美しさが意識され、強調されたということであろう。が、僅かな例ではあるが、物語の中では秘色とその所有者にはなにがしか不調和なところがある。秘色は源氏の所持するものとはならなかった。源氏は秘色を必要としない。そのことは注意してよいだろう。そこに瑠璃との違いがある。

5　『源氏物語』のガラス ―― 唐物と所持者の調和・不調和

以上、『源氏物語』の瑠璃について、藤花宴の酒器が新しいガラスの用途であること、敦成親王百日儀など史上の例と重なること、唐土にあっても同じく貴重な品とされた秘色とは物語での扱いが異なることを確認して来た。秘色と瑠璃が唐土にあっても貴重な品であったのに対し、香や紙などの唐物は物語の登場人物にとって貴重な極上の品であり、使用も限られながら、やや身近な唐物である。『源氏物語』の書かれた時代に瑠璃に何らかの変化が見られることは、唐物としての位置にも変化が見られることになろう。十世紀後半以降、大宰府と唐宋、新羅との交易が盛んになり、鴻臚館貿易に実権を持つ権帥や大弐の更迭が寛弘年間以降頻繁になることを指摘する田村円澄は、『源氏物語』に見える唐物、『御堂関白記』に散見する瑠璃に注目、宋・高麗の品々が大宰府官人を通って京の貴族や寺院へ届くことを述べた[12]。『源氏物語』の瑠璃はそのような時代の中で新しさを見せているのである。

『竹取物語』や『うつほ物語』には「唐船のわうけい（王慶）」、「交易の船」「唐土の人」「唐物の交易」などの語が見える。『源氏物語』は唐物交易を直接語ることはないが、既に指摘のあるように交易史を捉えている。交易史との関連について、また物語の方法としての唐物について、研究史を辿れば、例えば末摘花にまつわる黒豹の裘衣、秘色、梅枝巻の高麗人と大弐が交易史の転換を表わし[13]、第一部では唐物が源氏に集中、第二部では六条院以外にも豊富に存在し、もはや源氏の文化的優位を表すものではなくなることなど[14]が指摘されている。

それらを踏まえた上で今問おうとするのは、唐物とその所持者の関係である。改めて見たとき、物語の初めから唐物とその所持者の間には何かしら不調和があることが少なくない。戯画化される玉鬘巻の大夫監はその典型であろう。末摘花のような例もある。明石君にまつわる唐物は交易船航路近く、播磨にいた父明石入道の財力によるが[15]、彼女が悩む「身のほど」の対極にある。不義の子、幼い薫が纏う唐物の衣装についても論がある[16]。その所有者の価値を傷つけることはないとしても、唐物は単純に富と力のあるところにあるわけではない。

そう考えるとき、瑠璃には少しの翳りもないよう見える。本当にそうなのか、そうであるならば、その理由が次に問われる。朝顔姫君が紫上の地位を相対化し[17]、薫の望む相手ではない女二宮との結婚は盛儀を描くことで物語中に位置を得たのだとはいえよう[18]。

が、瑠璃の特徴は然るべき、最上級の家、人の所有物であった点にある。紙、香、繊維などの唐物ほどには身近でなかったのだともいえよう。鴻臚館を通る唐物の中で、『源氏物語』のガラスとその所有者の間には捻れがない。特に藤花宴の例に現われているのではないか。

『源氏物語』の瑠璃―ガラスのそのような特徴は、大宰府・鴻臚館を通る唐物として、瑠璃が稀少なものからやや身近な唐物へ移行しつつあった、或いはその直前の一時期を物語が捉えたことと関連していよう。そして、瑠璃の新しい様相を物語が写し出していることは、更には物語の筑紫の地の捉え方と関係すると思われる。

本章で鴻臚館に度々言及したのは、交易史に触れる以上逸することができないからであるが、それを念頭に置いてのことでもある。紫式部の夫、藤原宣孝が筑前守として大陸文化の直輸入の地である大宰府にいたことと玉鬘巻の関連、もしくはその可能性については目加田さくを、塚原明弘などに指摘がある(19)。本章で触れた鴻臚館遺物のガラスや青磁碗は本来なら京へ届けられる筈のものであった。鴻臚館へは何かの理由で残されたものである。筑紫は大陸文化と接している土地であるが、在地官人の大夫監が戯画化されるように、京から見たときに意味を持つのでもある。筑紫の捉え方、大陸を見る意識、それらと作中の瑠璃との関連をみたいのだが、これについては稿を改めて述べることとする。

※本文引用は私家集注釈叢刊、源氏物語古注集成、新日本古典文学大系に拠り、『うつほ物語』は室木秀之『うつほ物語　全』（おうふう）に拠った。また、『西宮記』は『改訂増補故実叢書』に拠り、割注を一行にするほか、表記を若干改めた。

注

（1）『延喜式』には「初斎院装束」に銀盞を挙げる。銀もやはり特別の品であった筈である。

（2）上田雄『渤海国の謎　知られざる東アジアの古代王国』（講談社現代新書、一九九二）、酒寄雅志「渤海の交易―朝貢・互市、そして三彩」（佐藤信編『日本と渤海の古代史』山川出版社、二〇〇三）にまとめられた交易品目による。その他、田島公「日本・中国・朝鮮対外交流史年表大宝元年―文治元年」(橿原考古学研究所附属博物館編『貿易陶磁　奈良・平安の中国陶磁』臨川書店、一九九三)を参照した。記録に残らぬ交易品があったとしても、瑠璃は渤海産出の品ではない。

(3) 米田雄介『正倉院宝物と平安時代―和風化への道』112頁(淡交社、二〇〇〇)。

(4)「若紫巻の光源氏と唐物―瑠璃壺・金剛子の数珠・黄金」『源氏物語時空論』77-92頁(東京大学出版会、二〇〇五、初出も同年)。

(5) 末澤明子「大宰府・鴻臚館―源氏ゆかりの地を訪ねて」(鈴木一雄監修・河添房江編『源氏物語の鑑賞と基礎知識　梅枝・藤裏葉』9-20頁、至文堂、二〇〇三)。

(6)「唐の紙・大津・瑠璃君考―玉鬘物語における筑紫の投影」(王朝物語研究会編『論叢源氏物語2』、新典社、二〇〇〇→『源氏物語　ことばの連環』196-222頁(おうふう、二〇〇四)。

(7)「大唐長安展」(京都文化博物館、一九九四)、「唐皇帝からの贈り物　中国の正倉院法門寺地下宮殿の秘宝」展(各地巡回、一九九九〜二〇〇〇)。但し、後者は機会を逸し、実見していない。また、これも実見していないが、二〇一四年日中韓国立博物館合同企画特別展「東アジアの華　陶磁名品展」(東京国立博物館、二〇一四)で秘色青磁碗が展示された。

(8) 亀井明徳「平安期輸入陶磁器の名称と実体」『日本貿易陶磁史の研究』(同朋舎出版、一九八六)。尾野善裕「日本人と茶の千二百年」(『日本人と茶』展図録10-24頁、京都国立博物館、二〇〇二)でも言及がある。

(9) 播磨光寿・磯水絵・小林保治・田嶋一夫・三田明弘編『続古事談』(おうふう、二〇〇二)。

(10)「末摘花と唐物―唐櫛笥・秘色・黒貂の皮衣」『源氏物語時空論』93-113頁(東京大学出版会、二〇〇五、初出二〇〇一)。

(11) 末澤明子『『源氏物語』に於ける「うるはし」と梗概書―『源氏物語』読書史のための覚書―』(本書Ⅲ―四)。

(12)「大宰府、鴻臚館、そして博多商人」『大宰府探求』239-251頁(吉川弘文館、一九九〇)。

(13) a注(10)河添論文、およびb同「交易史の中の『源氏物語』『性と文化の源氏物語　書く女の誕生』109-125頁(筑摩書房、一九九八、初出も同年)、他。

(14) 注(13)論文b。

(15) 注(13)論文b。

(16)　伊東祐子「唐の小紋の紅梅の御衣―源氏物語の「唐の」衣装の視点から」(鈴木一雄監修・永井和子編『源氏物語の鑑賞と基礎知識　横笛・鈴虫』187-200頁、至文堂、二〇〇二)。
(17)　三田村雅子「梅花の美―回想の香」『源氏物語　感覚の論理』166-178頁(有精堂、一九九六、初出一九八一)。
(18)　小町谷照彦「藤花の宴をめぐって」(『むらさき』36、4-13頁、一九九九・一二)。鈴木一雄監修・小町谷照彦編『源氏物語の鑑賞と基礎知識　宿木(後半)』(至文堂、二〇〇五)に再録。
(19)　目加田さくを「大宰府と源氏物語」(『都府楼』17、2-5頁、一九九四・三)、注(6)塚原論文。

五　平安文学に於ける瑠璃の二面性

1　平安文学に於ける瑠璃　――　表現と実体

『うつほ物語』と『栄花物語』を手がかりとして平安文学に現れる「瑠璃」について、その二面を考えてみたい。この二作品を対象とするのは、いずれも「瑠璃」の用例が多く、かつ共通する点もあると思われるからである。

前章で『源氏物語』に見えるガラス―瑠璃には、他の唐物と違い、瑠璃とその所有者には不調和がないこと、古記録の例をも参照し、平安中期、元来仏具として使用されていた瑠璃が、宿木巻の藤花宴のように、新しい用法が出来たこととを述べた。また、瑠璃は仏典に見える七宝の一、或いはガラス、またラピスラズリであるとも説明されてきたが、瑠璃を考えるときは仏具であるか否かを考えるのがよいことをも述べた。七宝の一はラピスラズリかもしれない(1)が、それであれ、ガラスであれ、器には相違ない。人工的に作るガラスが貴石の代用品として作られたとされること(2)も、そのことを補強しよう。本章で問題としたい瑠璃の二面とは、そのような瑠璃器、実体としての瑠璃の他に、もう一つ表現としての瑠璃があると考えられるからである。以下、この二面について考察する。

2 金銀瑠璃……――表現としての瑠璃

表現としての瑠璃とは次のような例である。

A その山、見るに、さらに登るべきやうなし。その山の、そばひらをめぐれば、世中になき花の木どもたてり。黄金・白銀・瑠璃色の水、山より流れ出でたり。それには、色々の玉の橋渡せり。そのあたりに、照り耀やく木ども立てり。その中に、この取りてまうできたりしは、いと悪かりしかども、の給ひしにたがはましかばと、この花ををりてまうできたるなり。

山はかぎりなくおもしろし。世にたとふべきにあらざりしかど、（竹取物語21）

B1 その山の様は、心殊なり。山の地は、瑠璃なり。花を見れば、匂ひ殊に、紅葉を見れば、色殊に誇りかに、浄土の楽の声風に交じりて近く聞こえ、花の上に鳳の鳥・孔雀連れて遊ぶ所に、七人連れて入り給ひて、その山のあるじを拝み給ふ。（うつほ物語「俊陰」16）

B2 吹上の浜のわたりに、広く面白き所を選び求めて、金銀・瑠璃の大殿を造り磨き、四面八町の内に、三重の垣をし、三つの陣を据ゑたり。宮の内、瑠璃を敷き、おとど十、廊・楼なんどして、紫檀・蘇枋・黒柿・唐桃などいふ木どもを材木として、金銀・瑠璃・車渠・瑪瑙の大殿を造り重ねて、四面巡りて、東の陣の外には春の山、南の陣の外には夏の陰、西の陣の外には秋の林、北には松の林、面を巡りて植ゑたる草・木、ただの姿せず、咲き出づる花の色・木の葉、この世の香に似ず。梅檀・優曇、交じらぬばかりなり。孔雀・鸚鵡の鳥、遊ばぬばかりなり。（同「吹上上」243）

C　舞台の上にて、さまぐの菩薩の舞ども数を尽し、又童べの蝶鳥の舞ども、「たゞ極楽もかくこそは」と、思ひやりよそへられて見る程ぞ、いと思ひやられて、そのゆへいとゞけふの事めでたき。孔雀・鸚鵡・鴛鴦・迦陵頻（伽）など見えたり。楽所のものゝ音どもいといみじくおもしろし。これ皆法の声なり。或ハ天人・聖衆の伎楽歌詠する（か）と聞ゆ。香山大樹緊那羅の瑠璃の琴になずらへて、管絃歌舞の曲には、法性真如の理を調ぶと聞ゆ。（栄花物語「おむがく」下72）

いずれも「金銀・瑠璃」、「梅檀・優曇」などの語句が見える。Aは、難題、蓬莱の玉の枝の偽物を持って来た車持皇子の偽の蓬莱訪問譚、B1は波斯国に漂着した俊陰がたどり着いた仏の国の東の様、B2は神南備種松の吹上宮の、Cは法成寺金堂の描写である。いずれもこの世ならざる所、もしくは現世でこの世の外、極楽に喩えられる所である。B2吹上宮に見えぬという「梅檀・優曇」「孔雀・鸚鵡」のうち、「鳳の鳥・孔雀」が異境であるB1に、「孔雀・鸚鵡」はC法成寺に「迦陵頻伽」を加えて見える。法成寺の場合は作り物であろうが、極楽を摸した豪華さを現している。

これら金銀瑠璃……の七宝、梅檀・優曇華、孔雀・鸚鵡、迦陵頻伽は仏典に見られるものだが、『法華経』、浄土三部経などでは、七宝の方が多く出ている。(3)Aに先立つ、かぐや姫が難題を出す場面では、「白銀を根とし、黄金を茎とし、白き玉を実として立てる木あり（11）」と、『大無量寿経』に見える仏国土の七宝諸樹同様の表現がある。従来指摘されてきた『列子』の「珠玕樹」よりも表現としては重なっている。七宝の初めの三点、金銀瑠璃だけを特に採り上げることについては、博物誌に「崑崙山五色ノ水を出ス」とあるのにより、初めの三つを並べたかとされる。(4)

物語等で瑠璃といった場合、瑠璃の器――ガラスであることが多い――を指す場合と、金銀瑠璃……のように、七宝を用いて豪華さを表わす場合とがある。すなわち、『うつほ物語』に限らず、諸作品に見える瑠璃には表現としての瑠璃と、瑠璃色のものを含めて実体としての瑠璃がある。表現としての瑠璃も何らかの実体を伴っているが、仏典の表現に連なるものである。前章「『源氏物語』のガラス」では『うつほ物語』については簡単に触れるにとどめ、まだ考察すべきことを残している。ガラス研究者の由水常雄は絵巻に描かれたガラス器から、平安時代には現存例のように非常に小さく作られたものと、正倉院の紺瑠璃壺のように比較的大型のものとがあったことがわかるとし、後者はイスラムガラスが渡来したものであろうと述べている。(5)『源氏物語』を東アジア交易圏の中で捉える河添房江はそれを踏まえ、『うつほ物語』の瑠璃器―ガラスにはまったくといってよいほど仏教臭が感じられないとし、その用例から平安時代には、小ぶりの中国製ガラスと、大型で実用性に富んだイスラム・グラスの二種類があったことが認められるとしている。(6)絵画同様、文学の中でも二種のガラスが書き込まれていたことになる。しかし、表現として金銀瑠璃系の瑠璃が同時に存在することは注意してよい。以下、まず『うつほ物語』の用例を辿る。

3　『うつほ物語』に於ける表現としての瑠璃

『うつほ物語』の瑠璃の最初の二例は先のB1、B2である。B2他、吹上宮には瑠璃が集中する。吹上上巻の例は次の通りである。

B3　おとど町。檜皮葺きの、金銀・瑠璃して造り磨きたるおとど・渡殿、さらにも言はず照り輝けり。住み給ふお

とど、内造り・御座所、心殊なり。（254）

B4　そのおとどに、藤の花の絵描きたる御屛風ども立て渡し、言ひ知らず清らなる、面白き褥・上筵を敷き並べて、君たち着き並み給へり。おとどの柱の隅、藤の花挿頭し渡したり。御前ごとに、折敷ども参り渡したり。藤の花、松の枝、沈の枝に咲かせて、金銀・瑠璃の鶯に食はせて、歌の題書きて、種松参らす。君たち、御覧じて、かはらけ取りて、大和歌詠みたまへり（262）

B5　沈の折櫃に白銀の鯉・鮒を作り入れ、白銀・黄金・瑠璃などの壺どもに、さやうの物を入れて、麻結などして担ひ持たるにて、船子・楫取立てて、三所に同じごとしたり。（263）

B6　かの君、「一日二日ばかり、馬どもかい休めて参上れ」などとめ給ひしかば、とまりて見給へしに、いはゆる西方浄土に生まれたるやうになむ。四面八町の所を、金銀・瑠璃・車渠・瑪瑙して造り磨き、巡りには、梅檀・優曇咲かず、孔雀・鸚鵡鳴かぬばかりにてなむ住み侍り給ぶ。（274）

B3は吹上宮についての絵解、B2の反復でもあるが、やはり金銀瑠璃が現れている。B4も絵解。藤井の宮での藤花の宴に置かれた鶯の作り物が金銀・瑠璃であるのは、より実体的であるが、金銀と並べる点に注意できる。B5は帰京する仲頼・仲忠たちへの種松の贈り物、前後に黄金、白銀が繰返されている。瑠璃の壺は実体としてのガラスとみてよいだろうが、ここも白銀・黄金と重ねる点に特徴がある。B6は帰京した仲頼の正頼への報告の中のことばで、B2と殆ど同じであり、更に「西方浄土」が加わっている。

以上、吹上上巻の瑠璃は、家のような大きなものも小さなものも、すべて金銀瑠璃と重ねられている。最後の例に持ち出された西方浄土に仏典の表現を意識していることが見て取れる。吹上上巻で新たに登場する涼は仲忠と多くの共通性を与えられて造型されている。俊蔭が天人や仏と逢った「仏の御国よりは東、中なかなる所（「俊蔭」14）」と吹上は対応するとされ、ここで「西方浄土」を持ち出すのも必要であったことになる。(7)

吹上下巻も同様である。嵯峨院の吹上御幸に際し、種松が整えた「道のほど」は「金銀・瑠璃して造れる（282）」もの、重陽の宴では「沈の舞台、金の糸して結ひ渡し、よろづの楽器ども、金銀・瑠璃を磨き整へて（285）」と、華麗さを金銀瑠璃によって表す。上京した涼が三条に建てた家も「磨き整へて、清らなり。財を貯へ納めて、よろづの調度を、金銀・瑠璃に磨き立てたる所（294）」である。用例の内容自体に仏教色はないが、表現には仏教的色彩がある。金銀瑠璃は菊の宴巻、源実忠の家にも見られる。

かくて、源宰相は、三条堀川のほどに、広く面白き家に住み給ふ、……殿の内豊かに、家を造れること、金銀・瑠璃の大殿に、上下の人植ゑたるごとして経給ふに　(326)

比喩としてではあるが、やはり金銀瑠璃である。なお、この箇所、底本「紺瑠璃」を「金銀・瑠璃」と改めるのに先の吹上上巻B3が参照されている。実忠の場合が比喩であることは、吹上宮との落差を示している。同巻、難波での正頼家の上巳の祓えの場でも船は「金銀・瑠璃して装束かれ（330）」かれている。正頼の住む三条院は四町を占める「厳しき宮（藤原の君巻）」であるが、金銀瑠璃で飾られたものではない。船は正頼の整えうる金銀瑠璃であった。金銀瑠璃で飾られる世界は西方浄土にも喩えられる特別な世界なのだといえる。

4　『うつほ物語』に於ける実体としての瑠璃

あて宮巻以降の瑠璃は実体としての瑠璃が多い。金銀瑠璃系の例は、沖つ白波巻で正頼女さま宮と結婚して正頼邸に住むことになった涼の住居について、

B7　源中納言は、異町面に、金銀・瑠璃、綾・錦して作り磨きて、七つの宝を山と積み、上中下、花のごと飾りて、あるが中に勢ひて住み給ふ　(451)

とある一例のみである。この例も建築物についてのもので、「七つの宝」すなわち金銀瑠璃をはじめとする七宝によって豪華さが強調され、また、正頼の婿たちの中で、涼の住居だけが金銀瑠璃で飾られている。

実体としての瑠璃はあて宮周辺に見られる。

あて宮巻、入内したあて宮に仲忠が贈った庚申見舞いの中に「白銀の碁石笥に、白き瑠璃・紺瑠璃の石作り盛りて(361)」とある。その他も白銀、沈、黄金、唐の錦など唐物尽くしだか、ここでは金銀瑠璃と並べるのではなく、白・紺と二色のガラス製品、碁石が見え、表現も具体的になっている。同様に、あて宮第一皇子の三日の産養の折、后宮が飯き米を「瑠璃の壺、小さき四つ」に入れ、「消物にし給へ(371)」と他の春宮妃たちに配る。これもガラス器として「小さき」との形容を伴い、より具体的な表現となっている。

蔵開上巻、いぬ宮九日の産養では、仲忠が用意した品の中に瑠璃がある。

白瑠璃の衡重六つ、下には金の杯、上には瑠璃の杯など据ゑて参りたり。内の物ども、透きて見ゆめり（496）

「透きて見ゆめり」にこの瑠璃がガラスであることがはっきりしている。中野幸一校注『新編日本古典文学全集』はこの瑠璃器を京極の蔵にあった俊陰の遺品であろうとし、七日の涼の産養の品々と比較すると質素に見えるが、白瑠璃の衡重が豪華さを演出、財の王仲忠の誕生であったとする。この産養に仲忠が瑠璃を用意したのに対し、涼は豪華であっても瑠璃がなかった。この点はあて宮巻の庚申の例と同様である。

同日、梨壺よりの品の中に「紺瑠璃の大きやかなる餌袋二つに（496）」とあるが、これは紺瑠璃色を指す。翌日、自邸に戻った仲忠母に出産した当の女一宮から贈られた品に「瑠璃の壺四つに合はせ薫物入れて（503）」がある。以下の用例はすべて瑠璃器である。仲忠の帝への進講の折、藤壺から殿上に届けられた酒食は「大きやかなる酒台のほどなる瑠璃の甕」「同じ皿杯」「同じ瓶の大きなる（蔵開中545）」に入れて供される。いぬ宮百日の祝の日、仲忠は藤壺腹の皇子たちに「沈の折敷・瑠璃の御杯の小さきして、物参り給ふ（蔵開下606）」のである。後者は五歳、四歳と幼い宮たちに合わせたものだが、大きさを述べる点が具体的である。女一宮の第二子出産の難産騒ぎに乗じ、祐澄や近澄は女二宮の乳母を語らい、「大きなる瑠璃の壺に、黄金一壺入れて、沈の衣箱に絹・綾入れて（「国譲下」815）」与えて宮を盗ませようとした。失敗に終わる計略であり、仲忠周辺の豪華さを表すものでもないが、大きさと用途が具体的であるのは前の例と変わりない。

瑠璃の最後の例は透明である。楼の上下巻、いぬ宮の琴を聴きに京極邸を訪れた嵯峨院に仲忠が贈るのは俊蔭が唐土の帝から得た高麗笛、「色より始めて、いと清らに麗しき錦の袋にて、瑠璃の細き箱に入れたる、透きて見えたる、人々興じ給ふ（942）」というものであった。瑠璃は仲忠周辺にあり、透明さを述べる点、具体的である。大きさが強調される瑠璃は確かにイスラムガラスと見られよう。共に具体的に述べられる透明な瑠璃もガラスとして実体的である。それらが実際に日常的に使用されていたかは別である。(8) 前章で述べたように、古記録の例を見てもガラスが仏事以外に使われるのはもう少し遅いように思われる。改めて『うつほ物語』の瑠璃器を見ると、仏事ではない、しかし、決して日常的とはいえない場に登場することが確認できる。貴重な唐物としての瑠璃であることに違いはない。

『うつほ物語』の瑠璃の二系統はその表現が類型的であるか、具体的であるかにより大きく相違する。この二つが重なる場はあるのだろうか。『うつほ物語』同様に瑠璃の用例の多い『栄花物語』を次に考えてみたい。

5　『栄花物語』に於ける瑠璃

『栄花物語』に於ける瑠璃は巻三十二「根あはせ」の例及び人名としての「瑠璃女御」を除き、先に引用した例Cを含め、すべて仏事に関するものである。それらは具体的な仏事に於けるものであるから、具体的に如何なる瑠璃であったかはともかく、実体としての瑠璃であるといえる。その例を辿ると表現にある特徴が見られる。

C1　殿にはこの頃御八講せさせ給はんとて、「よろづこの度は我宝ふるひてむ」と宣はせて、いみじき事どもせさせ給ふ。……我も七宝を尽くさせ給。……御経は手づからかゝせ給へればにや、いみじく珍かなる事ども言ひ続けたり。殿ばらなどいみじう聞しめしはやし給。「瑠璃の経巻は霊鷲山の暁の空よりも緑なり。黄金の文字は上

茅城の春の林よりも黄なり」など　（「あさみどり」上429）

寛仁二年十月、道長が催す法華八講での経供養である。紺紙に金泥で書いたことを人々が瑠璃、黄金といったものであり、色であってガラスではないが、七宝、霊鷲山、上茅城との仏教的語彙と共に用いられている。

C2　未だあらじ、女の身にて契りを結び事を語らひて、かく菩提の心を起して、難解難入の法花経を〔書写供養じ〕七宝をもって飾り奉れり。これ希有の中の希有の事なり。法華経書写供養の物、必ず忉利天に生る。いかに況んや、この女房のいづれか法華経を読み奉らざらん。兜率天に生れたまて、娯楽快楽し給べし。況んや、金銀・瑠璃・真珠等をもて書写供養じ給へり。あはれに尊き事なり。（「もとのしづく」下45）

皇太后妍子女房たちによる結縁経、経を一品ずつ書写して阿弥陀堂で経供養を行った時の講師永昭のことばである。この少し前に「紺青を地にて、黄金の泥して書きたれば、紺泥の経なり（同下43）」とあるのは書写した経の一つで、それを金銀瑠璃にやはり七宝の一、真珠を加えて言い換えている。道長の写経に対する人々の評と同様である。

C3　東西南北の御堂〴〵・経蔵・鐘楼まで影写りて、一仏世界と見えたり。池の廻りに植木あり。枝ごとに皆羅網かゝれり。……緑真珠の葉は瑠璃の色にして、頗梨珠の撓やかなる枝は、池の底に見えたり。……緑真珠の葉は盛なるに夏の緑の松の如し。真金葉は、深き秋の紅葉のごとし。琥珀葉は、仲秋黄葉の如し。白瑠璃の葉は、冬の庭の雪を帯びたるが如し。かやうにして様〴〵色〴〵なり。……七宝の橋は、金玉の池に横たはれり。雑宝の船、植木の蔭に遊び、孔雀・鸚鵡、中の洲に遊ぶ。この御堂を御覧ずれば、七宝所成の宮殿なり。宝楼の真珠の瓦青く葺き、瑠璃の壁白く塗り、瓦光りて空の影見え、大象のつめいし、紫金銀の棟、金色の扉、水晶の基、種々の雑宝をもて荘厳し厳飾せり。色〱交り耀けり。

（「おむがく」下68）

C4　柱には菩薩の願成就のかたを書き、上を見れば、諸天雲に乗りて遊戯し、下を見れば、紺瑠璃を地にしけり。

（同下69）

先に引用した法成寺金堂の記事に先立つ庭の描写である。C3には七宝の一である頗梨珠、玻璃が加わり、一仏世界、七宝、七宝所成と仏教的語彙の中に瑠璃がある。このあたりは『極楽遊意』によることが指摘されており、瑠璃その他は多分に比喩的表現であろう。(9) どの程度実体としての瑠璃、或いは七宝であったか、今は問題としない。法成寺に関する記事であるから当然とはいえ、金銀瑠璃系の仏教的表現が架空の世界ではない、現実の建造物について用いられていることを確認したい。

次の瑠璃C5は先に第1節で引用したC部分である。法会での舞楽が「香山大樹緊那羅の瑠璃の琴になずらへて」とあり、実体としての瑠璃があったわけではない。が、これも続く「法性真如の理」と共に仏教的表現の中で現実の出来事を述べている。それが巻十七「おむがく」の瑠璃の特徴である。

C6　一所おはしますばかりの広さにて、内の御座の高さ四寸ばかり上りたり。蒔絵の花机二三造り続けさせ給ひて、上に一尺ばかりの観音たゝせ給へり。銀の多宝の塔おはします。それは仏舎利におはしますべし。黄金の仏器並め据へさせ給うて、瑠璃の壺に唐撫子・桔梗などをさゝせ給へり。

（「たまのうてな」下85）

法成寺内の道長念誦所に置かれた壺。この瑠璃について、『新編日本古典文学全集』では七宝の一と注する。どのような瑠璃であったか、はっきりしないようでもあるが、いずれにせよ、金銀と並ぶ豪華なものである。実体としての瑠璃であるが、やはり金銀瑠璃と続けられるところはこれまでと同様である。

C7　祇陀林におはしまして、御前の庭を、たゞかの極楽浄土の如くにみがき、玉を敷けりと見ゆるに、こゝらの菩薩舞人どもに、例の童べのえもいはずさまぐ〳〵装束たる、舞ひたり。この楽の菩薩達の金・銀・瑠璃の笙や、琵琶や、簫の笛、篳篥など吹き合せたるは、この世の事とゆめに覚えず。たゞ浄土と思なされて、えもいはずあはれに尊くかなし

（「とりのまひ」下151）

祇陀林寺舎利会の菩薩舞の様子である。そこで使用された、実体としての楽器はどのようなものであったか。ここも金銀瑠璃という表現が極楽浄土と共に出ている。

6　『栄花物語』に於ける実体としての瑠璃

以下、簡単に述べる。瑠璃のその他の用例は次の通りである。

C8　女院より瑠璃の壺に黄金五十両入れさせ給へり。

（「ころものたま」下270）

C9　柱絵なども世の常ならず。釘打つ所には瑠璃を釘のかたに伏せなど、よろづを尽したり　（「謌合」下374）

C10　かねの硯・瑠璃の硯の瓶・筆墨まで、いみじう尽したり。　（「根あはせ」下443）

C11　中宮より童の装束奉らせ給へり。紅の打ちたるに、菊の二重文の、その折枝織りたる衵、蘇枋の汗衫、龍膽の上の袴、皆二重文なり。打ちたる袴など、例の事なり。瑠璃を文に押しなど、いみじう尽されたり。世中に珍しき五節の有様なり。　（同下456）

C12　皇后宮謌合せさせ給。左春右秋なり。装束も、やがてその折に従ひつゝぞしたりける。……右十人は……美濃、色〳〵の錦の衣は、裏皆打ちたり。象眼の緑の裳、紺瑠璃の唐衣、これも大井河をうつしたり。……紅葉の人たち、瑠璃をのべたる扇どもをさし隠したり。　（同下462）

C13　曇なき庭に、紅葉、菊の色〳〵、黄なる光も赤き光も添ひたらんと見えて、所がら匂を増し、御堂のけ高うものく〳〵しきが、新しう赤く塗り立てられたるに、青やかに見え渡されたる御堂の飾など、極楽にたがふ所なげなり。瑠璃の地に黄金の砂子などを敷かぬばかりなり。　（「布引の滝」下528）

C8は枇杷殿御八講に出された彰子の捧物。「銀の水瓶に孔雀の尾をさゝせ給て」など贅を尽くした他の人々の捧物と共に実体としての瑠璃ではあるが、仏教的な文脈の中にある。C9は法成寺阿弥陀堂の傍に建てられた東北院についての記事。瑠璃色の鍵隠しであるか、実体としての瑠璃であり、寺院にふさわしいものとしてある。C13の法勝寺金堂供養の記事は、実在しないものとして述べるが、文脈は同様である。

一方、仏事でない例、『永承四年内裏歌合』の調度品C10、五節の装束C11、『天喜四年皇后宮歌合』の装束C12、これらはいずれも実体としての瑠璃である。C12は瑠璃色であろう。C11は具体的にはどのようなものであったか。これらが七宝の一、またその代用品としてのガラスではないとしても——それは貴重な唐物でないとしてもということにもなる——C10をやや別にして、瑠璃が単独で用いられている点に瑠璃の表現よりも実体の面を多く捉えることができる。

7 瑠璃の二面性と『源氏物語』

『うつほ物語』も『栄花物語』も瑠璃には二つの面があった。金銀瑠璃と続ける表現としての瑠璃は、その表現によって浄土を思わせるようになっている。実体としての瑠璃は『うつほ物語』にあってはガラス器を具体的な描写を伴って呼ぶ。実体としての瑠璃には仏教色がないというだけでなく、非常に具体的であるところに特徴がある。『栄花物語』にあっては実体でありつつ仏教的な場に置き、また仏事でない場ではガラスではなさそうなものを瑠璃と呼ぶ。類型的ともいえる表現としての瑠璃の系譜が確認できるともに、『うつほ物語』の独自性が認められる。『栄花物語』には瑠璃の二面が『うつほ物語』ほどには分かれていない。

ここで改めて『源氏物語』を考えてみると、作中の三例の瑠璃のうち、北山僧都が源氏に贈る紺瑠璃の壺（若紫巻）は中に薬を入れ、薬師如来に見立て、仏教色がある。また、朝顔姫君が香を入れて届けた紺瑠璃と白瑠璃（梅枝巻）はそれ自体に仏教色はないが、香がそもそも寺院から広まったことを考えれば、仏教と無縁ではない。残る一つ、宿木巻で女二宮から出された瑠璃の盃、紺瑠璃の瓶子は仏教色はない。いずれの例も実体としての瑠璃である。

瑠璃はこの三例であるから、表現としての瑠璃はなかったことになる。しかし、『源氏物語』には、現実世界を浄土に喩える例がある。その代表は初音巻、

春の殿の御前、とり分きて、梅の香も御簾の内に匂ひ吹き紛ひて、生ける仏の御国とおぼゆ。（「初音」三143）

である。ここでは、薫りが浄土の特徴とされている。[10] その場にあるものを浄土のものに重ね、金銀瑠璃による文飾を用いない。その他も、「極楽思ひやらるる夜のさまなり」（同二132）、「まことの極楽思ひやらる」（「若菜上」四93）、「げにここをおきて、いかならむ仏の国にかは」（「匂宮」五34）と、浄土に喩える例は薫りや仏事の荘厳な飾りであったり、楽の音であったりするが、いずれも金銀瑠璃を用いない。

また、鈴虫巻、女三宮の持仏開眼供養では源氏の用意した「御念誦堂の具ども」が詳細に語られる。[11] 幡には「唐の錦」を、「背後の方に法華の曼荼羅掛けたてまつりて、銀の花瓶に高くことごとしき花の色をととのへて奉れり（四373）」、といった具合に列挙される。しかし、七宝中、登場するのは、花瓶の銀、経の罫をひいた金のみである。

みづからの御持経は、院ぞ御手づから書かせたまひける。……阿弥陀経、唐の紙はもろくて、朝夕の御手ならしにもいかがとて、紙屋の人を召して、ことに仰せ言賜ひて心ことにきよらに漉かせたまへるに、この春のころほひより、御心とどめて急ぎ書かせたまへるかひありて、端を見たまふ人々、目も輝きまどひたまふ。罫かけたる金の筋よりも、墨つきの上に輝くさまなども、いとなむめづらかなりける。（四374）

源氏が特別に漉かせた紙は紺紙ではなかったのだろう。「罫かけたる金の筋よりも、墨つきの上に輝くさまなども、いとなむめづらかなりける」からは紺紙金泥の経ではなかったように見える。さまざまな装飾経の最初に伝統的な紺紙金泥経を紺瑠璃として置いた『栄花物語』（C2の前）とは異なる。

このように、『源氏物語』が仏典由来の類型的表現、金銀瑠璃を選ばなかったことが改めて確認される。同時に、『源氏物語』が実体としての瑠璃も極めて限定して登場させていることがわかる。既に述べたように、極上の唐物がやや一般的な唐物になる直前の時代を捉えたのが『源氏物語』であるから、それも当然とはいえる。また、仏教語を用いずに仏教思想を取り入れることもあり、[12]仏教の問題は別に考える必要がある。[13]作品によって瑠璃の二面に違いが見える。その違いから見えてくるものは既に各作品について知られていることと重なるかもしれないが、作品毎の唐物の捉え方として考えるべき問題であろう。

以上は前章初稿に対し、山本登朗による「瑠璃が仏教語であることにも留意してさらなる展開を望みたい」との好意的な評を受けた[14]ことが出発点であったが、あれこれ考えている間に時間が流れてしまった。いろいろな展開の仕方があろうが、考察すべき一つが瑠璃の二面性ではないかと考えている。

追記

仏典に基づく「金銀瑠璃…」を表現としての瑠璃としたのに対し、初稿発表後、「鉱物の瑠璃に実体が存在しないはずはない」としたのが伊藤守幸「瑠璃に荘厳された世界——文学史的/文化史的視座から見た『うつほ物語』」（学習院大学平安文学研究会編『うつほ物語大事典』、勉誠出版、二〇一三）である。『うつほ物語』は稀少である瑠璃=ラピスラズリを大量に描いた点が他の作品と決定的に異なるとして、古代のラピスラズリ交易に関する文献をも参照しながら論じている。平安文学の瑠璃についてはなお考えるべき点があろう。

※本文引用は『うつほ物語』は室城秀之『うつほ物語　全』（おうふう）、『栄花物語』は日本古典文学大系（松村博司・山中

裕校注、岩波書店）に拠った。

注

（1）七宝の一、瑠璃を「猫目石？」と疑問符付きで述べた『岩波仏教辞典』初版（一九八九）は、第二版（二〇〇二）では「ラピスラズリ」としている。
（2）中山公男監修『世界ガラス工芸史』（美術出版社、二〇〇〇）。
（3）一例として『法華経』授記品に見える瑠璃を挙げる。引用は『大正新脩大蔵経』に拠り、漢字は新字体に改めた。
・琉璃為地宝樹行列。黄金為縄以界道側。散諸宝華周遍清浄。
・諸仏滅後。各起塔廟高千由旬。縦広正等五百由旬。皆以金銀瑠璃車渠瑪瑙真珠玫瑰七宝。合成衆華瓔珞塗香末香焼香繒蓋幢幡。供養塔廟。
前者は摩訶迦葉の未来の仏国土、後者は迦栴延が仏に捧げるであろうという宝塔についていう。授記品の他の例を含め、同様の表現が繰返されており、特に『大無量寿経』は仏国土を七宝合成として述べている。栴檀は瑠璃より少ないがある程度用例がある。優曇華は例が少なく、孔雀・鸚鵡は『阿弥陀経』に一例見える程度である。
（4）堀内秀晃校注『竹取物語』（新日本古典文学大系）注（21頁）が紹介する。阪倉篤義校注『竹取物語』（日本古典文学大系）に「七宝中この三つは特に珍重」と注し、以下述べるように、金銀瑠璃と並べる表現は多い。但し、『竹取物語』の場合、堀内校注によれば、三つのうち銀又は瑠璃を欠く本文もある。
（5）『ガラス工芸　歴史と技法』（桜楓社、一九九二）。
（6）『光源氏が愛した王朝ブランド品』（角川選書、二〇〇八）。
（7）室城秀之「うつほ物語の空間―吹上の時空をめぐって」『うつほ物語の表現と論理』127－145頁（若草書房、一九九六、初出一九八七）。大井田晴彦「吹上の源氏―の登場をめぐって―」『うつほ物語の世界』86－104頁（風間書房、初出一九九六）。
（8）注（6）前掲書。同書「あとがき」には「架空の唐物ワールドを作り上げてみせた『うつほ物語』」とある。

(9) たとえば、松村博司『栄花物語全注釈四』281頁(角川書店、一九七四)では、「水精の基」について、「「水精の」は実体ではなく、形容と見る。『極楽遊意』にもあり、そのまま借りた語とみられる」とするほか、「瑠璃の壁」を「白壁の比喩的表現」と注する。
(10) 『新日本古典文学大系』脚注に「極楽もかぐわしい香に満ちた世界だと、多くの仏典に説かれている」とある。
(11) 山口量子「鈴虫巻女三宮持仏開眼供養の位相―方法としての〈モノ〉―」(『玉藻』27、36-50頁、一九九一・一〇)がこの問題を論じている。
(12) 柳井滋「源氏物語の仏教思想」(増田繁夫・鈴木日出男・伊井春樹編『源氏物語研究集成六』173-206頁、風間書房、二〇〇二)。
(13) 『源氏物語』と『栄花物語』の仏教荘厳の違いについては中井和子『源氏物語と仏教』(東方出版、一九九八)に指摘がある。なお、装飾経については江上綏編『日本の美術278(装飾経)』(一九八九・七)を参照した。
(14) 「学界時評・中古」(『国文学 解釈と教材の研究』二〇〇六・一二)。

六　算賀・法会の中の茶文化と『源氏物語』
―― 書かれざる唐物 ――

1　はじめに

日本に於ける喫茶史、茶文化に関する近年の再検討を踏まえ、平安時代の文学を捉え直そうというのが本章のねらいである。その中で唐物を位置づけ、東アジアとの関わりを考えたい。具体的には天皇による上皇算賀を中心に、他の算賀及び法会の中の茶文化を考える。

2　日本喫茶史

喫茶史と文学 ―― 従来の研究

茶は、恐らくは遣唐使或いは遣唐僧が持ち帰ることで日本に伝わったとされる。喫茶史に関する大まかな見取り図としては、従来は次のように考えられていた。即ち、平安初期に盛んであった唐風の団茶法（蒸した茶葉を搗き固めて保存、それを炙って砕いたものを沸騰した湯に投じ、塩を加えて飲む。固形茶）がその後、季御読経《きのみどきょう》のような限られた宮中行事や寺院の一部を除いて衰退し、鎌倉時代になって栄西《ようさい》が茶樹もしくは種と共に新たに宋風の点茶（抹茶）法を将来、『喫茶養生記』を著し、室町期の唐物荘厳の時代を経て「和漢の境をまぎらかす（村田珠光）」わび茶、茶の湯が成立、江戸時代になると明代以降の新しい喫茶法――煎茶法が伝えられた、というものである。(1)中国に於ける喫茶法の変化が時期を少しずらして日本に到来したことになるが、文学もそれらの喫茶法やその隆盛度合いに対応するものとして考えられてきた。団茶では、『凌雲集』、『文華秀麗集』、『経国集』の勅撰三集に見られる茶を題材とする漢詩が嵯峨天皇を中心とする唐風喫茶文化を現すとして捉えられる。以後の平安時代の文学に見える茶は、都良香や菅原道真の詩が喫茶の普及度合いを示すものとして、また道真論の資料として注目される程度であったかと思われる。点茶、煎茶も文学に見える茶はその期の喫茶文化の現れとして捉えられていた。そして、各喫茶法は何らかの唐物を伴っている。江戸時代の煎茶は文人たちの中国趣味から起こり、唐物茶器・調度を賞翫した。茶の湯では現在でも「唐物」は上位の点前の初めである。

喫茶史の再検討 ―― 近年の研究

しかし、近年、中国の喫茶法が重層的であることを含め、(2)日本に於ける喫茶史が再検討されている。茶の正史に於ける記録初見は『日本後記』弘仁六年（八一五）、近江行幸の際、梵釈寺に立ち寄った嵯峨天皇に僧永忠が茶を煎じ供したとの記事であるが、それ以前、既に喫茶を題材にした詩が作られていることは従来も指摘があった。近年の指摘は文献史料の再検討、考古学調査の成果による。前者では、中村修也による平安時代を通じて宮中行事の季御読経が間断なく行われていたことの重視[3]に始まり、宮中以外に顕密寺院で団茶法が定着していたことの意味[4]も指摘されている。それに伴い、栄西の役割に関して改めて種々の論がある。後者としては、一つには奈良時代遺跡出土の緑釉陶器が茶器と見られ、小川後楽、神津朝夫により茶の将来は平安以前にあったと考えられることがある[5]。また、十二世紀博多遺跡から天目茶碗が出土していることについては、点茶法が栄西以前に伝わっていたかとみられるが、博多在住の宋商人が使用したものとしてであろうともいう[6]。団茶―点茶―煎茶との呼称も製茶法と喫茶法を混用するなど問題とされるところだが、今は従来の呼称に従う。その他、日本各地に残る陰干し番茶や四国に残る後発酵茶と中国や東南アジア地域における庶民の茶との関連から、日本への茶とその利用法の到来も早くから重層的にあった可能性を考える説も出されているが[7]、本章では儀式の茶を出発点として考える。

平安時代の茶

早く伊藤うめの「葉茶の飲用の歴史」（『風俗』12―2、4、一九七四・四、六）は宇多天皇は団茶を飲んだが、入唐帰朝僧が伝えたのは炙製葉茶、宇多天皇時代を契機に貴族社会に喫茶が定着、庶民層にも広がり始め、生薑・甘葛煎を加える季御読経の茶は奈良時代以前の古式による儀礼茶でこれも炙製葉茶である、としていた。平安時代の茶が唐の陸羽『茶経』推奨の団茶であったことは、「香茶酌罷」「盆浮沸（盆《ほとき》に浮《う》き沸《わ》き）」（経国集）、「搗香茗（香茗《こうめい》を搗《つ》く）」「酌茗薬堂」（凌雲集）、「搗茗」「煙火」（文華秀麗集）、等の表現から推測される。中村修也は詩中の「緑茗」（文華秀麗集）「山中茗」「萌芽」（経国集）から葉茶も飲まれたとし、茶に関する平安時代の資料を博捜、考察を加えた福地昭助『平安時代の茶―「喫茶養生記」まで―』（角川学芸出版、二〇〇六）も一部は摘みたての葉茶を炙ったものかと考える。張建立「平安時代から鎌倉時代における製茶」（『芸能史研究』155、二〇〇一・一〇）・『茶道と茶の湯―日本茶文化試論─』（淡交社、二〇〇四）は日干し葉茶を煎じて飲んだとしている。「緑茗」については前掲の神津朝男『茶の湯の歴史』が固形茶復元実験に基づき、水色も味も現在の煎茶と変わらないと述べるなど、諸説定まっていない。

菅原道真以後も十〜十二世紀を通じ、『躬恒集』、『和漢朗詠集』、『本朝麗藻』、『新撰朗詠集』、『本朝続文粋』等に茶を題材とした和歌、漢詩が見えるので、喫茶は衰退したとはいえない。漢詩は寺院を舞台としたものが多いが、古記録の季御読経の記事中に散見される引茶（ひきちゃ・いんちゃ）を重視することが喫茶史再検討の端緒となった。さらに季御読経以外にも例えば藤原忠平『貞信公記』天慶二年（九三九）三月二十日条の興福寺律師に「勧茶、施禄、白褂一重」との記事が貴族の家庭への茶の普及を示すともいう。(8) 一方、喫茶史の中でよく知られる藤原実資『小右記』長和五年（一〇一六）五月十一日条、病気の藤原道長が「従今日服茶」との記事は、寺院以外では茶を飲むのが特別なことであるようにみえる。結局は、記録に留められたものを特殊な事例と見るか、記録されなかったことを推測して全体像を描くかという違いが、諸説の違いを生むようである。本章では、それらを踏まえた上で別の角度から平安時代の喫茶、茶文化と文学を考えたい。

3　宇多法皇五十賀・『源氏物語』の紅葉賀と後代の算賀

喫茶には唐物が伴っていた。勅撰三集時代と点茶将来以後の時代の間も喫茶が続いていたのなら、そこでは唐物はどれほどあったのだろうか。

宇多法皇五十賀

延喜十六年（九一六）三月七日、醍醐天皇は朱雀院に行幸、父宇多法皇の五十賀を催した。源高明『西宮記』巻十二「太上天皇賀事」(9)により、儀式次第を簡単に示せば以下のようになる。儀式の場所は寝殿南廂、天皇による拝舞の後、上皇が大床子に着座、皇太子を召す、その間に捧物、屯物（屯食）があり、続いて法皇に、次に天皇に膳が供される。次いで音楽があり、童親王すなわち克明親王等の舞がある。舞の前に左衛門督藤原定方が法皇に茶盃を奉る。舞の後、式部卿敦実親王が銚子を持ち、天皇が寿言と共に茶盃を奉る。舞前後の「茶盃」には「銀盃」との注記がある。その後、引出物、御遊と続き、西廊では院司以下に禄が与えられ、翌日関係者に加階がある。克明親王の舞の部分は福地の解釈による。『新儀式』は一、二年前からの準備期間、二、三日前の試楽の他、当日の次第もやや少し詳しく、さらに注記にこの五十賀と延喜六年の四十賀の事例が記されている。それによれば、最初の茶が供されたのは音楽の前、供膳に続く「次供御酒」の注記に「延喜十六年、法皇供御茶也」とある。この場合の「供」は「たてまつる＝飲む」の意である。三献後は音楽、童舞、次いで平敷に移動、童舞、「召加親王大臣参上候簀子」、注記に供膳、また大臣、僧正聖宝、済世親王に膳と茶を与えたとある。茶が二度供されたのは五十賀独自で、最初の茶は通常酒を供するところを茶に替えているものである。

『西宮記』と『新儀式』とでは儀式次第に違いがあり、茶の供される箇所も異なるが、天皇による上皇算賀という盛儀で茶が見えることに注意したい。

紅葉賀巻の朱雀院行幸

宇多法皇五十賀は『河海抄』以来紅葉賀巻の朱雀院行幸の準拠とされてきた。この行幸は若紫巻で「十月に朱雀院の行幸あるべし」、末摘花巻で「行幸のことを興ありと思ほして」「行幸近くなりて、試楽などののしるころ」、と予

告されている。「朱雀院の行幸は神無月の十日あまりなり」に始まる紅葉賀巻、試楽の場では、

源氏の中将は、青海波をぞ舞ひたまひける。片手には大殿の頭中将、容貌用意人にはことなるを、立ち並びては、なほ花のかたはらの深山木なり。……詠などしたまへるは、これや仏の迦陵頻伽の声ならむと聞こゆ。おもしろくあはれなるに、帝涙をのごひたまひ、上達部親王たちもみな泣きたまひぬ。（一311）

と、源氏の舞姿のすばらしさが強調される。儀式の大枠を考えれば、朱雀院行幸であることに加え、試楽や加階も含め、儀式次第が重なり、「春宮もおはします」、「宰相二人」についても指摘され、両者の対応は否定できない。季節の違いから延喜六年（九〇六）十月二十三日宇多法皇四十賀、童舞や加階に関しては長保三年（一〇〇一）東三条院四十賀も指摘される。東三条院四十賀に伴う法華八講では、後述するように茶が出されている。その他、弘徽殿女御「神など空にめでつべき容貌かな。うたてゆゆし（一312）」との発言と醍醐天皇大井川行幸の際に童舞をした七歳の雅明親王について『大鏡』「雑々物語」が述べる「あまり御かたちの光るやうにしたまひしかば、山の神めでて、取りたてまつりたまひしぞかし（376、同）」との関連も指摘されるなど諸説ある。

紅葉賀と史上の上皇算賀

準拠、引用が多く指摘される紅葉賀巻が初見となるのが、試楽、当日とも記事の中心となる青海波である。『源氏物語』前に例のない上皇五十賀の青海波は以後、藤裏葉巻、冷泉帝・朱雀院の六条院行幸、若菜上巻の紫上主催源氏四十賀と、物語中で繰返し回想される。

それのみならず、史実に於ても天皇家、摂関家、将軍家が再現したことは三田村雅子『記憶の中の源氏物語』（新潮社、二〇〇八）に詳しい。上皇算賀等で青海波が舞われることが、雅びである以上に『源氏物語』による政権の権威付けとなったことは慥かであろう。青海波を最初に再現したのが康和四年（一一〇二）三月、堀河天皇による白河法皇五十賀である。次いで仁平二年（一一五二）鳥羽院五十賀、安元二年（一一七六）三月の後白河法皇五十賀である。青海波は以後も続くが、本章で扱う範囲を超えるので措く。

4　上皇算賀に於ける茶

紅葉賀巻の青海波に連なる右の算賀の宴を茶文化の面から考えたい。

後白河法皇五十賀と「康和の例」

後白河法皇五十賀が範としたのは白河院五十賀であった。賀の前年、九条兼実『玉葉』承安五年（一一七五）七月四日条に蔵人右衛門権佐光雅が来て伝えた話を記す。「今度偏被用康和例」[10]と言うのだが、その中に、茶を供するため、康和の「煎茶具」を取り出そうと「鳥羽御倉」即ち鳥羽離宮の蔵を探したところ、紛失していた、仁和寺円堂を開いて「具等」を取り出し「本様」とすべきだとの記事がある。光雅の伝える話では、範とする「康和例」だけでなく、「仁平例」も意識されていたようで、両五十賀に於ける御厨子数の違いを問題にしている。『玉葉』同日条からは茶に関しても「仁平無之」との注記から茶が供されなかったことが、また、本様云々の箇所に「康和如此」との注記から茶の供し方を問題にしていることがわかる。

『玉葉』のこの記事は、「煎茶」との表現から茶は団茶と考えられ、[11] さらに当時は喫茶が廃れていたことを示す例としても紹介された。[12] 茶が出されなかった仁平二年は季御読経の引茶に関し、点茶の始まりを示すかどうか議論のある中山忠親『山槐記』の記事と同年である。点茶かどうかはともかく、何らかの喫茶法の変化を示していると考えることは可能であろう。そうであるなら、二十四年後の後白河法皇五十賀で煎茶具がなくなっていたことは、古い喫茶法によろうとしたことを意味するのかもしれない。

上皇算賀の茶具

茶を供することは白河法皇五十賀に加え、遠く宇多法皇五十賀にも倣ったといえる。白河法皇五十賀も宇多法皇五十賀を範としたことは、「御賀御祈」として伊勢・石清水・上下賀茂の三社に奉幣使を送る定文書につき、『醍醐御記』を参照した（藤原宗忠『中右記』三月一日条）点にも現れている。

賀当日の茶の供し方をみると、宇多法皇五十賀の銀盃は『延喜式』「諸節供御酒器」の「銀盞」との規定に通ずる。後白河法皇の「煎茶具」の準備を記した『玉葉』は賀当日、三月四日条で「今度賀宴偏康和例也」とし、仁平の場合も含め逐一先例を挙げ、儀式次第を詳述するが、茶には言及しない。一連の盛儀の仮名記録、『安元御賀記』にも茶の記事は見えない。仁和寺円堂から取り出したものが何であるかも記録がないが、その第一は固形茶を碾く茶研であろう。仁和寺に宇多法皇が納めた仏具等の記録、『仁和寺御室御物実録《にんなじおむろごもつじつろく》』（『続々群書類従』に拠る）の中には茶道具と思しきものが見え、数点ずつ計三筥に入れられ、封印されている。例えば、椹木《さわらぎ》茶研一具、銀銚子一口・同茶筒一口・同茶散一枚・同水篩輪一枚、青茶垸《ちゃわん》一口を浅香筥に納め、口に白鑞を置くといった具合である。青茶垸は唐の陸羽『茶経』が茶の色を引き立てるので最上であるとした越州窯陶磁である。椹木製茶研、他の筥の高松製茶研は国産であろうが、茶具の多くは唐物であり、青茶垸がその代表である。後白河院五十賀にあっては、国産茶研を、また青茶垸ではなく、銀盃或いは新品を使用したとしても、そこには唐物があったはずである。

康和例、白河法皇の場合も同時代の『中右記』『殿略』等、青海波について詳述する古記録は茶については記すことがなく、賀当日の供膳記事もさして詳しくない。

「康和例」と断るように、上皇算賀で茶が供されることが通例であったとはいえまいが、上皇算賀自体例が少ない。嵯峨天皇四十賀に始まる平安時代宮廷行事としての算賀を考察した村上美紀「平安時代の算賀」(『寧楽史苑』40、一九九五・二)は院政期を除けば上皇算賀が行われたのは嵯峨、宇多、陽成の三上皇のみであると指摘する。算賀が行われるには何よりも長命でなければならない。四十歳を迎える前に没した天皇・上皇も少なくないし、天皇在位中に四十賀を催した村上天皇、五十歳前に没した、三条法皇のような例もある。

5　紅葉賀巻の算賀

『源氏物語』の時代と茶

紅葉賀巻の算賀を史上の一連の参賀の中に置いてみると、茶は宇多法皇五十賀に始まり、青海波は紅葉賀巻の一院の賀に始まる。醍醐朝の出来事を取り入れている『源氏物語』が茶の部分を取り入れなかったことをどう考えるべきか。後述するように、『源氏物語』と同時代に東三条院四十賀のための法華八講で茶が出され、瑠璃壺が用いられている。また、藤原行成『権記』長徳元年(九九五)十月十日条に造茶所が中宮御読経の「今年料造進茶料物(『資料纂集』による)」を申請とある。この「中宮」は時期から考えて定子であろう。病の藤原道長が茶を飲んだのは少し後の時期であるから今は除外するが、『源氏物語』の近くにも茶は間違いなくあった。

青海波を舞う源氏と一院

紅葉賀の場面は青海波を舞う源氏ただ一人の姿に焦点を当てる。試楽で対となって舞う頭中将は「花のかたはらの深山木」とされる。それに対し、

藤壺は、おほけなき心のなからましかば、ましてめでたく見えましと思すに、夢の心地なむしたまひける。宮はやがて御宿直なりけり。「今日の試楽は、青海波に事みな尽きぬな。いかが見たまひつる」と聞こえたまへば、あいなう御答へ聞こえにくくて、「ことにはべりつ」とばかり聞こえたまふ。（一312）

と藤壺の思いが語られ、源氏と藤壺の贈答歌「もの思ふに立ち舞ふべくもあらぬ身の袖うちふりし心知りきや」「から人の袖ふることは遠けれど立ちゐにつけてあはれとは見き」が続く。賀当日もその盛儀は源氏の舞に収斂され、青海波後の童舞が「さしつぎの見物なりける（一315）」とあるのも源氏の姿を補完するものとみてよい。このような紅葉賀の中に茶を置くとすれば、物語上、その系譜も明らかにはされておらず、桐壺院が訪ねるからその父かと推察される一院その人を大きく採り上げることになる。それは物語の要請するところではない。そもそも紅葉賀巻の行幸が算賀のためであることは「紅葉賀」という巻名からのみ知られることであり、一院も翌年、

参座しにとても、あまた所も歩きたまはず。内裏、春宮、一院ばかり、さては藤壺の三条宮にぞ参りたまへる。

と、新年参賀に関連してただ一度登場、朱雀院行幸が一院算賀のためであったことが暗示されるのみであった。

若菜上下巻の算賀

それでは光源氏が被賀者となる若菜上巻の四十賀はどうだろう。准太上天皇である源氏の算賀は上皇算賀同様に考えることができよう。宇多法皇、醍醐天皇の算賀を准拠とすることで、光源氏の比類ない素晴らしさが披露されるとする浅尾広良「光源氏の算賀―四十賀の典礼と准拠―」(『源氏研究』7、83-99頁、二〇〇二・四→『源氏物語の准拠と系譜』、翰林書房、二〇〇四)もあるが、茶という面から考えたい。この四十賀は、「事のわづらひ多くいかめしきことは、昔より好みたまはぬ御心(四55)」の源氏が辞退したにも拘わらず、玉鬘、紫上、秋好中宮、冷泉帝の命を受けた夕霧により、何度も行われ、それぞれに唐物が用いられる。第一の賀、正月二十三日、玉鬘が若菜を献上した日の調度は、「御挿頭の台には沈、紫檀を作り……(四55)」と材質は唐物、螺鈿の御厨子に置かれた「薬の箱」の中味も唐物であろう。若菜を前に玉鬘とのやりとりが「沈の折敷四つ」であり、「上達部あまた」が参集しての饗宴の場も「沈の懸盤四つ」が置かれる。十月、紫上主催の賀、薬師物供養の精進落としの宴があり、その中で紅葉賀の青海波が回想された。夕霧主催の宴でも源氏の背後に置かれる屏風は「唐の綾の薄緂」を貼ったものであり、源氏から太政大臣へは、「御贈物に、すぐれたる和琴一つ、好みたまふ高麗笛そへて、紫檀の箱一具に唐の本ども、ここの草の本など入れて御車に追ひて奉れたまふ(四101)」といった具合に唐物が源氏の意思と関わりなく華やかさを示している。

一連の四十賀には紅葉賀同様に茶は登場しない。仮に宇多、白河、後白河と史上の三例が五十賀であったことに意味があるとするならば、若菜上巻は四十賀であったからといえないことはない。源氏が後見して女三宮が催す若菜下巻の朱雀院五十賀は、延期に延期を重ね、賀当日より試楽の方が詳しく語られる。そこでは密通を知る源氏と密通の当事者柏木とのやりとりが前面に出て以後の物語を導く。祝われる朱雀院は出ることなく、茶もまた出ない。

6　法会の中の茶文化

季御読経の引茶

春秋二度、百僧に『大般若経』を転読させ、国家安泰を祈願する宮中行事、季御読経は平安時代、間断なく実施されており、このことが喫茶史再検討を促した。歴史を辿れば、奈良時代から『大般若経』他転読の記録（『続日本紀』）が見えるが、時期に定めはない。年中行事化されたのは、九世紀半ばに四季、同後半に春秋二度となってからである。紫宸殿では八十人が『大般若経』を、清涼殿では二十人が『仁王経』を転読する。春季第二日夕座に僧に茶をふるまう引茶があり、両季第三日に論議がある。引茶の春季第二日限定は十一世紀後半以降で、季御読経の内容にも変遷がある。その他に中宮や大臣・摂関が催す「御読経」もあり、ほぼ同様の儀式次第であったようである。茶は大内裏東北の隅にある内裏茶園産のものを使用する。

引茶次第を記した史料は多くはない。儀式書・故実書でａ『西宮記』、ｂ藤原重隆『蓬萊抄』、ｃ同『雲図抄』裏書、ｄ大江匡房『江家次第』、古記録でｅ平親信『親信卿記』、ｆ藤原為房『為房卿記』、ｇ『山槐記』、史書でｈ藤原通憲『本朝世紀』があるなどである。諸史料を整理、季御読経全体を述べた倉林正次「季御読経考」（『饗宴の研究（歳事・索引編）』桜楓社、一九八七）や諸論考[13]を参考にその次第を確認する。

季御読経での茶器は「土瓶」、「土器」であるから唐物ではない。加えて引茶で実際に陪膳に従事するのは若干の変遷があり、紫宸殿・清涼殿で同じではないが、主として蔵人である。清涼殿では雑色、所衆、紫宸殿では、僧たちの手に水を注ぐ四位、折敷に載せた人数分の土器、茶や甘葛をいれた土瓶をそれぞれ持つ六位三人、僧たちに茶を手渡す五位が当たる。茶の飲み方は、十世紀頃は茶或いは甘葛煎を（a）、茶に甘葛煎を加え（e）、好みにより、厚朴・生薑を加える（a・e）が、十一世紀以後は厚朴・生薑は加えず（b・c・f）、或いは茶に替えて厚朴を用いる（b）様子が見える。dはeと同文。hには蔵人二人が「甘葛厚朴等瓶子」を取るとある。十二世紀半ば、gの土器・土瓶だけで茶がなかったとの記事から、土瓶の中味を抹茶用の湯とみる中村修也説もあるが、異論もある。

このような引茶は平安時代仮名文学には登場しない。行事を実見していなければ書けないともいえるが、引茶の場を詳しく語るとなれば、焦点は蔵人たちに当てられる。王卿は関わらない。これが物語に引茶が語られない一つの理由であろう。「きらきらしきもの」に季御読経をあげ、僧を先導する威儀師やその装束を「えせ者の所得るをり」に挙げる『枕草子』が引茶に関心を示さないのには別の理由があろう。

胡蝶巻の船楽と御読経

『源氏物語』に見られる「御読経」は三例、いずれも本来の宮中行事としての季御読経ではなく、物語でも「季御読経」との語は用いていない。三例は賢木巻、源氏の「春秋の御読経」、胡蝶巻、秋好中宮主催の「御読経」、御法巻の秋好中宮の「御読経」であり、詳しく語られるのは胡蝶巻のみである。この御読経は、「三月二十日あまりのころほひ」に六条院春の御殿で行われた船楽の翌日に行われた。

船楽は新造の「唐めいたる舟」に雅楽寮の人を召し、「親王たち、上達部などあまた」が参集して夜を徹して行われる。折から里下がり中の秋好中宮と紫上の春秋争いが加わり、源氏も中宮に「花のをり」を味わわせようと、二町を結ぶ池に浮かべた龍頭鷁首に、身軽に動けない中宮の代わりに若い中宮女房を招く。そこでは、『源氏物語』中、ただ一度見られる「龍頭鷁首（三166）」との語、「唐の装ひにことごとしうしつらひて」、「唐土だたせて」などの表現、唐楽の「皇麞」や「喜春楽」を重ねてゆく。季節の情景を重ね、船楽自体の華やかさ、春の町の美しさ、中宮女房たちの反応、離れた町で音のみを聞く中宮の思いなどを重ねつつ唐風の光景が散りばめられる。白詩、漢籍を引用しての表現も含め、唐風のあれこれは船載品の唐物自体ではないが、六条院栄華に収斂されるかに見えて、原詩の意味を考えるならば、六条院に翳りを読みとることができ、種々の論が重ねられて来たところである。(14)

船楽に参集した人々が「日の御装ひ」に改め、正式の行事として参加した翌日の中宮御読経についても、彰子立后後の道長による中宮季御読経と同様、源氏がこの法会を後見、秋好中宮の権威を確立する政治的意図を読みとる説もある。(15)同時に迦陵頻と時代の極楽浄土への憧憬との関連も指摘(16)がある。史実との重なりを考え得るものである。

童舞と供花

中宮御読経は、参上の人々が「多くは大臣の御勢にもてなされたまひて、やむごとなくいつくしき御ありさまなり（三171）」と語られるが、威儀師に先導される僧たちの様子には触れず、法会自体もは殆ど語られない。この法会は中宮主催御読経であり、厳密には紫宸殿並びに清涼殿に百僧を招いて行う季御読経ではないが、規模はともかく、法会次第に大きな違いはないだろう。『源氏物語』の書かれた時代にはまだ引茶が春季第二日に限定されていない。中宮御読経の引茶の用意を記す『権記』記事もあり、物語内事実として引茶があったと考えることが可能である。だが、引茶は物語の採り上げるところとならず、僧の姿も見えない。湯淺幸代は里邸に於ける中宮御読経が史実では懐妊のためであったことと僧が登場しないこととの関連を述べ、荻田みどりは引茶記事のないことを『源氏物語』の食事記述の少なさと関連づけるが、[17]焦点を誰に当てるかに注意したい。紫上が供える花は鳥蝶、即ち迦陵頻、胡蝶楽の装束をした童が届ける。

鳥、蝶にさうぞき分けたる童べ八人、容貌などことにととのへさせたまひて、鳥には、銀の花瓶に桜をさし、蝶は、黄金の瓶に山吹を、同じき花の房いかめしう、世になきにほひを尽くさせたまへり。……童べども御階のもとに寄りて、花ども奉る。行香の人々取りつぎて、閼伽に加へさせたまふ。御消息、殿の中将の君して聞こえたまへり。（三171）

この場に華やかさを演出する童舞は他の法会にも見られ、季御読経本来のものではない。他の法会の一例に、寛弘元年（一〇〇四）五月十九日、道長発願の故東三条院詮子法華八講で、八人による胡蝶、青海波の童舞があり、僧八人が供花を受け取った例がある。

行香の人々

『御堂関白記』同年五月二十一日裏書に見える右八講の記録を引き、山崎良幸・和田明美・梅野きみ子・熊谷由美子・山崎和子『源氏物語注釈五』（風間書房、二〇〇四）は「供花を僧八人が受け取ったこと、「胡蝶」と「青海波」の舞をしている点は違うものの、音楽・舞楽の行われる法会の盛大さは類似する（397頁）」とする。僧が供花を受け取るのが本来であるとすれば、その役割を替えて登場するのが僧に香を配る「行香の人々」であることに注意したい。

「行香の人々」は季御読経の場合、『西宮記』、『江家次第』によれば、王卿ならびに侍従がこれに当たる。法会の一連の次第の中で御読経本来のものとして唯一、一瞬登場するのが、王卿によるものであり、香であったことは注意できよう。そして、香はまさしく唐物であり、唐物として考察の対象とされている。(18) 仏前に供える名香、衣服にたきしめる薫衣香、室内に薫らす空薫物のうち、考察の対象とされるのは特に空薫物としての香かと思われるが、ここでは香の日本に於ける第一の使用法である名香が前面に出ている。仏に供える香であるが、同時に僧たちに与える点を唐物の香と重ねて見ることができよう。遠景に見える唐物である。

東三条院四十賀の法華八講

それでは法会の中で茶が唐物を伴っていたことが確かな史上の例はなかったか。『権記』長保三年(一〇〇一)九月十七日条、東三条院詮子四十賀のために道長が主催した法華八講の記事中に見える。夕座の後の宴、穏座に於けるものである。

『史料纂集』により、割書を小字にするほか、一部表記を改めて引く。

穏座最初盃下官取之、相府之命也、右金吾為陪膳供御膳、次朝経・済政両人舁茶具、瑠琉壺、次右衛門督執盃、同盃安二階云々、有和歌事、中宮権大夫執筆書出、

『日本紀略』、『栄花物語』にも同日記事があるが、茶には触れない。この穏座の記事につき、中村修也は「茶礼が確立しているわけではないが、儀礼の一環として茶が位置付けられていることは確かである」とし、福地昭助は醍醐天

皇による宇多院算賀との類似点を指摘する。瑠琉壺の茶を注いだ盃を勧めるのは右衛門督すなわち藤原公任である。ここで瑠琉壺が用いられていることに注意したい。引茶に用いる瓶子・土瓶に相当するものであろう。盃の材質については記載がないが、瑠琉、瑠璃壺に見合うものと考えてよいのではないか。

東三条院四十賀は『源氏物語』と同時代であり、紫式部父、藤原為時は屏風歌に詠進した一人でもあるが、この茶が『源氏物語』に投影したとはみえない。『源氏物語』の中で他の唐物と違い、瑠璃はその所持者との間に少しの不調和もない[19]。それが瑠璃壺をひいては茶を制限することに繋がっているかもしれない。

7　書かれざる唐物

十一世紀以降の茶垸・瑠璃

宇多院五十賀では銀盃が使用されたが、「仁和寺御室御物」には「青茶垸」もあり、喫茶に用いられていたことがわかる。「茶垸」という語が喫茶具に限らず、中国製陶磁器を指すようになったのは、喫茶具としての用法が最初だったからであった[20]。

中国陶磁は食器の最上位とされていたが、高橋照彦によれば、天皇の食器には「金銀朱漆瓷」の器を最上位とする階層性が確認され、それも十世紀より変質、十一世紀中頃には明らかな崩壊の一歩を見せる、という。瓷＝国産緑釉陶器は十二世紀、朱漆も十三世紀前半には使用が途絶えて土器＝土師器に取って代わられ、旧来的な御膳の食器体系が完全に崩壊した。「金銀朱漆瓷」に中国製器物の模倣もしくは影響があってもそれはデザイン面であるともいう[21]。『源氏物語』の登場人物で越州窯陶磁の優品、秘色を用いているのが時代遅れの末摘花であることとも重なるかもしれない。だが、種々指摘があるように十一世紀初期の古記録には、茶垸という語が目に付く。それらは人から人への献上品、もしくは贈り物であることが多く、時には瑠璃瓶も含まれる。唐物の茶垸が蘇芳や瑠璃瓶と並んで献上品となり、時に盗まれるのは、貴重なものであったからにほかならない。瑠璃も寛弘年間に多く見られるようになり、それ以前の仏具としての使用法から酒器等、飲食の器としての用法に変わってゆく様子が見える。その早い例に寛弘五年（一〇〇八）十二月十日、敦成親王百日儀の瑠璃瓶・盃、長和四年（一〇一五）の禎子内親王着袴儀の瑠璃壺・盃があった。(23) 長保三年の例も仏事の瑠璃壺だが、穏座で用いられたことから、これも新しい用法としてもよいだろう。新しいとはいえ、特別の場合に使用されるものである。

茶文化 ――『源氏物語』とその周辺

平安時代中期以降の茶文化は右のような状況と共にある。

茶が出される諸事例でどのような茶具が用いられたか。季御読経では土瓶・土器と素焼きの茶具が、宇多上皇参賀では銀盃が用いられた。「仁和寺御室御物実録」中の遺物のうち、茶具をまとめたと見える三筥にはそれぞれ「青茶垸一口」が納められている。十一世紀前半は日宋交易の場が鴻臚館から博多へ移行しつつある時で、輸入陶磁にも変化があるが、平安中期以降も喫茶具としての茶垸は天目茶碗に取って代わられるまで用いられたと考えられる。

季御読経、中宮御読経だけでなく、長保三年の例に見るように、『源氏物語』の周辺でも喫茶はあった。それは日常的な世界のものではなく、儀式に於けるものではあるが、さらに『源氏物語』が準拠としたと考えられる醍醐朝の算賀では茶が供され、引用する『菅家文草』『菅家後集』にも茶を飲む詩がある。それにも拘わらず、『源氏物語』は茶に触れることがない。初音巻の男踏歌のように、既に廃絶していた年中行事を描くこともあり、一方、算賀等で屏風はあっても屛風歌には触れないのが『源氏物語』である。物語中の記事にはさまざまな偏差がある。一見、『源氏物語』は茶に関心がないかに見える。しかし、茶があったかもしれない、或いは登場させ得たであろう儀式の場を見ると、断定できぬものもあるが、茶が見えないのには物語展開上の理由があると考えられる。何であれ、時代の茶文化の近くに『源氏物語』はあり、そこに書かれざる唐物があった。平安時代喫茶史を捉え直したとき、このようにい い得るのではないか。[24]

8　唐物と東アジア

儀礼としての茶文化は日本だけにあるのではない。例えば、朝鮮半島に於ける茶文化を論ずる金巴望a「朝鮮喫茶研究史」、b「高麗・李朝の喫茶文化と歴史」（千宗室監修・高橋忠彦編『茶道学大系七』a23－49頁・b183－224頁、淡交社、二〇〇〇）のような研究があり、中国、日本の外交使節に対する茶礼についても述べられている。そこにも唐物がある。金論文bによれば、宋は統一以来、周辺国と外交を進めるに当たり、その国々への下賜品として必ず龍鳳茶（抹茶）を与えたという。それを受け、茶に華夷思想が付随するとして、日宋貿易に茶碗が含まれても茶そのものの売買が見られないのことの関連を指摘する説もある。[25]栄西が茶樹、種を持ち帰らずとも日本では十分な茶が栽培されていたというのが近年の研究だが、唐物となり得るものは何かという問題ともなろう。

注

（1）梅棹忠夫監修・守屋毅編『茶の文化　その総合的研究　第一部』（淡交社、一九八一）、村井康彦『茶の文化史』（岩波新書、一九七九)、熊倉功夫『茶の湯の歴史』(朝日選書、一九九〇)。

(2) 高橋忠彦「中国の喫茶の重層性　詩語と真実」(『アジア遊学』88、85-97頁、二〇〇六・六)。

(3) 中村修也「栄西以前の茶」(千宗室監修・谷端昭夫編『茶道学大系二』331-377頁、淡交社、一九九九)。以下、中村修也の論はすべてこれに拠る。

(4) 橋本素子「鎌倉時代における宋式喫茶文化の受容と展開について—顕密寺院を中心に—」(『寧楽史苑』46、18-35頁、二〇〇一・二)。

(5) 小川後楽『茶の文化史　喫茶のはじまりから煎茶へ』(日本放送出版協会、二〇〇二)、神津朝夫『茶の湯の歴史』(角川選書、二〇〇九)。

(6) 田中克子「貿易陶磁器の推移・中国陶磁器」(大庭康時・佐伯弘次・菅波正人・田上勇一郎編『中世都市・博多を掘る』112-128頁、海鳥社、二〇〇八)、大庭康時『中世日本最大の貿易都市　博多遺跡群』(新泉社、二〇〇九)。

(7) 中村羊一郎『番茶と日本人』(吉川弘文館、一九九八)。

(8) 福地前掲書。

(9) 『改訂増補故実叢書』により、また、『尊経閣善本影印集成』を参照した。『新儀式』は『群書類従』による。

(10) 『図書寮叢刊』に拠る。

(11) 注(1)村井前掲書。

(12) 注(5)小川前掲書。

(13) 佐野和規「「季御読経」における請僧」(『待兼山論叢』25、57-82頁、一九九一)、相馬範子「季御読経における引茶について」(『芸能史研究』169、1-15頁、二〇〇五・四)。

(14) 小林正明「蓬莱の島と六条院の庭園」(『鶴見大学紀要(国語国文学編)』24、1-28頁、一九八七・三)他。

(15) 甲斐稔「胡蝶巻の季の御読経」(『中古文学』38、48-57頁、一九八六・一一)。

(16) 植田恭代「迦陵頻と胡蝶」『源氏物語の宮廷文化　後宮・雅楽・物語世界』187-206頁(笠間書院、二〇〇九、初出二〇〇〇)。

(17) 湯淺幸代「秋好中宮の「季御読経」—史上の「中宮御読経」例、再考—」(『明治大学文学研究論集』23、199-211頁、二〇〇五・九)→『源氏物語の歴史意識と方法』(新典社、二〇一八)、荻田みどり「『源氏物語』の茶—胡蝶巻の中宮御読経をめぐって—」(『日本文芸学』46、53-68頁、二〇一〇・三)。

(18) 関周一「香料の道と日本・朝鮮」(荒野泰典・石井正敏・村井章介編『アジアの中の日本史Ⅲ　海上の道』265-280頁、東京大学出版会、一九九二)、皆川雅樹「香料の贈答—十世紀前後における沈香・乳香(薫陸香)・麝香の交易」『日本古代王権と唐物交易』116-143頁(吉川弘文館、二〇一四、初出二〇〇五・二〇一一)。

(19) 『源氏物語』のガラス—宿木巻の藤花宴を手がかりに—」(本書Ⅳ—四)。

(20) 林屋晴三「茶碗という言葉」『日本の美術14(茶碗)』(一九六七・六)。

(21) 「「瓷器」「茶碗」「葉碗」「様器」考—文献にみえる平安時代の食器名を巡って」(『国立歴史民俗博物館研究報告』71、531-587頁、一九九七・三)。

(22) 河添房江「末摘花と唐物—唐櫛笥・秘色・黒貂の皮衣」『源氏物語時空論』93-113頁(東京大学出版会、二〇〇五、初出二〇〇一)、『源氏物語と東アジア世界』(日本放送出版協会、二〇〇七)。

(23) 注(19)。

(24) 『源氏物語』の中の屏風をめぐって—語られなかったものの意味—」(本書Ⅳ—二)。

(25) 三宅理将「宋代喫茶法の請来と『喫茶養生記』の成立」(『年報三田中世史研究』12、二〇〇五)。

あとがき

ようやく論文集を完成することができた。最初に本書所収論文の初出を示しておく。

はじめに　書き下ろし

Ｉ　物語と和歌

一　和歌の解釈――『伊勢物語』十四段その他――
『福岡女学院大学紀要人文学部編』第24号、二〇一四年三月
原題：和歌の解釈―『伊勢物語』第十四段をめぐって―

二　引歌攷1――物語のことばの成立――
『国文学研究資料館紀要』第11号、一九八五年三月
原題：引歌攷―物語のことばについての覚え書き

三　引歌攷2――引歌論をめぐって――
書き下ろし

四　幻巻の哀傷と述懐
『福岡女学院短期大学紀要』第27号（国語国文学・英語英文学）、一九九一年二月

五　「橋」の記憶と成語「夢の浮橋」
『福岡女学院大学紀要人文学部編第17号』、二〇〇七年二月
原題：「橋」の記憶と「夢の浮橋」

六　『夜の寝覚』の歌ことば
平安文学論究会編『講座平安文学論究』第十八輯、風間書房、二〇〇四年

七　『とはずがたり』と『伊勢物語』――歌物語の〈影響〉覚書――
編集同人・物語研究・会編『物語研究』第3号、一九八一年一〇月
原題：「とはずがたり」と「伊勢物語」―歌物語の〈影響〉覚書き

Ⅱ　物語に於ける見ること・聞くこと

一　物語の主人公
書き下ろし。但し、論文化しなかった次の二本の口頭発表を土台としている。
1　「物語の叙述態度と主人公」（物語研究会一九七七年二月例会）
2　討論：報告「かいま見―今井論文をめぐって」（物語研究会一九八四年五月例会）
このうち1は「源氏物語の叙述表現の研究―物語の構造の二重性について―」と題した筆者修士論文（上智大学、一九七六年一月）の主要部分である。

二　物語に於ける「声」の問題――『源氏物語』の場合――
『上智大学国文学論集』第30号、一九九七年一月
原題：物語に於ける声の問題―『源氏物語』の場合

三　『狭衣物語』の「声」――和歌を中心に――
　『福岡女学院短期大学紀要』第35号（国語国文学・英語英文学）、一九九九年三月
四　「聞く」ことの機能――『夜の寝覚』の「声」――
　『中古文学』第59号、一九九七年五月

Ⅲ　品々の狭間の物語

一　明石君をめぐる用語について
　『平安文学研究』第49輯、一九七二年一二月
二　「なかく〵」に関する異同と明石君――付・「かへりて」――
　書き下ろし
三　大堰山荘の強飯
　『福岡女学院大学紀要人文学部編』第18号、二〇〇八年二月
四　『源氏物語』に於ける「うるはし」と梗概書――『源氏物語』読書史のための覚書――
　『福岡女学院大学紀要人文学部編』第11号、二〇〇一年二月
五　『源氏物語』の法華八講
　『福岡女学院大学紀要人文学部編』第20号、二〇一〇年二月

Ⅳ　『源氏物語』の飾りと隔て

一　『源氏物語』の飾りと隔て
　物語研究会編『物語とメディア（新物語研究1）』、有精堂、一九九三年

原題：住居・隔てもの・調度―源氏物語における飾りと隔て―

二　『源氏物語』の中の屏風をめぐって――語られなかったものの意味――

『源氏研究』第7号、二〇〇二年四月

三　水辺の追憶――『源氏物語』の庭園――

『福岡女学院大学紀要人文学部編』第10号、二〇〇〇年二月

四　『源氏物語』のガラス――宿木巻の藤花宴を手がかりに――

『上智大学国文学論集』第39号、二〇〇六年一月

五　平安文学に於ける瑠璃の二面性

『福岡女学院大学紀要人文学部編』第19号、二〇〇九年三月

六　算賀・法会の中の茶文化と『源氏物語』――書かれざる唐物――

『アジア遊学』第147号（河添房江・皆川雅樹編「唐物と東アジア―舶載品をめぐる文化交流史―」）、二〇一一年一一月、勉誠出版

各章とも大なり小なり加筆修正している。比較的新しいものの中には大幅に手を加え、改稿というべきものもあるが、骨子は変えていない。発表後かなりの年月を経過したものについては、その後の研究の進展を主に補注・追補の形で取り入れた。初出時の形を残しておくことも意味があろうかと考えるからである。

長期に亙る書き物で一書をまとめることになったのは、思い切りが悪い私の性分が書くことにも影響しての遅筆の

ゆえである。それでも本書をまとめながら、経験したことの一つ一つが遅筆の書き物にも現在にも繋がっていると、改めて思い至った。

本書収録論文のうち、最初に執筆したものはⅢ‐一「明石君をめぐる用語について」である。これは「明石君の造型」と題する筆者学部卒業論文（上智大学、一九七一年一二月）の一部で、源氏の栄華に必要な存在である明石君が思い悩むことの意味に関心がありつつも、「〇〇の人間像」のような人物論にはしたくないという思いからこの章ができたと思う。提出後の口頭試問の折、指導教授であり主査であられた中田剛直先生が「今は索引が沢山ありますからね」と仰りながらも二九一回と用例数を数えたことを評価して下さった。それを『平安文学研究』誌に掲載できるようになった経緯については、もう少し遡って来し方を振り返る中で述べてゆきたい。

大学は国文学科に行こうと思うようになったのは高校二年の頃である。東京都立大学附属高等学校での一、二年に野村精一先生から古文の授業を受けた。野村先生が山梨大学に移られたのは私たちの学年が三年に進級した年であった。古文の授業は楽しく、教科書の作品の内容が生き生きとして立ち現れた。後に『源氏物語文体論序説』（有精堂、一九七〇）が刊行された時、その中の「春は曙！　攷―枕草子の文体―」を読んで高校の授業と重なる部分を発見した。高校古文に付き物の品詞分解は一切なさらなかった。文法については、助詞と助動詞が大切なのだということを一時間かけて話されたように記憶している。また御自分が学ばれたのは時枝文法という全く違う文法だとただそれだけ仰った。どちらもその意味に気付くのははるか後のことである。『源氏』は難しいから三年になってからということで、授業で『源氏』が扱われることはなかったが、生徒の発案で三年の夏休みに『源氏』の話をしていただいた。その折に挙げられた数名の研究者のお名前は国文学科に進んで以後意識する名となった。古文に限らず、国語科全体として部分の表現が全体とどう関わるかということを学んだようにも思う。野村先生とは、ずっと後に学会等でお話する機会を得るようになった。

大学入学後、学部時代のことを一つ挙げるならば、中田先生の演習がある。影印本をテキストとし、担当箇所の本文異同を調べ、先行の注釈を可能な限り全部調べ、その上で語釈を施し、通釈をするという形だった。私の履修した年度のテキストは未翻刻の応永本系統『和泉式部日記』であったから、みな随分苦労したものだった。基本的なこの方式がその後論文を書く際の手続きにも連なった。ただ、全部調べて納得してから書こうと思うとなかなか進まない。全部書くわけではなく、大切なのは見極めのつけ方なのではあるが。

卒論をまとめながら、更にそれを深めたいと願ったが、当時私の育ち学んだ環境では、女子の大学院進学は自然なことではなく、進学するには回り道をしなければならなかった。回り道の二年間、私の母が参加していた古典講座（ＰＴＡの文化活動から派生したもので、参加者の自主運営で成り立っていた）の講師であられた早稲田大学の上坂信男先生のお誘いで小さな研究会に参加した。早稲田大学の卒業生や聴講生、次いで他大学の卒業生と、メンバーを変えながらのその会にはあまり熱心に参加しなかったが、最初に上坂先生の研究室をお訪ねした時に御挨拶として卒論をお目にかけたところ、『平安文学研究』誌に御紹介下さったのであった。刊行された同誌を中田先生にお送りしたところ、更に続けるようにと励まして下さった。研究者としての第一歩を踏み出すきっかけを与えられたといえるが、大学院進学はまだ少し先である。上坂先生はその後も私の行末をお気にかけて下さった。

やがて、私自身の意識からいえば抵抗を乗り越えて、大学院に進学した。あっという間に過ぎた修士課程二年間のことからやはり一つ挙げると、『竹取物語』と『狭衣物語』の本文研究で知られる中田先生が、物語文学史をライフワークだと仰ったことを思い出す。私の意識の底に本文研究とは何かということが残ることになったが、修士課程を終えて大学院を離れた後、先生は御在職中に倒れて帰らぬ人となってしまわれた。長く御存命でいらしゃったらもっとお話を伺えたのにと思う。

大学院時代の私の関心は視点や草子地にあった。視点についての論が盛んになって来た頃でもある。中田先生からは、修士論文以後についてのアドバイスもいただいたし、一部を口頭発表した際には活字化を勧めて下さる方もあったのだが、その頃は十分煮詰められていないとの思いが先に立ち、実行しなかった。それを改めて発展させ、今回本書Ⅱ‐一に組み入れた。また、修士二年の夏から大学院の友人の勧めで物語研究会に参加するようになった。大学の枠を越えた開かれた同会―会員たちでいう「ものけん」―での議論は、私自身の方法と必ずしも一致しない部分もあったが、大いに刺激的であり、現在に至るまで諸先輩・友人との交流から得たものはあまりにも大きい。本書Ⅳの論文の多くはそんな中で生まれた。

研究するとはどのようなことか。研究を志したのは関心を持つテーマを更に追求したいというのが動機で、当初は遠い将来のことはあまり考えていなかった。見通しが立っていたわけでもない。しかし、研究者として生きてゆくには、どのような立場に身を置くかという問題に立ち向かわなければならない。幅は狭いが、大小の選択を迫られることもある。そのことを徐々に意識し、自己の立場を整えてゆくことになった。

大学院修了後に一二年半の間勤務した国文学研究資料館研究情報部では、定員外職員から助手へと立場の変化はあったが、一貫して『国文学年鑑』編集に従事した。データベースに移行する以前の研究文献目録作成が中心である。丁寧にしようと思えば際限のない業務の中で研究の時間を見つけるのは難しかったが、目録作成の過程で自分の専攻分野以外にも目を向け、その研究動向を知ることができた。同時に目録の作られ方をも意識し、それぞれの目録の編集方針に対する理解が目録を役立てるのに重要であることをも知った。Ⅰ‐二及び七はその頃に執筆したもので、豊富な資料が手近にあるのが幸いであった。物語と和歌の関係について考えるようになったはこの二論文からである。

福岡女学院短期大学国文科に職を得てからも相変わらず遅筆であった。一九九六年度に勤務先から長期研修の機会を与えられ、本書Ⅱ―一～四に収めた「声」の論文は、その一年間に客員研究員として上智大学で過ごした折に考えたものである。研修に際しては、受入れ教員の野口元大先生、当時の国文学科長大島晃先生に殊の外お世話になった。研修期間中に勤務先改組が決定、短大国文科は廃止となり、一九九九年度からは既存の人文学部に移った。その頃から、遅筆ながらも書く間隔を空けぬよう努めるようになったが、中には自分で納得していない部分も思い切るようにして執筆したものもあり、今回大幅に手を加えることになった。

具体的なお名前は挙げなかったが、これまでお世話になり、また、御学恩を蒙った先生方、先輩方、特に研究者としての選択に際して御助言を下さった方々、互いに研究について語り合い、刺激を受けた友人たちは大勢思い浮かぶ。そして、特にここにお名前を挙げさせていただいた先生方はみな故人となってしまわれた。もっと早く論文集をまとめていたら、お目かけることができたのにと思わずにいられない。

最初の明石君の論文は幸いにも引用して下さる先生方がいらっしゃったし、何かの折に友人たちの口に上ることもあった。だが、遅筆で書く間隔が空き過ぎていたためか、また、執筆当時の文献目録で国語学に分類されたこともあってか、いつしか忘れられてしまったように思えることもあった。そんな折、新典社編集部の小松由紀子氏から出版のお誘いがあったので、有難く受けることにした。二〇一五年一一月のことである。とはいえ、校務多忙でなかなか取りかかれなかった。収録する論文を決め、取りかかるにも、フロッピーに保存していた古い原稿データを読み込み、手書きで書いた更に古い論文を新たに入力することから始めなくてはならなかった。原稿の加筆修正がなかなか進まなかったのも校務多忙だけでなく、思い切れない性分のせいだろう。小松氏をお待たせし、ようやく書き下ろし以外の入稿を果たしたのが定年退職目前の二〇一八年二月、古い論文と現在をつなぐ書き下ろし原稿を完成させるのに更に時間がかかってしまった。こうして完成に辿り着くまでに編集担当の田代幸子氏には細かなことまで本当にお世話になった。お二人への深い感謝の意をここに記し留める。学部一年の時に使用した『仮名変体集』の発行元である新典社から刊行できることも感慨深い。

最後に、署名についてひとこと。かつて活版印刷の時代、漢字は新字体を使用するのが一般的で、私も「末沢」と署名していた。やがてコンピュータ普及も伴い、旧字体や異体字が広く使われるようになった。旧字体で「末澤」と署名する機会も増え、今回の出版に当たっては、「末澤」と署名することにした。今後は「末澤」を用いる。

二〇一九年四月

末澤　明子

索　　引

凡　例

Ⅰ～Ⅳの本文・注から主要なものを掲出した。先行文献引用文中に記載されたものは含まない。
書名索引、人名索引、事項索引に分け、それぞれ現代仮名遣いによる五十音順に排列した。

書名索引

１．古代～近世

・漢訳仏典、漢詩名、歌合名、定数歌名を含む書名を対象とする。一部略称を用いたものもある。

・『源氏物語』については文中、作品全般について述べた箇所を『源氏物語』として掲出、巻名等はその後にまとめた。

・その他の物語・仮名日記の巻名、巻数、章段数は作品名に含めた。

　例：俊蔭→うつほ物語、巻一→狭衣物語、十四段→伊勢物語

・伝本については、作品毎に、伝本系統・伝本名（写本）・伝本名（版本）の順にまとめた。

２．近代・現代注釈書

諸注釈を対比することの多い『伊勢物語』、『源氏物語』、『狭衣物語』、『夜の寝覚』、『とはずがたり』について、ほぼ本文異同及び語釈に関する部分に限定し、作品毎にまとめた。

人名索引

・物語作中人物を除く人名を対象とし、物語以外の仮名散文作品の登場人物名は、文学史的事項に関して述べた部分を対象とする。論文集の編者名は含まない。

・1. 古代～近世、2. 近代・現代に分け、古代～近世については、男性名は通行の読みに従い、女性名は音読みとした。

事項索引

・一般事項、歌ことば・歌枕を含む作中語彙、複数回採上げた『源氏物語』作中人物名を掲出した。

・「紺瑠璃」「瑠璃壺」を「瑠璃」に含めるなど、本文中の表現と見出し語が一致していない場合もある。該当する語は、「→」で参照すべき項目を示した。

書 名 索 引

1．古代～近世

あ 行

か 行

2．近代・現代注釈書

人　名　索　引

1．古代～近世

ま 行

や 行

ら 行

2. 近代・現代

あ 行

た 行

な 行

は 行

ま 行

事 項 索 引

さ　行

た　行

な　行

は　行

末澤　明子（すえざわ　あきこ）
1950年　神奈川県横浜市に生まれる
1972年3月　上智大学文学部国文学科卒業
1976年3月　上智大学大学院文学研究科国文学専攻修士課程修了
学　位　文学修士（上智大学）
現　職　福岡女学院大学名誉教授
主　著　『耕雲聞書（古今集古注釈集成）』（耕雲聞書研究会共著，1995年，笠間書院）
論　文　「明石君をめぐる用語について」（『平安文学研究』49輯，1972年12月，平安文学研究会），「引歌攷―物語のことばについての覚え書き」（『国文学研究資料館紀要』11号，1985年3月，国文学研究資料館），「住居・隔てもの・調度―源氏物語における飾りと隔て―」（『物語とメディア（新物語研究1）』1993年10月，有精堂），「『源氏物語』のガラス―宿木巻の藤花宴を手がかりに―」（『上智大学国文学論集』39，2006年1月，上智大学国文学会），「算賀・法会の中の茶文化と『源氏物語』―書かれざる唐物」（『アジア遊学』147号，2011年11月，勉誠出版），「書物の所在と物語文学」（『王朝文学と東ユーラシア文化』2015年10月，武蔵野書院）

新典社研究叢書315

王《おう》朝《ちょう》物《もの》語《がたり》の表《ひょう》現《げん》生《せい》成《せい》
――源氏物語と周辺の文学

令和元年10月25日　初版発行

著　者　末澤　明子
発行者　岡元　学実
印刷所　惠友印刷㈱
製本所　牧製本印刷㈱
検印省略・不許複製

発行所　株式会社　新典社
東京都千代田区神田神保町一―四四―一一
営業部＝〇三（三二三三）八〇五一番
編集部＝〇三（三二三三）八〇五二番
ＦＡＸ＝〇三（三二三三）八〇五三番
振　替　〇〇一七〇―〇―二六九三二番
郵便番号一〇一―〇〇五一番

ISBN978-4-7879-4315-6 C3395
http://www.shintensha.co.jp/　E-Mail:info@shintensha.co.jp

新典社研究叢書

（本体価格）

276 女流日記文学論輯 宮崎 莊平 二六八〇〇円
277 中世古典籍之研究 ――どこまで書物の本姿に迫れるか―― 武井 和人 一九八〇〇円
278 愚問賢注古注釈集成 酒井 茂幸 一三五〇〇円
279 萬葉歌人の伝記と文芸 川上 富吉 一二〇〇〇円
280 菅茶山とその時代 小財 陽平 一四二〇〇円
281 根岸短歌会の証人 桃澤茂春 ――『庚子日録』『曾我蕭白』―― 桃澤 匡行 一二〇〇〇円
282 平安朝の文学と装束 畠山大二郎 一一五〇〇円
283 古事記構造論 ――大和王権の〈歴史〉―― 藤澤 友祥 七四〇〇円
284 源氏物語 草子地の考察 ――「桐壺」～「若紫」―― 佐藤 信雅 一〇二〇〇円
285 山鹿文庫本発心集 ――影印と翻刻 付解題―― 神田 邦彦 一二四〇〇円
286 古事記續考と資料 尾崎 知光 六五〇〇円
287 古代和歌表現の機構と展開 津田 大樹 一二四〇〇円
288 平安時代語の仮名文研究 阿久澤 忠 一二六〇〇円
289 芭蕉の俳諧構成意識 ――其角・蕪村との比較を交えて―― 大城 悦子 一五一〇〇円
290 二松學舍大学附属図書館蔵 奈良絵本 保元物語 平治物語 小井土守敏 一〇八〇〇円
291 未刊江戸歌舞伎年代記集成 倉橋・桑原・小池・齋藤・延 二八〇〇〇円
292 物語展開と人物造型の論理 ――源氏物語〈二層〉構造論―― 中井 賢一 一一五〇〇円
293 源氏物語の思想史的研究 ――妄語と方便―― 佐藤勢紀子 七八〇〇円
294 春画論 ――性表象の文化学―― 鈴木 堅弘 一七六〇〇円
295 『源氏物語』の罪意識の受容 古屋 明子 一二六〇〇円
296 袖中抄の研究 紙 宏行 九七〇〇円
297 源氏物語の史的意識と方法 湯淺 幸代 一一五〇〇円
298 増補 太平記と古活字版の時代 小秋元 段 一二六〇〇円
299 源氏物語 草子地の考察2 ――「末摘花」～「花宴」―― 佐藤 信雅 一二〇〇〇円
300 連歌という文芸とその周辺 ――連歌・俳諧・和歌論―― 廣木 一人 一三七〇〇円
301 日本書紀典拠論 山田 純 一一八〇〇円
302 源氏物語と漢世界 飯沼 清子 一三八〇〇円
303 中近世中院家における百人一首注釈の研究 酒井 茂幸 一六五〇〇円
304 日本語基幹構文の研究 半藤 英明 七二〇〇円
305 太平記における白氏文集受容 金木 利憲 一一〇〇〇円
306 物語文学の生成と展開 ――伊勢・大和とその周辺―― 柳田 忠則 一〇〇〇〇円
307 源氏物語 読解と享受資料考 妹尾 好信 一八四〇〇円
308 中世文学の思想と風土 石黒吉次郎 一〇六〇〇円
309 江戸期の広域出版流通 大和 博幸 一三〇〇〇円
310 源氏物語 引用とゆらぎ 中西 智子 一〇〇〇〇円
311 うつほ物語の長編力 本宮 洋幸 八八〇〇円
312 続・王朝文学論 ――解釈的発見の手法と論理―― 圷 美奈子 一〇五〇〇円
313 新撰類聚往来 影印と研究 高橋忠彦・高橋久子 一三〇〇〇円
314 『とりかへばや』の研究 ――変奏する物語世界―― 片山ふゆき 七四〇〇円
315 王朝物語の表現生成 ――源氏物語と周辺の文学―― 末澤 明子 一四〇〇〇円
316 水鏡の成立と構造 勝倉 壽一 一〇一〇〇円